Linda Rottler
Die Stadt der gläsernen Träume

Autorenfoto © Sarah Koch

Linda Rottler, Jahrgang 1994, lebt und studiert in Stuttgart. Zu ihrem ersten Roman ›Die Stadt der gläsernen Träume‹ inspirierten sie das Stadtleben und ihre ausgeprägten Tagträume. Auf Instagram und Twitter findet man sie unter dem Namen @schreibselinda.

Linda Rottler

Die Stadt der gläsernen Träume

Roman

dtv

Ausführliche Informationen über unsere Autorinnen und Autoren und ihre Bücher finden Sie unter www.dtv.de

MIX
Papier aus verantwortungsvollen Quellen
FSC® C019821

Originalausgabe

Umschlaggestaltung: Alexander Kopainski
Gesetzt aus der Janson
Satz: Greiner & Reichel, Köln
Druck und Bindung: Druckerei C.H.Beck, Nördlingen
Printed in Germany · ISBN 978-3-423-71868-4

Dieses Buch handelt nicht von Träumen.
Es handelt von der Fähigkeit, zu träumen.

DIE
GANZE
WELT
KRANKENHAUS
STILLGELEGTER
NORDBAHNHOF
GLASTUM RIVER
LEWIS
MACKINAW BOULEVARD
ALSEM
YEWSSTRAßE
MACKINAW
PRAWNHILL
SCHLAF-
MEDIZINISCHES
ZENTRUM

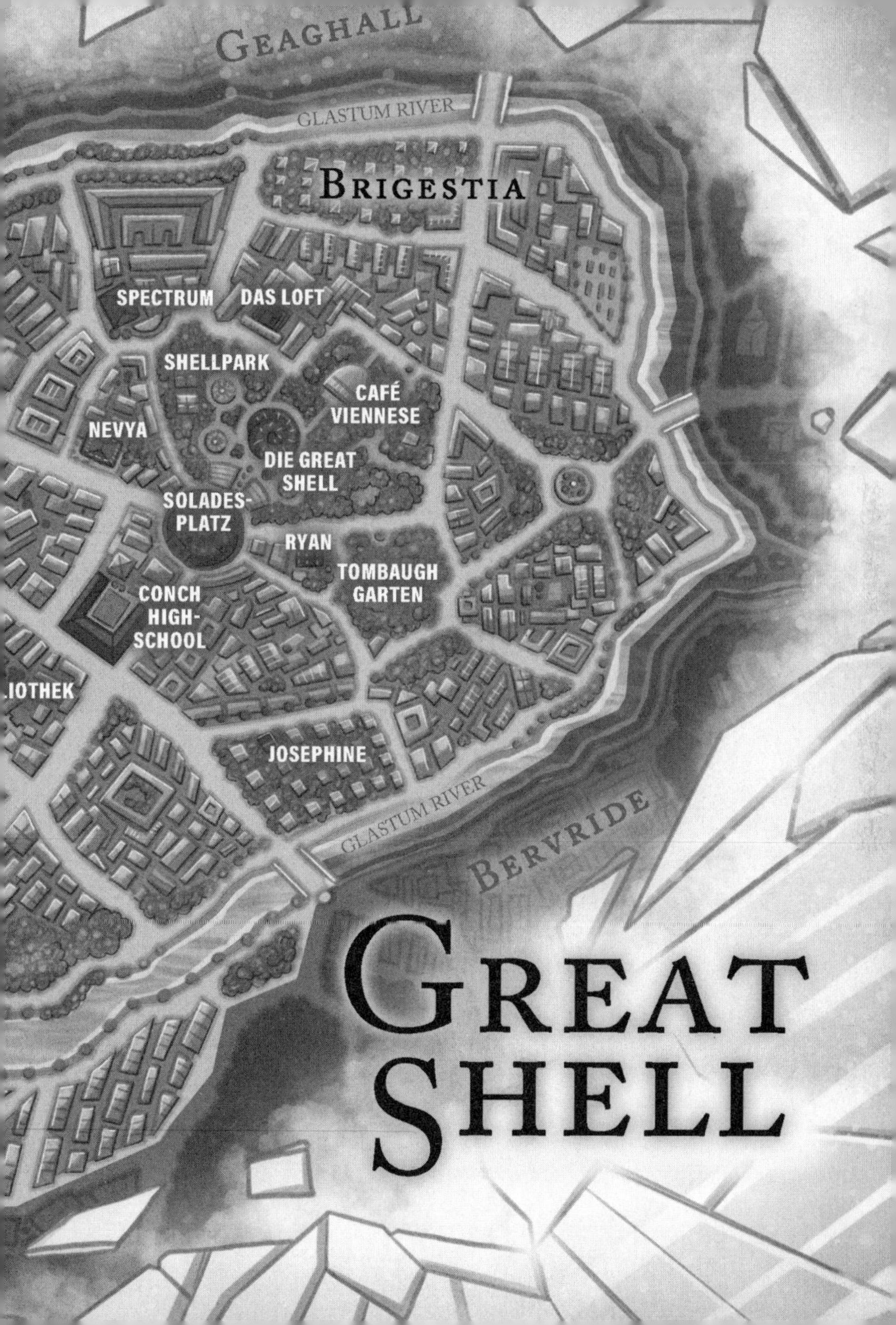
Geaghall
Glastum River
Brigestia
Spectrum
Das Loft
Shellpark
Café Viennese
Nevya
Die Great Shell
Solades-platz
Ryan
Tombaugh Garten
Conch High-School
liothek
Josephine
Glastum River
Bervride
Great Shell

Prolog

Für andere endete der Tag im Schlaf. Für Nevya begann das Leben im Traum.

Nur dort fühlte sie sich wach, erst dann hatte sie wirkliche Kontrolle.

Ihre Hand schwebte allmächtig über dem kleinen Pflänzchen, das die Blätter hängen ließ.

»Nicht mehr lange«, sagte sie ihm und hob die Finger höher. Als würde der blassgrüne Stängel an Fäden hängen, erzitterte die Pflanze.

Seit sie klein war, spielte Nevya lieber mit Träumen, statt mit Puppen. Lieber hauchte sie ihren Gedanken Leben ein, statt sie an die Realität zu verschwenden.

»Was immer du denkst, geschieht«, versprach eine tiefe Stimme hinter ihr.

Kurz ließ Nevya von dem Pflänzchen ab und sah über ihre Schulter. Die Flügeltür zum Balkon war geöffnet und draußen auf dem hellen Stein erstrahlte ihr Traumbild im Mondlicht. Wann immer Nevya ihn sah, blieb ihr die Luft weg und ein kleines Erdbeben erschütterte ihre Traumwelt.

Nevya schnaubte und ließ sich auf die Knie nieder, damit sie näher bei ihrer Pflanze sein konnte, dann erst antwortete sie Nikolai.

»Du musst nicht immer gleich alles aussprechen, was dir in den Sinn kommt.«

»Das sind deine Gedanken«, erkannte Nikolai und schoss einen Pfeil aus reinem Licht in den Himmel, »ich bin nur ihr Nachhall.«

»Du bist ein kryptischer Spinner.«

Sie lachte. Er lachte, weil sie lachte. Für einen Moment sah sie ihm zu, wie er immer wieder auf die gigantische Galaxie zielte und wie der Pfeil immer wieder in der Dunkelheit verschwand. Manchmal zeichneten Träume wirre Bilder.

Nevya schenkte ihre Aufmerksamkeit wieder ihrer Blume. Sie befahl ihr, sich aufzurichten. Eine blaue Blüte formte sich an der Spitze des Stängels, der in Windeseile wuchs, und schon bald entfaltete sie sich so stolz wie die Träumerin selbst.

Für andere bedeutete Schlaf Ohnmacht.

Für Nevya bedeuteten ihre Träume Macht. Sie war die Herrscherin über diese Blüte. Lächelnd stellte sie die Pflanze auf die Fensterbank und sah auf die Menschenmassen nieder, die ihr zu Ehren eine Parade feierten und auf die Königin warteten.

Dicht über dem Publikum flogen Drachen aus Perlmutt, zwischen ihnen schwebten Laternen aus Lava. Der Gesang von tausend Singvögeln drang an Nevyas Ohr. Sie stieß ihren heißen Atem aus und sah hinauf in den Nachthimmel. Nichts war unmöglich.

Durch den Gesang der feiernden Vögel zischte immer wieder ein Pfeil.

»Wird das heute noch was?«, wollte sie von Nikolai wissen und gesellte sich zu ihm auf den Balkon. Vor ihr kräuselte sich der Dachvorsprung der Pagode und legte den Blick auf das Farbenmeer frei.

»Ich bin unzuverlässig«, erklärte Nikolai und spannte den Bogen elegant. In seinen dunklen Augen spiegelte sich die Galaxie. »Manchmal treffe ich, manchmal nicht.« Mit einem Ächzen ließ er los – und traf nicht. Seufzend senkte er den Bogen.

»Lass mich mal.« Nevya stieß ihn Hüfte an Hüfte zur Seite und nahm ihm den Bogen ab. Sie sah auf ihre leere Hand, blinzelte und schloss die Finger um den Pfeil, der aus einem Gedanken entstanden war. Im wahren Leben wusste sie nicht, wie sie mit einem Bogen umgehen musste, um ihr Ziel zu treffen, doch hier war es egal. Die Gedanken fühlten sich richtig an, also würde es ihr gelingen.

Sie kniff ein Auge zusammen, zielte auf die glühende Mitte der Galaxie und schoss.

Es regnete Sterne.

Nevya trat in ihr Licht, lehnte sich auf die Balustrade und empfing den Jubel ihres Volkes.

Hier war sie zu Hause. Erhaben auf dem Balkon ihrer Pagode, mit Nikolai im Rücken und der Welt zu ihren Füßen. Sie streckte beide Hände aus und sandte Funken zu den Sternen, die sich glitzernd über ihre Welt ergossen. Knisternd wechselten sie ihre Farbe und explodierten wie ein Feuerwerk.

Mittlerweile röhrte die Menge so laut, wie Nevya es zuließ, und spiegelte die Freude wider, die Nevya beim Anblick all der Farben empfand.

Tanzt, befahl sie, *tanzt für mich.*

Und die Menge tanzte für ihre Königin.

Für die Göttin der Traumbilder.

1

»Guten Morgen!« Die hohe Frauenstimme holte Nevya aus dem Tiefschlaf. Ihre Lider schienen zu ächzen, als sie sie mühsam öffnete, während die Sensoren an ihrem Körper ziepten und ihr wieder bewusst wurde, wo sie war.

»Wir werden deinen Schlaf nun auswerten. Der Oberarzt kommt später persönlich vorbei.«

Die Schwester, die die Vorhänge aufriss und Nevya Frühstück anbot, war dieselbe wie am Abend zuvor. Nevya lehnte ab und war noch immer schlaftrunken, als die Schwester die Sensoren entfernte. Währenddessen ging ihr nur ein Gedanke durch den Kopf: Es war eine weitere traumlose Nacht gewesen.

»Wissen Sie etwas?«, flüsterte Nevya neugierig. Jetzt, wo die Ergebnisse feststanden und es nur noch galt, sie zu interpretieren, wurde sie nervös.

»Nein«, lachte die Schwester. »Du musst dich noch etwas gedulden.« Mit diesen Worten entfernte sie den letzten Sensor und verließ den Raum.

Geduld klang mittlerweile wie ein Fremdwort. In den letzten Wochen hatte Nevya brav auf ihre Träume gewartet. Nach der ersten traumlosen Nacht hatte die Sorge sich noch in Grenzen gehalten, doch mit jeder Nacht, die sie Nikolai vermisste, war die Sehnsucht größer geworden. Und mit ihr die Angst.

Nevyas Herz wurde schwer, also beschloss sie, sich umzuziehen und sich schon einmal auf die Abreise vorzubereiten. Viel einzupacken hatte sie zwar nicht, doch sie musste sich irgendwie die Nervosität aus dem Kopf schlagen.

Sie hatte auf einer Nacht im Schlafmedizinischen Zentrum von Great Shell bestanden, auch wenn sie von sämtlichen Ärzten nur belächelt wurde. Es war ihr egal. Etwas stimmte nicht.

Nevya hatte sich Mühe gemacht, ihren Eltern zu verheimlichen, wo sie an diesem Wochenende übernachten würde, und eine Freundin erfunden, die sie zu einer Pyjamaparty eingeladen hatte. Ohne Umschweife hatten ihre Eltern es ihr abgekauft. Im schlimmsten Fall dachten sie, dass sie an irgendeinen Zwölftklässler mit lichter Oberlippenbehaarung ihre Jungfräulichkeit verlor. Aber diese Sorge würde ihre Eltern nur sanft im Nacken kitzeln, bevor sie sie über ihrem Papierkram wieder vergaßen. Ihre Eltern mochten Nevya nicht kennen, dafür kannte Nevya sie.

Als sie eben ihre fertig gepackte Tasche auf dem Bett abstellte, wagte sich der Oberarzt ins Zimmer.

»Guten Morgen.« Er schüttelte mit kräftigem Griff Nevyas Hand. Hinter ihm betrat ein junger Assistenzarzt den Raum und lauschte dem Gespräch.

»Nun denn, Miss …« Mit einem geübten Blick suchte er in ihrer Krankenakte nach ihrem Namen. »Miss Hale. Die Analyse hat ergeben, dass …« Er stockte und blätterte in der Akte herum. Waren drucksende Ärzte je ein gutes Zeichen gewesen?

»Was?«, fragte Nevya und bemerkte, dass auch der Assistenzarzt verwirrt von der Reaktion des Oberarztes war.

»Miss Hale«, verkündete dieser ernst und bedachte sie mit einem besorgten Blick, »wir konnten keine einzige REM-Phase in Ihrem Schlaf aufzeichnen.« Ein dumpfer Schlag in ihren Magen verhinderte, dass Nevya etwas sagen konnte. »Das ist ungewöhnlich. Wir könnten Sie eine weitere Nacht hierbehalten, um sicherzugehen.«

»Das wird nicht nötig sein«, unterbrach Nevya ihn. »Ich habe es mir schon gedacht.«

Als würde er es dadurch besser machen, erklärte der Arzt: »Wie Sie vielleicht wissen, geht der REM-Schlaf mit Träumen einher.« Erneut blätterte er wild durch ihre Akte und war so darin vertieft, dass seine Stimme zu einem Murmeln wurde. »Diese Aufzeichnungen sind sehr verdächtig. Ich wage zu behaupten, dass Sie nicht träumen, nicht im Geringsten. Das ist ein Jammer, ich habe eine solche Akte schon lange nicht mehr gesehen.«

Nevya nickte wie in Trance und spürte den dicken Kloß, der sich in ihrem Hals bildete. Sie würde nicht weinen.

»Sie haben ...« Nevya musste sich räuspern, um ihre Fassung zu bewahren. »Sie haben schon mehrere solcher Akten gesehen? Dann können Sie es behandeln?«

Ihr Arzt starrte sie beunruhigend lange stumm an.

»Wir sprechen hier von Träumen.« Er ließ das Klemmbrett sinken und sah Nevya verständnisvoll an. Und doch wurde sie das Gefühl nicht los, dass er ihr noch immer nicht auf Augenhöhe begegnen wollte. »Wir können Ihnen kein Medikament gegen Traumlosigkeit verschreiben. Wir wissen nur, dass keiner unserer Patienten mit einer ähnlichen Akte je wieder geträumt hat. Aber wieso – das ist uns nach wie vor ein Rätsel. Trotzdem gibt es keinen Grund zur Panik. Sie sind völlig gesund.«

Nevya unterdrückte ihr Schluchzen und schnalzte nur müde mit der Zunge. Ihr Arzt hätte genauso gut nichts sagen können.

Gesund. Nevya war nur gesund, wenn sie in ihrer Pagode saß, sich mit Nikolai unterhielt und ihre Welt unter Kontrolle hatte.

»Wenn ich Sie fragen dürfte, Miss Hale ...« Die hohe Stirn des Arztes lag in Falten. Nervös knetete er sein Klemmbrett. »Hatten Sie je Kontakt mit illegalen Substanzen?«

Sie wusste, worauf er hinauswollte. Hatte sie mit Drogen experimentiert und ihren Traumverlust selbst verschuldet?

Nevya hörte sich selbst lachen. Wie sollte sie schon auf die schiefe Bahn geraten? Ihre einzigen Freunde waren ihre Träume gewesen. Da war niemand, der sie in den Abgrund zerren konnte.

»Nein. Aber ich habe, verdammt noch mal, meine Träume verloren. Vielleicht sollte ich damit anfangen.«

Der Arzt holte tief Luft. Ein Atemzug, der Nevya alles verriet, was er dachte. Dass sie tatsächlich nur süchtig und seine Aufmerksamkeit an sie verschwendet war.

Völlig gesund.

Ihr Arzt schrieb Träumen längst keine so große Bedeutung zu wie Nevya. Keiner hier tat es, obwohl sie sich im Schlafmedizinischen Zentrum von Great Shell befand. Wenn sie hier auf taube Ohren stieß, würde sie es überall.

»Im Moment können wir nichts für Sie tun, außer zu warten. Aber sobald ich mehr weiß …«

Nevya konnten dem Arzt nicht mehr zuhören. Nikolai war tot. An seiner Stelle würde sie für den Rest ihres Lebens nur diese Müdigkeit begleiten. Sie würde sich damit abfinden müssen, dass nichts mehr so sein würde, wie es gewesen war. Dass sprichwörtlich eine Welt – in Nevyas Fall sogar Millionen Welten – unwiederbringlich in der Versenkung verschwunden waren.

Sie bekam kaum mit, wie der Arzt sich von ihr verabschiedete.

»Dürfte ich dich nach draußen begleiten?«, fragte sie der Assistenzarzt.

Mit glasigen Augen, immer noch darauf bedacht, keine ihrer Tränen zu zeigen, zuckte Nevya die Schultern. Ungelenk griff sie nach ihrem Rucksack und folgte dem jungen Arzt auf wackeligen Beinen aus dem Patientenzimmer.

Auf dem Gang rauschten Menschen hektisch an ihr vorbei und bliesen ihren Fahrtwind in ihr Gesicht. Das hier war die Realität, in der sie feststeckte. Sie versuchte, gemütlich zu wirken, mit ihren honiggelben Wänden, aber letzten Endes war sie voller fleißiger Bienen, die zustachen, wenn man ihnen zu nahe kam.

»Wo kommst du her?«, fragte der Assistenzarzt freundlich.

Eine Schwester stieß versehentlich gegen ihre Schulter und nahm sich nicht die Zeit, sich zu entschuldigen.

»Great Shell«, antwortete Nevya und keuchte vom Zusammenstoß. All die Eindrücke überwältigten sie. Sie wünschte sich zurück in ihren Kopf zu der Parade aus Traumbildern, über die sie herrschte. Hier hatte sie nichts unter Kontrolle. Die Menschen berührten sie, redeten auf sie ein – und sie konnte nichts dagegen tun.

»Aus welchem Viertel von Great Shell?« Allmählich klang die Stimme des Arztes fern. Gleich würde der Schwindel sie zu Boden zerren. Erst als sie sich zwang, stehen zu bleiben und sich an die Wand zu lehnen, spürte sie ihren Puls in ihren Schläfen.

»Ich komme aus Brigestia«, antwortete sie und rieb sich die Stirn.

Das Murmeln einer Gruppe Patienten drang an ihr Ohr. Sprachen sie tatsächlich von verlorenen Träumen? Sie musste allmählich durchdrehen. Ihr entging dennoch nicht, wie der Arzt sie mit verschränkten Armen ansah.

»Sei so gut. Geh nach Prawnhill. Dort wirst du Hilfe finden.« Freundlich lächelte der junge Arzt sie an. Es war das erste nette Gesicht seit Langem. Und doch zischte sie nur abschätzig.

Sie war vielleicht jung, aber doch nicht dumm genug, sich in dem verrufenen und gefährlichsten Stadtviertel Great Shells herumzutreiben. Doch noch bevor sie ihm das an den Kopf werfen konnte, sprach er weiter: »Wenn du jemals wieder träumen willst, geh nach Prawnhill.«

2

»Ich bin wieder zu Hause«, verkündete Nevya.

Die Stille antwortete. Enttäuscht, aber keineswegs überrascht glitt ihr Blick durch die leere Wohnung. »Aber wen interessiert's?«, murmelte sie vor sich hin.

Wie konnte eine Wohnung, in der drei Leute lebten, dermaßen leer aussehen? Noch nie waren ihr die vielen kümmerlichen Schränke aufgefallen, die keine Funktion hatten, außer hübsch auszusehen. Seufzend schlenderte sie in die Küche und füllte ein Glas mit Wasser, das sie in einem Zug trank. Auch hier waren die Schränke leer. Was immer man zum Leben brauchte, war zwar vorhanden, aber etwas Entscheidendes fehlte. Leben. Die ganze Wohnung war steril. Kein Wunder – ihre Eltern waren selten da. Aber auch Nevya verbrachte wenig Zeit hier. In ihren Träumen war es viel schöner gewesen. Das Glas drohte aus ihrer Hand zu fallen, als die Gewissheit wieder in ihren Bauch boxte: Sie würde nie wieder träumen. Ihre Traumwelt war ihr manchmal so real wie das Leben erschienen und nun sah selbst der Staub auf den Regalen unecht aus. Wie gerne hätte sie jetzt in Nikolais Augen gesehen und ein Picknick im Schatten ihrer Pagode genossen.

Mit einem Kloß im Hals stürmte Nevya in ihr Zimmer, riss ihre Schublade auf und kramte alle Zeichnungen heraus, die sie finden konnte. Sie war eine miserable Zeichnerin und es gelang ihr nicht, die Gänsehaut auf Papier zu bannen, die ihre Träume ihr bescherten, aber in diesem Moment schenkte sie den amateurhaften Bleistiftstrichen ein Lächeln. Nikolais braune Augen blickten sie liebevoll an.

Nikolai, dieses klarste aller Fragmente ihrer Träume. Nevya hatte ihn zuerst gezeichnet, dann hatte sie ihn in ihren Tagträumen erscheinen lassen und schließlich – eines Nachts – war er in ihrem Traum aufgetaucht, als Personifikation ihres Unterbewusstseins. Das beste aller Werkzeuge, um klar zu träumen. Keiner hatte ihr je mehr über sich selbst beigebracht. Sie konnte ihren Träumen nicht einfach nachweinen und aufgeben. Sie musste eine Möglichkeit finden, zurück in ihre Traumwelt zu gelangen. Sie war es Nikolai schuldig.

Eine Träne fiel auf die Zeichnung und versickerte langsam, als es plötzlich an der Tür klingelte. Nevya zuckte zusammen und rieb sich über die Augen. Es klingelte ein weiteres Mal. Sie konnte jetzt keine Menschen ertragen und wartete darauf, dass der Eindringling verschwand. Aber das dritte Klingeln hallte dermaßen einsam durch die Wohnung, dass sie sich aufraffte und fluchend auf den Knopf der Gegensprechanlage drückte.

»Hier ist Ryan«, meldete sich eine gelangweilte Stimme. »Mister Olson will, dass ich dir die Hausaufgaben gebe und dich auf den neuesten Stand bringe. Du hast übrigens nicht viel verpasst. Nur dummes Geschwätz – aber dafür ist Mister Olson ja bekannt.«

Großartig. Von allen Menschen dieser Welt war es ausgerechnet ihr Chemiepartner Ryan.

Ryan, der Außenseiter, der sich zu Beginn des Schuljahres direkt neben sie gesetzt und sie einfach nicht in Ruhe gelassen hatte – wodurch sie zwangsweise zur Zusammenarbeit im Labor verdonnert waren.

»Woher hast du meine Adresse?«

Die drängendere Frage war wohl, warum Ryan Manzano hier auftauchte, obwohl ihm nichts lästiger war als Laborarbeit. Vielleicht suchte er nur wieder nach jemandem, dem er seine Märchen erzählen konnte. Märchen, von denen er überzeugt war, dass sie stimmten, und mit denen er nur zu gerne den Unterricht störte.

»Hab Lauren gefragt.«

Manchmal vergaß Nevya, über wie viele Ecken man sich auf der Highschool kannte. Bevor sie in ihre Träume verschwunden war, war Lauren ihre einzige Vertraute gewesen. Nun flanierte sie als beste Freundin von Ryans Verflossener Allison über den Schulhof.

»Jedenfalls«, fuhr Ryan fort, »darf ich reinkommen?«

Nevya trat von der Sprechanlage weg und drehte sich um. Sicher, es war hölzern hier drinnen. Aber es war immer noch ihre Festung. Außerdem war Ryan jemand, den man mied, denn um seine Vergangenheit kursierten die wildesten Gerüchte. Nevya schluckte.

»Wir haben Handwerker hier«, behauptete sie.

»Okay.«

Nevya konnte das Zucken seiner Schultern förmlich hören, als er sagte: »Bei einem Spaziergang lässt es sich ohnehin besser quatschen.«

Nevya biss fest die Zähne zusammen. Es war nur ein Spaziergang. Ein Spaziergang mit einem Mitschüler. Und dennoch verkrampfte sich ihr gesamter Körper bei der Vorstellung, hinaus auf die Straße zu treten und sich mit anderen Menschen zu unterhalten. Doch je unerträglicher die Stille in der Wohnung wurde, desto deutlicher spürte sie, wie schnell ihr Herz klopfte.

Vor Jahren war Ryan mit dunkel geschminkten Augen auf dem Schulhof herumgelaufen und ihre Mitschüler hatten erzählt, dass er sich mit zwielichtigen Gestalten in Prawnhill herumtrieb. Seit der Assistenzarzt ihr nicht mehr als diesen rätselhaften Hinweis gegeben hatte, kreisten ihre Gedanken immer wieder um das berüchtigte Stadtviertel.

Nevya holte tief Luft, denn was sie nun wagen würde, verlangte einen riesigen Schritt aus ihrer Festung hinaus auf den Asphalt.

Der Oktober peitschte kalt in ihr Gesicht, als sie aus der Tür trat. Sie strich sich die roten Locken aus den Augen und erwiderte Ryans Blick.

»Kaffee?« Ryan hatte die Hände in den Hosentaschen vergraben und wippte fröhlich auf den Sohlen. Er lächelte schief. Er lächelte immer schief. Nevya wusste nicht, was sie antworten sollte, aber immerhin hielt sie dem Blick seiner algengrünen Augen stand. So genau hatte sie ihn nie betrachtet, aber jetzt trübten ihre Tagträume die Sicht nicht mehr. Seine chaotischen braunen Haare und die karamellfarbene Haut waren nicht mehr zu übersehen.

Unwillkürlich kaute Nevya auf ihrer Unterlippe. Ausgerechnet jetzt wurde ihr klar, dass er recht ansehnlich war. Das würde die Sache noch schwieriger machen.

Eingeschüchtert sah Nevya nach links und rechts.

»Du hättest einfach anrufen können.«

»Ich habe deine Nummer nicht.« Lässig kickte er einen Kronkorken vom Bürgersteig.

»Du hättest eine Mail schicken können.«

»Das ist nicht mein Stil.« Ein leichtes Grübchen zeigte sich, als er lächelte.

Der Oktoberwind wehte ihr eiskalt ins Gesicht und Nevya gefiel der spärliche Abstand zwischen ihnen nicht.

»Also geht es um die Hausaufgaben?«, fragte sie.

»Sicher«, antwortete er.

Sie glaubte ihm nicht – und willigte dennoch ein, sich von ihm zu seinem Lieblingscafé am Soladesplatz führen zu lassen, von wo aus die romantischen Gärten des Shellparks nur einen Katzensprung entfernt waren. So machte man das doch, wenn man jemanden um Ratschläge bitten wollte?

Brigestias Straßen waren wie immer von Leben erfüllt und dennoch beherrschte das Viertel eine gewisse Ruhe. Nicht umsonst nannte man Great Shell die Stadt der Träume. Während New York die Stadt war, die nie schlief, galt Great Shell als das schlafende Gegenstück dazu.

Ryan bot an, ihren Kaffee zu bezahlen, doch sie lehnte ab. Statt sich ins Café zu setzen, beschlossen sie, einen Spaziergang im Park zu machen. Nevya suchte krampfhaft den richtigen Abstand zu Ryan und strich sich nervös die Ärmel über die kalten Hände. Sie betrachtete die hohen Fassaden der Häuser, deren Fensterfronten den grauen Himmel spiegelten. Schon bald machten die Gebäude einem gigantischen Stadtpark Platz. Das warme Farbenspiel des Herbstes beruhigte Nevyas Sinne. Neben ihnen rauschten die großen Brunnen mit ihren verspielten Fontänen und in der Mitte thronte das Wahrzeichen von Great Shell.

Ryan quasselte und zählte chemische Vorgänge auf, die auf Nevya allesamt gleich nichtssagend wirkten. Neugierig beobachtete sie ihn von der Seite, stellte ihn sich in Prawnhill vor. Aber sie sah nur das, was er war: der Außenseiter, der es irgendwie geschafft hatte, eine Cheerleaderin an Land zu ziehen.

Nevya musste sich für jedes einzelne ihrer Worte überwinden: »Ich habe gehört, du warst früher in Prawnhill unterwegs.«

Ryan nippte an seinem Kaffee und gab sich unbeteiligt. Gespielt ahnungslos blinzelte er sie an.

»Sie sagen, es sei eine verträumte Gegend. Ist das … ist das so?«, stammelte sie und wandte sich ab.

»Nevya, ich weiß, dass du mich seltsam findest.« Mitten auf dem Kiesweg hielt Ryan an und stellte sich vor Nevya, um auch sie zum Anhalten zu bewegen. »Das tut jeder.« Kampfeslustig kam er näher.

Nevyas Schultern hoben sich unwillkürlich. Obwohl sie allein waren, war seine Stimme ein leises Murmeln, als er verriet: »Aber ich habe in Prawnhill viel gelernt. Hauptsächlich habe ich gelernt, mich so weit wie möglich davon fernzuhalten.«

Nevya fröstelte, als sie sah, dass seine Hand zitterte. Die Leute erzählten sich immerzu von den vielen Verrückten, die in diesem Stadtviertel ihr Unwesen trieben. Der Hauch seines Parfums machte ihr bewusst, wie verdammt nah er vor ihr stand. Sich räuspernd stolperte sie ein paar Schritte rückwärts und setzte sich auf eine der kühlen Parkbänke, von denen aus man direkt auf die Great Shell sehen konnte.

Stille legte sich über sie. Nicht die dröhnende Stille ihres jämmerlichen Apartments – eine brodelnde Stille. Dank Ryan waberte ein Geheimnis zwischen ihnen und Nevya geriet in Bedrängnis.

Gerne hätte sie etwas erwidert. Ihr war bewusst, wie unsicher sie wirken musste, aber die Worte steckten fest.

»Ich dachte, wenn wir schon einen Spaziergang machen, könnten wir uns ja auch näher kennenlernen«, sagte sie und schnappte nach Luft, weil sie nicht wusste, ob sie das wirklich wollte. Sie senkte ihren Kopf.

Auf ihren Schläfen spürte sie seinen stechenden Blick. Sekunden verstrichen.

»Schön«, unterbrach Ryan endlich die Stille. »Es gäbe da eine Sache, die du über mich wissen solltest: Ich bin nicht meine Vergangenheit.«

»Notiert.«

Sie hörte das sanfte Zischen seines Atems, als er seine Haltung lockerte und sich neben sie auf die Bank setzte. Ansonsten waren nur die Geräusche der fernen Straßen zu hören, die sich mit dem Rauschen der Springbrunnen vermischten.

Für eine Weile betrachteten sie beide nur das Wahrzeichen der Stadt, um das die Brunnenanlage aufgebaut war. Der gewundene Fels, der sich wie ein Schneckenhaus in den Himmel bohrte. Einhundert Meter hoch ragte der steinerne Strudel aus der Erde. Mit seiner außergewöhnlichen Form zog er seit Tausenden von Jahren die Faszination der Menschen auf sich. Nevya spazierte selten durch den Shellpark und noch seltener hielt sie inne, um der Great Shell Beachtung zu schenken. Etwas an ihrem Anblick beruhigte sie plötzlich. Sie holte tief Luft.

»Man sagt«, begann Ryan, »dass Alben das Ding gebaut haben.«

Nevya löste den Blick nicht von der Spirale. Es war nur eine Frage der Zeit gewesen, bis Ryan seine Märchen auspackte.

»Alben?« Langsam fiel Nevya das Sprechen wieder leichter. »So etwas wie … Elfen?«

»Manche vergleichen sie mit Elfen, manche mit Kobolden.« Ryan zuckte die Schultern. »In ihrer Intelligenz sollen sie den Menschen in nichts nachgestanden haben. Ich meine, sieh dir die Great Shell an. An ihr ist nichts natürlich. Sie ist eine perfekte Spirale. Wie ein Relikt eines längst vergessenen Volkes.«

»Alben.« Nevya konnte nicht aufhören, die Windungen der steinernen Spirale mit ihrem Blick zu verfolgen. »Das klingt märchenhaft«, hauchte sie.

»Man sagt, die Albenkönigin hat die Alben aus der Sklaverei befreit.« Wie ein Großvater, der in Nostalgie schwelgte, erzählte Ryan von den Mythen. »Die Menschheit hatte die Alben versklavt. Für ihre Freiheit hat die Albenkönigin sich geopfert und ihr zu Ehren wurde die Great Shell gebaut.«

Nevya konnte sich nur mit Mühe davon abhalten, ihre Lippen zu lecken, so schmackhaft klangen die Märchen durch Ryans vibrierende Stimme.

Vorsichtig nuschelte sie: »Ich wette, das hast du in Prawnhill gelernt.«

»Kennst du die Geschichten über die Mahre?«, fuhr Ryan fort. Seine Stimme war tiefer, warnender.

Wie von einem kühlen Windhauch erfasst zuckte Nevya zusammen und schüttelte den Kopf.

»Nachtmahre sind finstere Alben. Quälgeister, die Albträume auslösen.«

Ryan hatte ein Bein angewinkelt und saß seitlich auf der Parkbank, ein Arm ruhte lässig auf der Rückenlehne. Als Antwort auf Nevyas verdatterten Gesichtsausdruck legte er den Kopf schief und zeigte seine Zähne, doch das Grinsen erreichte seine Augen nicht.

»Klingt unheimlich«, hauchte Nevya.

»Findest du? Dann solltest du dich wirklich von Prawnhill fernhalten.«

Sie hatte sich geirrt, mit seinen Märchen konnte Ryan ihr nicht helfen. Auf diese Weise würde sie nichts über Prawnhill lernen.

»Wieso interessierst du dich überhaupt für Prawnhill?«, fragte Ryan.

»Nur so«, sagte Nevya ausdruckslos.

»Suchst du etwa nach einer Ausrede, um dich mit mir zu unterhalten?« Sein forscher Annäherungsversuch raubte ihr die Worte. Nevya wurde warm. Automatisiert schüttelte sie ihre Haare über die hohen Wangenknochen, um die Röte zu verbergen. Selten wurde Nevya Aufmerksamkeit geschenkt, erst recht nicht auf so eindeutige Art und Weise. Das war Menschenkontakt auf hohem Niveau – sie war noch nicht bereit dafür.

»Von wegen«, lachte sie.

Eine Wand aus Tränen trübte ihren Blick. In ihrem Zuhause hallten ihre eigenen trostlosen Gedanken wider und hier draußen war sie schlichtweg überfordert. Als Ryans Handy klingelte, versuchte sie den Kloß in ihrem Hals herunterzuschlucken. Ryan nahm den Anruf entgegen, tauschte ein paar spanische Worte mit seinem Gesprächspartner aus und legte auf.

»Ich muss los«, sagte er und stand auf. »Eins noch.« Ryan hob einen Finger und hielt in seiner Bewegung inne. »Warum warst du heute nicht in der Schule?«

Nevya schluckte abermals.

»Ein Freund von mir ist gestorben«, krächzte sie tonlos.

»Scheiße«, murmelte Ryan scharf und schürzte entschuldigend die Lippen. Er ging wenige Schritte nach links und nach rechts, wirbelte mit seinen Schuhen den Staub auf dem Kies auf, nur um sich dann erneut neben sie fallen zu lassen. Er streckte eine Hand aus, als wollte er mit seiner warmen Handfläche ihre verkrampften Fäuste bedecken, doch noch bevor Nevya entscheiden konnte, ob sie das wollte, nahm er sie zurück. Der Schreck über seine kleine Bewegung kam erst im Nachhinein, als Nevyas Herz etwas schneller schlug.

»Wenn du jemanden zum Reden brauchst …«, begann er stattdessen. Unbeholfen kramte er in seiner Hosentasche und zog einen Zettel heraus, den er Nevya übergab. Ohne ihre Haut auch nur zu streifen.

Nevya entfaltete den Flyer und überflog die geschwungenen Buchstaben. Irgendeine Veranstaltung der Indigo Society, die am kommenden Wochenende stattfinden sollte, wurde darauf angepriesen.

Nevya grinste. Indigo war ihre Lieblingsfarbe.

»Ich brauche noch eine Begleitung, also falls du Lust hast …«

Alles in Nevya wollte Nein sagen und weglaufen. Aber mittlerweile saß Ryan so nahe, dass sie die Wärme spürte, die durch seine Lederjacke nach außen drang.

»Ich werde es mir überlegen.«

3

Jetzt, da sie es aus ihrer Festung geschafft hatte, wagte Nevya sich nicht mehr hinein. Sie musste sich irgendwie von der Leere in ihrem Kopf ablenken und schlenderte durch Brigestia, bis die Sonne unterging.

Aber in der Kälte, die die Dunkelheit nach sich zog, fragte sie sich bloß, was sie hier eigentlich suchte?

Plötzlich nahm sie ein bläuliches Flimmern wahr. Es war das Türschild einer Bar und es leuchtete in ihrer Lieblingsfarbe. Nevya las den Schriftzug. Die Bar hieß Spectrum und die gedämpften Klänge aus dem Inneren klangen nach Ablenkung. Ohne zu zögern, trat Nevya ein und blinzelte in die Schwarzlichter an der Decke. Sie schob die Kapuze ihres Pullovers vom Kopf und schüttelte ihre rot gefärbten Haare aus.

Die Bar war rappelvoll. Nur einen Platz am Tresen konnte sie ergattern. Ein dicklicher Barkeeper fragte, was sie trinken wolle, und Nevya wagte, ein Bier zu bestellen. Zu ihrer Überraschung fragte er nicht nach einem Ausweis, stellte das Bier lächelnd vor ihr auf den Tresen und ging wieder zu den anderen Gästen.

Unruhig trommelte Nevya mit den Nägeln auf ihrer Flasche und studierte die Blechschilder mit den Werbemotiven, die überall in der Bar verteilt an den Wänden hingen, als sich ein Mann mittleren Alters auf dem Barhocker neben ihr setzte. Er saß entschieden zu nahe und Nevya rückte zur Seite und sah ihn skeptisch an, doch er ging nicht auf Abstand.

»Wartest du auf jemanden oder kann ich dich entführen?«, lachte er.

»Ich ...«, begann sie, als eine rauchige Stimme hinter ihr sie erlöste.

»Ich bezweifle, dass sie Interesse hat. Sieh zu, dass du Land gewinnst, Steve.« Nevya fuhr herum. Eine junge Frau mit dunkler Haut und schwarzen Haaren stand hinter ihr. In ihren braunen Augen meinte Nevya eine kleine Flamme lodern zu sehen.

»Ach, das ist eine von deinen?«, antwortete Steve spöttisch und kniff seine Augen bedrohlich zusammen. »Wenn das so ist ...«

Nevya machte sich auf das Schlimmste gefasst, als Steve aufstand und auf die Schwarzhaarige zuging. »Mit diesem Pack will ich sowieso nichts zu tun haben.« Damit ging er an der jungen Frau vorbei und ließ sie in Frieden.

»Danke«, sagte Nevya.

»Was willst du hier?« Die Fremde kniff die Augen zusammen.

»Wer will das wissen?«

»Zed.« Lässig ließ sie sich auf den Barhocker fallen, den Steve eben verlassen hatte.

»Okay, *Zed*«, wiederholte Nevya und zog den Namen in die Länge. »Warum gehst du nicht zurück zu deinen Freunden und lässt mich allein?«

Ihre Traumbilder hätten ihr umgehend gehorcht. Zeds Nasenflügel jedoch kräuselten sich abgeneigt.

»Danke noch mal.« Nuschelnd beendete Nevya das Gespräch und griff ungelenk nach ihrem Bier.

»Hey Jungs«, rief Zed und übertönte das geschäftige Summen der Bar. »Ich glaube, die Neue hier mag euch nicht.«

In der Nische neben dem Tresen war ein Rascheln zu vernehmen und zwei Männer traten aus der Dunkelheit. Ein muskelbepackter Hüne mit stoppeligem blondem Haar und breiter

Nase und ein unscheinbarer Kerl mit krausen braunen Locken und bequemer Figur. Neben dem Riesen sah er verdammt jung aus.

»Das sind Cee und …«

»Lass mich raten – Ypsilon?«, unterbrach Nevya, darauf bedacht, ihre Nervosität zu verstecken.

»Declan«, stellte sich der junge Mann vor. Überrascht blinzelte Nevya ihn an. Nicht nur war er der Einzige, der sich nicht mit einem Buchstaben vorgestellt hatte, er war auch der Einzige, der nett guckte.

»Also …«, begann Nevya, irritiert von Declans und Cees Anwesenheit. »Kann ich euch irgendwie helfen?«

»Hast du einen Namen?«, wollte Zed wissen und zeigte ihre strahlenden Zähne. Nevya lehnte sich unschlüssig zurück.

»Na ja …«, stammelte sie.

»Hast du einen Spitznamen?«, korrigierte Zed und ließ ihre Fingernägel ungeduldig auf den Tresen trommeln.

Cee schlug sein Glas energisch auf den Tresen und bedachte Zed mit einem verurteilenden Blick, bevor er sich abwandte und genervt nuschelte: »Du bist unmöglich.« Dann verzog er sich in seine Nische. Zed sah ihm nur schulterzuckend hinterher.

Eine neue Identität mit neuem Namen gefiel ihr besser. So konnte sie sich trotz Gesellschaft ein Stückchen Anonymität bewahren. »Du kannst mich Vy nennen.«

»Gut, Vy.« Triumphal klatschte Zed in die Hände. »Ich werde dir jetzt einen ausgeben und dann wirst du mir erzählen, was du hier suchst.« Voll Tatendrang streckte sie ihren Zeigefinger aus und deutete direkt auf Nevya. Diese schüttelte überrumpelt den Kopf.

»Danke, ich habe schon etwas«, sagte sie zwar, doch da war Zed schon von ihrem Hocker aufgesprungen und dem Barkeeper hinterhergelaufen, der am anderen Ende des Tresens beschäftigt war. Declan nutzte die Gelegenheit und trat betont langsam an sie heran. Er verschränkte die Arme auf dem Tresen und blickte starr an ihr vorbei. Durch geschlossene Zähne zischte er: »Du solltest verschwinden.«

Nevya legte die Stirn in Falten.

»Was immer Zed versucht – geh nicht darauf ein«, warnte er sie erneut.

Es war nicht zu übersehen, wie zwielichtig alle drei waren. Nevya war nicht blöd. Aber die Alternative hierzu war ein leeres Zimmer in einem leeren Apartment in einem leeren Leben.

»Ich kann sehr gut auf mich selbst aufpassen.«

»Daran zweifle ich nicht.« Er suchte nach einem Argument, doch letzten Endes flüsterte er nur: »Geh nach Hause, Vy.«

Zed kam mit zwei Wodka mit Soda zurück und drängelte sich zwischen Declan und sie.

»Du wirst gehen und Cee helfen«, wies sie Declan kühl an.

»Zed, wie oft denn noch …«

»Ich habe für heute genug von deinem Gejammer. Los jetzt.«

Ihre vielen Ringe klimperten, als sie Declan mit wedelnder Hand verscheuchte, nachdem sie Nevya gekonnt ein Glas zugeschoben hatte. Demonstrativ legte sie ihren tätowierten Arm auf dem Tresen ab und drehte sich zu Nevya um. Sie rollte verspielt mit den Augen. Hinter ihr formten Declans Lippen zum letzten Mal das Wort *lauf*, dann verschwand er vor die Tür.

Die ganze Situation war zu verlockend, um wegzulaufen. Im Moment siegte Nevyas Neugierde.

»Was ist sein Problem?«, fragte sie und deutete mit einem Kopfnicken auf die Tür, hinter der Declan verschwunden war.

Zed sah ihrerseits die Tür an, als könnte sie hindurchsehen und Declan von ihrem Barhocker aus weitere böse Blicke zuwerfen.

»Er kommt nicht damit klar, dass er für sein Geld arbeiten muss.« Schlürfend trank Zed aus dem Glas. »Also, Vy, was hast du hier verloren?«

»Wieso interessiert dich das?«

»Sieh dich doch um, Vy«, ächzte Zed und machte eine ausladende Bewegung. »Willkommen im Spectrum, der Auffangstation für Verzweifelte und verlorene Träume.«

Nevya griff unwillkürlich nach ihrem Glas mit der klaren Flüssigkeit.

Verlorene Träume.

Es war nur eine Ausdrucksweise, aber allein die Tatsache, dass Zed so beiläufig aussprach, was ihr fehlte, traf sie mitten ins Herz. Sie nippte und unterdrückte ein Würgen, dann nippte sie ein weiteres Mal. Der Alkohol schien ihren Hals zu verätzen. Unterdessen fuhr Zed fort: »Ich kenne die Klientel wie meine Westentasche. Und du passt ins Bild. Ich hab ein Näschen dafür.«

Mit der Fingerspitze kratzte Zed ihre Nase.

»Dein Näschen ist nicht so zuverlässig, wie du denkst.« Nevya nahm einen weiteren Schluck.

Feixend sah Zed ihr dabei zu, als wollte sie das Chaos beobachten, das sich durch den Alkohol in Nevyas Kopf entfaltete. Ein Rauschen fuhr durch Nevyas Körper. Die Welt geriet bei jeder Augenbewegung langsam ins Wanken. Fast schon schniefend holte Nevya Luft und stand auf. »Denn wenn das so ist, muss ich mich in der Tür geirrt haben.«

Nevya lief wie auf Sand und versuchte, sich durch die Menschenmenge nach draußen zu kämpfen. Verzweiflung hin oder her, dies war nicht der richtige Ort, um nach Ablenkung zu suchen.

»Vy!« Zeds Stimme krächzte, wenn sie laut rief. Nevya hielt in ihrer Bewegung inne.

»Komm bald wieder«, befahl Zed. »Ich habe die leise Vermutung, dass es dir guttun würde.«

Nevya konnte nur noch Zeds Profil und die blauen Schatten der Schwarzlichter, die auf ihren hohen Wangen tanzten, erkennen. Dennoch war ihre überlegene Haltung nicht zu übersehen. Leise schnaubend stolperte Nevya nach draußen.

Im Vergleich zu der Geräuschkulisse des Spectrums pfiff der Wind auf der Straße verdächtig leise. Dazwischen quetschten sich die Motorengeräusche ferner Straßen und zwei Stimmen, die sie bereits kennengelernt hatte und die durch einen nahen Hinterhof hallten.

Interessiert schlich Nevya sich an und spickte über eine Mülltonne in die Senke aus Backstein. Ihre Augen brauchten einen Moment, um sich an die Dunkelheit zu gewöhnen. Erst dann sah sie die feuchten Mauern der Häuser, auf denen sich ein blaues Licht spiegelte und verheißungsvoll tanzte. Nicht irgendein blaues Licht – es war Indigoblau. Als Nevya direkt in die Lichtquelle blickte, beschleunigte sich ihr Herzschlag. Schluckend legte sie eine Hand auf ihre Brust und erforschte das Gefühl, doch sie konnte sich keinen Reim darauf machen.

Da waren nur Cee und Declan, der nervös tänzelte und mit einer hell erleuchteten Kugel spielte.

Blauer Nebel wirbelte durch das Glas.

4

»Ich verstehe dich nicht, Cee.«

Neben Declan, der nervös umhertrippelte, wirkte Cee wie ein Fels. Das genervte Knurren aus seiner Kehle konnte sie sich nur vorstellen, hören konnte sie es aus dieser Entfernung nicht.

»Sie stellt noch nicht einmal Fragen«, fuhr Declan fort. »Egal was Q-Lee sagt …« Declan klemmte die blaue Kugel unter die Achseln und schnipste mit einem Finger. »Sofort ist sie zur Stelle. Ohne Wenn und Aber.«

»Zed gibt ihr Bestes.« Sein ganzes Gesicht bestand aus Schatten und sein Tonfall ließ keine Interpretation zu.

»Davon sehe ich nichts.« Declan lachte, doch er klang nicht amüsiert. Plötzlich erwachte die grummelnde Statue neben ihm zum Leben. Cee griff nach Declans Kragen und riss ihn zu sich. Declan japste und umklammerte die Kugel erschrocken mit beiden Händen.

»Du hast das Privileg, meinen Bruder nicht zu kennen«, fauchte Cee. Von Declan vernahm Nevya ängstliches Schnauben. »Also halt den Ball flach, mein Freund.«

Genervt stieß Cee ihn von sich. Declan hustete und schüttelte seinen Kragen aus.

»Dein Bruder ist ein ganz schlimmer Finger, hm?« Declan gurrte. »Vielleicht hat Zed recht, vielleicht solltest du das Geschäft anführen und nicht Q-Lee. Eine Art Revolution …«

»Was sucht das Mädchen da?«

Nevya tauchte hinter die Mülltonne und stieß dabei gegen die Blechverkleidung, die donnernd aufschrie. Schritte näherten sich ihr, also tat sie so, als hätte sie etwas verloren.

»Mein Ohrring«, murmelte sie und tastete auf dem feuchten Asphalt. In ihrem Blickfeld erschien eine Hand. Zögernd hielt sie sich daran fest und ließ sich von Declan aufhelfen.

»Du trägst keine Ohrringe.« Er grinste wissend.

»Richtig. Ganz vergessen.« Sie war drauf und dran, einfach wortlos zu verschwinden, doch ihr Blick fiel auf die Kugel, die in seiner Hand funkelte.

»Wirklich hübsch«, sagte sie. Ihre Beine bewegten sich nicht. Declan packte sie bei der Schulter, sah sich nach links und rechts um und zog sie auf den Hinterhof, wo sie von Dunkelheit umhüllt wurden.

»Ich habe dir doch gesagt, dass du verschwinden sollst.« Allmählich klang er sauer – oder besorgt? Wie in Trance beobachtete sie das satte Blau, das in der Kugel lebhaft umherwaberte und knisternde Funken erzeugte, die beinahe blendeten. Sie glaubte die Wärme des Lichts auf ihren Wangen zu spüren.

»Was ist das?«, fragte Nevya.

»Psst«, machte Cee und sah sich ebenfalls um. »Declan hat recht, das geht dich nichts an. Verzieh dich, Kleines.«

In diesem Moment kam ein Kerl um die Ecke, dessen Stampfen Nevya von der Kugel ablenkte. Seine Statur schüchterte Nevya bereits ein, als sie sie nur als verschwommene Silhouette wahrnahm. Durch ihn wurde der Hinterhof zu einer Sackgasse, doch da auch Cee nicht wie ein Schwächling wirkte, geriet Nevya nicht vollkommen aus der Ruhe.

»Das hast du nun davon«, zischte Declan und stellte sich schützend vor sie. »Verhalt dich einfach ruhig«, flüsterte er Nevya zu.

»Zeig her!«, rief der Mann schon von Weitem.

Mit zittrigen Fingern zeigte Declan ihm die Kugel, woraufhin der Unbekannte sie gierig von allen Seiten betrachtete. Das bläuliche Schimmern auf seinem Augenweiß verlieh seinem Gesicht einen wahnsinnigen Ausdruck. Nevya kauerte sich unbemerkt hinter Declans Rücken.

»Fabelhaft«, seufzte der Unbekannte lüstern.

»Für eintausend Dollar gehört sie dir«, sagte Cee.

Der Fremde kramte in seiner Jackentasche und zückte etwas silbern Glänzendes.

»Declan«, sprach Nevya aus Reflex und legte ängstlich eine Hand auf seine Schulter, denn der Mann richtete das Messer direkt auf Declan, welcher ihm ängstlich die Kugel überreichte.

»Bleib ruhig und gib mir die Sphäre zurück«, redete Cee auf den Mann ein.

»Ihr bleibt ruhig!«, rief der Kunde nervös. »Ihr bleibt ruhig und bewegt euch nicht, sonst werdet ihr es bereuen.« Er klang lächerlich und schwitzte. Es war faszinierend, wie schnell er sich von einschüchternd zu erbärmlich gewandelt hatte, und das nur, weil er diese Kugel so dringend haben wollte.

Behutsam ging er rückwärts und ließ die drei nicht aus den Augen. Dennoch wagte Cee es, ihn urplötzlich zu attackieren und ihm mit einer schnellen Handbewegung das Messer aus der Hand zu schlagen. Auch versuchte er nach der Kugel zu greifen, doch der Unbekannte hielt sie weiterhin eng umschlungen.

»Hol Zed«, brüllte Cee, woraufhin Declan umgehend loslief. Nevyas Hand griff ins Nichts, als sie von Declans Schulter rutschte.

Erst jetzt realisierte Nevya allmählich, was geschah, und wagte nicht, sich zu bewegen. Cee war es gelungen, seinen Gegner in die Knie zu zwingen und in den Schwitzkasten zu nehmen. Die Kugel fest umschlossen, versuchte dieser, sich zu befreien, doch dabei rutschte die Kugel aus seiner Hand – und flog. Entsetzt starrte Cee der fliegenden Kugel hinterher, woraufhin der Fremde sich losreißen und die Flucht ergreifen konnte. Nevya schrie auf, als die Kugel wenige Zentimeter neben ihr an der Hauswand zerbrach. Erschrocken schützte sie ihr Gesicht mit ihren Händen vor fliegenden Glasscherben, und als sie ihren Blick zurück auf das Geschehen richtete, konnte sie nur noch indigofarbenen Nebel wahrnehmen, der sie eingehüllt zu haben schien.

Er tanzte um ihre Finger, die sie nur noch bedingt sehen konnte, und sie konnte förmlich spüren, wie er sich um ihren Kopf legte. Ihr war, als würde der Nebel durch ihre Ohren und ihre Nase wandern und sich in ihrem Gehirn festsetzen.

Während sie zunächst glaubte, dass der Nebel geruchlos war, duftete er plötzlich nach allem, was sie je gemocht hatte. Selbst Ryans Parfum drang in ihre Nase.

Als der Nebel sich mehr und mehr verzog, wurde ihr Kopf immer schwerer. Schwindel überkam sie und sie schaffte es gerade so, sich an der Wand abzustützen. Nevya hatte das Gefühl, ihr Schädel würde platzen. Die Hand an ihrem Arm spürte sie beinahe nicht und sehen konnte sie sie schon gar nicht. Erst als Zed beunruhigt ihren Namen – ihren Spitznamen – rief, wusste sie mit Sicherheit, dass sie nicht mehr allein war.

»Vy, was ist geschehen?« Doch Nevya konnte nicht antworten.

»Cee!«, rief Zed. »Was ist hier los?«

»Der Deal ist geplatzt.«

»Geplatzt? Wo ist die Sphäre?«

Es folgte Stille. Eine Scherbe klirrte, als Zed sie hochhob und wieder fallen ließ.

»Ist sie in den Nebel getreten?« Zed schrie vorwurfsvoll.

»Ja. Es ging viel zu schnell. Ich konnte …«

»Du Idiot!«

»Beruhige dich.«

»Ich soll mich beruhigen? Du kannst froh sein, dass der Collins-Deal noch aussteht und dass der uns verdammt noch mal genug Geld einbringt, um deinen scheiß Fehler auszugleichen!«

Langsam, aber sicher vergaß Nevya, wo oben und unten war. »Mir ist schwindelig«, warf sie daher ein.

»Ganz ruhig. Lass es einfach zu. Es wird gleich besser.« Mit erstaunlich sanfter Stimme redete Zed auf sie ein.

»Bist du sicher?«, hörte Nevya plötzlich Declans Stimme.

»Ich bin mir sicher. Sie ist das nur nicht gewohnt. Und Cee …« Nevya spürte, wie Zed herumfuhr. »Dein Bruder interessiert sich sicher brennend dafür, was hier passiert ist.«

Stille.

»Es tut mir leid, Zed«, brachte er schließlich hervor.

Zed beendete das Gespräch an dieser Stelle und befahl Declan, Nevya zu helfen, ein paar Schritte zu gehen, doch Nevya spürte nicht, wie ihre Beine sich bewegten. Stattdessen flog und schwamm sie gleichzeitig durch eine verschwommene Welt.

Nach einer gefühlten Ewigkeit spürte sie, dass sie auf einer Matratze lag. In einer fremden Wohnung. Auch wenn ihr Herz sich nicht beruhigte, wurden ihre Augenlider immer schwerer. Bis sie sich ein letztes Mal umdrehte, bevor sie einschlief.

5

Nevya erwachte. Augenblicklich wusste sie, wo sie sich befand. Nur ein Blick auf den chinesischen Bau vor ihr genügte. Auf die geschwungenen Dachvorsprünge, die sich bis in den Himmel türmten.

Die Pagode.

Ein Rausch packte Nevya, ließ ihre Glieder kribbeln. Sie sah hinab auf ihren Körper, auf die glühenden Kleider, die sie noch nie getragen hatte – und lachte. Ihr Arzt hatte unrecht. Nevya träumte.

Nevya stieg den kurzen Treppenabsatz empor, der in die Pagode führte.

Das Innere bestand aus einer einzigen Wendeltreppe, die ins Licht führte. Dahinter wartete eine unvollendete Geschichte. Mit heißem Verlangen trat sie durch den Türbogen.

Jeder Gedanke, mochte er im wachen Zustand auch noch so unbedeutend sein, wurde im Traum sofort durch ein Traumbild verkörpert. Es kostete Nevya enorme Gedankenkraft, falsche Gedanken zu unterdrücken oder umzulenken und die richtigen in passende Traumbilder umzuformen. Zweifel wurden zu Hexen, Freude wurde zu Sonnenschein. Deshalb brauchte sie ein Mantra. Ein Gedicht, das sie immer wieder aufsagen konnte, um die Kontrolle über ihre Gedanken zu bewahren. Als grelles Licht ihren Traum flutete, sagte sie zu sich:

Meine Träume gehören mir.

Ich bin die Göttin der Traumbilder. Ich erschaffe sie. Ich töte sie.

Nachts bin ich allein. Alles, was ich sehe, bin ich. Alles, was ich erschaffe, besteht aus mir.

Mein Unterbewusstsein gehört mir.

Was immer misslingt, ist selbstverschuldet.

Nevya atmete tief durch und rieb ihre Hände aneinander. Eine Geste, die sie beruhigte und im Traum verankerte. Wenige Augenblicke später verschwand das Licht und mit ihm die Pagode. Nevya fand sich umgeben von brüllenden Männern wieder, die Fracht auf eine mächtige Galeone luden, über Planken sprangen und an schmutzigen Tauen zogen. Einer von ihnen stach deutlich hervor. Dunkle Haare, dunkle Augen – Nikolai. Die ganze Umgebung wirkte neben ihm plötzlich wie unförmiger Ton, jegliche Schärfe war in ihm gebündelt. Er thronte auf dem Schiff und schrie Anweisungen umher. Als er Nevya entdeckte, hielt er inne – und mit ihm verstummte ihre gesamte Crew.

»Kapitän«, hauchte Nikolai. Mit wenigen Schritten hatte er den Landgang erreicht und war zu Nevya in den Hafen gestiegen. Alle Augen lagen auf ihnen, als er sie umarmte, sich dicht an sie schmiegte und mit ihr zu verschmelzen schien. Sie waren ein und dasselbe Geschöpf und doch hatte man sie einander qualvoll entrissen. Hier, in ihrem Traum, war sie endlich wieder mit ihrem Unterbewusstsein vereint. Ein paar Crewmitglieder applaudierten und jubelten.

»Der Kapitän ist zurück!«

Nikolai löste sich von ihr. Fürsorglich umschloss Nevya seine Wange mit ihrer Handfläche, doch eine Falte auf seiner Stirn wischte sein mildes Lächeln weg.

»Du weißt, was das bedeutet, Kapitän.«

Schnell ließ Nevya von ihm ab. Ihr Schreck setzte sich in ihrer Crew fort, sodass einer von ihnen eine Holzkiste fallen ließ, die scheppernd auf dem Boden zerbrach. Entschuldigend trat sie an den armen Mann heran und reparierte die Kiste mit nur einem Gedanken.

Nikolai hatte sie an die Realität erinnert, an die schäbige Matratze, auf der sie eingeschlafen war. An die blaue Kugel. Wenn er ahnte, was es damit auf sich hatte, so ahnte es auch Nevya.

»Ich verstehe es nicht«, klagte sie. »Aber im Moment interessiert mich die Wirklichkeit ohnehin nicht.« Sie sah sich im Hafen um. Möwen kreischten über dem türkisen Wasser der Bucht, salzige Luft blies in ihr Gesicht. Nevya meinte, die nahe gelegenen Tavernen zu hören, in denen ein feuchtfröhliches Treiben herrschte. »Im Moment will ich nur eins.«

»Es genießen, was immer es ist«, vollendete Nikolai ihren Satz. Er sprang auf den Bootssteg und reichte ihr seine Hand, um sie über den Absatz zu geleiten. Gemeinsam bestiegen sie das Schiff.

Nevya füllte ihre Lunge zum Bersten voll mit Luft. Als sie sie entließ, wurde ihr Schiff von einem mächtigen Windstoß getroffen, der die Segel aufblähte und den Kurs befehligte. Nevya lehnte sich selbstgefällig auf die Reling und blickte am spitz zulaufenden Bug vorbei aufs offene Meer.

Sie konnte die Masse der türkisfarbenen Wellen spüren, die kräftig gegen die Galeone schlugen. Nevya selbst war das Meer, sie war das Segel und sie war die Crew.

Zu jedem Zeitpunkt spürte sie Nikolais wachenden Blick in ihrem Rücken.

»Du möchtest nicht darüber reden, hab ich recht?«, erriet er.

Tief horchte Nevya in sich hinein. Die Antwort war ein deutliches Nein. Was geschehen würde, wenn sie aufwachte, war nicht von Bedeutung. Endlich träumte sie wieder und sie würde diesen Moment auskosten.

»Was ist das?«

Nikolai streckte einen Arm aus und zeigte auf einen unbeweglichen Punkt auf dem Wasser. Während die Wellen auf und ab wippten, schien der Fleck unverrückbar am Horizont zu kleben. Fröstelnd kniff Nevya die Augen zusammen, um ihn scharf zu stellen. Sie hatte ein ungutes Gefühl.

Passend dazu verkündete Nikolai: »Was immer das ist – es fühlt sich verdammt fremd an.«

»Wir müssen näher heran«, befahl Nevya. Das Ding war zu weit weg, aber sie meinte, eine menschliche Silhouette zu erkennen.

Abermals holte Nevya tief Luft und pustete Wind in die Segel. Je näher sie der Gestalt kamen, desto deutlicher wurde, dass sie ein Mensch war. Ein Mensch mit kaffeebraunen, chaotischen Haaren, sonnengebräunter Haut und einem stechenden Blick. Ryan stand einfach nur auf dem Wasser und beobachtete Nevya.

Die gleiche Verwirrung, die Nevya empfand, zeigte sich auf Nikolais Gesicht.

»Ich schlafe«, sagte sie zu sich selbst. Als sie die Augen wieder öffnete, war Ryan verschwunden. Sie war aus der Übung. Manchmal verwandelten sich unterbewusste Gedanken in absurde Traumbilder.

»Warum Ryan?«, wollte Nevya von Nikolai wissen.

»Das kann ich dir nicht beantworten.«

Eine Lüge. Nikolai vermochte jegliche noch so abgelegene Gehirnregion zu erreichen. Wenn er etwas nicht wusste, dann bedeutete das …

»Ich weiß es wirklich nicht, Nevya.«

Ungerührt hob Nevya eine Augenbraue. Wenn sie sich nun selbst verwirrte, würde sie aufwachen, deshalb riss sie sich zusammen. Die Zweifel malten Nebel in die Luft, der das Schiff einhüllte, bis die Welt grau war.

»Da verliert man seine Träume für ein paar Wochen«, seufzte

Nevya unbeeindruckt, sah dem Wetter zu, das sich verdunkelte, und trat ans Steuerrad heran, »und schon gerät alles außer Kontrolle.«

Bisher war es ihr immer gelungen, ihre Traumbilder richtig zu deuten. In diesem Moment konnte sie nichts weiter tun, als abzuwarten. Doch plötzlich wurde die Stille durch ein lautes Krachen durchbrochen. Laut rumorend schlitterte die Galeone über eine Sandbank, verkeilte sich im Sand und kam mit einem Ruck zum Stehen. Zwar löste sich der Nebel langsam auf, doch die Ahnungslosigkeit blieb.

Nevya stürmte an die Reling und schaute sich um. Weißer Sand unter azurblauem Himmel – so weit das Auge reichte.

»Nikolai«, befahl Nevya, »du kommst mit.« Ohne sich um die Höhe zu sorgen, sprang sie zu Boden und federte sich mit einem Gedanken ab: *Ich lande weich.*

Mit Nikolai an ihrer Seite wanderte sie durch den Sand, bis die Nacht hereinbrach. Über ihnen glitzerte eine gewaltige Galaxie am Nachthimmel auf. Eine weitere Konstante in Nevyas Träumen, ebenso wie es die Pagode war. Nevya blickte in den Sternenstrudel und ließ sich von ihm trösten. Im selben Moment erschien eine Geisterstadt am Horizont.

Hölzerne Hütten standen windschief aneinander, durch die löchrigen Latten pfiff der Nachtwind. Die leeren Fenster schienen Nevya zu beobachten, während sie durch die Mitte der beiden Häuserreihen auf das Zentrum des Dörfchens zusteuerte, das aus einer einzigen Werbetafel bestand. Ein Aushang warnte Nevya in großen roten Lettern vor einer lauernden Gefahr. Links und rechts brannten Fackeln und ließen das Bild verheißungsvoll aufflackern. An jeder der brüchigen Hauswände klebte ein ähnliches Plakat. Darauf abgebildet waren koboldartige Wesen, die der Zeichner mit Eile aufs Blatt gekritzelt hatte. Gehörnte Kreaturen, die gehässig lächelten. Manche von ihnen sahen steinernen Wasserspeiern ähnlich. Ihre breiten Münder zeigten Reißzähne.

»Nachtmahre«, erkannte Nikolai.

»Deshalb habe ich vorhin Ryan gesehen.« Nevya zählte eins und eins zusammen. Das leere Dorf mit den Warnschildern war eine Manifestation von Ryans Warnung vor Prawnhill.

»Du willst mir doch nicht etwa sagen, dass ich an sein kleines Märchen glaube?« Nevya ballte die Hände zu Fäusten. Frust drückte auf ihr Herz und wandelte sich langsam zu Wut. Über ihre Schulter sah sie in Nikolais schuldbewusste Augen. Er senkte den Kopf und trat näher heran, um sie endlich aufzuklären.

»Das tust du, wenn auch nur unterbewusst.«

»Reiß dich zusammen.« Nevya fuhr herum und hielt drohend ihren Zeigefinger vor seine Nase. »Sonst ebnest du ihnen den Weg.«

»Den Mahren?« Das Wort hallte durch ihren Kopf und verdunkelte die Nacht um mehrere Nuancen. Wolken quollen auf und versteckten die Galaxie hinter sich.

»Nein, nicht den Mahren«, fuhr sie Nikolai an, »den Gedanken. Du weißt, wie wichtig es ist, sie in Schach zu halten. Denn wenn deine Gedanken außer Kontrolle geraten …«

Über den Himmel jagte ein Blitz. Düsteren Schatten umzingelten das Dorf. Hastig blickte Nevya sich in alle Richtungen um.

Nikolai schlich sich geduckt zum Stadtrand.

Ein fauchendes Geräusch hinter ihr ließ Nevya zusammenzucken. Mit seinen Klauen riss der Schatten das Warnposter ein und blickte Nevya direkt an. Aus Schatten formte sich langsam ein insektenähnliches Gesicht mit dunkelroten Facettenaugen. Das Monster kreischte. Ein Laut, der Wellen aus eiskaltem Schauer durch Nevyas Körper schickte. Flüchten war im Traum immer eine Option, sei es in ihre Pagode oder in den wachen Zustand. Doch Nevya dachte nicht einen Augenblick daran, aufzuwachen.

Geistesgegenwärtig griff sie nach der Fackel, die das Plakat beleuchtet hatte, und versuchte, das Monster zu vertreiben. Doch es spuckte eine dunkle Flüssigkeit auf die Flamme. Nevya warf die rauchende Fackel beiseite und rannte Nikolai entgegen. Ein kurzer Blick über ihre Schulter versicherte ihr, dass das Monster ihr dicht auf den Fersen war.

Nikolai, du bist hier.

Hinter einer Hausfassade schoss ihr Unterbewusstsein hervor, das eine scharfe Klinge in der Hand hielt und das Monster zweiteilte. Das Schwert zerfiel und mit ihm das kolossale Insekt.

Noch immer rennend keuchte Nevya: »Zum Schiff!« Die Anwesenheit weiterer Monster war deutlich spürbar.

»Ich habe die Dunkelheit inspiziert, sie ist voll von diesen Monstern.« Nikolai hechelte und gab sich Mühe, mit ihr Schritt zu halten. »Wir sollten fliehen. In die Pagode.«

»Nein«, fauchte Nevya und schlug einen Haken, als sie das hölzerne Türschild sah, das im Wind schwankte. »Hier rein.« Sie packte Nikolai bei der Schulter, der überrascht die Fersen in den Wüstenboden presste, um anzuhalten und seiner Gebieterin zu folgen, die hinter der Tür verschwand.

Schwer atmend sahen sie sich im Häuschen um. Nevya hob eine Hand und machte eine wischende Bewegung, woraufhin Dutzende Kerzen den Raum erhellten. Sie standen in einem verlassenen Saloon. Sie ließ noch mehr Kerzen erscheinen, ließ Gäste eintreten, die lachten und tranken, sich prügelten und ausgelassen jauchzten.

Draußen jedoch – draußen war es eisig. Nevya flutete den ganzen Raum mit flammender Hitze und doch konnte sie die Kälte des Albtraums vor der Tür nicht vertreiben. Sie war hier drinnen gefangen.

»Jetzt wäre ein guter Zeitpunkt, um aufzuwachen«, fand Nikolai, zog seine Hutkrempe hinab und strich seinen Schnurrbart glatt, der plötzlich aufgetaucht war. Seine Lippen waren eine schmale Linie, als sein Blick durch die Menge streifte. Er war viel beunruhigter als Nevya, viel mehr darauf bedacht, dem Albtraum zu entkommen. Nevya jedoch fühlte sich angriffslustig. Sie drehte sich zur Theke und zeigte dem Wirt zwei Finger. Kurz darauf standen zwei Gläser mit einer bräunlichen Flüssigkeit vor ihnen. Nikolai seufzte und nahm eins davon.

»Ich werde nicht weglaufen«, verkündete Nevya und stieß mit Nikolai an, »und wenn ich die ganze Nacht hier drinnen sitzen bleibe.«

Nikolai kippte den Inhalt seines Glases in einem Zug.

»Nevya.« Seine Stimme war vom Whiskey verbrannt und krächzte. Nach einem Räuspern klang er gefasster. »Was ist, wenn es Nachtmahre sind?«

Bevor sie etwas erwidern konnte, fuhr er fort: »Ryan glaubt, dass es sie gibt. Warum sollte er dich belügen?«

»Ich bin nur aus der Übung.«

Ein Schuss erklang. Irgendein Idiot kam auf die Idee, eine Schießerei zu beginnen. Nevya nahm sich nicht die Zeit, zuzusehen, wie das Chaos sich entfaltete, und rettete sich hinter die Theke. Dabei vergaß sie für eine Sekunde Nikolai, dem es jedoch gelang, einen der Tische umzuwerfen und sich dahinter zu verstecken.

Immer lauter pfiffen die Schüsse durch die Luft, bis der Geruch des Schießpulvers in Nevyas Nase kitzelte. Plötzlich verstummten die Pistolen, stattdessen hörte Nevya Frauen, die durcheinanderschrien, sie hörte Männer, die unablässig schimpften. Dann Stille. Nevya wagte sich aus ihrem Versteck. Alle waren aus dem Saloon geflüchtet. Die halbhohen Flügeltüren schwangen noch spottend hin und her, während die Kälte hereindrang. Fröstelnd rutschte Nevya über die Theke und besah die Lage. Die Monster waren still. Die Gäste waren weg. Nikolai kauerte noch immer hinter seinem Tisch.

»Siehst du?«, Nevya war außer Atem vor Schreck. »Schon sind wir wieder allein.«

Nikolai drehte sich nicht zu ihr um. Zögernd trat Nevya an ihn heran.

»Hörst du? Ich habe alles unter Kontrolle.« Sie tätschelte seine Schulter, um ihn zum Aufstehen zu bewegen.

»Es tut mir leid, Nevya.« Wieder war seine Stimme ein Krächzen, ein Gurgeln. Nevya wurde heiß, als sie das Blut auf seinen Fingern sah, die er auf seinen Bauch gedrückt hatte. Schlaff fiel er Nevya zu Füßen. Blut strömte aus der Schusswunde, die seinen Bauch zerfetzt hatte. Sein Gesicht war blass. Das machte keinen Sinn. Er war ihr Unterbewusstsein – er konnte nicht sterben. Das machte keinen Sinn.

Fürsorglich legte sie beide Hände auf Nikolais Bauch und konzentrierte sich darauf, seine Wunden zu heilen, doch es fiel ihr schwer. Sie verlor die Kontrolle über ihre Gedanken und Angstschweiß lief ihr über die Stirn. Mit zittriger Stimme ermahnte sie Nikolai, an Positives zu denken, doch das Röcheln seines Atems wurde schwächer und schwächer.

»Es tut mir leid, Nevya«, hauchte Nikolai ein letztes Mal, bevor sein Blick leer wurde. Nevya schrie auf.

Mit Tränen auf den Wangen fuhr sie aus dem Schlaf.

6

Nevya fand sich allein in einem weiten Raum wieder. Ihr Herz raste, ihre Hände zitterten. Alles in ihr schrie und verlangte nach Nikolai.

Absurd. Es war absurd. Nikolai lebte. Nevya hatte ihn erschaffen, also lag es in ihrer Hand, ihn wieder zum Leben zu erwecken. Es war nur ein Traum gewesen. Und es gab keinen Tod im Traum.

Nevya brummte der Schädel. Sie massierte sich stöhnend ihre Nasenwurzel, während ihre Gedanken wild durch ihren Kopf strudelten, bis sie sich aufsetzte.

Die Federn der Matratze hatten schmerzende Druckstellen hinterlassen. Zwei Mal knackte Nevyas Nacken, bis sie sich einigermaßen wohl in ihrer Haut fühlte und es wagte, sich umzusehen.

Das Loft war spärlich eingerichtet. Ein paar Sessel und eine Küchenzeile standen einsam in der Gegend herum. Mehrere Türen gingen von den Backsteinwänden ab, hinter denen Nevya ihre neuen Bekanntschaften vermutete. Unsicher hoben sich ihre Schultern. Ihr Blick blieb unverhofft hängen. Die Tür, die ihre Augen nicht loslassen wollten, war schmal und alt, hinter abbröckelndem Lack rostete das Metall. Trotzdem wurde Nevya das Gefühl nicht los, dass sie geöffnet werden wollte.

Laut quietschend schwang sie auf, sodass Nevya zusammenfuhr und sich umschaute. Stille. Sie atmete tief aus. Der Raum dahinter war eine Vorratskammer. Zu beiden Seiten standen offene Regale, die bis an die Decke reichten und mit Dutzenden, wenn nicht gar Hunderten Kugeln gefüllt waren, die jener ähnelten, deren Nebel Nevya eingeatmet hatte. Ihr Glanz erhellte den Raum und tauchte ihn in ein schummriges Licht, in dem man sich beinahe verlor. Ein schweres Gewicht legte sich auf Nevyas Brust, nur mit Anstrengung konnte sie Luft holen.

Etwas störte Nevya an diesem Anblick. War es eine Droge? Hatte sie giftige Gase eingeatmet, die sie langsam umbringen würden? Was immer es war, sie musste verschwinden.

Etwas verdunkelte das Licht, das durch die Tür brach. Erschrocken drehte Nevya sich um. Declan.

»Du wolltest ja nicht hören.« Er klang weniger verärgert als am Vorabend.

»Oh, ich habe dich laut und deutlich gehört.« Ihre eigene feste Stimme überraschte Nevya. »Ich war eben dabei, zu gehen.«

Sie stürmte zur Tür, aber Declan blockierte den Weg mit beiden Armen.

»Geh mir aus dem Weg«, zischte Nevya.

Er bewegte sich nicht.

»Wenn du diese Sache für dich behalten könntest«, sagte er gezwungen förmlich und grub seine Finger in den Türrahmen, »wären wir dir sehr verbunden.«

Wie die Beute eines Raubtiers trippelte Nevya umher und suchte nach einem Ausweg. Wenn sie nicht kämpfen wollte, musste sie es mit Vernunft versuchen.

»Was ist das für ein Zeug?« Mit dem Kopf deutete sie auf die Kugeln hinter sich.

»Träume.«

»Eine chemische Droge, die Träume auslöst?« Nevya konnte nicht verhindern, dass ihre Stimme sich überschlug.

»Nein. Eine natürliche Substanz, wie sie in jedem menschlichen Kopf zu finden ist. Wir nennen es Traumnebel.«

Nicht das Wort *Traumnebel* war es, das Nevya erschütterte. Sondern das Wort *natürlich*. Sie verschränkte die Arme, zog sie dicht an sich, denn sie begann zu frösteln. Also war ihr Traumverlust doch keine Laune der Natur. Stattdessen hatte in ihrem Kopf etwas existiert, das nun fort war. Sie konnte nicht anders, als den Kopf zu schütteln.

»Nette kleine Lüge«, spottete sie. »Träume sind komplexe Prozesse im Gehirn und nicht …«

Zweifelnd drehte sie sich zu den Kugeln um. Woher sollte sie wissen, was Träume waren? Der blaue Nebel in den Glaskugeln sah tatsächlich so verlockend wie ein Traum aus.

»Wo habt ihr diesen Traumnebel her?«, fragte sie schließlich.

»Es ist das Glas«, antwortete er und sah dabei an ihr vorbei. »Eine spezielle Rezeptur. Es saugt den Nebel aus dem Kopf.«

Etwas brodelte in ihrem Magen. Wut. Sie hatten den Nebel aus Köpfen. Der Arzt hatte keine Erklärung für ihre Traumlosigkeit – Nevya schon.

Plötzlich erinnerte sie sich an den letzten warmen Spätsommertag Ende September. Nevya hatte auf der Wiese fernab der Great Shell gelegen, in den Himmel hinaufgeschaut und war nur für einen Moment eingenickt. Einen kurzen Moment, während dem sie von Nikolai geträumt hatte, der Pfeile in den Himmel schoss. Und dann hatte sie nie wieder geträumt.

»Ihr habt sie geklaut. Ihr klaut Träume, um sie zu verkaufen?«

Sie stand abgepackten Träumen gegenüber, eingesperrt in Glas. Am liebsten wäre sie mit einem Satz auf beide Regale gesprungen und hätte sie zu Boden gerissen. Leider wurde ihr eines schnell bewusst – sie sah nicht nur ihrem Verhängnis, sondern auch ihrer Erlösung ins Auge. Und sie konnte nicht umhin, zu schluchzen.

»Gib mir einen Grund, warum ich nicht jedem davon erzählen sollte.«

Declan ließ sich mit seiner Antwort Zeit, spazierte in die Kammer und beäugte die Kugeln in ihren hohen Regalen.

»Was weiß ich«, murmelte er und vergrub die Hände in seinen Hosentaschen. »Ich hasse dieses Gewerbe doch auch.«

Nevya verschränkte die Arme, als er ihr den Rücken zuwandte. Es war ihre Chance zu fliehen. Und doch trat sie stattdessen einen Schritt auf Declan zu.

»Du hasst es hier, ja?«, grummelte sie. »Nette Klamotten trägst du.« Langsam schlich sie um Declan herum und betrachtete das weiße Poloshirt, das er aufgeknöpft trug. »Und das Loft sieht auch nicht billig aus. Ich möchte behaupten, es lebt sich gar nicht so schlecht in diesem …« Nevya musste schlucken, damit die Wut nicht über ihre Zunge rollte. *»Gewerbe.«*

»Ich wohne mit meinen Komplizen zusammen.« Missmutig zupfte er sein Shirt zurecht, als gefiele ihm der Kerl, der darin steckte, selbst nicht. »Wirklich traumhaft, in der Tat. Wenn es nach mir ginge, hätte ich mein eigenes Apartment.«

Nevya schnalzte mit der Zunge. »Was hält dich hier? Du könntest deinem eigenen Rat folgen und verschwinden. Dir eine eigene Wohnung suchen.«

»Ich hatte eine eigene Wohnung, als ich frisch aus Arizona hierhergezogen war.« Sein schiefes Grinsen wirkte gestellt. »Zwei Tage lang hat sie mir gehört, dann wurde ich ausgeraubt und landete auf der Straße«, erzählte er wie beiläufig. »Gut möglich, dass jemand meine Sachen vertickt hat, um an Träume zu gelangen.«

»Und deshalb stiehlst jetzt du … Träume?«

Meine Träume.

»Ich stehle sie nicht, ich vermittle sie nur«, verteidigte Declan sich. »Ob du es glaubst oder nicht, ich versuche, etwas zu ändern. Ich habe mir geschworen, nie so zu werden wie diese Verbrecher – oder wie Zed.«

Durch seinen Mund klang der Name seines Bosses wie das Zischen von heißem Öl, doch Nevya schwieg. Wie konnte er inmitten der zahlreichen Kugeln so etwas sagen? Wie konnte er so tun, als meinte er es ernst?

»Los, erzähl allen davon.« Declan ließ die Schultern hängen. »Erzähl all deinen Freunden davon. Vielleicht kommt etwas Aufruhr ins Gewerbe – vielleicht ändert es etwas.« Er wandte sich um.

Unwillkürlich kaute Nevya auf ihrer Wange. Eines von Declans Worten hatte ihrem Magen einen Stich versetzt. *Freunde.* Wem sollte sie davon erzählen? Lauren, der letzte Mensch, den sie ihre Freundin genannt hatte, war aus ihrem Leben verschwunden, als Nevya sich in ihre Traumwelt zurückgezogen hatte. Das war Jahre her.

»Was würde das ändern?«

Declan war schon auf der anderen Seite der Tür, als er innehielt. Nun fiel Sonnenlicht auf seine weichen Züge, nur die Schatten um seine Mundwinkel wurden größer, während er sich zu einem Schmunzeln durchrang.

»Wer weiß, vielleicht könnte ich eine Liste erstellen.« Er legte eine Hand auf den Türgriff und forderte Nevya damit stumm auf, die Kammer zu verlassen. Mit noch immer verschränkten Armen setzte sie sich in Bewegung.

»Eine Liste der Leute, deren Träume gestohlen wurden. Ich würde sie mit meinen Serenen versorgen.« Mit einem Kopfnicken deutete er auf einen Abschnitt der Regalwand, auf dem sein Name fehlerhaft eingeritzt war – er begann mit einem Kleinbuchstaben. Warum hatte er seinen eigenen Namen falsch geschrieben?

Das Leuchten der Kugeln wurde wieder weggesperrt, als Declan die Tür schloss. »Das würde ich so lange tun, bis ich ein paar Sonore gefunden hätte.«

Nevya legte fragend den Kopf schief.

»Es gibt zwei Arten von Glaskugeln. Zwei Arten von Sphären. Das da drinnen ...« Declan deutete mit seinem Daumen über eine Schulter auf die alte Eisentür, »sind nur Serenen. Leichte Sphären. Der Nebel hält für einen Tag, maximal zwei.« Declan holte nachdenklich Luft und schlurfte zu der Tür, die Nevya zuvor gesucht hatte – ihrem Ausweg. Ein Tag. Maximal zwei. Gerade erst hatte sie ihre Traumwelt wiedergefunden, sie durfte nicht hinter die eiserne Tür gesperrt werden.

»Sonore sind Sphären, die alle Träume eines Menschen beinhalten«, fuhr er fort. »Mir ist noch kein Sonor begegnet. Aber es gibt Menschen, die nicht mehr träumen können, also müssen Sonorsphären existieren.«

Auffordernd öffnete er die Tür, durch die die frische Luft des Treppenhauses hereinfuhr.

»Das würde ich machen. Ich würde Traumlose zusammentrommeln und ihnen Sonore schenken.« Treu wie ein Hund blickte er sie aus seinen dunklen Augen an.

Nevya war sich nicht sicher, was sie antworten sollte. Schon bald würden ihre Träume wieder sterben. Sie spürte schon, wie der Traumnebel in ihrem Kopf zurückwich, um der Realität Platz zu machen.

Sekundenlang sah Declan sie nur stumm an.

»Du solltest jetzt gehen.«

»Das sagst du echt oft«, brachte sie hervor und versuchte, den Kloß in ihrem Hals weitestgehend zu schlucken.

»Zed wird wollen, dass du für die Serene von gestern bezahlst.« Declan machte einen langen Hals, um das Loft überblicken zu können.

»Das war nun wirklich nicht meine Schuld«, wehrte sich Nevya.

»Das wird sie nicht interessieren«, flüsterte er. Aus einem der Zimmer war ein Rumpeln zu hören. »Geh jetzt. Bevor Zed uns erwischt.«

Er hatte es schon so oft gesagt, doch noch immer hörten Nevyas Beine nicht auf ihn. Noch immer lösten sich ihre Arme nicht, die sie verschlungen an ihre Brust drückte.

»Schreib mich auf die Liste, ja?«

Declan schnappte nach Luft. Langsam. Sehr langsam nickte er – und konnte Nevya dabei nicht in die Augen sehen.

7

Schule. Nevya musste zur Schule. Beinahe hätte sie vergessen, dass sie ein Mensch in dieser Gesellschaft war. Schnellstmöglich zwängte sie sich in die U-Bahn, überprüfte ihre Klamotten mit unauffälligem Schnüffeln auf Frische und nutzte ihre verzerrte Spiegelung in der Fensterscheibe, um ihre Haare zu richten. Ernüchtert stellte sie fest, dass sie genauso aussah, wie sie sich fühlte.

Schwer atmend entschuldigte sie sich bei Mister Olson, als sie schließlich durch die Tür in ihren Klassenraum hetzte. Mit einem tadelnden Kopfschütteln forderte ihr Lehrer sie auf, sich zu setzen. In der vorletzten Reihe saß Ryan gelangweilt auf seinem Stuhl. Stöhnend ließ sich Nevya auf ihren Platz neben ihm fallen, als ihr bewusst wurde, dass sie keinen Rucksack trug, und verwirrt »Scheiße« murmelte.

Neben ihr schnaubte Ryan amüsiert. »Ich dachte immer, *ich* sei schusselig.«

Sein Anblick erinnerte Nevya an ihren Traum, an sein Traumbild, wie er sie beobachtet hatte.

Was ist, wenn es Nachtmahre sind?

Nikolais Worte spukten durch ihren Kopf. Sie öffnete ihren Mund, nur um ihn umgehend wieder zu schließen. Sie erinnerte sich an die skizzenhaften Plakate, die in der Geisterstadt gehangen hatten, und an Nikolais Tod. Gab es wirklich keinen Tod im Traum?

»Stimmt etwas nicht?«, fragte Ryan flüsternd und kam Nevya näher.

»Mir ist nur gerade eingefallen …« Kopfschüttelnd sah Nevya auf die Tafel und konnte durch ihren vernebelten Blick doch nichts erkennen, »dass ich von dir geträumt habe.«

»Du denkst über mich nach.« Er flötete seine Worte kokett. Nevyas Wangen flammten auf. Ihren Lippen entfuhr nur ein nervöses »Ähm« und auch das darauffolgende Glucksen, das statt eines Lachers aus ihrer Kehle fuhr, schien Ryan nur weiter zu ermutigen.

»Wie sah dieser Traum denn aus?« Seine Stimme war ein ruhiges Schnurren.

»Ich weiß nicht. Wie ein ganz normaler Traum eben.«

Beschämt blickte sie auf ihre Hände. Wenn er noch näher kam, würde er sicher ihren Herzschlag hören, der schon gefährlich laut in ihren Ohren pochte. Im Augenwinkel sah sie sein schiefes Grinsen.

Er wandte sich ab und begann fleißig, Mister Olsons Kreidegemälde auf ein Blatt Papier zu übertragen. Nevya holte tief Luft. Unauffällig schüttelte sie den Kopf und verzog ihr Gesicht. Ihr Rücken hatte sich angespannt, also ließ sie ihre Schultern kreisen, bis der Anflug von Scham vertrieben war. Es war an der Zeit, sich zusammenzureißen, egal wie sehr dieser Morgen sie aufgewühlt hatte.

Konzentriert folgte sie nun Mister Olsons Anweisungen, entzündete den Bunsenbrenner und füllte Reagenzgläser mit destilliertem Wasser.

Ryan kritzelte konzentriert seine Skizzen, als er fragte: »Hast du dich entschieden?«

Die Bedeutung seiner Worte erschloss sich Nevya nicht sofort. Sie ahmte ihre Mitschüler nach, die bereits Dreifüße und Reagenzgläser über die Flamme des Bunsenbrenners gestellt hatten. Nachdenklich schürzte sie die Lippen, als sie sich daran zu erinnern versuchte, welche Entscheidung ausstand.

»Du weißt schon. Die Indigo Society. Die Party ist am Samstag.«

»Was ist diese Indigo Society überhaupt?«, fragte sie neugierig.

»Du hast den Flyer nicht gelesen?«

Nevya sah an sich herunter. Sie hatte es noch nicht einmal geschafft, sich umzuziehen, und trug dieselben Klamotten wie am Tag zuvor.

»Ich hatte keine Zeit«, gab sie nuschelnd zu.

Brennend fuhr auch Ryans verurteilender Blick über ihren Körper, als er erklärte: »Wir diskutieren über die vielen Mythen von Great Shell.«

Unter ihrem Tisch verkrampfte sich Nevyas Hand zu einer Faust.

»Und über Nachtmahre«, sagte sie mehr zu sich selbst.

»Das ist einer der Mythen, ja.«

Wenn sie es tat, wenn sie ihn in diese Society begleitete, dann bejahte sie Nikolais Angst vor den Nachtmahren, sie bejahte den Kontrollverlust der letzten Nacht als etwas, das von außen gekommen war.

»Vielleicht würdest du dich dort wohlfühlen.«

Zed hatte dasselbe vom Spectrum behauptet: dass es ihr guttäte, zurückzukehren. Warum bildete die Welt sich plötzlich ein, Nevya analysieren zu können? Gestern noch hatte sie die kleinen Märchen genossen, die Ryan ihr erzählt hatte. Sie hatte aber auch das Rauschen in ihrem Kopf genossen, das der Alkohol ausgelöst hatte. Und die Serene. Tatsächlichen Nebel in ihrem Kopf zu spüren war so viel mehr wert als irgendwelche Märchen.

»Wie darf ich mir das vorstellen? Setzt ihr euch wie beim Gottesdienst zusammen und singt?«

»Na ja.« Ryan drehte die Luftzufuhr des Bunsenbrenners auf, sodass die Flamme noch heißer wurde und sich blau färbte. »Wir sind keine Sekte, falls du das meinst. Es geht nicht um einen Glauben.«

»Weil die Mythen wahr sind?« Nevya gelang ein Feixen, das von Ryan erwidert wurde.

»Egal, was ich jetzt sage, ich werde für dich wie der Anhänger einer Sekte klingen, hab ich recht?«

Nevya zuckte die Schultern und griff nach Ryans Blatt Papier, um die Anweisungen für den Versuch zu lesen.

»Nimm es mir nicht übel.«

Auffordernd schob er ein kleines Schälchen mit grauem Pulver in ihre Richtung. Nevya betrachtete seine Hand, die das Schälchen umschloss, für ein paar Momente. Als sie das Schälchen schließlich an sich nahm, berührte ihr Daumen Ryans Handrücken. Ein kleiner Blitz zuckte durch ihren Körper.

»Übrigens.« Nevya schüttete das Pulver in das Wasser, das langsam zu sieden begann, und regelte die Temperatur der Flamme wieder herunter, »unter der Great Shell ist ein riesiges Waffenarsenal mit Nuklearwaffen, das die Regierung verheimlicht.« Damit zitierte sie nur reißerische Fernsehbeiträge, die sie manchmal auf unseriösen Sendern aufschnappte. Sie griff nach einem Spatel, um das Wasser umzurühren.

Ryan lachte durch Mund und Nase gleichzeitig. »Du wolltest doch Skeptikerin sein und keine Verschwörungstheoretikerin.«

»Ach, und warum verläuft keine der U-Bahn-Linien direkt unter dem Shellpark? Ich sage es dir.« Mit dem Spatel, den sie zuvor sanft auf dem Glas abgeklopft hatte, fuchtelte sie nun vor seiner Nase herum. »Der Fels im Shellpark ist nur die spiralige Spitze des Eisbergs, sicher ist sie innen hohl und bohrt sich noch Hunderte Meter in den Boden.«

Gespielt verletzt legte er eine Hand auf seine Brust. Diese

Gerüchte waren Touristenmagnete, die die Great Shell interessanter machen sollten. Ryan jedoch schien seine Märchen ernster zu nehmen.

»Deutlicher könntest du meine Einladung gar nicht in den Wind schießen.« Trotz des spielerischen Schmunzelns hörte sie, dass er gekränkt war.

»Tut mir leid«, hauchte Nevya. »Wir sind uns einfach zu unähnlich.«

»Findest du?« Er schien überrascht. Angetan hob er eine Augenbraue. »Ich muss schon sagen, Nevya. So selbstbewusst gefällst du mir viel besser.«

Nevya unterdrückte ein Kichern, schnaubte stattdessen und wandte ihre Aufmerksamkeit wieder der brodelnden Flüssigkeit im Reagenzglas zu.

Sie hob eben den Spatel, als ihre Muskeln schwach wurden. Für einen kurzen Moment geriet ihr gesamter Körper aus dem Gleichgewicht und der Spatel stieß gegen das Glas, sodass beides scheppernd zu Boden krachte.

Mitschüler kreischten auf. Wie in Zeitlupe sah Nevya ihre kraftlosen Finger, die durch die Flamme des Bunsenbrenners fuhren und von einer gebräunten Hand umschlossen wurden, die sie von der Gefahr wegzerrten. Nevya landete in Ryans Armen. Seine Brust bremste ihren Fall weich ab, doch die Wucht des Aufpralls verschob sein Hemd. Er knurrte überwältigt, als sein Ärmel verrutschte und die Sicht auf ein verblasstes Tattoo freilegte, umgeben von …

Langsam kam Nevya wieder zu sich. Und Ryans erleichterter Blick ließ darauf schließen, dass nichts passiert war. Zumindest nicht mit ihren Fingern. Sein Arm – er war voller vernarbter Kratzer. Sie durchzogen die schwarze Spirale, die er sich hatte tätowieren lassen. Schnaubend entließ er die Luft, die er vor Schreck angehalten hatte. Nevyas Kopf senkte sich mit seiner

Brust. Schnell hob sie ihn von seinem Körper und suchte stattdessen nach seinen grünen Augen.

»Du kannst von Glück reden, dass die Flamme nicht blau war.« Prüfend strich er über ihre Finger, bevor er ihren Blick erwiderte. »Sonst wäre deine Haut vielleicht nicht mehr so hübsch weiß.« Nevya erschauderte unter der Berührung.

»Manzano. Hale. Was soll der Unsinn?«

Schimpfend drückte Mister Olson sich durch die Menge. Sanft ließ Ryan die Arme sinken und stellte sicher, dass Nevya das Gleichgewicht halten konnte, bevor er sie entließ.

»Alles in Ordnung? Brauchst du frische Luft?«, fragte Ryan sie.

»Im Büro des Rektors gibt es genügend frische Luft«, keifte Mister Olson und besah die Sauerei aus Wasser und Glas zu seinen Füßen.

Kampfbereit stellte Ryan sich vor Nevya und bäumte sich vor Mister Olson auf, bis er mit ihm auf Augenhöhe war. Tonlos fauchte er: »Ihr Freund ist gestorben.«

Nevya spürte die Blicke der Mitschüler auf ihrer Haut, die sich lachend abwandten oder perplex auf Nevyas jämmerliche Erscheinung starrten.

»Also.« Ryan erhob seine Stimme wieder. »Mister Olson, dürften wir kurz das Klassenzimmer verlassen?« Sein Spott brachte ein paar Schüler zum Kichern. Mister Olson war sichtlich angespannt, als er widerwillig nickte.

Als Nevya sich in Bewegung setzte, wurde sie sich ihrer weichen Knie bewusst, und erst als sie draußen im Gang in die Stille trat, die während des Unterrichts durch die Gänge waberte, spürte sie die tief hallende Leere in ihrem Kopf. Enttäuscht rutschte sie an der Wand zu Boden und stöhnte.

Ryan setzte sich neben sie und einen Moment lang schien auch er der Stille zuzuhören.

»Eine gute Freundin von mir ist auch gestorben«, sagte er schließlich.

Nevya wagte nicht, ihm ins Gesicht zu blicken.

»Es verändert einen.«

Seine Arme waren wieder vom Stoff seines Hemdes bedeckt, aber Nevya war, als könnte sie hindurch auf die vernarbten Kratzer und die stümperhafte Tätowierung sehen.

Vielleicht brauchte er seine Indigo Society deswegen. Vielleicht brauchte er deshalb seine kleinen Märchen, mit denen er sich ablenken und trösten konnte. Genau wie Nevya ihre Träume brauchte.

Erneut rief sie sich das Gespräch ins Gedächtnis, das sie tags zuvor geführt hatten. Der Schauder, der über ihren Rücken gelaufen war, als Ryan die Mahre angesprochen hatte – die finsteren Alben, die ihre Opfer mit Albträumen quälten.

Sie wollte sich beweisen, dass sie Albträume verscheuchen konnte. Sie wollte sich beweisen, dass Nikolai nicht tot war. Aber dafür musste sie wieder träumen. Dafür musste sie wieder lernen, wie sie ihre Träume kontrollierte.

»Du kennst dich mit Albträumen aus, hab ich recht?«, fragte Nevya.

Beinahe unmerklich nickte Ryan und rieb sich nervös über die Arme.

»Wie kommt man damit klar?«

Lange starrte er durch die kaffeebraunen Fransen, die ihm tief in sein Gesicht hingen, bis er schließlich antwortete: »Halte dein Herz warm.«

Etwas Schweres schien sich von Nevyas Schultern zu lösen und sie lachte auf. Sie kannte dieses Sprichwort. Ein Spruch, den man kleinen Kindern sagte, wenn sie traurig waren, damit sie sich ihr Stofftier an die Brust drückten und sich einbilden konnten, dass sie sich besser fühlten.

Ein warmes Herz hält Albträume fern.

»In jedem Sprichwort steckt etwas Wahrheit«, sagte er und kämmte sich durchs Haar. Auch sein Gesicht hellte sich allmählich wieder auf.

Und da entschied sie sich. Nevya brauchte nicht seinen Märchen zu glauben, um seine Ratschläge anzunehmen. Aber sie brauchte Nebel. Und wenn sie Declan half, sein Ziel zu verwirklichen, dann würden sie vielleicht eine dieser Sonorsphären finden, die alle Träume eines Menschen beinhaltete und ihren Kopf wieder mit Nebel füllen konnte. Und mit Ryans Hilfe, der gelernt hatte, seine Albträume abzuwehren, würde sie vielleicht wieder die luzide Meisterin werden, die sie gewesen war.

Vorausgesetzt, Declan meinte es ernst.

8

Wenn dieser Tag Nevya eins gelehrt hatte, dann, dass sie nicht stillstehen durfte – immer aktiv bleiben musste.

Sie musste im Unterricht aufpassen, weil sie keine Tagträume hatte, die sie ablenken konnten. Sie musste die Stille der Wohnung vermeiden. Ihre Eltern kamen erst spät von der Arbeit nach Hause und selbst in ihrer Anwesenheit hatten sie Nevya zu wenig zu sagen, um ihren Kopf zu füllen. Zu Hause angekommen, schaltete sie also alle Geräte ein, die Geräusche machten, Bilder zeigten oder beides.

Dieser Tag hatte alles verändert.

Sobald die Dämmerung hereinbrach, die Ende Oktober nicht lange auf sich warten ließ, brach Nevya auf. Sie legte die wenigen Blocks zum Spectrum in Windeseile zurück.

Kaum jemand hatte sich an diesem Abend ins Spectrum verirrt und ein kurzer prüfender Blick genügte, um das Dreiergespann zu entdecken, das in derselben Nische wie am Tag zuvor saß. Die Nische, die kaum vom Dämmerlicht erreicht wurde, versteckte Zed, Cee und Declan, die vornübergebeugt über die Tischplatte lehnten.

»Du schon wieder«, rief der Barkeeper mit dem Bierbauch ihr zu. Er wischte die Theke ab und begrüßte sie lächelnd. Nevya erwiderte es automatisch und bestellte. Sogleich klimperte der Kronkorken des Bieres ihrer Wahl. Sie nuschelte ein Dankeschön, als der Barkeeper es wortlos vor ihre Nase stellte, und wandte ihre Aufmerksamkeit wieder ihren neuen Bekanntschaften zu.

Und noch etwas anderes hatte dieser Tag Nevya gelehrt: Sie musste vollkommen verrückt geworden sein. Sphären – Serenen und Sonore. Die Worte schlängelten sich durch ihren Kopf und zischten wie Schlangen. Der Handel mit Traumnebel hatte sie ihre eigenen Träume gekostet und nun war sie drauf und dran, selbst ein Teil davon zu werden – um es von innen heraus zu bekämpfen.

Nachdenklich nahm sie ein paar Schlucke. Der bittere Geschmack schmiegte sich um ihre Zunge.

Cee und Zed drehten ihr den Rücken zu. Nur Declan sah sie kommen. Je näher sie kam, desto größer wurden seine Augen.

»Üblicher Kleinkram«, erzählte Zed. »Q-Lee meint, dass er uns demnächst außerhalb der Stadt gebrauchen kann. Dann gäbe es da noch diesen Club, von dem ich euch erzählt habe. Ihr wisst ja – im Herbst gibt es immer mehr zu tun. Allmählich geht den Menschen wohl ihr Vorrat an Sommerfreude aus.«

Cee knurrte genervt und ritzte mit dem Fingernagel Zeichen in die Tischplatte.

»Worüber reden wir?«, mischte sich Nevya in das Gespräch ein. Zed fuhr herum. Über ihr rechtes Auge hatte sich ihr Pony gelegt. Durch das andere sah sie Nevya irritiert an.

»Können wir dir helfen?«

Nevya zuckte die Achseln.

»Du meintest, dass ich wiederkommen soll.« Sie griff nach einer Stuhllehne des Nachbartisches und zog den Stuhl unter ihren Hintern. »Nun, hier bin ich.« Frech reihte Nevya sich in die Gruppe ein. Zur Begrüßung lächelte sie Declan an, so wie der Barkeeper sie angelächelt hatte. Declan zog verwirrt die Brauen zusammen.

Zed legte ihren Ellbogen auf der Armlehne ab und drehte sich zu Nevya. Skeptisch starrte sie Nevya an.

»Das ist ein schlechter Zeitpunkt«, fand sie. Hinter ihr bäumte sich Cee auf und sah auf Nevya nieder wie ein Leibwächter, der drauf und dran war, sie bellend zu verscheuchen. Declan sah dem Ganzen nur stumm zu.

»Schrecklich unhöflich von mir, ich weiß.« Nevya griff in eine Schüssel inmitten des Tisches und nahm sich eine Handvoll Erdnüsse. Mit selbstgefälligem Blick steckte sie ein paar davon in den Mund.

»Was willst du hier?«, fragte Zed.

Nevya spülte die Nüsse mit etwas Bier hinab und erfreute sich an Zeds Gesicht, das vor Ungeduld immer finsterer wurde. Dann erst berichtete sie: »Ich habe heute Morgen zufällig eure kleine Kammer entdeckt.«

»Declan, Cee«, zischte Zed. »Lasst uns allein.«

Beleidigt sah Declan zwischen Zed und Nevya hin und her. Sein Stuhl knarzte, als er sich erhob und sich mit Cee an die Bar verzog.

»Unsere kleine Kammer«, wiederholte Zed. »Was hast du darin gefunden?«

»Regale.« Ausdruckslos strich Nevya eine Haarsträhne hinter ihr Ohr.

»Und jetzt hättest du selbst gern so ein Regal, was? Du hast also deine Träume verloren und nun glaubst du, dass wir die Lösung für dein Problem haben.«

Nevyas selbstgefällige Fassade brach zusammen. »Declan hat es dir erzählt.«

Plötzlich fühlte sie sich schrecklich dumm. Von wegen Gerechtigkeit. Declan war ein kleines Zahnrad in einem unfairen Geschäft und Nevya war auf sein Schauspiel hereingefallen. In dieser von Verbrechern verseuchten Stadt war sie aufgeschmissen, wenn sie weiterhin so naiv war und Wildfremden vertraute. Was hatte sie erwartet? Dass ein Wecker klingelte und all ihre Probleme auslöschte? Nevyas Finger kratzten über die Rillen auf der Tischplatte, während ihre Kehle eng wurde. Was tat sie hier?

»Das musste er nicht«, antwortete Zed flötend. »Ich sagte doch …« Mit ihrer Fingerspitze schnippte sie gegen ihre Nase. Sie hatte es von selbst erraten? Nevya blickte kurz hinter sich und sah in Declans grimmiges Gesicht. Die Sache mit dem Vertrauen gestaltete sich im Traum viel einfacher. Zähneknirschend wandte sie ihre Aufmerksamkeit wieder Zed zu.

»Glücklicherweise«, begann Zed, faltete ihre Hände wie ein Geschäftsmann und fuhr fort, »gewährt unser Boss uns ein paar Sphären zusätzlich zu unserem Gehalt. Aber dafür muss man auch etwas tun.« Zed zwinkerte herausfordernd. »Wie sieht es aus, Vy? Bist du bereit, für deine Träume zu arbeiten?«

Nevya wusste nicht, wie sie reagieren sollte. Wie sollte sie verstecken, was sie wirklich wollte? Wieso bot Zed ihr ohne Umschweife einen Job als Traumhändlerin an? Nevya spürte Declans brennenden Blick in ihrem Rücken. Unter keinen Umständen wollte sie wie die verzweifelte Traumlose wirken, die sie zweifelsohne war.

»Was ist mit meinem Gehalt?«, fragte Nevya schließlich – so selbstbewusst wie möglich.

Zed stützte ihr Kinn mit ihren gefalteten Händen ab und sah von oben auf Nevya hinab.

»Du musst zuerst die Sphäre abarbeiten, die du dir gestern Nacht unter den Nagel gerissen hast. Dann können wir verhandeln.«

Zed musste ahnen, dass Nevya sich nicht um Geld scherte. Sie wollte eine billige Arbeitskraft, und wer eignete sich besser dafür als eine Traumlose, die man mit Gratissphären locken konnte? Nevya fühlte sich in dieser dunklen Nische gefangen. Vor ihr die herrschsüchtige Frau mit den scharfen Zügen, hinter ihr ihr bulliger Leibwächter. Und Declan. Ihm zu helfen war ihre einzige Chance, ihre eigenen Träume endlich wiederzubekommen. Es war verrückt – und dennoch antwortete sie: »Von mir aus.«

Zed lehnte sich zurück, warf ihre langen Beine über die Armlehne ihres Stuhls und präsentierte mehr Haut, als es im Oktober üblich war. »Morgen steht ein wahnsinnig wichtiger Deal an.« Mit ihren schwarz lackierten Nägeln zeigte sie auf Nevya, als zierte eine Zielscheibe ihre Brust. »Deine Aufgabe wird es sein, einem einflussreichen Kunden eine Sphäre zu verkaufen. Es ist alles geplant – du bist nur der Mittelsmann. Declan wird dich begleiten.«

Unschlüssig spielte Nevya mit ihren Ärmeln und gab sich Mühe, ihren Rücken durchzudrücken.

»Du musst dir mein Vertrauen verdienen«, stellte Zed klar, »Ein Deal, und du bist dabei. Ein Deal, und du bist Teil der Verbindung. Beweis dich. Nicht nur mir – beweis dich Q-Lee.«

Q-Lee. Mehrfach war dieser kuriose Name schon gefallen. Er musste eine verdammt hohe Position in diesem Gewerbe haben und für Nevya war er nichts weiter als ein Phantom. Vielleicht gab es noch mehr Zahnräder in diesem Uhrwerk, als Nevya erwartet hatte?

»Dann ist es abgemacht«, beschloss Zed und klopfte feierlich mit der Faust auf den Tisch. »Wir fahren morgen gemeinsam nach Prawnhill. Also …«

»Prawnhill?«, entfuhr es Nevya. »Der Deal ist in Prawnhill?«

Verärgert über die Unterbrechung rümpfte Zed die Nase. »Ist das ein Problem?«

Nevya sah sich ratlos um. Die Kratzer auf dem Tisch erinnerten sie an Ryan, an die vernarbten Risse auf seiner Haut. Was immer es war, das er in Prawnhill erlebt hatte, die Auswirkungen hallten noch immer nach. Nevyas Magen brodelte vor Unbehagen.

Ein Deal – nur ein kleiner Deal im Viertel der Albträume, das war alles. Dann hatte sie sich bewiesen. Dann würde sie weiterhin an Sphären kommen.

Zed wurde ungeduldig: »Willst du deine Träume oder nicht?«

Ohne den Blick zu heben, verkündete Nevya: »Ziehen wir's durch.«

9

»Das Ganze dürfte seinen gewohnten Gang gehen«, erzählte Zed, die ihre Füße gegen den Vordersitz gestemmt hatte und bequem zusammengekauert vor Nevya in der U-Bahn Richtung Prawnhill saß.

Brigestias U-Bahn-Stationen flogen nur so an ihnen vorbei, doch erst nach einer halben Stunde erreichten sie allmählich Mackinaw – und Prawnhill war noch weitere dreißig Minuten entfernt. Entweder starrte sie weiterhin gelangweilt aus dem U-Bahn-Fenster oder sie beteiligte sich am Gespräch. Unter anderen Umständen hätte sie sich einfach nicht eingemischt, aber die Nacht war zu leer gewesen und der Morgen war zu früh – sie musste sich irgendwie wach halten.

»Warum verlangt ihr so viel Geld für eine einzige Sphäre?«, fragte Nevya.

Declan hatte ihr erklärt, wie viel eine Serene wert war. Eintausend Dollar. Für Nevya war selbst das unbezahlbar, aber dass Zed fünfzehn Mal so viel für die Serene verlangen wollte, die Nevya verkaufen sollte, war unbegreiflich. Es war mehr als unverschämt.

Zed lachte über Nevyas Unwissenheit. »Von irgendetwas müssen wir leben, Vy. Und wenn er bereit ist, so viel zu zahlen, frage ich nicht nach dem Warum.«

»Das klingt fast zu einfach«, fand Nevya und lehnte ihren Kopf an die schmutzige Fensterscheibe.

»Willkommen in Prawnhill.« Zed verschränkte die Arme hinter ihrem Kopf und machte es sich gemütlich. »Hier sind ohnehin alle auf irgendwelchen Drogen. Die wissen gar nicht, was sie tun. Du wirst nicht glauben, mit welchen Ideen wir schon durchgekommen sind, ohne dass es jemand hinterfragt hätte.«

»Wenn du das sagst …« Nevya schaute Declan an, der nur abweisend den Kopf schüttelte.

Den Rest der Fahrt verbrachte Nevya in Gedanken. Sie zählte weitere zehn Haltestellen, bis die Anzeige der U-Bahn endlich auf *PRAWNHILL NORD* sprang.

»Wen genau suchen wir?«, wollte Declan wissen und schwang sich als Letzter aus dem Waggon, bevor die U-Bahn quietschend in den Tunnel verschwand.

»Unser Kunde, Ben Collins, hat einen Mittler – eine Dame namens Hughes.« Zed sprang auf die Rolltreppe und lehnte sich ausladend auf den Handlauf. Wenn sie wollte, konnte Zed eine faszinierende Grazie an den Tag legen. »Haltet Ausschau nach einer Frau im goldenen Kleid und mit roten Haaren.«

Als sie den Untergrund verließen, musste Nevya blinzeln – so grell schien die Sonne. Sie hatte ein zwielichtiges Viertel voller Schatten erwartet, aber auf den ersten Blick unterschied sich Prawnhill nicht von den großflächigen Gewerbegebieten Brigestias. Der Norden war jedoch nur der äußere Rand von Prawnhill – vermutlich warteten die Abgründe im Herzen des Viertels.

Gemeinsam spazierten sie an Fabrikhallen vorbei, so groß wie die Wohnblocks von Brigestia. Die Graffitis auf den grauen Betonklötzen deuteten darauf hin, dass hier außer illegalen Geschäften nicht mehr viel fabriziert wurde.

Ein großes Rolltor, das halb geöffnet war, stellte den Eingang zur Galerie dar. Hier ließ Zed Nevya und Declan allein, aber nicht, ohne zuvor mit argwöhnischen Blicken um sich geworfen zu haben.

»Ich vertraue dir, Declan«, behauptete sie. »Also nutze es nicht aus.« Dann verschwand sie in einen nahe gelegenen Frühstückspub.

Der Eintritt war frei und keiner der lethargischen Wachmänner kam auf die Idee, sie eines Blickes zu würdigen. Sie schlenderten durch die Gänge, während Nevya langsam dämmerte, warum keiner auf Sicherheit achtete: Die Kunstwerke waren abscheulich.

Inspiriert von berühmten Gemälden, hatte der Künstler allerlei Materialien verwendet, um diese nachzustellen. Dadurch wirkten ehemals zauberhafte Werke von van Gogh und Dalí nur wie verstörende Abbilder aus einem Albtraum.

»Schon seltsam«, erkannte Nevya, »wir sind in einer Kunstausstellung und schauen die Menschen an statt der Kunstwerke.«

»Ich verstehe beim besten Willen nicht, was du dir dabei gedacht hast.«

Nevya schob die Hände in die Hosentaschen und lachte: »Wehe, du sagst jetzt, dass ich weglaufen soll.«

»Na ja, das wäre die naheliegendste …«

»Das wolltest du doch.« Nevya stellte sich vor Declan, der abrupt zum Stehen kam. Mit ihrem Daumen zeigte sie auf sich selbst. »Du wolltest doch, dass Aufruhr ins Gewerbe kommt – und ich helfe dir dabei.«

In der Galerie war es ruhig, sodass Declans überraschtes Flüstern dennoch durch den Raum hallte: »Wieso?«

»Ich vermute mal, dass du schon seit einer Weile im Geschäft bist.« Allmählich setzte Nevya sich wieder in Bewegung und studierte die Kunstwerke. Der Künstler hatte neben Acrylfarbe auch tote Fliegen genutzt, um eine Naturimpression besonders gespenstisch aussehen zu lassen. »Bist du in all der Zeit keinem verzweifelten Menschen begegnet?«

»Nicht so.« Declan legte die Hände auf den Rücken und gab sich seinerseits kunstinteressiert. »Hauptsächlich sind mir reiche Schnösel untergekommen, denen ihr vorhandener Nebel zu langweilig war.«

»Das ist also eure Klientel.«

Nevya erkannte die meisten Originale. Tötende Götter, verzerrte Leiber, stumme Schreie. Beklommenheit krabbelte über ihren Rücken wie die Insekten, die neben toten Ästen und rostigen Nägeln an den Leinwänden klebten.

»Vorwiegend. Sie nutzen die Sphären wie eine Droge. Sie lassen sich benebeln. Dass das Ganze nicht einmal Nebenwirkungen hat, ist natürlich ein Bonus.«

Für einen Moment konnte Nevya sich nicht entscheiden, was sie mehr schockierte: die ekligen Gemälde oder die Leichtsinnigkeit, mit der die Käufer den Traumnebel behandelten. Sie musste ihre Lippen angewidert gekräuselt haben, denn Declan bestätigte: »Die wenigsten unserer Kunden sind tatsächlich traumlos.«

»Das wird sich ändern.« Nevya murmelte nur knurrend in sich hinein.

»Du hast doch keine Ahnung, was alles dahintersteckt …«

»Hast du es denn?« Nevya war müde und diese Galerie war ihr nicht geheuer. Sie hielt schlicht an ihrem Plan fest. Das war das Einzige, das hier irgendeinen Sinn ergab. Declan zu helfen. Eine der Sonorsphären mit dem gesamten Traumnebel eines Menschen zu finden. Zurück in die Traumwelt zu verschwinden. Seufzend klammerte sie sich an Punkt eins der Liste: »Hast du je versucht, etwas zu ändern? Mir scheint, als wärt ihr von euren Sphären alle träge geworden.«

»Was glaubst du, warum so viele Kugeln in meinem Regal

stehen?« Declan ließ sich nicht provozieren und schlenderte weiter. Ohne sie anzusehen, beantwortete er seine eigene Frage: »Ich nehme sie nicht. Du willst über Lethargie reden? Schau dir Zed und Cee an, die sich eine Sphäre nach der anderen reinpfeifen.«

Der Ekel wollte zunächst nicht aus Nevyas Zügen weichen, aber irgendwas an Declans Tonfall brachte sie zum Grinsen. Sie sah zu ihm auf, nur um zu erkennen, dass er ebenfalls belustigt grinste.

»Immerhin war Zed ehrlich zu dir. Mich hat sie damals damit geködert, dass ...«

Als hätte er sich verschluckt, unterbrach Declan seinen Satz und fuhr herum. Als habe er plötzlich Angst davor, belauscht zu werden. »Das macht jetzt keinen Unterschied mehr«, sagte er schließlich.

»Stimmt.« In der Mitte des Raums kamen die beiden zum Stehen und ließen sich von den Knopfaugen an den Wänden beobachten. »Zuerst muss ich mich deiner Chefin beweisen.«

»Ich muss sagen«, gestand Declan, »dafür, dass sie ein goldenes Kleid trägt, versteckt diese Hughes sich ausgesprochen gut. Rote Haare hat hier auch keiner.«

Er hatte recht. Die wenigen Besucher, die an diesem Samstagmorgen diesen Ort aufsuchten, schienen eher die Überbleibsel der vorigen Nacht zu sein, die noch nicht schlafen gehen wollten. Nevya rieb unsicher ihren Oberarm, als eine Gruppe dieser stinkenden Jugendlichen an ihr vorbeiflanierte. Hier war sie nun und bewies einem Gewerbe, von dem die meisten Menschen nicht einmal wussten, dass es existiert, ihre Loyalität, ohne zu wissen, ob sie ihrem Komplizen tatsächlich trauen konnte.

Declan schien sich in dieser albtraumhaften Ausstellung wohler zu fühlen als Nevya, denn ohne zu zögern sprach er ein paar Besucher an und fragte nach einer Frau mit roten Haaren. Sie konnten ihm keine Auskunft geben, verwickelten ihn aber in ein nettes Gespräch über irgendetwas Belangloses. Fasziniert sah Nevya ihm zu. Für ihren Geschmack verstand er sich zu gut mit seinem Kundenkreis. Sie entfernte sich einige Schritte und betrachtete die Gemälde. War sie die Einzige, die sah, wie unheimlich diese Ausstellung war?

Die blutige Substanz, die auf einem der Bilder klebte und das Haar einer Frau darstellte, erregte ihre Aufmerksamkeit. Der Künstler hatte ihr Kleid aus Gerste geformt, wodurch es golden schimmerte. Interessiert kam Nevya langsam näher, um den Namen des Gemäldes zu lesen.

Inspiriert von Edward Robert Hughes' Midsummer Eve.

Statt auf der Stelle nach Declan zu rufen, schmunzelte sie nur stolz. Den Platz vor dem Gemälde teilte sie mit einem hochgewachsenen jungen Mann. Als er zu sprechen begann, hallte seine Stimme durch ihren Körper wie ein Paukenschlag.

»Mal achaun«, sagte er. Nevya fröstelte.

»Wie bitte?«, murmelte sie und sah ihn an. Er trug fingerlose Handschuhe und eine einfache Weste, beides aus Leder. Eine schwarze Haartolle fiel in sein Gesicht, der Rest seiner Frisur lockte sich und stand in alle Richtungen. Sofort stachen Nevya seine Tattoos ins Auge: Federn, Spiralen und ihr unbekannte Ornamente zierten seine Arme und seinen Hals – und vermutlich den Rest seines schmalen Körpers.

»Die Frau.« Mit seinen langen Fingern zeigte er auf das Kunstwerk. »Angeblich soll das Mal achaun darstellen.« Er rieb sein Kinn auf überhebliche Art, wie es nur ein Kunstfanatiker konnte. »Welch dummer Irrtum«, sinnierte er und blickte in Nevyas Richtung.

Dank seiner hellen Haut und den dunklen Tattoos wirkte er wie ein Schwarz-Weiß-Bild, nur das Blau seiner Augen stach hervor. Und wie sie stachen. Nevya japste unwillkürlich.

»Die Königin der Alben.« Ihre Sprachlosigkeit schien er als Unwissenheit zu deuten, als wäre er zuvor davon ausgegangen, dass Nevya von dieser Königin gehört haben musste. Ryan hatte seine Märchen also aus Prawnhill mitgebracht.

Der Fremde musterte sie aufmerksam. Die Neugierde, mit der er sie betrachtete, war beunruhigend. Seine gesamte Ausstrahlung war beunruhigend.

»Ben Collins?«, fragte sie vorsichtig. Er reagierte kaum merklich.

»Und du bist?«, wollte er wissen. »Abgesehen von einem Glühwürmchen natürlich.« Nevya blinzelte irritiert.

»Nichts für ungut, Vy.« Declan war hinter ihnen erschienen. »Aber bitte lauf nicht einfach weg.« Im Gegensatz zu ihr ließ er sich nicht von dem Fremden einschüchtern. Mit einem Mal fiel Nevya wieder ein, warum sie hier waren, und sie deutete auf das Gemälde.

»Ich habe die Dame im goldenen Kleid gefunden.«

Mit offenem Mund sah er zwischen dem Kunstwerk und dem Fremden hin und her und erkannte: »Du bist Ben Collins!«

Ben grinste ertappt, sah jedoch so gar nicht freundlich dabei aus. Er schien wie ein Vampir seine Eckzähne zur Schau zu stellen. Nevya fror.

»Ach«, rief Ben aus und klatschte in die Hände, »ihr seid bestimmt an einem Kauf interessiert.«

»Genau«, sagte Declan lächelnd, »es geht um eine bestimmte Skulptur.«

Ben verneigte sich ausdrucksvoll und ließ die beiden allein.

Nevya holte Luft.

»Keine Angst«, murmelte Declan und klopfte auf ihre Schulter.

»Hab ich nicht«, log Nevya. Seine Ausstrahlung schien die Luft um ihn herum zu vergiften. Einerseits. Aber da war noch etwas anderes.

Wie eine Gazelle trabte er wieder auf sie zu. In seiner Hand hielt er eine kleine Eule aus Stein, die er Nevya feierlich überreichte.

»Das Geld bitte«, flüsterte er ominös, woraufhin Declan ihm eine dunkle Stofftasche reichte. Nevya wollte ihre Nägel in den Sandstein graben und spürte, dass der Kopf der Eule locker auf ihrem Körper saß, also schraubte sie ihn kurzerhand ab. Fünfzehntausend Dollar steckten im hohlen Inneren. Auch Declan spickte über ihre Schulter und erhaschte einen Blick auf die Scheine.

»Ist diese Figur da etwas wert?«, wollte Declan von Ben wissen.

»Keinen Cent.«

Declan tat einen Schritt auf Ben zu und forderte ihn mit großen Augen auf, aufmerksam zu sein. Nevya erkannte die Verwirrung, die sich in Bens Züge schlich, wodurch seine stahlblauen Augen sich zu Spalten verengten. »Dann ist unsere … Stofftasche ähnlich viel wert wie deine Figur.«

Nevya brauchte einen Moment, um zu verstehen, und auch Ben sah verwirrt aus.

Declan versuchte ihm mitzuteilen, dass die Sphäre überteuert war. Dass jetzt die letzte Gelegenheit war, sein Geld zurückzuverlangen und zu fliehen.

»Verstehe«, schnurrte Ben angetan und sah zwischen Declan und Nevya hin und her. Theatralisch schob er seine Unterlippe vor und beteuerte: »Ich fürchte, ich kann es mir nicht leisten, Q-Lee zu betrügen. Und euch schlage ich ebenfalls vor, nicht aufzubegehren.« Er grinste. Gefahr schien für ihn verlockend zu sein. Declan legte sacht eine Hand auf Nevyas Rücken, als wollte er sagen: *Ich habe es versucht.*

»Sag deinem Freund, dass wir seine Kunst wirklich sehr genossen haben.« Declan sprach auffällig laut.

»Das wird ihn freuen.« Obwohl er mit Declan sprach, haftete Bens Blick auf Nevya. »Wenn euch das gefällt, dann solltet ihr mich morgen Abend ins Alsem auf dem Mackinaw Boulevard begleiten – die Band, die dort spielt, lässt sich gerne von solcher Kunst inspirieren.«

Innerlich lachte Nevya bitter. Sie war froh, diesem Vorhof der Hölle baldmöglichst den Rücken zu kehren. Die Vorstellung, diesen Gräuel auch noch akustisch zu erfahren, ließ sie abermals frieren.

Declan sagte ab. Nevya jedoch gelang es nicht, überhaupt zu reagieren.

»Und du? Kein Interesse, kleiner Käfer?«, fragte Ben.

Sein Angebot zu verneinen erforderte nur ein einziges Wort, aber es wollte nicht über ihre Lippen. Sosehr sie sich vor Ben Collins gruselte, hatte er doch eine anziehende Wirkung auf sie. Sie stotterte und behauptete, unentschlossen zu sein. Dann endlich bemerkte Declan, wie unnatürlich Nevya sich verhielt, und brachte den Deal zu Ende. Er verabschiedete sich und bugsierte sich und Nevya vor die Tür.

Die Spannung fiel von ihr ab und sie keuchte. Auf ihrer Schulter spürte sie Declans Hand.

»Was soll das heißen – du bist unentschlossen?«

»Ich weiß nicht, wo das herkam«, beteuerte sie atemlos.

»Ich kann mir ja vorstellen, dass diese neue Welt aufregend für dich ist, aber abgesehen davon, dass man um die Leute aus Prawnhill generell einen Bogen machen sollte«, belehrte Declan sie, »würde Zed dich umbringen.«

Das konnte sie nachvollziehen. Aber Ben hatte diesen Blick. Diese schnurrende Stimme.

Den Weg zum Frühstückspub sprachen sie über alles, nur nicht über den Deal – und das mussten sie auch nicht. Er hatte tatsächlich versucht, Ben Collins zu warnen. Declan war ihr geheuer. Und Zed hatte sie sich hiermit bewiesen. Sie sprach es zwar nicht aus, aber das Willkommensgeschenk, das sie Nevya überreichte, teilte ihr genau das in seiner nebligen blauen Sprache mit. Traurig klopfte der Nebel gegen das Glas und flehte Nevya an, ihn freizulassen.

10

»Miss Hale. Wie kommen Sie zurecht?«

Nevya war noch immer außer Atem. Der Aufzug war außer Betrieb und sie hatte für den gesamten Weg in den achten Stock die Treppen genommen. Sollte ihr Arzt ihren Blutdruck messen wollen, würde er warten müssen.

»Es ist immer noch ungewohnt«, schnaufte sie. Ungeduldig saß sie auf der ledrigen Liege und sah zum Fenster hinaus, durch das sie die bunten Spitzen der Baumkronen sah.

»Ich lese hier«, ihr Arzt setzte sich lautstark auf seinen Drehhocker, fuhr an die Liege heran und blätterte in Nevyas Akte, »dass Sie in letzter Zeit die Angewohnheit haben, Dinge zu sagen oder zu tun, die sie nicht so meinen?«

»Nicht direkt«, antwortete Nevya. »Ich denke, ich muss mich nur umorientieren, und das führt zwangsläufig dazu …«

»Und dann dieser Schwindel im Unterricht.« Er sprach mehr zu sich selbst als zu Nevya, und das alarmierend undeutlich. Nevya wurde an den Tag erinnert, als sie ihre Diagnose bekommen hatte. Irritiert hob sie eine Augenbraue.

»Das hat wirklich nichts damit zu …«

»Sie erleben die Realität anders«, schlussfolgerte er. Darauf wusste Nevya keine Antwort.

»Das stimmt wohl«, lachte sie. Ohne den Nebel hatte die Realität so scharfe Kanten, dass Nevya sich schon des Öfteren geschnitten hatte.

»Miss Hale.« Der Arzt klappte ihre Akte zu und legte sie auf seinen Schoß. Mit besorgtem Blick betrachtete er seine Patientin. »Sie müssen sich allmählich damit abfinden. Dieses Verhalten ist nicht normal. Sie haben ja überhaupt keine Kontrolle über Ihren Körper.«

Nevya wagte einen Blick in den Spiegel, der neben dem Fenster hing. Sicher, sie sah abgeschlagen aus, ihre roten Wellen verblassten allmählich. Schatten verdunkelten die Haut um ihre Augen. Ohne Nebel schlief es sich nicht sonderlich gut und das zeigte sich auf ihrem Gesicht, aber ihr Verhalten – der Schwindel, die Rastlosigkeit – lag in der Tatsache begründet, dass sie sich nie ein Leben außerhalb des Nebels aufgebaut hatte.

»Legen Sie sich hin.« Voll Tatendrang klatschte ihr Arzt in die Hände und stand auf, als wäre ihm in diesem Moment eine Idee gekommen. Nevya konnte gar nicht anders, als zu gehorchen. »Machen Sie den Arm frei. Es gibt ein paar Dinge, die wir tun können.«

Ein mulmiges Gefühl beschlich Nevya, als sie ihren Ärmel über ihren Ellbogen schob. Sie suchte eine Ablenkung an der weißen Wand des Behandlungszimmers, um nicht an die bevorstehende Blutabnahme zu denken.

Ein Brennen fuhr durch ihren Arm. Erschrocken schnappte Nevya nach Luft und warf einen Blick auf ihren Arm. Zu ihrer Bestürzung musste sie feststellen, dass der Arzt keine Kanüle benutzte, um Blut abzunehmen, sondern einen Venenschnitt gemacht hatte, aus dem ihr Blut wie ein Rinnsal auf den Boden tropfte.

»Doktor?«, hauchte sie.

»Ja?«

»Das hier ist ein Traum, hab ich recht?«

Ihr Arzt streichelte ihren Arm, aus dem noch immer das Blut rann, und reagierte nicht auf ihre Frage. Nevya hob den Arm und stieß ihren Ellbogen in das Gesicht des Doktors, woraufhin dieser aufbrüllte und von seinem Hocker fiel.

Nevya war unterdessen aufgesprungen und zur Tür gestürzt, doch sie ließ sich nicht öffnen. Mit zu Fäusten geballten Händen trat sie ihrem Arzt gegenüber, der entschuldigend die Hände hob. Noch immer spürte sie das Blut, das in ihre Faust floss. Sie konzentrierte sich auf den Schnitt in ihrem Arm, damit er sich schloss. Doch ihre Haut gehorchte nicht.

»Alles, was ich sagte, ist wahr«, beteuerte ihr Arzt mit erhobenen Händen. »Du verhältst dich nicht normal. Du bist nicht du selbst.«

Ein Reflex brachte Nevya dazu, nach Nikolai zu rufen. Er konnte mit Leichtigkeit durch das Fenster brechen, ihren Arzt ausschalten und die Zügel wieder in ihre Hände legen. Sie musste sich beweisen, dass er noch lebte. Der Arzt, der noch immer verteidigend beide Hände über dem Kopf hielt, hörte ihren Ruf und grinste so breit, dass seine Mundwinkel sich tief in seine Wangen drückten.

»Er ist tot, Nevya. Du hast keine Kontrolle.«

Die Strapazen der letzten Zeit flochten sich in Nevyas Träume und spiegelten sich auf dem Gesicht des Doktors, dessen Augen sich verdunkelten.

»Aber sei nicht traurig – ich kann dir helfen.« Seine Stimme klang gefährlich ruhig. Nevya presste die Zähne zusammen.

»Du bist nur ein dreckiges Traumbild«, keifte sie, »geschmiedet aus Unsicherheiten.«

Hinter Nevya wurde die Tür aus den Angeln gerissen und eine Traube Mediziner in schwarzen Roben und weißen Schnabelmasken mit dunklen Löchern als Augen betrat den Raum. Ängstlich drehte Nevya sich um die eigene Achse und legte eine Hand auf ihren Schnitt, aus dem ihre Macht zu tröpfeln schien. Sie stolperte zum Fenster und drückte ihren Rücken dagegen, um so viel Abstand wie möglich zwischen sich und die Pestdoktoren zu bringen.

Sie reihten sich vor ihr auf und sprachen wie aus einem Mund: »Was ist, wenn wir Mahre sind?«

»Meine Herren.« Ihr Arzt hatte seine Maske noch nicht aufgesetzt und ging wie ein General vor der Linie aus Pestdoktoren auf und ab. »Es gibt nur eine Behandlungsmethode, die jetzt Sinn macht.«

Nevya überkam ein Schauer, der sofort als Wind durch das Zimmer peitschte und das Fenster hinter ihr aufriss. Japsend blickte sie hinter sich, als der eisige Hauch sie erwischte. Die Kronen der Bäume tanzten im Sturm.

Nevya beschloss, dass sie nicht herausfinden wollte, was die Gestalten mit ihr vorhatten, und stürzte sich aus dem Fenster.

Ich kann fliegen, redete sie sich selbst zu und kniff die Augen zusammen. Wie ein Vogel breitete sie ihre Arme aus und befahl dem Sturm, ihr zu helfen. Er schlüpfte unter ihren Körper und schenkte ihr Auftrieb. Erleichtert ließ Nevya sich treiben, doch schon bald verlor der Wind an Kraft und Nevya konnte nicht verhindern, dass sie durch die Baumkronen stürzte.

Äste und Zweige rissen ihre Haut auf. Das Unterholz krachte, als Nevya ungebremst daraufknallte. Sie wusste, dass sie sich in ihrem Traum festhalten konnte, indem sie sich mit geschlossenen Lidern gut zuredete.

Ein Murmeln zwang sie dazu, ihre Augen zu öffnen. Plötzlich lag sie sechs Fuß unter der Erde und die Männer mit den Roben und den Schnäbeln sahen mit leeren Blicken auf sie nieder.

»Es gibt nur eine Behandlungsmethode.« Der Arzt stand am Kopfende ihrer Grube. Sein Gesicht war eingefallen, die Zähne spitz. Dann hörte Nevya das Zischen. Sie schaffte es, sich aufzurichten, und starrte in die giftig glänzenden Augen einer Kobra.

»Sie wird dich heilen«, behauptete der Arzt. »Dummerweise hat das Gift eine klitzekleine Nebenwirkung – du wirst verrückt werden.«

Ungläubig schüttelte Nevya den Kopf. Albträume waren generell konfus und zeigten das Unterbewusstsein eines Menschen auf oft unergründliche Art und Weise – aber noch nie war es vorgekommen, dass Nevya sich keinen Reim auf das machen konnte, was sie sah. Irgendetwas stimmte sie stutzig. Dieser Herbst hatte ihr ihre Träume gestohlen, sie ihr zurückgegeben und Nevya in ein fragwürdiges Gewerbe gelockt. Nevya wusste instinktiv – wenn sie nicht sofort aufstand und zumindest versuchte, aus dieser Grube zu entkommen, würde sie einer abscheulichen Macht in die Arme laufen.

Nevya rappelte sich mit letzter Kraft auf, während ihre Lippen Worte formten.

Ich lebe. Ich lebe. Ich lebe.

Am anderen Ende tat sich etwas. Eine Strickleiter wurde klappernd heruntergelassen. Die Schlange züngelte ihr verheißungsvoll entgegen. Nevya machte geschmeidige Bewegungen, um sie nicht aufzuscheuchen und vorsichtig an ihr vorbeizugehen. Die Schlange zischte und schnappte nach Nevya, die im letzten Moment zurückweichen konnte. Sie hatte die Schlange umrundet und rannte auf die Strickleiter zu.

Immer weiter rückte die Leiter in die Ferne, egal wie schnell sie rannte. Immer schneller schlängelte sich die Kobra hinter ihr in ihre Richtung.

Nevya ging die Luft aus. Es war zwecklos. Sie ließ sich einfach fallen.

Plötzlich umschlossen ihre Hände eine hölzerne Strebe der Leiter und Nevya atmete erleichtert aus, bevor sie sich hinaufzog.

Doch umgehend spürte sie, wie sich die Zähne der Schlange

tief in ihre Ferse gruben. Stechend fuhr der Schmerz durch ihren Körper. Angetrieben von Adrenalin zog sie sich auf den Waldboden. Das Gift benebelte ihren Verstand in Windeseile.

Ein Traumbild trat an sie heran, das sie nur verschwommen wahrnahm, während das Gift sich in ihr ausbreitete. Und doch wusste sie, sie konnte der schattenhaften Gestalt vertrauen. Sie wollte seinen Namen hauchen, doch er kam nicht über ihre Lippen.

Dies war ein Traum.

Nevya war eine Göttin.

Und Nikolai war nicht tot.

Eine Klinge blitzte in seiner Hand. Nevya lächelte. Er würde sich um die Schlange kümmern. Er würde sich um die Ärzte kümmern. Er war ihre Rettung.

Doch dann sah Nevya, wie der Dolch sich mit rasender Geschwindigkeit auf ihre Brust zubewegte.

Als die Klinge eindrang, wachte sie auf.

11

Die Nacht war ein Sadist – nichts weiter.

Sie benahm sich wie ein Freund, lullte einen ein, bis man sich ergab und einschlief, und dann verschlang sie einen. Und wenn man aufwachte – durchgekaut und ausgespuckt –, dann ließ sie einen einfach in der Finsternis liegen.

Es war gerade erst ein Uhr nachts. Der Sonntag war genau eine Stunde alt und jetzt schon war Nevya durchgeschwitzt und zittrig. Sie hatte alle Lampen eingeschaltet, die sie in ihrem Zimmer finden konnte, um die letzten Fetzen des mulmigen Gefühls zu verscheuchen. Egal wie grausam ein Albtraum war – sobald man wach war, verlor er sich in Absurdität, bis man nur noch den Kopf schütteln konnte.

Denn ein Gutes hatte die Nacht ihr gelassen: Nikolai lebte. Sie hatte nicht in seine Augen gesehen, aber er war es gewesen und er hatte sie erlöst, dessen war sie sich sicher. Müde schlurfte Nevya ins Bad und wusch sich den Sand aus den Augen. Als das Wasser auf ihre Unterarme spritzte, bemerkte sie ein Brennen.

Mit heißer Vorahnung untersuchte sie ihren Arm und entdeckte einen kleinen Kratzer. Nicht die blutige Wunde aus ihrem Traum, aber dennoch eine winzige gerötete Hautabschürfung an der Stelle, die der Arzt aufgeschnitten hatte. In ihrem Nacken zwickte der Albtraum.

Nevyas Atem wurde schwer. Wie hatte es der Albtraum in die Realität geschafft? Sorgfältig untersuchte sie ihre Fingernägel.

Sie war es selbst gewesen. Sie hatte sich im Schlaf gekratzt. Die Haare raufend ließ sie sich auf den Klodeckel nieder und sah zu Boden. Was sollte sie tun, um die Albträume abzuwehren, wenn alle Tricks, die sie in den letzten Jahren mühsam trainiert hatte, nicht funktionierten?

Sie kannte jemanden, der Antworten auf ihre Fragen hatte, aber das würde warten müssen. Die Stadt schlief tief und fest. Nevya ging in ihr hell erleuchtetes Zimmer zurück und stellte sich unschlüssig vor ihr Bett, dessen Laken aufgewühlt waren. Sie wagte nicht, sich wieder hineinzulegen. Vielleicht tat ihr ein kurzer Spaziergang in der verschlafenen Stadt ganz gut.

Nevya war mit den Straßen vertraut, aber so spät noch unterwegs zu sein – das war ihr neu. Sie hatte nicht erwartet, dass Brigestia bei Nacht so anders war. Nevya schien in einen Schleier aus Diesigkeit eingeschlossen zu sein und holte Luft. Die Stadt duftete seltsam frisch. Regentropfen glitzerten an den Fenstern wie Strasssteinchen, reflektierten den blauen Schimmer, der das Viertel einhüllte und das Licht der Laternen zerstob. Great Shell – die schlafende Stadt. Von wegen. Das Wochenende belebte die Straßen ebenso wirksam wie das Tageslicht. Paare gingen umher und kicherten, Freunde saßen auf den Eingangstreppen ihrer Wohnblocks und genehmigten sich einen Mitternachtsimbiss.

Es hatte seine Vorteile, sein ganzes Leben mehr oder weniger im selben Bekanntenkreis zu verweilen, denn man wusste das ein oder andere übereinander, ohne sich unterhalten zu müssen. Ryans Vater war Psychotherapeut. Das wusste sie von ihrer Tante, die von ihm Medizin für Nevyas hyperaktiven Cousin bekam. Dass Ryans Familie im selben Haus lebte, in dem die Praxis war und Ryan den Keller bewohnte, der einen eigenen Eingang hatte, wusste sie ebenfalls aus irgendeiner Ecke. Es war nicht weit, Nevya konnte den Weg bequem laufen, schließlich war die brigestianische Nacht bezaubernd.

Sie musste erst vor dem Gebäude stehen – dem sanierten Würfel neben dem Tombaugh-Garten, einem Ausläufer des Shellparks, um sich darüber klar zu werden, wie dumm ihre Idee war. Wie würde es wirken, wenn sie nun die Treppe zum Kellereingang hinabstieg und an die Tür klopfte? Wie verzweifelt würde sie erscheinen? Nevya wandte sich zum Gehen und stierte die gepflegten Gärten an, die hinter dem Fußgängerüberweg warteten. Sie schnaufte, hatte die Arme verschränkt, weil der Herbst allmählich frostig wurde. Dann drehte sie sich abermals um und steuerte Ryans Keller an. Sie klopfte drei Mal, wartete und klopfte ein viertes Mal. Hinter der Tür tat sich etwas. Lichter flammten auf und die Tür wurde aufgezogen. Ryan blickte sie verwirrt an.

»Was tust du hier?« Seine Haare waren chaotischer als sonst und statt eines Hemdes trug er ein T-Shirt mit dem Aufdruck einer Rockband. Es war einen Tick zu eng. Nevyas Blick wanderte unwillkürlich über seinen Körper und wieder zu seinen fragenden Augen. Sie grinste vergnügt.

»Ich wollte … mit dir reden.«

Ryan blinzelte irritiert und trat vor die Tür, ließ sein warm beleuchtetes Zimmer hinter sich.

»Gut, dass du hier bist«, fuhr Nevya fort, als musste sie sich um Kopf und Kragen quasseln, um die Fassung zu bewahren.

»Wo sollte ich denn sein?« Ryan nuschelte müde.

»Es ist Wochenende.«

»Oh. Ja.« Endlich kam Leben in seine Züge. Er sah hinter sich und zog die Tür nur so weit zu, dass Nevya nicht in sein Zimmer blicken konnte. »Ich wollte gerade aufbrechen und um die Häuser ziehen. Ich habe bestimmt nicht den ganzen Abend herumgesessen.«

Sie teilten sich ein Lachen, das prompt unterbrochen wurde, als ein kleines Wesen durch den Türspalt schlich.

»Halt ihn auf!«, rief Ryan.

Nevya griff blind in die Dunkelheit und bekam einen schwarzen Kater zu fassen. Mit neugierigen Augen sah er Nevya an, als sie ihn bequem auf den Arm nahm.

»Ringo darf nicht nach draußen«, erklärte Ryan und trat näher heran, bis das Licht aus seinem Zimmer nicht mehr sein Gesicht erreichte. Ruhig tätschelte er den Kopf des Katers. »Er muss sich noch von seiner OP erholen.«

Entzückt drückte Nevya das Tierchen an die Brust, wo sie dessen Schnurren spüren konnte. Ryan beugte sich hinab, um sich sein Pfötchen genauer anzusehen. Seine Fürsorge brachte Nevya zum Lächeln. Ryan schien es zu bemerken und erwiderte ihren Blick. Schlaf hing auf seinen halb gesenkten Lidern und verlieh ihm einen seligen Ausdruck. Das Halbdunkel machte ihn attraktiv. Irgendetwas schien er in ihrem Blick zu lesen. Forschend beobachtete er sie. Er richtete sich auf – und ging dabei nicht auf Abstand.

»Worüber willst du reden?« Seine Stimme war tief. Auffordernd. Nevya ließ den Kater beinahe fallen, als ihre Glieder vor Nervosität und der Erinnerung an den Albtraum schwerer wurden. Als sie seine Kratzer anschaute und die Linien seines spiraligen Tattoos mit den Augen verfolgte, wusste sie, dass er es bemerkte.

»Na ja«, hauchte sie. Sein Blick wurde weich, als sie fortfuhr: »Ich schätze, wir beiden haben etwas gemeinsam.«

»Albträume, hm?« Ryan hatte keine Scheu davor, das Übel beim Namen zu nennen. Er beugte sich zu Nevya hinab und streckte beide Arme aus. Nevya erschrak, doch Ryan griff nur nach Ringo, um ihn hinter die Tür zu verbannen. Nevyas Herz pochte aufgeregt.

Sie erhaschte ein paar Blicke auf ein unordentliches Zimmer. Ein großes Bett, ein noch größeres Sofa und zahlreiche Musikinstrumente. Und das warme Licht. Dieser erste Eindruck genügte, um Nevya vor Neid erblassen zu lassen. Ihr Zimmer war nicht halb so gemütlich. Ryan griff nach einer Jacke und sagte: »Ich weiß genau, was du jetzt brauchst.«

Er legte ein ordentliches Tempo vor und ging mit Nevya zum Soladesplatz, der nur ein paar Ecken von seinem Zuhause entfernt war. Von dort aus führte eine breite Treppe in den Shellpark. Zu dieser Tageszeit saßen hauptsächlich Betrunkene auf den Stufen. Ryan wählte den Kiesweg, der von einer Allee aus kniehohen Leuchten erhellt wurde. Langsam dämmerte Nevya, was er vorhatte. Das auf einem Hügel gelegene Café, von dessen Plattform aus man den Park übersehen konnte, hatte geschlossen, doch die Terrasse war rund um die Uhr zugänglich. Kaum einer machte sich nachts die Mühe, so tief in den Park einzutauchen, nur um die Great Shell zu betrachten. Ryan und Nevya waren unter sich.

Ryan war vorausgegangen und hatte sich längst auf das Geländer der Aussichtsplattform gelehnt.

Bei Nacht schalteten sich die Abertausenden Lampen der Great Shell ein und beleuchteten den Stein und den gesamten Park mit blauen Lichtern, die in hypnotisierendem Rhythmus aufleuchteten. Und nun stand Ryan inmitten dieses Lichtspiels und trug das neblige Leuchten, als wären es Flügel. Nevya hörte sich selbst seufzen. Ryan blickte über seine Schulter und lächelte sie an.

»Du musst schon herkommen – von da hinten siehst du nichts.« Trotz des Funkelns, das seinen südamerikanischen Teint blau färbte, sah sie deutlich das Grün seiner Augen, mit dem er sie aufforderte, näher zu kommen. Zu ihm.

Schüchtern ging sie zu ihm und griff mit zitternden Fingern

nach dem Geländer. Nevya blieb die Luft weg. Tausende blaue Lichter glitzerten an der Fassade des Schneckenhauses, das übersinnlich leuchtete wie das Monument einer außerirdischen Spezies. Der Stein funktionierte wie Millionen winziger Spiegel, die die Lichter reflektierten, wodurch der gesamte Park in Blau getaucht war.

Am Fuße des glitzernden Steines hatten sich ein paar Touristen versammelt, die eifrig Fotos schossen, doch es war unmöglich, diesen Anblick auf ein Foto zu bannen. Mehr als ein begeistertes Seufzen kam nicht über Nevyas Lippen. Erst als sie Ryans Schulter sacht an ihrer spürte, erlangte sie ihre Stimme wieder.

»Ich kann mich nicht an das letzte Mal erinnern, als ich das gesehen habe.«

Vielleicht hatten ihre Eltern sie als Kind nach Einbruch der Dunkelheit im Park spielen lassen, während sie im Café saßen. Aber Nevya erinnerte sich kaum an die raren Momente der Zuneigung ihrer Eltern, die viel zu weit in der Vergangenheit lagen.

»Ich denke«, sinnierte Ryan, »die Bürger von New York City wissen das Empire State Building sicher auch nicht zu schätzen.«

Nevya konnte den Blick nicht von dem Strudel aus pulsierendem Blau abwenden. In diesem Moment war die Great Shell keine Touristenattraktion, um die sich die Verschwörungstheorien rankten. In diesem Moment war es fast blasphemisch, zu behaupten, dass sie hohl sein könnte und Geheimnisse der Regierung versteckte. Trotzdem war sie ein Geheimnis. Ein Mysterium. Nevya spürte, dass Ryan sie ansah.

»Magisch, oder nicht? Ich bin als Kind oft im Schlaf hierhergelaufen. Dort drüben haben die Polizisten mich meistens aufgabelt und nach Hause gebracht.« Ein Finger tauchte in ihrem

Blickfeld auf und zeigte auf die Grünfläche neben den hohen Brunnen, die die Great Shell einhüllten. Auch sie zerstoben das Licht und ließen es unter rauschenden Klängen auf dem Gras tanzen.

»Hach«, entfuhr es Ryan, »Kindheitserinnerungen, hab ich recht? Mein Unterbewusstsein hat wohl gespürt, was mir guttut, und mich hierhergeführt.« Er schloss die Augen und schüttelte fassungslos den Kopf. »Dieser Ort ist bei Nacht so verdammt beruhigend. Du magst vielleicht nicht an die Alben glauben, aber bitte sag mir, dass du wenigstens an die Great Shell glaubst.«

Nevya atmete tief durch.

»Das tu ich.«

»Du bist wohl kein vollkommen hoffnungsloser Fall«, flüsterte er.

Eine Gänsehaut schlich sich über Nevyas Nacken, weil seine Lippen so nah an ihrem Ohr waren. Nevya brauchte nur den Kopf zu drehen, dann würden ihre Nasen zusammenstoßen. Stattdessen senkte sie den Blick und sah auf ihre Hände, die sich um das kalte Geländer gekrallt hatten und allmählich krampften. Sie versuchte, ihren Griff zu lockern. Ryan suchte ihre Nähe und sie suchte seine. Daran war nichts verwerflich. Warum also machte es Nevya solche Angst?

»Diese … Albenkönigin«, stammelte sie, »ihr Name war Mal achaun, richtig?«

»Du interessierst dich also doch für Märchen«, sagte Ryan. Es wurde für wenige Atemzüge still, dann wagte Nevya, ihren Kopf vorsichtig in seine Richtung zu drehen.

»Dein Gerede über Nachtmahre hat Wirkung gezeigt.« Er stieß einen kurzen Lacher aus, dann verschwand die Heiterkeit aus seinen Zügen. Sein wirres Haar, seine Lippen, selbst sein Augenweiß waren blau verfärbt. Der Anblick ließ sie jegliche Albträume vergessen.

»Keine Angst«, hauchte Ryan. »Die Mahre sind nur ein Teil der Alben.«

Ryans Märchen über versklavte Elfenwesen und deren Königin klangen im Shellpark so real. Vielleicht, weil die Lichter sie an den Traumnebel erinnerten?

»Wie hat sie es angestellt?«, wollte Nevya wissen. »Wie hat Mal achaun es geschafft, die Alben zu befreien?«

»Durch einen Handel«, erzählte Ryan ohne Umschweife und fand sein Lächeln wieder. »Die Alben hatten etwas, das ihre Peiniger nicht hatten.« Mit Blick auf das Steinmonument sagte er: »Träume.«

»Moment.« Nevyas Herz donnerte aufgeregt. Mit seiner Erzählung schlug Ryan eine Brücke in die Realität. »Was hat das mit Träumen zu tun?«

Nevya gefiel nicht, was sie hörte. Noch immer konnte sie nicht ganz begreifen, wie es möglich war, dass Träume aus Nebel bestanden, der in den Köpfen der Menschen saß und sich absaugen ließ. Von hier aus waren es nicht mehr viele Schritte hin zu Ryans Märchen.

»Das erzählt man sich zumindest. Deshalb nennt man Great Shell die Stadt der Träume. Die verschlafene Stadt. Hier haben die Menschen angeblich die Fähigkeit erhalten, zu träumen. Mal achaun gab sie ihnen in Form von …«

»Nebel.«

Ryan verschluckte sich an seinem Satz und riss den Kopf herum. »In Form von Nebel«, wiederholte er dann, als wollte er Nevya fragen, woher sie das wusste. Nevya rieb sich unsicher die Strähnen aus der Stirn.

»Was haben die Mahre damit zu tun?«, lenkte sie ab.

»Man sagt«, fuhr Ryan nach einem Moment der Stille fort, »sie waren nicht einverstanden mit Mal achauns Opfer, deshalb quälen sie die Menschen bis heute.«

Je mehr er erzählte, desto deutlicher war, dass Ryan und seine Indigo Society daran glaubten. Und er fand, dass auch Nevya zu ihnen passte. Sie musste sich eingestehen, dass alles darauf hindeutete. Sie war hier, schmachtete das Monument an und lauschte den Märchen, als wären sie wahr.

Aber sie waren genau wie die Bilder in ihrem Kopf. Flüchtig. Ein Versuch, der Wirklichkeit zu entkommen.

»Das mit der Society tut mir übrigens leid«, brachte sie kleinlaut hervor.

»Meh«, machte Ryan und ging auf Abstand. »Wäre falsch gewesen, dich dorthin zu schleifen. Ich wollte nur Allison eifersüchtig machen.«

Verdammt. Trotz der blauen Schönheit vor ihren Augen fühlte Nevya einen Schatten auf ihrem Herz. Ryans Beziehung war erst vor Kurzem in die Brüche gegangen. Seine Beziehung mit Allison Saunders – der allseits beliebten Cheerleaderin. Hatte Nevya eben ernsthaft Hoffnung gehegt, dass Ryan Manzano auch nur ein Fünkchen Interesse an ihr haben könnte? Ihre Finger lösten sich von dem Geländer, als der Schatten von ihrem Herz rutschte und Bestimmtheit Platz machte. Nur weil sie sich in der Realität befand, hieß das noch lange nicht, dass sie nicht ein wenig Kontrolle darüber haben durfte.

»Lass es mich wiedergutmachen.« Mit einem Ruck wandte sie sich von der Great Shell ab und sah Ryan direkt in die Augen. Auffordernd legte er den Kopf schief.

»Ich bin ganz Ohr?«

»Du magst Musik.« Nevya erinnerte sich an die Instrumente in seinem Zimmer. »Im Alsem in Mackinaw spielt heute Abend eine Band. Wir könnten …« Mehr sagte sie nicht, denn ihr Ton hatte die Frage gestellt. Sie spürte ihr Herz, das ihre Forschheit mit schweren Schlägen quittierte.

»Wusstest du«, erzählte Ryan mit einem angetanen Schmunzeln auf seinen vollen Lippen, »dass Musik auch gegen Albträume hilft?«

Nevya hob die Augenbrauen und nickte interessiert, als wäre ihr Körper nicht innerlich in Aufruhr.

»So wärmt man also sein Herz?«

»Wörtlich funktioniert es auch.«

»Was meinst du mit wörtlich?«

Ryan streckte seine Hand aus und kam Nevyas Brust gefährlich nahe. Als sie zurückschreckte und ihn entgeistert ansah, ließ er davon ab. Das war zu nah. Das war zu real.

»Tut mir leid.« Seine Finger kräuselten sich zu einer schwachen Faust. Beschämt legte er seine Hände zurück auf das Geländer und sah weiterhin dem Feuer der Great Shell zu.

»Eine warme Hand über dem Herz hilft ebenfalls«, erklärte er kleinlaut.

Nevya wollte sich ihrerseits entschuldigen, aber wie verzweifelt klang es wohl, wenn sie ihn bat, es zu tun und seine Hand auf ihr Herz zu legen? Bei der Vorstellung sog Nevya die Luft ein. Nein, das ging zu weit. Warum also hatte sie ihn Momente zuvor um ein Date gefragt?

Stille umkreiste Nevya und Ryan für ein paar Momente, bevor Ryan fragte: »Dann fahren wir morgen vom Soladesplatz aus nach Mackinaw?«

Sie hatte ein Date mit Ryan. Übelkeit überkam sie. Solche Dinge kannte sie nur aus Träumen. Sie konnte nicht umhin, sich zu fragen, ob sie all das tatsächlich wollte. Doch wie sollte sie sich diese Frage beantworten, wenn sie noch nicht einmal wusste, welcher Mensch sie in der Realität war?

12

»Es ist Sonntag«, rief Nevya in den Hörer. Um sie herum wuselten die Bürger Brigestias, die in Bahnen stiegen, aus Bahnen herausstolperten und zu ihrem Ziel hetzten. Der Soladesplatz war ein surrendes Wespennest. Nevya hatte einen Arm um ihren Körper geschlungen und wich den eilenden Passanten aus, mit der anderen Hand drückte sie das Handy an ihr Ohr.

»Warum kann das nicht bis morgen warten?«, vollendete sie ihren Satz. Zed ließ am anderen Ende ein Stöhnen verlauten. Sie wollte Nevya im Spectrum sehen. Jetzt sofort. Aber Nevya hatte sich bereits auf den Weg zu ihrem – das Wort löste immer noch Übelkeit aus – *Date* mit Ryan gemacht.

»Zwei Dinge.« Auch ihr Boss klang gehetzt. »Erstens: Nächste Woche steht ein wichtiger Deal an.«

»In deinen Augen ist doch jeder Deal *wahnsinnig* wichtig.« Nevya hatte nicht erwartet, dass Zed ihren Sarkasmus hören würde, doch es rauschte, als Zed ihren Frust in den Hörer blies. Nevya musste sich dringend mit Declan über seinen Plan unterhalten.

»Zweitens.« Zed sprach leiser, heimlicher, sodass Nevya sich das andere Ohr zuhalten musste, um sie zu verstehen und den Lärm des Soladesplatzes zu dämpfen. »Ein paar von Q-Lees Sphären wurden gestohlen. Es ist unsere Aufgabe, sie zu suchen.«

»Ich wusste nicht, dass Schnitzeljagden zum Repertoire eines Hehlers gehören.«

Im Augenwinkel nahm Nevya eine Gestalt wahr, die ihren Puls zum Beschleunigen brachte. Sie hörte Zed kaum mehr zu.

»Du kommst heute Abend ins Loft – dann besprechen wir alles. Lass es nicht darauf ankommen, dass wir unsere Meinung ändern, Vy. Es ist in deinem eigenen Interesse, mitzuspielen. Denk an deine Träume.«

»Bis morgen«, murmelte Nevya, während sie der grinsenden Gestalt zusah, die auf sie zukam, und legte auf. Sie hatte Zed nun ausführlich erklärt, dass sie keine Zeit hatte und dass sie tags darauf vorbeikommen würde. Zed hatte noch irgendetwas zu sagen gehabt, doch in Nevyas Ohren war sie nur noch das nervige Brummen einer Fliege gewesen, die sie einfach verscheuchte.

»Was ist morgen?«, fragte Ryan.

Nevya zuckte die Schultern und bemerkte seine elegante Aufmachung. Das schwarze Poloshirt und die grau melierte Jeans. Seine Haare glänzten irgendwie stärker und entsprangen in voluminösen Strähnen einem gepflegten Mittelscheitel. Nevyas Mundwinkel hoben sich.

»Ein weiterer Tag, schätze ich.«

Der Weg nach Mackinaw war derselbe wie der nach Prawnhill. Das grüne Künstlerviertel lag zwischen Brigestia und dem Viertel der Albträume und dessen größter Stolz war der Boulevard, wo mit teurem Schmuck gehandelt und renommierte Theaterstücke aufgeführt wurden. Mitten in diesem Trubel fanden Ryan und Nevya das Alsem – einen eleganten Rockschuppen mit tiefer Decke. Die Band, zu deren Konzert Ben Collins sie eingeladen hatte, war noch nicht bekannt genug, um vor ausverkauften Hallen zu spielen, daher griffen Nevya und Ryan sich zwei der zahlreichen Karten an der Abendkasse ab, während sie aus irgendeinem Grund Ben Collins' Namen fallen ließ, der ihr das Konzert empfohlen und sie eingeladen hatte. Es war ihr unangenehm, nicht ebenso von Familie und Freunden berichten zu können wie Ryan, der von seinem kubanischen Vater und tollpatschigen Musikern aus der Schulkapelle erzählte. Nevya konnte nichts beitragen – die Hehlerverbindung war zu heikel, ihre Eltern waren quasi nicht existent.

Aus den Boxen im Club dröhnte Alternative Rock, da es noch nicht an der Zeit für den Auftritt war. Nevya nahm sich einen Moment, um eine Cola zu bestellen und sich auf die Theke zu lehnen. Langsam schweifte ihr Blick dann durch den sich langsam mit Gästen füllenden Saal. Rastlosigkeit hatte sie hierhergeführt. Rastlosigkeit und Tatendrang. Neben sich spürte sie Ryan. Er lehnte sich zu ihr hinab und sprach in ihr Ohr und Nevya neigte nur sacht den Kopf, um ihn besser zu verstehen.

»Du siehst aus, als würdest du hierhingehören.«

Nevya lachte, sah sich das abgenutzte Publikum mit den bestickten Jeanswesten an und erwiderte: »Das mit den Komplimenten üben wir noch mal.«

»Ich meine nur.« Ryan drehte sich zur Theke um, verschränkte beide Arme darauf und bedachte Nevya mit einem seltsam offenen Blick. Er schien tiefer zu blicken als sonst, als würde dieses abgeschiedene Viertel ihn tiefer graben lassen.

Fröstelnd wartete Nevya auf Ryans weitere Worte.

»Ich kenne viele Mädchen wie dich. Aber du bist die Erste, die irgendwie …« Er sah um sich. »… ruhelos ist.«

Mädchen wie dich.

Nevya kniff die Augen zusammen und zog ihre Brust ein, als wollte sie sich zurückziehen.

»Was meinst du damit?«

Ryan schien zu begreifen, dass er zu weit gegangen war, und sah sie mit einem durchbohrenden Blick an, als wollte er sagen: *Du weißt schon, wie ich das gemeint habe.*

Sie konnten ihre Unterhaltung nicht fortführen, da die Band auf die Bühne lief und von Applaus begleitet wurde. Umgehend setzte die Musik ein.

Ben hatte nicht gelogen. Für Nevya bestand kein Zweifel darin, dass die Musik von der grotesken Kunst aus der Galerie inspiriert worden war. Wenn die bewusstseinserweiternde Wirkung einer Droge einen Klang hatte, so klang sie wie diese Musik. Hallend. Röhrend. Unverkennbar unheimlich. Nevya schauderte und sie sah, wie auch Ryan zusammenzuckte.

»Aus welchem Loch sind die denn gekrochen?«, murmelte er und lachte nervös. Nevya lachte mit.

»Vielleicht hätten wir lieber den Straßenmusikern am Soladesplatz zuhören sollen«, sagte Nevya und entdeckte im gleichen Augenblick Ben am Ende der Bar. Von der dunklen Wand hinter ihm hob er sich kaum ab. Er sprach mit niemandem und schien auch keinen Spaß zu haben, stierte nur mit seinen eisblauen Augen in die Menge und hatte ein süffisantes Lächeln auf den Lippen, als würde der Bass nicht wie der Weltuntergang rumoren. Im Augenwinkel sah Nevya, wie Ryan in sich zusammensackte. Dieses Konzert war keine gute Idee gewesen. Und dennoch ergriff Nevya nicht gemeinsam mit Ryan die Flucht, sondern starrte weiterhin Ben an.

Doch kaum begann die wohltuende Pause zwischen zwei Liedern, warf Ben sich in die Menge. Nevya schluckte, als er über die Köpfe der Gäste hinweg direkt in ihre Augen blickte.

»Lass uns verschwinden«, entfuhr es Ryan. Ohne auf Nevya zu achten, kämpfte er sich Richtung Ausgang. Perplex blieb Nevya zurück und rührte sich nicht, blickte ihm nur hinterher. In ihrem Rücken spürte sie Bens Blick. Als sie über ihre Schulter spähte, bemerkte sie, dass Ben tatsächlich auf dem Weg zu ihr war, doch zu ihrer Überraschung rief er nach Ryan.

Nevya sah, wie Ryan nun innehielt. Seine Fäuste waren geballt, seine Statur merklich angespannt.

»Ryan Manzano – beim Opfer der Alben – dass ich das noch erleben darf.«

Ryans Gelassenheit war ein einziges Theater, denn die weiß hervortretenden Knöchel seiner engen Faust sprachen eine andere Sprache als sein abgeklärtes Gesicht.

Nevya versuchte, sich zu beherrschen, doch ihre Gesichtszüge gerieten aus allen Fugen.

»Was treibt dich in diese nebligen Gassen? Zuletzt sah ich, wie du nicht schnell genug von Prawnhill verschwinden konntest«, rief Ben und gab ihm einen freundschaftlichen Handschlag, der fast schon einstudiert wirkte.

»Tja, hätte ich gewusst, dass du dich hier rumtreibst …« Mittlerweile wirkte er erschreckend normal.

»Und dein Name war Vy, oder?«, fragte Ben, legte den Kopf schief und sah zwischen ihnen hin und her und gleichzeitig durch beide hindurch. »Ihr kennt euch also?« Nevyas Gesicht errötete und wandte sich Ryan zu.

»Offensichtlich«, antwortete Ryan kühl.

»Es wird dich sicher nicht stören, wenn ich kurz mit dem Mädchen unter vier Augen spreche?«

Ryan lachte, doch seine Fassade ließ sich kaum noch aufrechterhalten. »Wenn du ernsthaft glaubst, dass ich sie hier mit dir …«

»Ist schon okay«, mischte sich nun Nevya ein. Zwar wusste sie noch immer nicht, ob Ben eine ernsthafte Bedrohung war, aber was immer er ihr zu sagen hatte, es war sicherlich besser, wenn Ryan nichts davon hörte.

»Na schön«, raunte er skeptisch und ging auf Abstand, ließ die beiden jedoch nicht aus den Augen.

»Ihr seid also alte Freunde«, erkannte Nevya, als Ryan außer Hörweite war.

»Das waren wir, bevor er seine Meinung geändert hat.« Arrogant verschränkte er die Arme vor der Brust. Dann kam er zum eigentlichen Thema.

»Eine Schande, dass ein Leuchtkäfer wie du eine Hehlerin ist«, begann er und verdeckte die Sicht auf Ryan, indem er sich vor sie stellte.

»Ein *Leuchtkäfer* wie ich?« Nevya zischte belustigt. Obwohl sie fragen wollte, was er damit meinte, warf sie zunächst hinterher: »Du kennst mich doch überhaupt nicht.«

»Stimmt«, erwiderte Ben. »Ich kann dich nicht ergründen, das kann keiner. Besonders nicht, wenn du dich in Prawnhill herumtreibst. Du weißt ja, was sie sagen.« Als wollte er für sich und seinen finsteren Stadtteil werben, breitete er die Arme aus. »In Prawnhill ist jeder der, der er sein will.«

Nevya konnte nicht umhin, seine Extravaganz für einen Moment zu belächeln, doch in ihrem Augenwinkel scharrte Ryan noch immer mit den Hufen, also verschränkte sie die Arme vor der Brust.

»Wir sind hier nicht in Prawnhill.«

Ben beugte sich etwas zu ihr hinab, um seinem mysteriösen Flüstern mehr Ausdruck zu verleihen.

»Dann lauf lieber schnell weg, bevor ich dich dorthin entführe.«

Nevya trat irritiert zurück und wollte etwas erwidern, doch Ben fuhr bereits fort: »Q-Lee ist bestimmt stolz auf seinen Neuzugang.« Er seufzte neidisch und rieb sein Kinn.

In diesem Moment kam Ryan zurück, nahm sie in den Arm und trat schneller mit ihr aus dem Club, als sie denken konnte. Sie bekam noch mit, wie Ryan mit Ben ein paar feindselige Blicke tauschte, dann schloss sich die Tür hinter ihnen.

Ryan sackte zu Boden und sog die schadstoffbelastete Luft in seine Lungen, als hätte er seit Stunden nicht geatmet. Nevya sah ihm verlegen dabei zu, wie er an der Wellblechwand des Clubs saß und hechelnd Richtung Himmel blickte.

»Du kennst ihn«, sagte Nevya.

»Siehst du das?« Er zeigte ihr sein Tattoo – die schwarze Spirale auf seinem Handgelenk. Ein kleiner schwarzer Schweif ging von ihr ab, als wäre die Spirale der Körper einer Sternschnuppe. »Das hab ich von ihm.«

Nevya ließ sich auf dem Boden neben ihm nieder und ärgerte sich über ihre Leichtsinnigkeit.

Der beißende Wind rückte sie näher zusammen. Nevyas Oberarm drückte sich fest an seinen, als sie mit Blick auf sein Handgelenk hauchte: »Von *ihm*?«

»Nevya.« Abrupt drehte Ryan sich zu ihr um. Mit einem Finger griff er sacht nach ihrem Kinn und flehte: »Prawnhill ist das verdammte Tor zur Hölle. Du tust dir selbst einen Gefallen, wenn du Prawnhill – und *ihm* – fernbleibst. Ich habe schon einmal eine Freundin an den Abgrund verloren.« Er beugte sich zu ihr und wisperte. »Nie wieder.«

Nevya wagte nicht zu atmen, so nah war ihre Stirn seinen zitternden Lippen. Er umschloss ihre Hand mit seinen sonnengebräunten Fingern. Sie musste schauen wie ein verschrecktes Reh. Ein Moment verstrich. Dann noch einer. Keiner bewegte sich und Nevya konnte seinen Atem auf ihrer Nasenspitze spüren.

Sie war es, die überwältigt Abstand nahm und nach Luft schnappte, aber sie ließ ihre Hand in seiner ruhen.

»Was hat er dir angetan?«

Ryan entließ sie den Fängen seines algengrünen Blickes und sein Hinterkopf stieß sacht gegen das Wellblech, an dem sie lehnten, als er in den Himmel sah. Er antwortete nicht, sondern schien nur nach den Sternen zu suchen, die hinter der Lichtverschmutzung verschwunden waren. Nevya blickte ihrerseits das

Firmament an. Wäre dies ein Traum gewesen, hätte die Galaxie, die sie in jedem ihrer Träume am Nachthimmel sah, ihr den Weg geleuchtet. Sie sah auf ihre Finger. Ihre weißen Glieder, verwoben mit Ryans dunklen Fingern. Es war kein Traum.

»Was ist damals in Prawnhill geschehen?«, versuchte sie es erneut.

Ryan erwachte wieder zum Leben und schnaufte schwer, bevor er schwach fragte: »Wenn ich die Great Shell betrachte, dann sehe ich ein großes Opfer einer Spezies, die uns die Träume geschenkt hat. Wenn er die Great Shell betrachtet, sieht er nur die Nachtmahre. Und das, was sie ihm einflüstern. Er behauptet, von ihnen zu lernen, und ich habe ihm geglaubt. Damals.«

Nevyas Gesicht verdunkelte sich. Sie steckte tief im Rachen des Traumgewerbes und wusste doch so wenig.

»Du weißt über die Sphären Bescheid, hab ich recht?«, fragte Ryan.

Nevya antworte mit einem zaghaften Nicken. Der Oktoberwind blies eisig und verstärkte das Zittern, das sich allmählich über Nevyas Glieder legte – über alle Glieder, bis auf ihre linke Hand, über deren Handrücken kaum merklich Ryans Daumen streichelte. Er zeigte Seiten von sich, von denen Nevya nicht sicher war, ob sie ihr geheuer waren. Im Gegenteil. Sie war sich fast sicher, dass sie ihr *nicht* geheuer waren. Und dennoch saß sie dicht an ihn gepresst, hatte ihre Finger mit seinen verschlungen, lauschte seinem schweren Atem nahe an ihrem Ohr.

»Er lockt die Nachtmahre mit Albtraumsphären an.«

»Albtraumsphären?«

»Wir haben sie früher alle genommen …«

»Albtraumsphären.« Ihr Blick traf den Asphalt. Es war so einfach. Es gab Sonore, es gab Serenen. Und es gab Albtraumsphären. Und was auch immer sie von den anderen Sphären unterschied – sie konnten der Grund für Nevyas Albträume sein.

Nicht die Mahre, nicht ihre eigene Unsicherheit. Sie hatte sich schlichtweg Albträume verabreicht. Vielleicht, vielleicht. Trotz der Qual, die Ryan offenlegte, hegte sie Hoffnung für sich selbst.

»Mir taten sie nicht gut. Wie du siehst.« Ryan beendete seine Ansprache, bettete seinen Hinterkopf wieder auf das Wellblech und schloss erschöpft die Augen.

»Was unterscheidet sie von normalen Sphären?«, wollte Nevya wissen.

Ein grünes Auge öffnete sich, das sie misstrauisch anblickte. Zweifellos fragte er sich, woher Nevya von den Sphären wusste.

»Das weiß ich nicht«, gab er zu. »Scheinbar tragen sie irgendeine Substanz in sich, die die Mahre anlockt.«

Nevya seufzte hörbar. Ryan würde immer alles mit den Alben begründen – daran kam sie wohl nicht vorbei.

Ein letztes Mal betrachtete sie ihre Hand und ließ Ryans Wärme auf sich einwirken. Ja, vielleicht stimmte die Sache mit dem warmen Herzen. Vielleicht sollte sie es herausfinden.

Doch Ryan hatte die Begegnung mit Ben sichtlich mitgenommen. Er hatte solch einen trüben Schleier auf seinen Wangen, dass Nevya nicht anders konnte, als ihre Knie zur Seite zu schieben und ihn damit zu stupsen.

»Ich schätze, der Abend ist ruiniert.«

»Nein.« Ryan ließ ihre Hand los und tätschelte stattdessen ihren Schenkel. Er ließ ein Schmunzeln zu, auch wenn er so müde wie eh und je aussah.

»Lass uns einfach verschwinden. Ich muss ohnehin nach Ringo sehen.«

13

Und so fuhren sie zurück nach Brigestia, ins Viertel der Lichter, das nicht halb so unübersichtlich war wie die nebligen Gassen von Mackinaw.

In Ryans Keller war es gemütlich. Dort lag mehr Gelb im Licht. Mehr Wärme. Nevya sah sich in seinem Zimmer um, während Ryan sich auf sein großes Sofa setzte und sich um Ringo kümmerte. Sein Keller war mit vielen Stoffen ausgekleidet – ein Teppichboden, schwere Vorhänge und zahlreiche Kissen. Wo keine Stoffe waren, lagen Musikinstrumente und Schallplatten. Alles an seinem Zimmer war gemütlich.

Ryan sprach auf Spanisch mit seinem Kätzchen. Bei seinen sanften Worten und dem rollenden R entspannte sich Nevya und Ringo ging es ähnlich, denn er schnurrte unentwegt.

Nevya biss sich auf die Unterlippe. Ryans Stimme war wie ein Seil, das sie aus der Schlucht zog. Oder waren es gar nicht Ryans spanische Worte, sondern das sanfte Schnurren des Katers? War es die Musik?

Nevya zeigte auf die großen Lautsprecher, die überall im Zimmer verteilt waren. Manche waren an Musikinstrumente angeschlossen: ein Keyboard, eine Gitarre. Aus den übrigen drangen hypnotisierende Gitarrenklänge.

»Was ist das?«, fragte sie.

Ryan folgte mit den Augen ihrem Finger und antwortete: »Hendrix.«

Angetan lauschte Nevya der Musik, bis ihr plötzlich etwas klar wurde.

»Du hast nicht auf seinen Namen reagiert.«

»Welcher Name?« Ryan hauchte einen Kuss auf den Kopf seines Katers und entließ Ringo aus seiner Fürsorge.

»Ben Collins.« Als sie den Namen aussprach, bemerkte sie nicht den leisesten Anflug einer Reaktion auf Ryans Gesicht. Der Name selbst löste nichts in ihm aus. »Ich habe dir schon vor dem Konzert von ihm erzählt und du hast nicht reagiert.«

»Er hat sich früher anders genannt.« Ryan lehnte sich gelassen zurück und breitete beide Arme auf seiner Rückenlehne aus. Hier in seiner gemütlichen Höhle ließ er scheinbar jegliche Schutzschilde fallen. »Und niemand hat ihn je als Freund bezeichnet.«

Beschämt drehte Nevya sich weg und verschränkte die Arme vor der Brust. Sie tat so, als betrachtete sie die Schallplatten, die Ryan achtlos auf dem Fußboden verteilt hatte. Von der Unordnung in seinem Keller ging ein gewisser Charme aus – als könnte man sich stundenlang durch das Chaos wühlen, bis man sich tief in die Behaglichkeit seines Zimmers gegraben hatte.

»Ich habe vielleicht etwas übertrieben, als ich ihn Freund genannt habe.«

»Woher kennst du ihn?«

Nevya wusste nicht, was sie antworten sollte.

Ich bin eine Hehlerin. Ich habe ihm eine Sphäre verkauft. Gnadenlos überteuert, möchte ich anmerken. Warum ich das getan habe? Weil man mir meine Träume geklaut hat und alles besser ist, als nicht zu träumen.

Während Nevya in ihren Gedanken feststeckte und ihn unterdessen beinahe feindselig anfunkelte, fragte Ryan: »Ernsthaft, Nevya. Was bin ich für dich? Ein Freund oder ein Feind?«

Wieder wusste Nevya nicht, was sie antworten sollte, und schaute unsicher auf ihre Hände.

Ungeduldig schnaubte Ryan: »Ich weiß, dass du Albträume hast – ich hatte jahrelang Albträume. Langsam glaube ich, dass du nur meine Ratschläge willst.«

Mit verschränkten Armen marschierte Nevya auf Ryans Sofa zu, streckte trotzig die Brust nach vorne und raunte verspielt: »Dafür müsstest du mir erst mal Tipps geben statt irgendwelcher albernen Sprichwörter.«

»Schön.« Ryan klopfte mit der Handfläche auf das Polster neben ihm. Nevya setzte sich nicht, legte nur den Kopf schief.

Dennoch fuhr er fort: »Hast du versucht, ein Traumtagebuch zu führen?«

»Das ist alles?« Nevya lachte auf. Die vielen Stoffe, die Ryans Zimmer auskleideten, dämpften ihre Stimme. Sie hatte erwartet, mehr über die Albtraumsphären zu erfahren oder Gedankentricks zu lernen, die sie im Traum anwenden konnte. Alles, was Ryan zu bieten hatte, waren die Alben und altbewährte Hausmittel für luzide Träumer, die sie längst kannte. Andererseits wusste sie auch, welche Vorzüge es hatte, wenn man seine Träume in einem Tagebuch festhielt. Wie viel formbarer sie wurden, wenn man sie im wachen Zustand auf dem Papier durchspielen konnte. Mit einem Tagebucheintrag nahm man seine Träume mit in die Realität und dort konnte man sie immer wieder überdenken. Wiederkehrende Albträume konnten so schnell an Kraft verlieren und man konnte Lösungen für sie finden.

»Du willst mir ja nicht glauben, dass ein warmes Herz dir am besten helfen würde.«

Nevya grinste. Vielleicht wollte sie das, vielleicht auch nicht.

»Du hast mir noch nicht verraten, wie es funktioniert.«

»Na ja, das Schnurren einer Katze wirkt Wunder …«

»Unsinn.« Schwungvoll ließ Nevya sich neben ihm auf seinem Sofa nieder. Ryan drehte seinen Oberkörper in ihre Richtung und sah doch an ihr vorbei, als er weiterschwadronieren wollte: »Jimi Hendrix …«

»Das ist nicht dein Ernst«, unterbrach Nevya ihn. Und da hob er die Hand, ließ seinen Blick in ihre Augen fallen und nahm eine Strähne ihrer Haare zwischen Zeige- und Mittelfinger. Er drehte sie spielerisch und legte sie hinter ihr Ohr, streifte dabei ihre Wangen. Nevyas Körper antwortete mit einer Gänsehaut.

»Es gibt so viele Dinge«, sinnierte Ryan. Seine Stimme war nur ein Hauchen. »So viele Dinge, die man tun kann, um das Herz zu wärmen.«

Nevya biss heftig auf ihre Unterlippe, um nicht die Beherrschung zu verlieren.

Kaum hörbar seufzte sie: »Zeig sie mir.«

Und dann drückte er seine Lippen auf ihre. In der sachten Berührung seiner Finger, die die Kanten ihres Unterkiefers nachzeichneten, nahm sie etwas wahr. Sie spürte es tief in sich – das wohlige Köcheln ihres Blutes. Es war dasselbe Gefühl, mit dem sie die Great Shell betrachtet hatte und ihr Flimmern, das sich um Ryan gelegt hatte. Ryan. Seine Lippen, die ihre berührten. Seine Wärme, die sich um sie legte, als sie in die Polster sank, als er sich über sie schob.

Mit seiner Hand fuhr er über ihren Hals, während sie den Kopf in den Nacken legte. Nur kurz löste Ryan sich von ihren Lippen, wodurch ihr ein sanftes, zufriedenes Schnaufen entfuhr. Ryans Finger hatten ihr Schlüsselbein erreicht und schon bald legte sich seine Handfläche auf ihr Brustbein.

Mit einem Mal hielt Nevya in ihren gierigen Bewegungen inne. Ängstlich sah sie zu Ryan auf, in seine Augen. Sie sah die sanften Lachfalten in seinen Mundwinkeln, die dunklen Strähnen, die seinen kühnen Blick umspielten, und sie schnaufte. Anders als vorhin – sie hatte Angst. Angst vor der Macht, die er über sie hatte. Sie war die luzide Meisterin – und doch hatte Ryan die Kontrolle übernommen.

»Nein«, hauchte sie nur, bevor sie sich aufsetzte und die Haare aus dem Gesicht strich, die Ryans Angriff aufgewühlt hatten. »Nein«, wiederholte sie, obwohl Ryan längst von ihr abgelassen hatte, obwohl er verständnisvoller schaute, als sie erwartet hatte.

Er war verwirrt, keine Frage. Stumm betrachtete er seine Hand und schien sich zu fragen, was er falsch gemacht hatte.

Nichts. Nevya guckte ihrerseits auf ihre zitternden Hände. Er hatte überhaupt nichts falsch gemacht. Sie nutzte ihre Fingerkuppen, um über ihre feuchten Lippen zu streichen und dem Brodeln in ihrem Magen nachzufühlen, das Ryans Kuss ausgelöst hatte.

Er hatte nichts falsch gemacht – er war schlichtweg echt. Und Nevya war ihm nicht gewachsen.

»Tut mir leid.«

Seine Entschuldigung klang so verletzt. Es brach Nevya das Herz.

»Es …« Nevya musste sich räuspern. Mehrfach. Und dennoch versagte ihre Stimme beinahe, während sie sagte: »Es liegt nicht an dir. Ich …« Sie schluckte. Sie konnte es noch nicht einmal aussprechen.

Das Klingeln ihres Handys zerschnitt den Moment wie ein heißes Messer. Ein großes schwarzes Z erschien auf Nevyas Display. Nevya nahm ab und kam nicht dazu, ihren Gesprächspartner zu begrüßen.

»Du bist nicht im Spectrum erschienen.« Zed war gefährlich ruhig. Keine Störgeräusche waren zu hören, nur die rauchige Stimme, mit der sie den distanzierten Boss spielte.

»Nein, wie gesagt …«

»Wir sind jetzt im Loft. Du kommst vorbei.«

»Zed …«

Nevya war noch immer wie betäubt. Sie nahm Zeds Zetern nicht wirklich wahr. Das Einzige, was ihr nur allzu bewusst war, war Ryan, der in ihrem Rücken saß und sie beobachtete. Sie legte auf und durch Ryans Zimmer schwebte nur noch der Klang von Jimi Hendrix und seiner Gitarre. Einen Moment lang lauschte sie, ließ sich beruhigen, dann wagte sie, über ihre Schulter zu blicken und Ryans Welpenblick zu begegnen. Unsicher kaute er auf seinen Wangen, wodurch seine Lippen sich so reizend kräuselten.

Sie brauchte Ryans Nähe. Sie brauchte seine Nähe, sie brauchte den Schimmer der Great Shell, sie brauchte verdammt noch mal alles, was ihr die Leere nahm. Sonst nichts. Sie brauchte nicht *mehr* als all das. Aber konnte sie wirklich so selbstsüchtig sein?

»Ich muss los.« Auch ihre Stimme klang wieder klarer. »Du hast vorhin gefragt, was du für mich bist.« Ein letztes Mal richtete sie ihre Frisur. Ringo sprang aufs Sofa und sie tätschelte seinen Kopf. Sie konzentrierte sich auf seine bernsteinfarbenen Augen, als sie sagte: »Vielleicht sollten wir der Sache nicht gleich einen Namen geben.«

14

Nevya hätte einfach durch den Shellpark spazieren können, um sich ein paar Momente mit der funkelnden Great Shell zu gönnen. Sie hätte den Kopf frei bekommen, sie hätte Zed warten lassen können. Aber stattdessen fuhr sie mit dem Bus um den Park herum, um direkt zum Loft der Verbindung zu gelangen.

Das Schaukeln des Busses hätte sie wohl in den Schlaf gewiegt, wäre sie nicht so aufgekratzt gewesen und hätte Ryans Blick sich nicht in ihr Gedächtnis gebrannt. Er war so kleinlaut gewesen, so entschuldigend. Abermals befühlte sie ihre Unterlippe mit den Fingerkuppen. Er war viel zu gut für sie. Was hatte sie ihm schon zu bieten? Sie war eine kleine Hehlerin auf dem Weg zu ihrem Team, das mit Gleichgültigkeit kommende Deals besprechen würde.

Im Norden Brigestias angekommen, stellte sie fest, dass die Eingangstür zum Wohnkomplex nur angelehnt war. Sicherheit wurde hier wohl nicht großgeschrieben. Nevya stieg über den Stapel Zeitungen, der sich im Erdgeschoss angesammelt hatte.

Declan öffnete ihr die Tür. Er kaute, ließ nur ein müdes »'n Abend« verlauten und schlurfte zurück zur Küchenzeile, wo Nevya von den zischenden Lauten des köchelnden Abendessens begrüßt wurde. Vorsichtig sah Nevya sich um, doch von Zed und Cee fehlte jede Spur und so nutzte sie die Gelegenheit.

»Hast du schon eine Idee?«, fragte sie ungeduldig.

Declan rührte die Soße um. Er trug nur eine bequeme Pyjamahose und ein graues Shirt, als wäre er drauf und dran, nach einem gewöhnlichen Arbeitstag im Büro schlafen zu gehen. Die braunen Locken standen passend dazu zu Berge.

»Was meinst du?«, wollte er wissen und kostete die Soße schlürfend.

Nevya erklomm einen der Barhocker, die um die Kücheninsel verteilt standen.

»Für unseren Plan?«

Declan schnaubte und ein kleiner Spritzer Soße landete auf seinem Shirt, den er nicht bemerkte.

»So schnell geht das nicht.«

Seine gesamte Aufmerksamkeit galt dem Abendessen. Dieser Tatendrang, den er ihr an jenem Morgen gezeigt hatte, als er Nevya in der kleinen Kammer Gesellschaft geleistet hatte, konnte doch nicht so schnell verflogen sein.

»Wieso?« Nevya ließ sich nicht von seiner Sorglosigkeit anstecken – sie war zu rastlos, zu verwirrt von dem, was in Ryans Keller geschehen war.

»Was steht uns im Weg?«

Declan seufzte. Kurz sprangen seine Pupillen in Richtung der Tür, durch die Zed und Cee jederzeit eintreten konnten. Unter Ächzen stellte er dann den brodelnden Topf beiseite.

»So einiges«, keuchte er. »Q-Lee, Zed …«

»Okay, okay«, unterbrach Nevya und half ihm mit dem Topf. »Wenn die beiden uns nicht im Weg stehen würden – was würden wir dann tun?«

Declan zeigte auf einen Hängeschrank und hob vier Finger hoch, dann gab er seufzend zu: »Ich weiß es nicht.«

Auf seine Anweisung hin öffnete Nevya den Schrank, griff nach vier Schüsseln und ging damit zum großen Esstisch.

»Du musst doch irgendeinen vagen Plan haben, wie man Sonore finden kann.« Nevya verteilte die Schüsseln auf dem Tisch. »Und wo sich die ganzen Traumlosen verstecken.«

Von der Küchenzeile aus stierte Declan sie an. Er kaute auf seiner Unterlippe, während seine Schultern sich unter Nevyas Fragerei zu senken begannen.

Die letzte Schüssel griff Nevya mit beiden Händen. Wenn sie nicht schnellstmöglich irgendetwas taten – irgendetwas –, dann würde sie weiterhin dieses unwissende kleine Zahnrad bleiben.

Eben wollte sie Declan die Meinung geigen – dass ihr sein Mangel an Tatendrang gehörig auf die ohnehin schon strapazierten Nerven ging –, doch in dem Moment traten Zed und Cee ein.

Zed zog mit einem Ruck die Haustür auf, woraufhin Nevya erschrocken zusammenzuckte. Sie kratzte die Glasur von einem Donut, während Cee auf sie einredete. Nevya hörte nur Fetzen davon.

»Q-Lee und seine dummen Ideen.«

»Ich weiß, dass du deine Familie nicht magst«, unterbrach Zed ihn, »aber Q-Lee ist unser Boss. Es ist mir egal, wie sehr es dich nervt, auf ihn zu hören.« Als sie Nevya bemerkte, begrüßte sie sie mit einem kühlen »Du bist da« und nahm einen Bissen von ihrem Donut. Wie beiläufig stellte Zed ihre Tasche neben Nevya ab. Dann rauschte sie an Cee vorbei in ihr Zimmer, der mit flatternden Nüstern zurückblieb. Grummelnd griff er nach einer Flasche Soda im Kühlschrank und setzte sich an den Tisch.

»Worum geht es da?« Nevya lehnte sich nach vorne, während sie flüsterte.

»Cee ist der Ältere«, sagte Declan und garnierte das Essen mit den letzten Gewürzen.

»Was?«

»Sein Bruder – Q-Lee. Er ist der Jüngere der beiden. Cee wurde sozusagen enterbt.«

Nevya drehte sich unauffällig zu Cee, der sich wohl eine Zeitung vom Stapel im Erdgeschoss genommen hatte und nun gedankenverloren darin blätterte.

»Dann muss Q-Lee ja blutjung sein«, erkannte Nevya.

»Blutjung«, bestätigte Declan nickend, »und der einzige Mensch der Welt, der Sphären herstellen kann. Der einzige, der weiß, wie die traumstehlenden Kugeln funktionieren. Das Geheimnis ist seit Generationen in seiner Familie.«

»Und Cee durfte es wohl nie erfahren«, erkannte Nevya.

Cees Mundwinkel zuckte kurz, bevor er zu Nevya aufsah. Er hatte sie gehört. Als sein stets grimmiger Gesichtsausdruck sie erreichte, wurde Nevya bewusst, dass sie sich noch nie richtig angesehen, noch nie unterhalten hatten. Dabei war er der Bruder des einzigen Sphärenherstellers der Welt. Ob enterbt oder nicht – war das nicht ein fantastischer Hebel in einem Plan, der sich noch nicht geformt hatte? Nevya entschied sich zu lächeln. Was immer sich da soeben in ihrem Kopf zusammenbraute, es konnte nicht schaden, sich Cee gegenüber nicht zu feindselig zu zeigen. Angesichts seiner Muskelmasse war das ohnehin nie eine schlechte Idee.

Zed kam umgezogen aus ihrem Zimmer zurück. Ihre langen braunen Beine steckten nun in bequemen Shorts, ihre schlanke Figur wurde von einem lockeren Tanktop umspielt.

»Declan.« Sie schnipste mit den Fingern und setzte sich neben Cee. »Beeil dich lieber mit dem Essen.« Entschuldigend glitt ihr Arm um die Schulter ihres Liebhabers. Sie drückte einen Schmatzer auf seine Wange. Ein angeekelter Laut lag Nevya auf der Zunge, den sie mit gerümpfter Nase herunterschluckte. Sie wandte sich Declan zu, der noch immer in seiner verdammten Soße herumrührte.

Nevya ließ sich gegenüber von Cee nieder, der unterdessen die Zeitung beiseitelegte. Interessiert sah Nevya ihm mit dümmlichem Lächeln dabei zu. Als er ihrem Blick begegnete, legte er die Stirn in Falten.

»Ist was?«

»Warum bist du nicht an der Spitze?«, fragte sie mit kindlicher Neugierde.

Cee knurrte nur: »Lange Geschichte.«

Hinter Cee tauchte Declans entgeistertes Gesicht auf. Er öffnete den Mund, schloss ihn wieder und hob verwundert eine Augenbraue. Nevya zuckte nur die Schultern. Wieso wunderte er sich darüber, dass sie mehr über das Gewerbe erfahren wollte, welches sie umzugraben planten?

Declan schüttelte den Kopf, stellte den Topf in die Mitte des Tisches und setzte sich neben Nevya. Jetzt erkannte Nevya, dass nicht nur Soße in dem Topf war. Declan hatte Chili gemacht und häufte jedem seiner Komplizen eine Portion auf.

Nevya fand die ganze Situation absurd. Sie trugen Freizeitklamotten, sie aßen gemeinsam – sie benahmen sich wie Freunde. Kein Wunder, dass Declan in dieser heimeligen Atmosphäre zu träge geworden war, um etwas zu bewirken.

»Um ehrlich zu sein …« Zed schaufelte einen Haufen Fleisch in ihren Mund und hob einen Finger, damit Nevya brav abwartete, bis sie den Mund nicht mehr voll hatte. Mit dem Löffel zeigte sie abwechselnd auf sich und Cee, den Enterbten. »Wir arbeiten daran.«

»Von wegen!«, entfuhr es Declan und wie beiläufig stellte er fest: »Ihr regt euch nur über Q-Lee auf. Ihr tut nichts dagegen.«

Nevya hatte den Löffel in die Hand genommen und lauschte dem klimpernden Besteck ihrer Komplizen, ohne sich selbst an ihre Portion heranzuwagen. Es war zu seltsam. Und ihr Magen war zu aufgewühlt.

Zed saß nun ähnlich da. Sie kaute zwar ruhig, aber ihre Hand hielt den Löffel entschieden zu fest und ihre Augen stierten Declan böse an.

»Wie wäre es mit Bier«, schlug sie vor und hätte unbefangen gewirkt, hätte sie nicht durch geschlossene Zähne gesprochen. »Holst du welches für uns, Declan?«

Nur eine kleine kritische Bemerkung und sofort empfand Zed den Drang, Declan in die Schranken zu weisen. Schnaubend ließ er den Löffel auf den Tisch fallen und stand auf, um Bier zu holen.

»Mein Bruder sieht mich als seinen Feind an.« Zum ersten Mal hörte Nevya deutlich den ruppigen Great Sheller Dialekt, mit dem Cee sprach und durch den er sich selbst als Angehöriger der Arbeiterklasse outete.

»Warum?«

»Weil ich sein Feind war.« Cee brach den Blickkontakt ab und tauchte den Löffel in sein Chili. Nevya hob angetan eine Augenbraue. Daraus ließ sich etwas machen. Sicher, Cee würde nur Zeds Interessen vertreten, aber wenn er statt des Phantoms Q-Lee an der Spitze war, war immerhin eine Hürde bewältigt.

Declan kam mit vier Bier zurück. Um nicht zu zeigen, wie unbehaglich sie sich dabei fühlte, mit ihren neuen Komplizen zu essen, schöpfte Nevya sich etwas Soße auf den Löffel und nippte daran, während Zed sich lautstark eine Flasche öffnete und fortfuhr: »Der heutige Abend wird folgendermaßen verlaufen. Vy, wir erzählen dir jetzt von unseren Deals an Halloween und unserem Auftrag in Kalifornien und dann wirst du brav einwilligen. Dafür bekommst du eine Sphäre.«

Mit fragendem Blick sah sie zu Declan, doch dieser machte einen Buckel, um sein Essen genauer betrachten zu können, und schmatzte unbeteiligt. Nevya kaute auf der Innenseite ihrer Wange. Sollte sie einwilligen? Sollte sie wirklich weiter mitspielen?

»Erzähl.« Nevya versuchte, möglichst unbefangen zu klingen, und legte den Löffel beiseite.

»Q-Lee wurden Sphären gestohlen und er vermutet sie in einem Lager im Anza-Borrego Desert State Park. Wir sollen sie dort suchen.«

Wie stolz sie diese Aufgabe entgegennahm, konnte Nevya nicht übersehen, denn sie warf die Haare über die Schultern und streckte die spitze Nase in die Höhe.

Declan wagte sich aus seiner Trägheit und bemerkte: »Das klingt alles sehr vage. Sollen wir uns durch die gesamte Wüste wühlen?«

Zed zuckte gelassen die Schultern.

»Q-Lee weiß, was er tut. Er würde uns nicht dorthin schicken, wenn er nicht absolut sicher wäre, dass wir die Sphären finden.«

Cee stellte selten Fragen, doch er wirkte nervös, als er wissen wollte: »Was glaubst du, wer sie gestohlen hat?«

Zed rollte mit den Augen.

»Das ist keine ernst gemeinte Frage, oder?«

Anspannung schwebte in der Luft. Nur Nevya schien tatsächlich ahnungslos zu sein und sah zwischen den verdatterten Gesichtern von Cee und Declan hin und her.

»Stannon und die Cis.« Aus Zeds Mund klangen die fremden Namen scharf. »Habt ihr etwa Angst?«

Stille verriet ihre Antwort.

»Na ja«, rief sie daraufhin aus, »ein paar Sicherheitsvorkehrungen können nicht schaden. Wir reisen separat und treffen uns erst in Kalifornien. Vy, ich wäre dafür, dass du fliegst.«

»Angenommen, ich würde mitkommen«, begann Nevya, woraufhin sie einen belustigten Blick von Zed erntete, »wo soll ich, deiner Meinung nach, das Geld für den Flug auftreiben? Und was soll ich meinen Eltern sagen?« Zed lachte ungehalten auf.

»Wie niedlich. Lass dir eine Lüge einfallen, wen interessiert's?« Mit wedelnder Hand wimmelte Zed Nevyas Einwand ab.

»Und das Geld?«

Zed grinste sie an wie eine Verbündete. Es gefiel Nevya nicht. »Du hast Ben Collins eine Serene zum Wucherpreis verkauft. Ein Teil davon steht dir zu.«

Zed klang deutlich zu nonchalant für Nevyas Geschmack und stachelte somit in der Glut von Nevyas rebellischer Ader. Im Moment war ein weiterer Widerspruch jedoch undenkbar, also behielt Nevya ihre Einwände erst einmal für sich.

»Wann soll das Ganze eigentlich stattfinden?«, wollte Cee unterdessen wissen.

Zed suchte eine andere Sitzposition und sagte: »Erst nächsten Monat. Zuvor gibt es noch ein paar Geschäfte abzuwickeln. Stammkunden, anderer üblicher Kleinkram und einen Abstecher in die Great Sheller Clubszene an Halloween. Das ist die zweite Angelegenheit, über die ich mit euch sprechen wollte, denn die Kleiderordnung für diesen Club lässt keine Kapuzenpullover zu. Damit meine ich dich, Vy.«

Nevya hörte kaum zu, da sie in ihren Gedanken festhing. Nach Kalifornien war es ein weiter Weg. Nevya wusste nicht viel vom Gewerbe, aber sicher bereitete es Q-Lee Umstände, einige seiner Hehler für ein paar Tage abzukommandieren. Irgendetwas Größeres musste dahinterstecken und mit einem kurzen Blick vergewisserte Nevya sich der Tatsache, dass Declan nicht die leiseste Ahnung hatte. Er sah vollkommen ausdruckslos aus, statt zu demselben Schluss zu kommen wie Nevya. Und in dem Moment wurde ihr bewusst – sein Herz war am rechten Fleck. Er war nur hoffnungslos naiv.

Nach dem Essen bot Nevya an, Declan beim Geschirrspülen zu helfen, während Zed und Cee sich auf einen großen Ohrensessel kuschelten.

Der Wasserhahn rauschte laut genug, um ein Gespräch zu übertönen. Noch immer sah sie keine Regung in Declans Zügen.

»Wie viel diese gestohlenen Sphären wohl wert sind?«, begann sie.

»Ein paar Tausend Dollar.« Declan antwortete schnell und arglos.

»Meinst du wirklich?« Nevya passte sich an seinen sorglosen Ton an und trocknete die Schüsseln ab, bevor sie sie zurück in den Hängeschrank stellte. Zu wissen, wo die Verbindung ihr Geschirr aufbewahrte, war seltsam intim.

»Meinst du wirklich, der einzige Sphärenhersteller der Welt würde so einen Aufstand um ein paar Tausend Dollar veranstalten?«

»Na ja.« Schaum klebte an Declans Fingern, als er das saubere Geschirr vor Nevya stellte. »Er will ja weiterhin seinen Ruf wahren.«

Nevya stöhnte hörbar, sodass sogar Zed und Cee von ihrer Turtelei abließen und in ihre Richtung sahen. Sie warf sich den feuchten Lappen über die Schulter und sah Declan fest in die Augen, während sie flüsterte: »Denk etwas weiter. Vielleicht sind es nicht nur ein paar Serenen für ein paar Tausend Dollar.«

Declans Ausdruck veränderte sich. Seine gesamte Haltung veränderte sich. Endlich sah Nevya in seinen müden Augen das warme Leuchten, mit dem er von seinem Traum erzählt hatte. Seinem Traum, ein rechtschaffener Mann zu sein.

»Sonore?«, hauchte er tonlos. »Du glaubst, die gestohlenen Sphären sind Sonore?«

Nevya nickte vehement, sodass eine rote Strähne vor ihre Augen flatterte.

»Wenn das stimmt …« Ein Muskel in Declans Wangen zuckte nervös. Unauffällig schielte er in Zeds Richtung, die sich wieder abgewandt hatte. »Wie sollen wir sie an Zed vorbeischmuggeln?«

Nevya erlaubte sich zu strahlen. Gedanklich griff sie nach den Zügeln, die Q-Lee mit seinem kleinen Ausflug in ihre Hände legte. Declan schien sie mit seinen großen Augen zu fragen, wie sie sich sicher sein konnte. Sie konnte ihm keine Antwort geben, aber irgendetwas in ihr – vielleicht war es Nikolai – schien ihr freudig zu versichern, dass sie recht hatte. Dass sie in Kalifornien Sonore finden würden. Dass ein Stein ins Rollen kam. Wenn es ihnen dann noch gelang, Q-Lee aus dem Weg zu schaffen …

»Wir sollten uns lieber überlegen, wie wir Zed von unserem Plan überzeugen können«, erwiderte Nevya.

Denn wenn Cee es tatsächlich an die Spitze des Traumhandels schaffte, brauchten sie ihn und Zed als Verbündete.

15

Entsetzt wachte Nevya auf.

Ihre Lunge arbeitete auf Hochtouren, um den Sauerstoffverlust auszugleichen, sodass ihr Hals vor lauter Trockenheit kratzte. Das durfte nicht wahr sein, sie hatte tatsächlich nicht geatmet.

Dieser Traum hatte alles geändert.

Der Schlaf verzog sich aus ihrem Kopf. Langsam erinnerte sie sich an Ryans Worte. An seinen Vorschlag, ein Traumtagebuch zu führen. Sie hastete zu ihrem Schreibtisch, in dessen kleiner Schublade ihr altes Traumtagebuch versauerte. Ewig hatte sie es nicht mehr gebraucht – ihre Träume waren realer als das Leben selbst und bis jetzt hatte sie keinen Grund mehr gehabt, solch einprägsame Erlebnisse festzuhalten.

Zed hatte ihr zum Abschied eine Aluschale voll Chili und eine Sphäre mitgegeben. Nevya hatte sie auf dem Hinterhof zerbrochen – es gab keinen anderen Weg, eine Sphäre zu öffnen. Die beiden Glashälften wurden durch den Unterdruck des Nebels zusammengehalten – wie auch immer das genau funktionierte. Wie auch immer das Glas es schaffte, den Nebel überhaupt aus dem Kopf zu saugen. Der Nebel war erschrocken über den Boden gekrochen, bis er Nevya gefunden und sich in ihren Kopf verzogen hatte. Denn das hatte Nevya längst begriffen: Der Nebel suchte sich stets den nächstbesten Kopf aus. Einen Moment lang hatte sie gewartet, bis der Schwindel nachgelassen hatte. Sie hatte die Scherben entsorgt und war kampfeslustig ins Bett gegangen, um sich ihren dunklen Traumbildern zu stellen.

Wenn sie den Traum nicht festhielt, würde sie ihn verlieren und mit ihm die Erkenntnis.

Hastig blätterte sie durch alte Einträge, die mit krakeliger Kinderschrift aufgeschrieben waren. Dann wählte sie eine freie Seite und begann zu schreiben.

Nevyas Traumtagebuch
31.10.

Um mich herum war die Welt blau. Das Licht einer einzelnen Straßenlaterne reichte nicht aus, um die Dunkelheit zu vertreiben. Ich spürte eiskalten Sprühregen auf meinem Gesicht. Die Lampe strahlte geisterhaft wie das einsame Schild über dem Spectrum. Mein Pullover fühlte sich klamm an, meine Hände froren. Ich atmete weißen Dunst aus und im Augenwinkel sah ich Motten, die traurig um die Lichtquelle huschten.

Ich versteckte meine Hände in meiner Bauchtasche und ging in die Dunkelheit außerhalb des Lichtkegels.

Vielleicht würden sie nicht auftauchen. Vielleicht war mein Mantra endlich wieder bis zu meinem Unterbewusstsein durchgesickert und unterdrückte die bösen Traumbilder.

Und dann sah ich ihn. Nikolai hatte es zurück in meine Träume geschafft. Der Regen fühlte sich plötzlich viel wärmer an. Er überquerte die Schwelle zum Licht und ließ mich unter seinen Regenschirm.

»Du wartest auf einen Albtraum«, erkannte Nikolai.

»Wo bleiben sie nur?« Ich unterdrückte den Drang, ungeduldig an meinen Nägeln zu knabbern.

Nikolai zuckte die Achseln.

»Sieht so aus, als wäre dein Herz zu warm für sie.«

Abwehrend schüttelte ich den Kopf. »Das wäre zu einfach. Sie lauern.«

Nikolai war zurück. Und wie immer sprach er Gedanken aus, die ich verschwiegen hätte.

»Sprechen wir von bösen Traumbildern aus deinem Unterbewusstsein? Oder sprechen wir von …«

»Ich schwöre dir, Nikolai«, fuhr ich ihn an. »Wenn du es beim Namen nennst, bist du *derjenige mit einem Dolch in der Brust.«*

Ich feixte unter meiner Kapuze, während ich ihn an den letzten Traum erinnerte, aus dem er mich mit einem Gnadenstoß errettet hatte. Er beugte sich zu mir herab.

»Das würde ich gerne sehen.«

Freundschaftlich stieß ich ihm meinen Ellbogen in die Seite. Was hatte ich diese Seelenruhe vermisst, wenn man sein Unterbewusstsein bei sich hat und die Sicherheit, seinen Gedanken so nahe zu sein.

»Du nennst nicht gerne Dinge beim Namen, was? Erst Ryan, jetzt das …«

»Es reicht jetzt«, seufzte ich. Gelangweilt legte ich meinen Kopf auf seiner Schulter ab. Wir starrten in die Dunkelheit.

»Wieso erlaubst du dir nicht einfach, an die Mahre zu glauben?« Er sprach sanfter, als ich ihn kannte.

»Weil es plausiblere Erklärungen gibt: Meine Unsicherheit, die Albtraumsphären …«

Er unterbrach mich: »Ist dir bewusst, was sie anrichten können?«

Mit einem Anflug von Missmut antwortete ich: »Sie können mich aufwecken.«

»Oder sie können dafür sorgen, dass du gar nicht mehr aufwachst«, ergänzte er meinen Satz. Ich nahm meinen Kopf von seiner Schulter und trat unter seinem Schirm hervor. Der Regen sickerte durch meine Kapuze. Verwirrt suchte ich seine Augen, die aus dem Schat-

ten spickten, den sein Schirm warf. Lag es an der Dunkelheit oder sahen seine Augen blasser aus? Hatte der Tod sie entfärbt?
Dass mein Unterbewusstsein auf so eine Idee kam, verwirrte mich. Ich kannte meine Ängste. Zum ersten Mal hatte ich nicht das Gefühl, dass Nikolai mein Inneres preisgab. Zum ersten Mal war mir das, was er sagte, vollkommen fremd. Nikolai war mir fremd.
Er sprang auf meinen fragenden Blick an und erklärte: »Im besten Fall wirft der Mahr dich aus dem Traum und sorgt dafür, dass du dich tags darauf etwas unwohl fühlst.« Gespielt unbekümmert ließ er seinen Blick schweifen. »Er könnte aber auch Depressionen, Psychosen und diverse psychische Erkrankungen heraufbeschwören, dich in den Selbstmord treiben oder Schlaganfälle auslösen.«
»So ein Unsinn«, sagte ich zu mir selbst. »So funktionieren Schlaganfälle nicht.«
Nikolai lachte mich aus. Mein Traumbild lachte seine Göttin aus.
»Glaub nicht alles, was die Medizin behauptet. Ich habe von einem Mann gehört, dessen Nachtmahr ein Aneurysma in seinem Kopf zum Platzen gebracht hat. Er ist einfach so im Schlaf gestorben.«
»Davon habe ich noch nie gehört.« Ich verschluckte mich an meinen Worten, sodass meine Stimme stolperte. Ich konnte mich beim besten Willen nicht entsinnen, je etwas Vergleichbares gehört zu haben, das ich dann in meinem Unterbewusstsein hätte abspeichern können.
»Davon habe ich noch nie gehört«, wiederholte ich. Sein Tod war nicht spurlos an ihm vorbeigegangen. Er hatte die Verbindung zwischen uns gekappt. Nikolai unterstand nicht mehr meiner Kontrolle.
»Lass es gut sein mit deinen Gruselgeschichten«, befahl ich Nikolai. Unterschwellige Ängste waren das Letzte, das ich jetzt brauchte.
»Es ist wahr, überzeuge dich selbst davon.«

Er drehte sich um, um zu gehen, und schloss seinen Schirm. Obwohl ich träumte, spielten meine Gefühle verrückt, als wäre ich in der Realität. Die Art, wie er sich abzuwenden versuchte, machte mir Angst.

»Du lässt mich aber nicht allein, oder?«, rief ich ihm hinterher. Er hielt inne und ich spürte von Weitem, wie er grinste, bevor er sich umdrehte.

»Nein, ich lasse dich nicht allein.« Mit diesen Worten kam er wieder auf mich zu, doch irgendwie wollte sich keine Erleichterung bei mir einstellen. Im Gegenteil hatte sein Versprechen etwas Bedrohliches und sein Gang glich dem konzentrierten Heranpirschen eines Raubtiers. Ich war mir nicht mehr sicher, ob ich seine Gesellschaft wollte. Ich wollte den Nikolai, den ich kannte. Den ich erschaffen hatte. Nicht dieses grinsende Etwas, das plötzlich seine Form angenommen hatte.

»Selbst wenn ich dich jemals alleine lasse«, fuhr er fort, »werde ich trotzdem da sein. In Form einer Nebelbank auf hoher See. In Form eines verrückten Arztes. In Form eines einzigen Gefühls.« Ich wich nicht vor ihm zurück, obwohl mir langsam bewusst wurde, was geschah. Er ließ den Schirm im Nichts verschwinden, damit er mit beiden Händen meinen Hals ergreifen konnte.

Und obwohl er so fest zudrückte, dass ich keine Luft bekam, verstand ich es erst vollständig, als er es aussprach: »Nikolai ist nicht mehr hier, um dir zu helfen.«

Ich japste, doch meine Lunge füllte sich nicht mit Luft.

Zu allem Überfluss raunte er in mein Ohr: »Und ich brauche keine verseuchte Albtraumsphäre, um das hier *zu tun.«*

Ich rang nach Luft, packte seine Handgelenke und versuchte, seinem Griff zu entkommen.

»Du willst nicht an uns glauben, ja? Umso besser. Du gibst uns Macht.«

Er sah Nikolai zwar ähnlich, doch sein Gesicht war fast unmerk-

lich verändert. Vielleicht war es nur der Ausdruck in seinen Augen, dieser unmenschliche, gehässige Blick, doch was immer es war, es trieb mir vor Ekel Tränen in die Augen.
Doch das hier war mein Traum, also konnte *ich Luft holen und atmen. Ich stellte mir vor, wie sich meine Atemwege öffneten und Sauerstoff hindurchströmte. Ich redete es mir ein, während ich meinen Griff um seine Handgelenke löste.*
Ich kann atmen. Meine Träume gehören mir.
Und als ich es wagte, tief Luft zu holen, rann nur klebriger Schleim durch meine Luftröhre. Ich krächzte, Tränen flossen über meine Wangen und mein Blick verschwamm.
Ich kann atmen. Ich bin die Göttin der Traumbilder. Ich erschaffe sie. Ich töte sie.
Ich kann atmen. Nachts bin ich allein.
Ich wollte daran glauben. Dass ich allein war. Verzweifelt schlug ich um mich und versuchte, das Gesicht meines Angreifers zu zerkratzen, doch meine Gelenke waren steif vor Furcht.
Die klebrige Flüssigkeit suchte ihren Weg in meine Lungen. Meine Beine gaben nach, sodass ich auf den Knien landete. Das Traumbild ließ mich nicht los. Denn an etwas glauben zu wollen und tatsächlich an etwas zu glauben, waren zwei völlig unterschiedliche Dinge. Ob der Mythos stimmte oder nicht – ich glaubte daran.
Noch immer drückte mein Traumbild mir die Kehle zu. Mir wurde schwarz vor Augen und ich bekam noch immer keine Luft. Plötzlich formte sich klar und deutlich ein erlösender Gedanke: Ich kann nicht atmen.
Und entsetzt wachte ich auf.

16

Ich kann nicht atmen.

Wieder und wieder hatte Nevya den Satz gelesen. Zunächst kopfschüttelnd, dann trotzig und dann – als sie sich widerwillig hübsch zurechtgemacht hatte und in der U-Bahn nach Prawnhill saß – las sie ihn ein letztes Mal und packte das Buch in den Rucksack, der überhaupt nicht zum eleganten Kleidchen passte, in das sie sich gezwängt hatte.

Nikolai, dieser Bastard, hatte recht. Sie glaubte an die Mahre. Sie glaubte an die Alben. Es war ein hübscher kleiner Mythos, der wie ein Märchen erzählt wurde, und Nevya Hale – achtzehn Jahre, Zwölftklässlerin, baldige Schulabsolventin – glaubte daran. Nevya rieb sich die Stirn und wagte einen Blick auf die Anzeigetafel. *MACKINAW BOULEVARD.* Bald würde sie im Norden Prawnhills sein.

Besonders in Prawnhill war die Nachfrage nach Sphären groß. Es ließ sich nicht vermeiden, dort aufzutauchen, wenn man ein Hehler war. Nevya zupfte sich die gelockten Strähnen zurecht.

Der Norden Prawnhills leuchtete an diesem Abend fast so hell wie die Great Shell, leider strahlte er nicht halb so viel Ruhe aus wie Brigestia, und egal wie pompös die Werbereklamen anmuteten, die unweit des Industriegebietes die breiten Straßen säumten, es war nun mal Prawnhill. Es war Schein und Rauch und Drogen. Und Albträume. Nevya hatte sich für den Deal so schick wie möglich gekleidet. Im Schrank ihrer Mutter hatte sie ein indigofarbenes Cocktailkleid gefunden.

»Ich stehe auf der Gästeliste. Violet Cohen.«

»Ausweis«, verlangte der Mann in der Bomberjacke. Unsicher kramte Nevya ihren falschen Ausweis aus der Tasche. Das war ihr neuer Name. Zed hatte ihn ausgesucht und ihr dann ihren eigenen Ausweis gezeigt, auf dem sie Zoey Shepherd hieß. Nevya fand nicht, dass der Name zu Zed passte. Irgendwie passte kein Name zu Zed.

Wie erwartet, gab der Türsteher Nevya ihren Ausweis mit neutralem Gesichtsausdruck zurück und ließ sie in den Club. Eine enge Treppe führte nach unten zu einer Tür, durch die der kräftige Bass bereits dröhnte. Sie öffnete die Tür und schon brach er wie eine Flutwelle über sie herein. Tanzende Lichter schossen durch den Raum, und ohne es zu hinterfragen, fühlte Nevya sich in der Realitätsferne wohl. Als ihre Augen sich an das unnatürliche Licht gewöhnt hatten, entdeckte sie die Garderobe zu ihrer Rechten und überreichte dem Mädchen ihre Jacke und einen Dollar. Jemand trat an sie heran.

»Na also, du kannst dich ja doch zurechtmachen«, rief eine bekannte Stimme. Zed musste schreien, damit Nevya sie verstand, denn der Synthesizer pfiff laut. Was sollte sie sagen? Wie begegnete man jemandem, der so weit über einem stand, dass man ihn von seinem Podest zerren musste, um ihn als Verbündeten zu haben? Nevya wagte zu grinsen und musste lächerlich dabei aussehen, weil sie darauf bedacht war, den Lippenstift nicht zu verschmieren.

»Das nennst du zurechtmachen?«, antwortete Nevya einen Tick zu leise und zupfte an ihrem Kleid. »Ich nenne das einen typischen Montag.«

Zed schmunzelte, ballte eine Hand zur Faust und boxte Nevyas Schulter sanft. Ein kurzer Moment der Zuneigung?

»Und du?« Nevya sah an Zed herab. Sie trug einen seidigen dunklen Overall und sah darin faszinierend glamourös aus. »Du hast dich als Nachtmahr verkleidet? Außer dir sehe ich hier keinen, der sich für Halloween kostümiert hat.«

»Vorsicht.« Zed feixte und hob den Zeigefinger gefährlich dicht vor Nevyas Nase. »Dieser Mahr hier kann unbequem werden.«

Nevya wusste keine Antwort darauf und kicherte nur dümmlich. Dass die Biester unbequem werden konnten, hatte sie bereits erfahren. Ihr Traum hatte alles verändert. Zu viele Fragen hatte er aufgeworfen. Wie ließen sich Nachtmahre bekämpfen? Das Herz zu wärmen hatte offensichtlich nicht funktioniert. Weder Ringo noch Hendrix noch Ryan war es gelungen, den wild gewordenen Nikolai und den Schleim in ihrem Hals aufzuhalten. Aber was noch viel wichtiger war – warum waren sie überhaupt hinter Nevya her? Lag es an den Albtraumsphären, die Ryan erwähnt hatte?

Zed legte eine Hand auf Nevyas Rücken, um sie durch die Menge zu schieben.

»Hast du je von den Alben gehört?«, fragte Nevya.

Zed antwortete ihr nicht, also sprach Nevya einfach weiter: »Man sagt, die Alben hätten uns die Träume geschenkt.« Nevya versuchte, leise zu sprechen.

Zed zuckte mit den Schultern. »Das hört sich verdächtig nach einem Märchen an.«

»Weißt du«, begann Nevya, »die Sphären hören sich auch wie ein Märchen an. Was glaubst du, wo der Nebel herkommt?« Zed schwieg für eine Weile, während sie sich durch die Menge drücken mussten, um zur Tanzfläche zu gelangen. Dann sagte sie: »Keine Ahnung. Wen interessiert's?«, und lachte das Thema unter den Tisch. Aber so leicht würde Nevya sich nicht abwimmeln lassen.

»Zed.« Als Nevya stehen blieb, zwang sie Zed, ebenfalls haltzumachen. »Du weißt, dass es so etwas wie Albtraumsphären gibt, hab ich recht?«

Nevya sah, wie sich Zeds Kiefermuskeln verhärteten. Sie sah nach links und rechts, dann nickte sie zur Bestätigung und schwamm weiter durch das Meer an Menschen. Nevya hielt sich dicht hinter Zed und redete ruhig in ihr Ohr.

»Hast du in letzter Zeit ein paar davon an mich übergeben, weil sie sonst keiner wollte?«

»Du glaubst wirklich, dass ich dich als Mülleimer für unerwünschte Sphären benutzen würde?« Gekränkt starrte sie Nevya an. Als diese nicht reagierte, fuhr sie fort: »Die Leute in Prawnhill lieben Albtraumsphären. Warum sollte ich sie an dich verschwenden, wenn sie hier für gutes Geld weggehen?«

In Nevyas Ohren klang Zeds von dem Synthesizer gedämpfte Stimme wie Nikolais – wie die Stimme des Mahrs, der sich für Nikolai ausgegeben hatte.

»Aber falls es dich beruhigt.« Zed klang nun wieder wie sie selbst. »Ich habe in letzter Zeit auch nur Albträume, wenn ich eine Sphäre nehme.«

Nevya stutzte. Zeds Aussage beruhigte sie ganz und gar nicht – im Gegenteil. Die Mahre schienen überall zu sein. Sie kam nicht dazu, genauer darüber nachzudenken, denn die beiden trafen auf den Rest der Verbindung.

Declan und Cee standen an einem Zigarettenautomaten vor einer Tür, die laut Türschild zum Außenbereich führte.

Declans Blick hing schon seit einigen Metern auf Nevya. Sie lächelten sich an. Mit dem Leuchten in seinen Augen gefiel Declan ihr besser.

»Diese Ecke scheint schön versteckt zu sein«, fand Cee und wirkte geschäftlich. Er hatte sich nicht sonderlich herausgeputzt. Mit seinen stoppeligen blonden Haaren ließ sich ohnehin nicht viel anfangen, und egal ob er ein Hemd oder einen Kartoffelsack trug, seine Statur war in jedem Aufzug eindrucksvoll.

Declan hatte sich da schon mehr Mühe gegeben. Aalglatte Haare, wo sonst lockiges Chaos herrschte, ein himmelblaues Hemd, das ordentlich in seiner schwarzen Hose steckte, und eine schlichte schwarze Krawatte. Sein Blick ruhte auf Nevya, als sie ihr Kleid zurechtrückte, da es unglücklicherweise keine Träger besaß.

Cee hatte die Umgebung ausreichend inspiziert und fuhr fort: »Die untere Tanzfläche lässt sich von hier aus gut beobachten. Nach wem halten wir Ausschau?«

»Eine graue Sechs«, erklärte Zed.

Nevya stellte sich neben Declan und nahm ihm spielerisch sein Glas aus der Hand, um an dem Getränk zu nippen.

Sie hüstelte, als der Alkohol ihre Kehle verbrannte, und fand: »Das ist widerwärtig.«

Declan lachte ungehalten.

»Es ist Scotch«, verriet er.

»Es ist schlechter Scotch«, berichtigte sie ihn mit belegter Stimme.

»Haltet den Rand, Leute«, unterbrach Cee. »Was bedeutet die graue Sechs?«

Zed zuckte die Schultern. »Gray Six. Mehr hat Q-Lee mir nicht verraten.«

Nevya sah sich gedankenverloren um und überlegte sich, wie sie näher an Zed herankommen konnte. Albträume zu haben schweißte zusammen – das hatte sie bereits bei Ryan gelernt. Aber mit Ryan zu reden war beruhigend. Und vor allem ungefährlich.

Ein kurzer Schauer breitete sich auf ihrem Rücken aus, als ihr Blick an einem bestimmten Partygast hängen blieb. Neben den leuchtenden Wänden wirkte er wie eine zerschlagene Fliege auf der Windschutzscheibe. Angeregt unterhielt er sich mit ein paar Blondinen.

Warum lebte man in der größten Stadt Amerikas, wenn man in den ungünstigsten Momenten immer denselben Menschen begegnete? Ben Collins hatte Nevya noch nicht entdeckt, also versteckte sie sich hinter Declan.

Zed hatte in der Zwischenzeit einen Flyer vom Boden aufgehoben.

»Von wegen graue Sechs. Greysick. Das ist der DJ«, las sie und zeigte auf den jungen Mann auf dem Podest, der derartig beiläufige Tanzbewegungen zu seinen Beats machte, dass er gelangweilt wirkte. Cee seufzte.

»Werfen wir ihm die Kugel aufs DJ-Pult?«

»Ich habe eine Idee«, sagte Zed und griff nach dem Kragen eines beliebigen Gastes. Sie klimperte aufreizend mit den Wimpern und flüsterte ihm etwas ins Ohr.

Der Fremde nickte und zeigte einen Daumen nach oben, bevor er in Richtung DJ-Pult lief. Mit einem Hauch von Eifersucht in seinen fragenden Augen blickte Cee Zed an.

»Ich habe ihm gesagt, dass Q-Lee sich das Lied *Spheric Nebula* wünscht. Und dass Q-Lee ihm gerne einen Drink spendieren würde, wenn er dem DJ diesen Vorschlag macht.«

»Sehr unauffällig«, bemängelte Declan. Zed winkte furchtlos ab.

»Wenn man bedenkt, wie viel Alkohol der Typ intus hat, ist es in der Tat unauffällig.« Dann beobachteten die vier stumm, wie der torkelnde Bote wild gestikulierend die Nachricht überbrachte. Mit seiner letzten Geste zeigte er auf Zed, und ehe sie sich versahen, war der Typ auf dem Weg zurück, um seine Belohnung abzuholen.

Greysick hielt kurz inne, dann rief er einen Freund heran, der für ihn einspringen sollte. Aus irgendeinem Grund fühlte

Nevya sich genötigt, Ben anzusehen. Er schaute dem DJ-Wechsel aufmerksam zu. Dann – wie aus dem Nichts – erwiderte er Nevyas Blick. Der Rest der Verbindung bemerkte offenbar nichts, denn Zed war damit beschäftigt, einen Geldschein aus ihrer Tasche zu kramen und ihrem Boten »Such dir aus, was du willst, und jetzt Abflug« zuzurufen.

Unruhig berührte Nevya Declans Arm und flüsterte: »Wir haben einen Beobachter.« Sie deutete mit dem Kopf auf die eisblauen Augen, die sie aus der Ferne ansahen, und als Declan ihn erblickte, wandte er rasch den Kopf zur Seite.

»Ben Collins«, flüsterte Declan in Zeds Ohr.

»Oh, der Kunstfreund ist hier. Vielleicht möchte er auch ein Stück vom Kuchen abhaben.« Zed grinste überlegen.

»Vielleicht möchte er sich mit uns über die überteuerte Sphäre unterhalten«, sagte Nevya.

Zeds Kinn sank fast unmerklich, während sie zwischen dem merkwürdigen Spinnenmann und Nevya hin und her sah.

»Wir klären das draußen.« Sie klang gehetzt.

Mit einem geübten Tritt nach hinten stieß Cee die Tür auf. Gelassen nippte er an seinem Drink.

Der DJ war bei ihnen angekommen, also gingen sie alle nach draußen, während Cee die Tür offen hielt.

Der Außenbereich des Clubs war offensichtlich geschlossen, Stühle und Tische waren sorgfältig in einer Ecke neben leeren Aschenbechern gestapelt. Gerade als Cee die Tür zum Club schließen wollte, wahrscheinlich um Schmiere zu stehen, drängte sich Ben Collins an ihm vorbei.

Für fünf ewige Sekunden herrschte Ruhe.

»Was denn – kein Hallo?«, neckte Ben. Nevya versuchte sich unauffällig im Hintergrund zu halten und doch schien es, als wäre seine Ansprache an sie gerichtet. Bevor er etwas sagen konnte, schritt Zed ein. Sie stellte sich gekonnt vor Nevya und

Declan, während der DJ abseits blieb. Sie vergrub die Hände in den Taschen ihres Overalls und zog das Oberteil somit über ihren reizenden Kurven straff.

»Ben Collins, richtig?« Sie legte den Kopf schief. Ihr Haar wehte wie von selbst auf eine Seite. Sie war eine dunkle Raubkatze. »Ich fürchte, wir haben nichts für dich.« Ihre Schultern hoben sich sanft. »Wenn du ein Problem hast, dann besprich das mit Q-Lee. Du kennst ihn doch, oder?«, bat sie, als wüsste sie von nichts. Noch immer fixierte Ben Nevya mit seinem Blick. Der Panther mit den ausgefahrenen Krallen vor ihm interessierte ihn nicht im Geringsten.

»Oh, ich kenne ihn«, antwortete er dennoch. »Er hat mir geholfen, euch zu finden.«

Zeds Kopf zuckte erschrocken zur Seite.

»Wieso sollte er das …«

»Ihr habt nichts für mich, ja?«, unterbrach er Zed, ohne sie dabei anzusehen. »So ein Jammer. Dabei habe ich gehofft, nicht wieder leer auszugehen.« Sein anzüglicher Unterton jagte Nevya eine heiße Gänsehaut über den Rücken.

»Wieder?«, wiederholte Zed verwirrt. Ben ging nicht darauf ein.

»Hast du meinen alten Freund heute nicht im Schlepptau? Ich erinnere mich an seinen Beschützerinstinkt beim letzten Mal. Es wundert mich, dass er dich hat gehen lassen.« Zed klappte die Kinnlade runter, als sie eins und eins zusammenzählte. Hinter Nevya entfuhr Declan ein anklagender Laut.

Zed drehte sich betont langsam zu Nevya, die Mühe hatte, die Fassung zu bewahren.

»Du hast einen Kunden besucht. Mit einem Freund. Einem Unbeteiligten.« Zed stellte keine Fragen, sie stellte fest. Ihre Mandelaugen verengten sich. Nevya hatte keine Zeit, über ihre Antwort nachzudenken.

»Ich habe überhaupt niemanden besucht – wir haben uns zufällig bei einem Konzert getroffen.«

Wie von selbst verschränkten sich ihre Arme. Ihre Brust streckte sie in Richtung der Raubkatze.

»Ein *öffentliches* Konzert. Seit wann ist das verboten?« Sie hob die Augenbrauen.

Zeds Lippen zuckten – sie hielt sich damit zurück, die Zähne zu fletschen.

Neben ihnen räusperte sich der DJ. »Ich habe ehrlich gesagt nicht ewig Zeit«, bekannte er mit den Händen in den Taschen.

Keiner beachtete ihn.

Ben hatte ein spielerisches Grinsen aufgelegt und hielt seine linke Hand in die Höhe, auf deren Rücken eine ähnliche Spirale tätowiert war wie auf Ryans Handgelenk.

»Siehst du das?«, rief er Nevya zu. Sein spiraliges Tattoo hatte zwei Schweife. Auf Ryans Handgelenk hatte sie nur einen gesehen. »Male einer alten Freundschaft.« Er war nicht halb so ernst bei der Sache wie der Rest der Runde.

Zed ließ für den Anfang von Nevya ab, entfernte sich aus dem Kreis und wühlte in einer Kiste, in der Polster und Deko für den Außenbereich verstaut waren. Mit einer dunklen Stofftasche über der Schulter kam sie zurück.

»Was immer du willst, Collins. Sprich mit unserem Boss. Ihr scheint euch ja gut zu verstehen, wenn er dir sogar verrät, wo du uns finden kannst.«

Entweder überspielte Zed ihre Unsicherheit oder sie hatte wirklich keine Angst vor Ben und seiner Fähigkeit, Q-Lee derartig vertrauliche Informationen zu entlocken. Sicher – sonderlich einschüchternd sah er nicht aus. Obskur und düster? Ja. Aber nicht einschüchternd.

»Du bist auch nicht besser, Zed«, fand Ben und klang entspannt, während er sie verspottete. »Hältst dich wohl für besonders wichtig. Dabei bist du auch nur Q-Lees trübe kleine Schachfigur.«

Zed fiel in ihrer Arroganz nichts anderes ein, als schallend aufzulachen, und auch Nevya konnte nicht anders, als zu glucksen.

Ben jedoch blieb gelassen und taxierte Nevya erneut mit seinem Blick, und obwohl er im Halbdunkel stand, schien sie seine Augen glasklar vor sich zu sehen.

»Und du, kleines Glühwürmchen«, säuselte er. »Du bekommst einen besonderen Platz auf meiner Liste.«

Nevyas Lachen verstummte abrupt, sie hüstelte verlegen, als hätte jemand mit einem Mal die gesamte Luft aus ihren Lungen gepresst.

»Also schön«, warf Zed ein und fuchtelte mit den Armen, während die Tasche mit der Sphäre an ihrem Handgelenk baumelte, »genug der Sticheleien. Was willst du hier, Collins?«

»Oh«, fuhr Ben fort, »ich wollte euch nur ärgern.« Er machte eine Pause und wippte fröhlich auf den Sohlen. »Aber wo ich schon mal hier bin – ihr habt etwas, das ich gerne hätte.«

Alle blickten abrupt auf die Tasche, die Zed nun etwas fester in der Hand hielt.

»Mit etwas *Hilfe* bekomme ich es vielleicht sogar.« Bens Lächeln war raubtierartig.

Plötzlich mischte Greysick sich wieder ein und versuchte, die Sache zu einem Ende zu bringen: »Wie auch immer. Mir ist kalt und ich hätte gerne etwas zum Aufwärmen.« Er ging auf Zed zu und zog ein paar unverschämt große Scheine aus der Tasche.

Hinter ihnen sprang die Tür auf. Nevya hörte Zed schrill nach Cee rufen, der die Tür nicht richtig abgeschlossen hatte. Die Musik wurde mit einem Mal um mehrere Dezibel lauter. Sie sah die ausdruckslosen Gesichter der Blondinen, die Ben begleitet hatten.

Bevor die Blondinen etwas tun oder sagen konnten, riss Zed dem DJ das Geld aus der Hand, hob einen Ellbogen und stieß gegen seine Brust, wodurch er in die Ecke des Außenbereichs geschubst wurde, die in der Dunkelheit verschwand.

Sie konnte gerade so ausholen und rief: »Nicht auffangen«, bevor die Serene mit undankbarem Klirren auf dem Boden zerschellte.

Der DJ strauchelte nur dezent von Zeds Stoß, doch als der blaue Nebel ihn einholte und umschlang, gab er dem Straucheln nach und fiel gefährlich nahe neben den Scherben auf den kalten Steinboden.

Er atmete schwer vom eindringenden Nebel, der sich langsam lichtete und in seinem Kopf verschwand. Gierig sah Nevya zu und wusste für einen kurzen Moment nicht, was sie mehr zu sich zog – Ben oder der Nebel.

»Tja, ich fürchte, die Sphäre wird dir auch mit ganz viel *Hilfe* nicht gehören.« Zed feixte Ben entgegen, als sie ihn nachäffte.

Dieser riss nur gespielt überrascht den Mund auf und sagte: »Oh, du dachtest, ich will diese mickrige Sphäre?« Sein Blick landete auf Nevya. »Mit solchen Kleinigkeiten gebe ich mich nicht zufrieden.«

Der Schauer erschütterte Nevyas Brust. Er wollte doch nicht etwa sie?

Wofür?

Die Blondinen standen perplex im Türrahmen.

»Ladys«, raunte Ben wie ein rolliger Kater und riss sich mit einem Ruck von der Runde los. »Ihr müsst nicht hier draußen in der Kälte stehen, ich bin sofort wieder bei euch.«

Nevya verdrehte die Augen.

Zed und Declan würdigte er keines weiteren Blickes, doch er drehte sich noch einmal zu Nevya um, um zu flüstern: »Bis dann, *Firefly.*« Dann nahm er seine Blondinen und verschwand mit ihnen um die Ecke. Was hatte Nevya bloß getan, um sein Interesse zu wecken?

»Was war das denn?«, knurrte Zed durch zusammengebissene Zähne.

»Das würde ich auch gerne wissen«, meldete sich Greysick zu Wort, der noch immer benommen aufstand. Benebelt baute er sich vor Zed auf und konnte nicht verhindern, dass er wieder strauchelte. »Ich wollte mir die Kugel eigentlich aufheben.« Genervt legte Zed den Kopf in den Nacken und schickte einen seufzenden Laut in den Himmel.

»Du hast bekommen, wofür du bezahlt hast, oder etwa nicht?« Der DJ hatte darauf nicht viel zu entgegnen, also nuschelte er ein paar unschickliche Flüche vor sich hin und machte sich auf den Weg in den Club. Zurück blieben drei Viertel der Verbindung. Cee wagte es wohl nicht, seiner Freundin unter die Augen zu treten, nachdem er zugelassen hatte, dass die Blondchen an ihm vorbeikamen. Trotz des spärlichen Lichts konnte Nevya genau sehen, wie viel Wut in Zeds Gesichtszügen lag.

Sie führte den Chor aus Flüchen fort und sah ihre Komplizen nicht einmal an, als sie sagte: »Kommt, wir besaufen uns. Ich hätte gute Lust, jeden Einzelnen von euch umzubringen.« Genervt zündete sie eine Zigarette an und ging wieder in den Club, wobei sie das Rauchverbot geschickt übersah.

Erleichtert seufzte Nevya, woraufhin Declan an sie herantrat und besorgt feststellte: »Du siehst ziemlich zerstreut aus.«

»Es geht mir gut«, versicherte Nevya, obwohl das Gegenteil der Fall war. Zerstreut war das passende Wort für ihren Zustand. Was wollte Ben von ihr? Was meinte er mit der Liste? Statt Declan damit zu belasten, stellte sie lieber eine der belanglosen Fragen.

»Was glaubst du, wie lange es dauert, bis Zed mich auseinandernimmt?« Innerlich dankte sie Declan für seine Ruhe. Er zuckte fast unmerklich die Schultern.

»Vielleicht tut sie es heute, vielleicht morgen, vielleicht überhaupt nicht. Bei einem Rebellen wie dir muss sie vorsichtig vorgehen.« Spielerisch schubste er Nevya. Sie seufzte.

»Wollen wir uns ablenken?«, fragte er und klang wie ein Kind, das ein Geheimnis verriet. »Und das Great Sheller Nachtleben auskosten?« Nevya legte ihren Kopf schief und überlegte, ob sie sich das leisten konnte.

»Du hast morgen Schule«, erkannte Declan richtig. Aber er war so überzeugend bei seiner folgenden Ansprache, dass Nevya keine Chance hatte, das Angebot zu verneinen. »Komm schon, heute ist Halloween. Das müssen wir feiern.« Noch bevor Declan die Tür aufmachen konnte, hielt Nevya ihn zurück.

»Was ist mit den Scherben?«, wollte sie wissen.

»Zed meint, man könne nichts aus ihnen lesen. Die Leute werden denken, dass jemand ein Glas zerschlagen hat.«

»Und du? Was glaubst du?«, fragte Nevya.

Declan kratzte sich am gegelten Haaransatz. »Irgendetwas muss sie ja von normalen Glaskugeln unterscheiden. Hoffen wir einfach, dass Q-Lee weiterhin der Einzige bleibt, der weiß, worum es sich handelt.« Sacht drehte er Nevya von den Scherben weg und begleitete sie zur Tür.

»Falsch«, entgegnete Nevya. »Hoffen wir, dass Cee es erfährt.«

Zwischen den bezaubernden Partygästen wirkten Zed und Cee wie zwei Raben unter Hunderten Schwänen. Sie schwiegen sich an. Geistesabwesend trommelte Zed mit den Fingern auf der Theke und schien auf ein eben bestelltes Getränk zu warten.

»Zed«, rief Nevya durch die Klänge des Synthesizers und wartete, bis sie sich umdrehte. »Wenn du sauer bist, dann solltest du …«

»Sauer?«, unterbrach Zed seelenruhig und richtete ihren Oberkörper in typischer Anmut auf. »Du hast das ganz richtig erkannt. Ich habe nie ausdrücklich gesagt, dass private Treffen mit Kunden untersagt sind.«

Nevya öffnete ihren Mund, aber Zed ließ ihr nicht die Gelegenheit, auch nur ein Wort zu sagen.

»Ich bin davon ausgegangen, dass dein gesunder Menschenverstand dich davon abhalten würde.« Mit einem Ruck wandte sie sich wieder der Theke zu.

»Da bist du bei mir an der falschen Adresse«, lachte Nevya zynisch. Wie es aussah, hatte sie ihre Zusammenarbeit mit Zed ruiniert, noch bevor sie überhaupt gewusst hatte, dass sie sie brauchte.

»Das kannst du laut sagen«, nuschelte Zed fast unhörbar und rollte die Augen. »Was hat Collins vorhin gefragt? Ob du *seinen* alten Freund dabeihast?« Nevya biss sich verlegen auf die Unterlippe.

»Ryan«, sagte sie daraufhin und nickte beschämt. »Ein Mitschüler. Die beiden kennen sich von früher«, fügte sie hinzu, als wäre es nicht weiter erwähnenswert. Zed nickte betont langsam und rieb sich das Kinn, als versuchte sie zu verstehen, wie Nevya so unbefangen sein konnte.

»Male einer alten Freundschaft«, zitierte Zed.

»Damit meint er das Tattoo. Diese Spirale.«

Zeds Mimik gefror mit einem Mal. »Weißt du, was es bedeutet?«

»Puh«, stieß Nevya aus und versuchte, ihre Hände in ihren Hosentaschen zu vergraben, aber sie trug ein Kleid und stieß nur auf Tüll, deshalb verschränkte sie kurzerhand die Arme. »Ich habe keine Ahnung.«

»Das könnte irgendein Gangsymbol sein.« Zed saß noch immer auf dem Hocker und musste zu Nevya aufsehen. Dennoch klang sie erstaunlich erhaben, als sie Nevya belehrte. »Eine Gang, die vielleicht zur Gefahr für uns werden könnte. Wenn du schon mit Kunden rumhängen willst, dann tu es als Vy. Lass diesen Ryan in deinem anderen Leben zurück. Im Leben des Mädchens, dessen Namen ich nicht kenne. Das Mädchen, das jeden Tag brav zur Schule geht und nicht weiter auffällt. Dein guter Freund Ryan könnte jemand anderes sein, als er vorgibt.«

Nevya hob eine Augenbraue. Ryan floh vor seiner Vergangenheit. Wenn er jemand anderes war, dann hatte er diesen Jemand damals in Prawnhill zurückgelassen. Nevya holte Luft, aber Zed hatte ihre Ansprache noch nicht beendet. Im Gegenteil klang sie mit jedem Satz energischer: »Nein, hör mir zu! Diese Stadt ist voll von Geheimnissen, von denen weder du noch ich die leiseste Ahnung haben. Es gibt mehr als genug Leute, die uns nicht wohlgesonnen sind. Du denkst, dieser Ben ist gruselig – aber wenn wir in Kalifornien Stannon oder den Cis begegnen, dann …« Zed schüttelte den Kopf. »Es ist wichtig, dass du tust, was wir sagen. Was denkst du, warum ich streng bin? Weil es mir gefällt – oder weil es der Sicherheit dient?«

Nevya konnte nicht abstreiten, dass Zed im Recht war. Sie wusste nichts über die Welt, in die sie hineingeraten war. Und es stand ihr nicht zu, Ryan damit zu belasten.

Wieder wurde sie von Ben abgelenkt, der sich allein durch die feiernde Meute drückte und in einem Hinterzimmer verschwand. Er leuchtete nur kurz in der Menge auf, als wäre er der Gedankenblitz, der Nevya soeben gekommen war.

»Entschuldige mich kurz«, rief Nevya. Dieses Tattoo, das er trug, hatte zweifellos etwas mit den Alben zu tun – was hatte Ryan noch gleich über Ben erzählt?

Er glaubte an die Mahre.

Es dauerte eine Weile, bis Nevya sich einen Weg durch die Menschenmasse bahnen konnte. Kurz musste sie sich sammeln, dann drückte sie die Tür auf, auf der *PRIVAT* stand. Ben hatte sich lässig an einen Kühlschrank gelehnt und die Arme verschränkt. Überrascht begegnete er Nevyas Blick, die sich plötzlich ausgesprochen dumm vorkam, weil sie die Tür so hektisch aufgerissen hatte. Aber etwas in seinem Blick verriet ihr, dass er genau gewusst hatte, dass sie ihm folgen würde.

»Läufst du mir nach, Firefly?«, fragte er.

»Warum nennst du mich Firefly?«, wollte Nevya wissen und schloss die Tür hinter sich.

»Weil du ein Leuchtkäfer bist«, erwiderte er und zuckte die Schultern.

Nevya wagte es nicht, näher an ihn heranzutreten, also lehnte sie einfach an der Tür, wo sie gleichzeitig verhindern konnte, dass unerwünschte Gäste erschienen.

»Wo sind deine Begleiterinnen?«, fragte sie als Nächstes.

Ben zog die Augenbrauen hoch. »Tanzen, feiern, sich ’nen Schuss setzen. Keine Ahnung.«

Dass Ben so gleichgültig über Drogenkonsum sprach, überraschte sie nicht. Sie war in Prawnhill – hier durfte man nichts anderes erwarten.

»Verrätst du mir, was es mit dieser Liste auf sich hat, auf der ich stehe?« Ihr Ton war distanziert, fast schon abweisend, doch so fühlte sie sich nicht. Sie war zu fasziniert von ihm.

»Du nimmst mich etwas zu wörtlich«, lachte Ben und kam auf sie zu, sodass Nevya zurückweichen wollte. Doch die Tür hinter ihr machte dies unmöglich.

Geschmeidig schlich er auf sie zu. »Möchtest du wirklich wissen, auf welcher Liste du stehst?«, hauchte er. Es klang weniger nach einer Frage als nach einer Aufforderung. Mittlerweile war er ihr so nah, dass ein Flüstern reichte, um ihr eine Gänsehaut über den Rücken zu jagen. Ben neigte seinen Kopf zu Nevya hinab und sie spürte seinen Atem auf ihrer Schulter und versuchte, den Kopf von ihm abzuwenden. Berührten sich ihre Körper oder war er nur so nah, dass sie seine Körperwärme spüren konnte?

Sie musste nur etwas sagen, ihn nur von sich stoßen, um ihn aufzuhalten. Das konnte nicht so schwer sein. Aber Nevya verlor stattdessen jegliches Zeitgefühl.

Vielleicht standen sie stundenlang so da, vielleicht nur wenige Sekunden. Schwer atmend drehte sie ihren Kopf zurück in seine Richtung.

»Ich verrate dir nur so viel, Firefly«, hauchte er in ihr Ohr. »Deine Freunde stehen nicht auf dieser Liste. Und diese Blondchen erst recht nicht. Nur du. Und ich. Und alle, die es wert sind.« Seine Lippen streiften ihren Hals. Nevya konnte das wohlige Seufzen, das schon die ganze Zeit auf ihren Lippen gelegen hatte, nicht mehr zurückhalten.

Wie in Trance ließ sie ihre Hand über seinen mit Tattoos verzierten Arm gleiten. Die Motive erinnerten sie an die Kunstgalerie, an die toten Augen der Gemälde, an ihre Albträume. Träge fuhr der Ekel durch ihre Venen, als sie sich an die Nachtmahre erinnerte. Und die Angst.

Sie schüttelte sich unauffällig, als das Gefühl ihren Magen erreichte. Ben ließ von ihr ab und sie war zugleich enttäuscht und erleichtert. Wenn Nevya nicht schnell etwas unternahm, dann würde sie sich ihm an den Hals werfen – und das – da war sie sich sicher – würde schwerwiegende Konsequenzen nach sich ziehen.

»Du brauchst nicht so geheimnisvoll zu tun«, sagte Nevya schwer atmend. »Ich weiß von den Albtraumsphären. Und dass du an die Mahre glaubst.«

Bens Grinsen gefror auf seinem Gesicht. »Nun ja, es gibt größere Geheimnisse. Ryan hat dir davon erzählt, was? Erzählt er dir von den Alben?«

Nevya antwortete nicht. Stattdessen starrte sie ihn zornig an. Ihre Angriffslust schien ihm Freunde zu bereiten und er hob entschuldigend die Hände.

»Schau mich nicht so an. Es gibt mehrere Arten, an die Alben zu glauben. Ryans und meine Vorstellungen haben sich schlichtweg nicht vertragen.«

Aus irgendeinem Grund wollte Nevya ihm nicht glauben. Vielleicht, weil er stets diesen lauernden Blick im Gesicht trug.

»Was die Mahre zu bieten haben, lernt man nicht in irgendwelchen Büchern.«

»Bücher?« Nevya riss die Augen auf.

»*Die Chroniken der Alben* sind doch nur propagandistischer Müll.«

»Die Chroniken der Alben«, wiederholte Nevya. Ben Collins hörte sich offensichtlich selbst gerne reden und ließ sich nicht von Nevyas gemurmelten Einwürfen aus dem Konzept bringen.

»Solltest du jemals gelangweilt von ihm sein«, bot er an. »Na ja … Du wirst wissen, wo du mich finden kannst.«

Nevya schürzte angeekelt die Lippen und verschränkte die Arme vor der Brust.

Ben ließ nur ein stummes Lächeln über sein Gesicht huschen. Dann sah er auf die Uhr und griff hinter Nevya, um die Tür zu öffnen. Dort hielt er kurz inne. Wenn er so nahe neben ihr stand, war diese bizarre Anziehungskraft, die er auf sie ausübte, nicht auszuhalten und Nevya biss fest die Zähne zusammen. Sie trat beiseite und versuchte abzuschütteln, was Ben sie hatte empfinden lassen. Sie verstand nicht, was diese grotesk aussehende Gestalt so attraktiv machte. Und wie er ihr gleichzeitig Angst einjagen konnte.

Er trat durch die Tür und sprach, ohne sie dabei anzusehen: »Vielleicht sollte sich jemand wie du besser über den Mythos informieren, Vy.« Seine Stimme klang dünn, als er in der Masse unterging.

»Hast du einen Geist gesehen?«, lallte Zed, als Nevya zurückkehrte. Diese kniff verwirrt die Augen zusammen und schüttelte den Kopf.

»Das ist nicht mein Abend«, jammerte sie und nahm einen Drink, den Cee für sie bestellt hatte. Sie räusperte sich, bevor sie das Einzige aussprach, das Zed je hören wollte.

»Du hast recht«, Nevya holte tief Luft, bevor sie weitersprach. »Ich habe keinen blassen Schimmer, was in diesem verdammten Gewerbe vor sich geht.«

»Ich auch nicht.« Zed gab sich Mühe, nicht zu lallen.

Der blasse Bote, der Greysick vom DJ-Pult gelockt hatte, erschien wie aus dem Nichts.

»Wenn das nicht meine spendablen Freunde sind.«

Declan grinste fröhlich, Cee rollte mit den Augen und Nevya zog eine Augenbraue hoch, während sie sich still ihrem Getränk widmete.

»Mein Freund schmeißt eine Party, nicht weit von hier. Ihr *müsst* einfach mitkommen. Die Leute dort sind noch netter und den Alkohol gibt es gratis dazu.«

»Warum sollten wir einen Club gegen eine Hausparty eintauschen?«, wollte Declan wissen.

»Es ist keine Hausparty, es ist ein verlassenes Fabrikgebäude. Sie nennen es *Die ganze Welt*. Mein Kollege bastelt seit Monaten an dieser Party.«

Nach zwei weiteren Getränken war es also beschlossen – die Gruppe zog weiter. Gemeinsam gingen sie aus dem Club und stürzten in die Nachtluft. Und da stürzte auch Nevya, weil die Wirkung des Alkohols ihr heftig ins Gesicht schlug. Declan konnte sie davor bewahren, hinzufallen. Irgendwo hörte sie Zed lachen – sie lachte sie aus. Das hatte vermutlich lächerlich ausgesehen, also lachte auch Nevya. Alles drehte sich. Nevya versuchte, unsichere Schritte zu setzen, aber irgendwie wollte es nicht funktionieren. Nichts wollte so richtig funktionieren.

»Declan, halt mich fest«, lallte sie und Declan zögerte nicht, allerdings hatte er seine Schwierigkeiten. Der Fremde kam zu Hilfe.

»Hier, spring auf«, sagte er. Als Nächstes fand sich Nevya auf dem Rücken des Fremden wieder. Es wurde gelacht – die ganze Zeit.

17

Noch bevor Nevya wirklich wach war, dröhnte ihr Kopf.

An dieses Gefühl hatte sie sich gewöhnt. Entweder erwachte sie mit schmerzhaft leerem Kopf oder er war zum Bersten gefüllt mit Nachtmahren. Diese Nacht war frei von Mahren gewesen. Aber auch die Leere war es nicht, die schmerzte.

Sondern das Gewicht des Alkohols, der sich durch ihre Gehirnwindungen gefressen hatte und nun gegen ihre Schädeldecke trommelte. Ächzend setzte sie sich auf.

Declan war wach. Sie hörte das Klappern seiner Küchenutensilien, das ihr half, sich schneller zu orientieren. Sie war im Loft der Verbindung und auf derselben Matratze eingeschlafen, auf der sie nach Wochen ihren ersten Traum gehabt hatte. Diese seltsame Vertrautheit beruhigte Nevya. Aber eine Erinnerung regte sich, die sich nicht formen wollte. Wo waren sie überhaupt hingegangen, nachdem sie aus dem Club gestolpert waren? Warum spürte sie, wie Nikolai in ihr wütete und versuchte, ihr etwas zu sagen?

Müde rieb Nevya die Reste der Wimperntusche aus ihren Augen und verteilte sie auf ihren Lidern, während Declan sich mit einer Flasche Wasser zu ihr setzte. Dankbar nahm sie sie an und trank sie in einem Zug aus, bis auf einen Tropfen, der auf das Kleidchen fiel, das sie noch immer trug. Es half nichts – der Alarm in ihrem Inneren gab keine Ruhe. Irgendetwas war geschehen.

»Wird alles nicht so einfach, was?« Declan spielte mit den Ärmeln des grausamen ampelroten Pullovers, den er trug, während Nevya sich seine Worte durch den Kopf gehen ließ. Sie brauchte einen Moment, um sie zu verstehen, doch dann zischte sie gelassen: »Das habe ich auch nicht erwartet.«

Declans Brust hob und senkte sich und Nevya sah unter seinem lockigen Haar, dass seine Pupillen nervös umhersprangen.

»Dieser Ben ...« Declan kratzte sich am Kopf. »Der Kerl ist mir nicht geheuer.« Ratlos blinzelte er die weiße Wand an. »Irgendwie hat er eine gefährliche Ausstrahlung ...« Er schaute ihr direkt in die Augen und erinnerte Nevya an einen Hund. An einen treuen Hund mit einem Herz aus Gold, der schlicht an die falschen Besitzer geraten war. Nevya spürte, wie das Wasser zumindest dem Stechen in ihrem Kopf entgegenwirkte, und lächelte sanft.

»Werd nicht gleich paranoid«, lachte Nevya und stand auf, rückte ihr Kleid zurecht und klopfte den Stoff aus. Wenn die Leute sie nicht direkt ansahen, war das Kleid alltagstauglich.

Declan sah ihr aufmerksam dabei zu. »Ich will deine Illusionen nicht zerstören, Vy. Positiv denken ist eine feine Sache, aber ich bin schon eine Weile in diesem Gewerbe. Es gibt einen Grund, warum bisher nie etwas aus meinen Bemühungen geworden ist.« Seine Locken wippten umher, als er versuchte, seiner Unruhe mit ein paar wilden Gesten Luft zu machen.

Nevya entfuhr ein Seufzen. Sie bedauerte, wie nahe es Declan ging. Sie bedauerte, dass doch mehr Menschen zwischen ihr und ihren Träumen standen, als sie gedacht hatte. Und dass sie anfing, einen von ihnen zu mögen. Mit schief gelegtem Kopf hörte sie Declan zu, doch sie hatte nur eins zu entgegnen: »Wir haben eine Richtung. Kalifornien. Das ist ein Anfang.«

Denn zuerst mussten sie sich davon überzeugen, dass sie auf Sonore stoßen würden.

»Richtig. Kalifornien. Wo uns Stannon und die Cis auf den Fersen sein werden.«

Noch mehr Menschen.

»Wer sind die eigentlich?«, fragte sie und sah sich nach ihrem Rucksack um. Wie ein Kadaver lag dieser in einer Ecke vor der Sphärenkammer. Nevya hob ihn auf und zog eine Jacke heraus. In Kombination mit der dunklen Jacke wirkte ihr Kleid fast gewöhnlich.

»Sphärendiebe«, antwortete Declan schlicht. »Es gibt Gerüchte, dass …«

»Na schön.« Nevya hob beide Hände, nachdem sie ihren Rucksack geschultert hatte. Sie brauchte nicht noch mehr Rätsel, die ihr in die Quere kommen konnten. Es gab dringlichere Probleme. Das mulmige Gefühl, das ihr von der letzten Nacht geblieben war, war eins davon. Hatte sie gestern eine Sphäre zerschlagen und einen Albtraum geträumt, ohne sich daran zu erinnern?

»Darum kümmere ich mich später. Eins nach dem anderen.« So, wie sie ihr Äußeres zurechtgerückt hatte, ordnete sie auch ihre Gedanken und warf sie laut in den Raum.

»Wir gehen nach Kalifornien, wir sind vorsichtig und spielen mit. Wenn wir dort Sonore finden, dann überlegen wir weiter. Wie wir Zed für uns gewinnen, wie wir Cee an die Spitze bekommen … und das mit Ben?« Sie wandte ihr Gesicht dem Spiegel zu und beobachtete die Schatten, die sich bildeten, als sie ihre Nase rümpfte. »Überlass ihn mir.«

»Wir sind vorsichtig«, wiederholte Declan nachdrücklich. »Klingt gut.«

Langsam schlurfend folgte Declan Nevya zur Tür, die er für sie öffnete. Er hatte wieder seinen Hundeblick aufgelegt. Nevya legte ihre Hand auf Declans Schulter und drückte sie sanft. Ein Lächeln plusterte Declans Wangen auf. Er sah aus wie ein Bernhardiner auf der Suche nach Lawinenopfern. Da kam Nevya eine Frage in den Sinn.

»Wie kommt es, dass du der Einzige in der Verbindung bist, der einen richtigen Namen hat?«

Unter ihrer Hand zuckte Declans Schulter. Er schaute ins Loft, als wäre es der Schlund des Ungeheuers, das ihn verschluckt hatte.

»Tja«, stieß er hauchend aus. »Du findest das bestimmt dämlich.«

»Find's raus.« Nevya nahm ihre Hand zurück und legte sie stattdessen auf ihren unteren Rücken, um sich wie auf einem Polster an der Wand abstützen zu können.

»Mir haben die Verbrecher von Great Shell schon alles genommen. Ich wollte ihnen nicht auch noch meinen Namen geben.«

Ein seltsames Gefühl beschlich Nevya. Ein Ziepen in ihrem Hals, das sie zum Schlucken zwang. Manchmal vergaß sie, dass Declan ausgeraubt worden war. Dass auch er nicht völlig freiwillig zum Hehler wurde.

»Das klingt wirklich dämlich«, lachte sie und auch Declan musste lächeln.

»Zugegeben – Zed hat es versucht. Ich weiß beim besten Willen nicht, warum ihr diese Spitznamen so wichtig sind, aber sie wollte immer, dass ich ihn ändere. Und das habe ich gemacht.«

Verwirrt schaute Nevya ihn an.

Declan lehnte sich zu ihr hinab und flüsterte verspielt: »Von da an hab ich ihn einfach kleingeschrieben.«

Das Lachen entfuhr Nevya durch die Nase.

»Ich will ihn erst dann wieder großschreiben, wenn ich etwas im Leben erreicht habe. Vielleicht ist es bald so weit«, sinnierte er.

»Du solltest jetzt gehen, Vy«, wimmelte Declan sie dann ab und zog die Tür etwas weiter auf, als wollte er sie wegschicken.

»Nevya.« Das Wort hallte durch den Flur und brachte Declan zum Schweigen. Er seufzte, dann kniff er die Augen zusammen und massierte seine Nasenwurzel.

»Ich meine es ernst«, sagte sie schnell. »Nenn mich Nevya.«

Er hielt die Augen geschlossen und den Kopf gesenkt. »Nevya«, verkündete er feierlich und sah zu ihr auf, »du stellst wirklich alles auf den Kopf.«

Sie lachte, als er ihren Namen sagte. Er lachte, als sie sich verabschiedete. Nevya fuhr sich durch die Haare, um die roten Wellen zu bändigen, und leckte ihre Finger, um sich dann den Rest der Schminke aus den Schatten unter ihren Augen zu reiben. Sie ließ Declan zurück und konnte förmlich sehen, wie er sich den ganzen Tag die krausen Locken raufen würde.

Die U-Bahn fuhr an ihrem Zuhause vorbei. Sie ließ es gleichgültig vorbeiziehen und zählte die Stopps, bis die Anzeigetafel *STADTBIBLIOTHEK* zeigte.

Die Alben hatten sich für ihre Freiheit geopfert und die Menschen an ihrem Nebel teilhaben lassen. So viel hatte Ryan ihr erzählt. Mehr würde sie hoffentlich aus dem Buch erfahren, das Ben erwähnt hatte. An diesem Morgen waren nur müde Studenten in der Bibliothek, an denen Nevya vorbeirauschte, um voll Tatendrang die Hände auf die Theke des Bibliothekars zu schlagen.

»Ich suche *Die Chroniken der Alben.*«

Der ältere Herr zuckte kurz zusammen, bevor er sich mit professionellem Nicken dem Computer zuwandte. Als er endlich fand, wonach Nevya gefragt hatte, lächelte er freundlich, nur um dann doch den Kopf zu schütteln.

»Es tut mir leid, aber das Buch ist in Privatbesitz übergegangen.«

»Hä?« Nevya hatte jedes Wort verstanden.

»Verkauft, meine Liebe. Wir haben es verkauft.«

Noch immer lagen ihre Hände gespreizt auf dem Tresen. Sollte sie nach anderen Büchern zu dem Thema fragen? Womöglich gab es gar keine.

»Tja«, machte eine raue Stimme hinter ihr, »zu blöd, dass du niemanden kennst, der über die Alben Bescheid weiß.«

Nevya atmete tief durch und presste die Lippen aufeinander. Ihre letzte Begegnung hatte nicht gut geendet. Wiederwillig drehte sie sich zu ihm um und war sich beinahe sicher, Feindseligkeit in seinen algengrünen Augen zu erkennen.

»Du schwänzt die Schule?« Sein Gesicht war eine Festung.

Nevya sah perplex nach links und rechts. »Du doch auch.«

»Nur die erste Stunde. Hab keine Lust auf Mister Olsons Halbwahrheiten«, versicherte Ryan mit den Händen in seinem dunklen Mantel. »Ich komme hierher, um zu lernen.«

Warum sie wusste, dass Ryan ihretwegen schwänzte, konnte sie nicht festmachen. Es mochte an dem leichten Wippen seines Körpers liegen, während er unbefangen zu wirken versuchte.

»Ja, ich auch«, behauptete sie.

»Das sehe ich.«

Ryan stellte sich direkt neben Nevya und sah dem Bibliothekar in die Augen, als wären sie alte Bekannte. »*Die Chroniken der Alben*, hm?«

Der Bibliothekar zuckte entschuldigend die Schulter, griff nach einem Bücherstapel und hievte ihn irgendwo hin, wo er vor seinen Kunden sicher war. Ryan legte seinen Unterarm auf die Theke und drehte sich zu Nevya. »Wusstest du, dass ich das Ding quasi auswendig kenne?«

»Woher weiß ich, dass du die Wahrheit sagst und mir nicht irgendeinen Quatsch auftischst?«

»Du musst selbst entscheiden, welche deine Wahrheit ist.«

»*Meine* Wahrheit?« Nevya schnaubte laut. Ein Student drehte sich mit empörtem Gesichtsausdruck zu ihr um, doch sie beachtete ihn kaum. »Wirst du normal reden, wenn du mir von den Chroniken erzählst?«

»Wirst du wieder vor mir davonrennen?« Ryan tat dem beschäftigten Studenten einen Gefallen und sprach extra leise. Seine Stimme war ein ruhiges Brummen.

»Ich bin nicht davongerannt – ich hatte zu tun.« Sie schmunzelte verspielt. »So wie du heute Morgen lernen musstest, statt in Chemie anwesend zu sein.«

Ryan lächelte schüchtern. Irgendwie beruhigte es Nevya, dass er ihr gegenüber ebenso unsicher war wie sie.

Sie suchten sich einen Tisch, der möglichst abseits stand, versteckt zwischen Bücherregalen und dem muffigen Geruch von alterndem Papier, das ihre Stimmen dämpfte.

Und so erzählte er von den Sklaven der Menschen, von Mal achauns Bitte, sie freizulassen, und wie sie ihren Nebel mit den Menschen geteilt hatte, um sich für die Freiheit ihrer Spezies zu opfern. Wie sie aussahen, wusste keiner. Jeder Künstler hatte seine eigene Interpretation. Wasserspeier. Koboldartige Wesen. Behaarte kleine Menschen.

Während sie Ryan zuhörte, schien irgendetwas ihre Kehle zu verengen. Vielleicht war es der Mahr, der sie wenige Nächte zuvor gequält hatte?

Sie glaubte tatsächlich an diesen Kram.

»Was ist mit Ben? Und Prawnhill?« Nevya hielt die Haarsträhne, die in ihr Gesicht fallen wollte, mit der Hand zurück und stützte gleichzeitig ihren Kopf. Ryans weiche Züge erstarrten für einen so kurzen Moment, dass Nevya es beinahe nicht bemerkt hätte.

»Es gibt noch mehr als das, was in den Chroniken steht, oder?«, hakte sie weiter nach.

Er hatte die Arme auf der Tischplatte verschränkt und mit den Händen seine Ellbogen umschlossen. Aus dem Ärmel seines langen Shirts wand sich die Spirale, deren Gegenstück mit einem Schweif mehr Bens Handgelenk zierte.

»Du meinst *das einzig wahre Opfer.*« Er machte eine bedeutungsschwere Pause. »Was weißt du darüber?«

»Nur das, was du mir gesagt hast«, antwortete sie schnell und richtete sich auf. Sein stechender Blick gab ihr das Gefühl, verhört zu werden, und sie erinnerte sich an die Frage, die Ryan ihr gestellt hatte. Sie erinnerte sich an die Tatsache, dass Ryan nicht wusste, ob sie Freunde oder Feinde waren.

Brav fuhr sie fort: »Dass Ben an die Mahre glaubt und nicht an die Alben.«

»Na ja.« Ryan schob die Arme vom Tisch und versteckte die Hände unter der Platte, wo er sie unruhig aneinanderrieb. »Er glaubt sehr wohl an die Alben. Er glaubt, dass alle Alben zu Mahren wurden.«

»Weil sie nicht mit Mal achauns Opfer einverstanden waren.« Nevya gab sich Mühe, sich jedes von Ryans Worten zu merken. Sie würde sie früh genug mit Ben verknüpfen müssen. Im Moment wollte sie nur aufmerksam sein und genießen, wie ruhig dieser Ort war, wenn nur Ryans Murmeln zu hören war.

»Nein, weil die Menschheit laut Ben so verrückt nach den Nebeln wurde, dass sie zahllose Alben abgeschlachtet haben.«

Nevya überlegte fieberhaft und kratzte sich am Hinterkopf. Wenn die Alben existierten, dann mussten sie sich zurückgezogen haben. Oder ausgestorben sein. Wie war es überhaupt möglich, dass Nevya an so einen löchrigen Mythos glaubte?

Ruhig erzählte Ryan weiter: »Nachdem Mal achaun sich freiwillig geopfert hatte, nachdem sie die Menschen ihren Schädel entzweischlagen ließ, damit sie den Nebel kosten konnten, wurden die Alben laut den Anhängern des einzig wahren Opfers beinahe ausgerottet.«

»Oh.«

»Und die überlebenden Alben hassen die Menschheit und quälen sie. Sie wurden zu Mahren.«

Nevya rieb sich nur den Nacken und beobachtete, wie Ryans Kiefer mahlte. Er schien ihre nächste Frage zu erwarten.

»Wie denkst du darüber?«

»Es waren Opfer, kein Massaker.« Ryan musste diese Worte schon tausendmal gesprochen haben. »Angeführt von Mal achaun. Ich sehe keine andere Möglichkeit, als jedem einzelnen Alb dafür dankbar zu sein. Etwas anderes kann nur jemand behaupten, der den Mahren ihre Lügen glaubt.« Ryan holte tief Luft. Nevya nickte langsam. Dieses Schauermärchen genügte ihr nicht als Antwort. Sie wusste noch immer nicht, was Ben von ihr wollte. Warum er ihnen im Club aufgelauert hatte. Was es war, das er von der Verbindung haben wollte. Ob es tatsächlich Nevya war. Schnell wurde ihr bewusst, dass sie noch weniger verstand als zuvor. Ben glaubte an die Mahre, Ryan und seine Society glaubten an die Alben. Aber was spielte all das für eine Rolle?

»Du fragst gar nicht, warum ich das wissen will«, stellte sie mit fragendem Ton fest.

Eine Sekunde zu lange befand sich kein Ausdruck in Ryans Augen. Nevyas Herz beschleunigte sich, als er wieder ins Leben zurückfand und zu strahlen begann.

»Es ist der Mythos unserer Stadt, egal auf welche Art man

daran glaubt«, behauptete er und zog seine Ärmel über seine Kratzer. Nevya sah, wie die Narben unter dem Stoff verschwanden. Wovon seine Albträume wohl handelten? Welche Bilder es wohl waren, die ihn quälten? Vorsichtig rieb sie sich das Kinn. Es war einfacher, herauszufinden, wer Ben war, wenn sie Ryan nach seiner Vergangenheit fragte.

»Es freut mich einfach, dass du Interesse zeigst.«

Er log. Seine Stimme klang anders – sie war nur eine Nuance höher, aber Nevya entging es nicht. Zu tief war sie zuvor in seiner Stimme getrieben, als er von den Alben erzählt hatte. Er wollte nicht nachfragen, was es mit ihrem Interesse auf sich hatte. Sie hatte ihn weggeschoben und nun tat er das einzig Richtige und entfernte sich von ihr. Zed hatte recht – sie musste ihn aus ihrem Leben als Hehlerin heraushalten. Die Art, wie er den Stoff über seinen Kratzern rieb, bewies es ihr.

Plötzlich stand Ryan auf. Nevya wagte einen Blick auf die Uhr. Wenn sie noch rechtzeitig zur zweiten Schulstunde kommen wollten, mussten sie aufbrechen. Sie bahnten sich den Weg durch das Büchermeer nach draußen, doch etwas nagte noch immer an Nevya und sie konnte das Gespräch nicht beenden. Nicht so. Auf der Treppe vor dem Eingang kam sie zum Stehen.

»Du hast neulich gefragt, ob wir Freunde oder Feinde sind …« Nevya knetete nervös das Eisen des Geländers, das sie umklammerte, in ihrer Faust. Ryan legte seine warme Hand auf ihre und Nevyas Bewegungen erstarrten. Als er seine Finger mit ihren verschränkte, fühlte es sich an, als hätten sie es schon Hunderte Male getan. Und dennoch flammten Nevyas Wangen auf.

»Das haben wir besprochen«, antwortete Ryan zu gelassen für Nevyas Geschmack. »Wir sind keins von beidem. Wir geben der Sache keinen Namen.«

»Und das ist okay für dich?« Sie klang anklagender, als sie wollte.

Als Ryan nickte, spürte sie einen Funken Bedauern. Dabei war es doch vernünftig, eine gewisse Distanz zu wahren.

Ryan beugte sich zu ihr und hauchte einen flüchtigen Kuss auf ihre Wange.

Unauffällig schnappte Nevya nach Luft. Das Lächeln blühte wie von selbst auf ihrem Gesicht auf.

»Nur, dass wir uns richtig verstehen«, hauchte sie, »ich laufe nicht weg. Aber ich werde nächste Woche für ein paar Tage verreisen. Kannst du mich in der Schule decken?«

Nonchalant zuckte er die Schultern. »Klar.«

Er zog mit seiner auch Nevyas Hand vom Geländer und verschränkte seine Finger mit ihren, als wäre es das Natürlichste der Welt. Fasziniert sah sie zu ihm auf. Wie machte er das nur?

»Da wir beide keine Lust auf Schule haben – wie wär's mit Kaffee?«

18

Violet Cohen, auch genannt Vy, war in das Flugzeug gestiegen. Zurückgelassen hatte sie Great Shell, Ryan, die Alben und Nevya Hale. Eine Woche lang hatte sie in einer merkwürdigen Normalität verbracht. Es hatte ein Deal angestanden, den sie ohne Vorkommnisse über die Bühne gebracht hatten, sodass Nevya beinahe stolz ihre Gratissphären entgegengenommen hatte. Ihre nächtlichen Albträume hatten ihr dieses Gefühl wieder genommen und an den folgenden Morgen suchte sie Zuflucht bei Ryan, der sie die Albträume etwas vergessen ließ.

Nevya hatte an diesem Morgen einen Rucksack gepackt, ihre gefälschten Papiere mitgenommen und auf dem Weg zur Wohnungstür war sie doch tatsächlich ihren Eltern begegnet. Ihre Mutter saß hinter einer Zeitung, ihr Vater rührte seelenruhig den Kaffee um, dessen Geruch die Küche ausfüllte. Es war befremdlich gewesen.

Ihre Eltern hatten gefragt, was Nevya vorhatte.

»Ein Klassenausflug«, sagte Nevya. »Ich hätte schwören können, euch davon erzählt zu haben.«

Dann hatte sie irgendwelche Worte zu einer oberflächlichen Erzählung verbunden und war gegangen – in Richtung Flughafen.

Wenn dieser Auftrag geschafft war, dann würde Nevya Declan bei den Schultern packen, ihn in die richtige Richtung drehen und ihm Ideen zuflüstern, wenn er selbst zu einfältig oder zu gutmütig war. Dann würde sie eine Sonorsphäre brechen und zurück in ihre Traumwelt verschwinden. Zurück zu Nikolai. Ihr Herz stimmte einen zügigen Rhythmus an, wenn sie daran dachte.

Als sie in San Diego aus dem klimatisierten Flugzeug trat, schlug ihr die Hitze ins Gesicht.

Die Verbindung wartete auf dem Parkplatz. Cee hielt stolz das Lenkrad des klapprigen Pick-ups, den sie gemietet haben mussten, während Declan entspannt auf der Ladefläche hockte und Walnüsse knabberte. Zed fächerte sich Luft zu und blinzelte in die untergehende Sonne, bis sie Nevya erblickte und sie zu sich winkte.

Während Nevya in das große Führerhäuschen stieg, verkündete Zed den Plan: »Wir fahren erst morgen früh in die Wüste.«

»Willst du, dass wir im Auto schlafen?«, fragte sie belustigt.

»Es gibt ein Motel in Lakeside.« Zed war wohl nicht nach Humor zumute. »Das ist auf halbem Wege zwischen dem Flughafen und Anza-Borrego. Irgendwelche Einwände?«

Von oben sah Zed so klein aus, so jung. Wenn sie über zwanzig war, dann höchstens seit einem Jahr. Nevya schielte zu Declan, dessen Kiefer eine Walnuss zermahlte.

Er würde keine Einwände haben, das hatten sie besprochen. Sie wollten vorsichtig sein.

Nevya war noch nie so weit westlich gewesen, sie war noch nie so weit von Great Shell entfernt gewesen. Sie war ein Fisch an Land, und wenn sie tatsächlich in Schwierigkeiten geraten würden, hatte sie keine Möglichkeit, sich zu verteidigen – oder sich auch nur zu orientieren.

»Klingt super«, fand sie und rutschte hinter Cee, damit Declan neben ihr Platz hatte und Zed sich vorne neben Cee setzen konnte.

Nevya achtete kaum auf die Stadt, während sie fuhren, sondern knabberte ein paar Nüsse mit Declan. Es gab ohnehin nicht viel zu sehen. San Diego war trocken und hell und wirkte dadurch so viel rauer als die Stadt der Träume. Nevya wollte nicht darüber nachdenken oder sich für das warme Kalifornien interessieren. Ihr Herz gehörte Great Shell und nicht den Palmen oder der Blässe, die die Sonne in Hauswände und Asphalt gebrannt hatte und die sogar den Gartenpflanzen die Farbe raubte.

Als sie Lakeside erreichten, war es dunkel und Cee war um ein paar Flüche ärmer, da der Verkehr um diese Uhrzeit nichts anderes als Beschimpfungen zugelassen hatte. Das Motel war so klein und versteckt, dass es geradewegs kitschig wirkte.

Die Bars in San Diego unterschieden sich nicht sonderlich von jenen in Great Shell. Die Menschen allerdings hatten dieselben gesichtslosen Köpfe und spielten dieselben oberflächlichen Spielchen, um etwas Ablenkung vom Alltag zu erfahren.

Während Zed und Cee sich um Getränke kümmerten, suchten Nevya und Declan einen freien Sitzplatz. Es gestaltete sich nicht sonderlich schwer. Alles in diesem Viertel schien so versteckt zu sein, dass die Menschen es irgendwann übersehen und vergessen hatten. Die Gestalten, die sich daran erinnerten, schienen Stammgäste zu sein. Die Verbindung hätte nicht unscheinbarer aussehen können und trotzdem wirkte sie wie ein bunter Farbklecks in dem trüben Grau der restlichen Gäste.

Trotzdem schienen sie nur von einem einzigen Mann bemerkt worden zu sein. Er trug seinen Bart ungepflegt lang und wirkte trotz der stämmigen Statur gebrechlich – es mochte am Alter liegen, vielleicht aber auch an seinen weichen Gesichtszügen.

»Eine fröhliche Runde«, merkte er an. Seine Stimme klang rau wie von jahrelangem Zigarettenkonsum. »Darf man fragen, wo ihr her seid?«

Mit den hohen Wangenknochen sah Zeds Gesicht aus wie eine Felslandschaft, sobald ihr breites Lächeln erstarb. Sie ließ sich mit ihrer Antwort Zeit, während sie den alten Mann kühl betrachtete.

»Great Shell«, murmelte sie dann.

»Great Shell«, wiederholte der Alte aufgeregt. »Ich habe jahrelang dort gearbeitet. Ein heiliges Fleckchen Erde, Gott schütze es.« Mit diesen Worten ließ er sich auf einem freien Stuhl neben Nevya nieder, die unwillkürlich Abstand suchte.

»Was führt euch hierher?«, wollte er wissen. Zed wedelte die Frage mit einer abweisenden Handbewegung durch den Raum.

»Geschäftliches«, antwortete sie knapp.

»Das dachte ich mir«, gab der Alte zu. »Warum sonst sollte die Jugend von Great Shell ihr Zuhause verlassen?«

Zed grunzte. »Da ist aber jemand begeistert von unserer Stadt.«

Er machte große Augen. »Ihr etwa nicht? Wer sie einmal besucht hat, ist nie wieder derselbe. Und damit meine ich nicht die Legenden. Ich habe nie besser geschlafen als in dieser Stadt. Und euer Glitzerfels hat es auch in sich.«

Je misstrauischer alle wurden, desto mehr interessierte sich Nevya für den Alten. Was hatte er eben über Legenden gesagt?

»Natürlich versteht ihr jungen Leute nichts mehr davon. Man macht es sich nicht bewusst, wenn man in der Stadt aufwächst. Aber es ist eine Schande. Das Lied der Alben bringt man euch heutzutage auch nicht mehr bei, hab ich recht?«

Nevyas Herz machte einen Sprung. Ryan hatte es ihr vorgetragen. Die Geräusche des Kaffeehauses hatten seine Stimme beinahe verschluckt, aber seine Augen hatten gefunkelt, und dieses Bild würde sie lange nicht mehr vergessen.

»Ich kenne es«, gab Nevya leise zu.

»Möchtest du es uns vortragen?«, fragte der Alte Nevya.

»Oh«, lachte Nevya nervös, »ich kann es nicht auswendig.«

Der Fremde stimmte in ihr Lachen mit ein. »Kennst du den Anfang?«, fragte er. Das tat sie tatsächlich, jedoch fiel ihr die Aussprache schwer. Beinahe flüsternd stotterte sie: »Mal achaun.«

»Mal achaun«, wiederholte der Alte.

»Und Nebelschwaden.« Er räusperte sich, bevor er fortfuhr.

»Sie trägt den Beifuß so hoch erhaben.
Beschenkte die Völker, der Gnade zum Dank,
die triste Seele des Todes sie trank.
Mal achaun – das Opfer der Neuzeit.
So verneigt euch vor der Hoheit der Freiheit.
Wir wollen lernen, ihr Erbe zu lieben.
Mal achaun …« Er machte eine Pause und sah Nevya direkt an, die sich sofort an die letzte Zeile erinnerte und mit funkelnden Augen das Gedicht beendete.

»Es lebe der Frieden.«

Zed warf Declan einen vielsagenden Seitenblick zu, der als Antwort die Schultern zuckte, doch Nevya wagte, die Zweifler zu ignorieren, schließlich war ihr jede Information über die Alben und Nachtmahre herzlich willkommen.

»Was wissen Sie über Mal achaun?«, fragte sie daher, während der Fremde eine Zigarette aus seiner Tasche zog und Zed um Feuer bat. Skeptisch überreichte sie ihm ihr Feuerzeug.

»Zu ihrer Zeit war sie eine Art Königin für die Alben. Manche behaupten, sie sei unsterblich und würde noch heute über die Alben regieren. Man sagt, ihre Seele sei, als ihr Körper starb, in eine Eibe gefahren, die die Alben nun anbeten.«

»Was meinten Sie vorhin mit dem Glitzerfels?« Interessiert verschränkte Nevya die Arme auf dem Tisch und drehte sich zu ihm.

Er schnipste mit den knöcherigen Fingern. »Na, eure Great Shell. Man sagt, die Regierung verheimlicht, dass sie hohl sei.«

»So interessant eure Märchen auch sind«, unterbrach Zed genervt, »eigentlich wollten wir gerade weiterziehen.«

»Wollten wir das?«, entgegnete Nevya sofort, doch was dachte sie sich dabei, es überhaupt zu versuchen. Zed schien sie noch besser im Griff haben zu wollen, nachdem sie von ihrer kleinen Rebellion namens Ben Collins erfahren hatte. Sie stand auf und ging zur Tür, gefolgt von ihren Lakaien. Nur Nevya dachte gar nicht daran.

»Ich unterhalte mich gerade«, rief sie und hoffte, dass die Musik ihre Stimme nicht verschluckte. Aber Zed, die bereits an der Tür stand, hatte sie offensichtlich deutlich gehört.

Sie warf ihr einen tadelnden Blick zu und verließ ohne ein weiteres Wort die Kneipe. Das war der beste Weg, sie zum Gehen zu animieren, denn sie kannte sich in der Gegend nicht aus und würde sich allein verlaufen.

»Ist schon gut, Glühwürmchen. Die wenigsten wollen das hören.«

Nevyas Kopf fuhr herum. Sie musste sich verhört haben.

»Wie haben Sie mich gerade genannt?«, fragte sie entsetzt.

»Ich habe nichts Böses gesagt«, bekräftigte der Alte und hob beschwichtigend seine Hände. »Und jetzt geh und finde deine Freunde.«

»Sie haben mich Glühwürmchen genannt.«

War es etwas in ihrem Aussehen, das die Menschen an Leuchtkäfer erinnerte? War es die Art, wie sie redete?

»Hab ich das?«, fragte er leise. Seine Stimme klang verändert. Das raue Kratzen wurde zu dunklem Vibrieren. Das hielt sie nicht länger aus. Verlegen räusperte sie sich und stand auf.

»Entschuldigen Sie mich«, nuschelte sie und ging schnell nach draußen. Vor der Bar lief sie geradewegs Zed in die Arme.

»Da bist du ja«, seufzte sie genervt. »Lasst uns gehen. Der Typ war unheimlich.«

Nur eine Minute zuvor hätte Nevya darauf bestanden, dass Zed unrecht hatte.

»Meinst du, er weiß etwas über unseren Auftrag? Vielleicht hat Stannon ihn geschickt«, warf Declan ein und rieb sich unsicher den Nacken.

»Unwahrscheinlich«, fand Cee. »Das ist keiner von Stannons Leuten. Er schien nur ein ziemlicher Geschichtsenthusiast zu sein.«

Unmerklich schüttelte Nevya den Kopf. Er war mehr als das. Diesen forschenden Blick hatte sie bisher nur bei einem erlebt. Diese vibrierende Stimme. Diesen verdammten Spitznamen. Ängstlich kaute Nevya auf ihrer Lippe.

»Sieht ganz danach aus. Was sollte dieser Unsinn mit dem Gedicht?« Zed schüttelte verständnislos den Kopf.

»Unsinn?« An dieser Stelle musste Nevya einschreiten. »Ihr hättet ruhig genauer hinhören können. Es ist ein Gesang an die Freiheit und die Träume und den Frieden.« Der Alkohol ließ sie ihre Gedanken aussprechen, bevor sie sie ordentlich durchdacht hatte.

»Ich meine«, versuchte sie es erneut, »euch interessiert die Vorgeschichte zu diesem Gewerbe überhaupt nicht, hab ich recht? Ihr wisst nicht zu schätzen, was ihr an den Nebeln habt.«

Zed seufzte gelangweilt, wie sie es gerne tat, wenn ihr etwas gegen den Strich ging.

»Ich habe leider keine Zeit für derartige Märchenstunden. Aber verratet mir eines.« Zed verschränkte die Arme, hob kampfeslustig die Nase. »Woher willst du wissen, was wir zu schätzen wissen und was nicht?«

Zeds Gehässigkeit brachte Nevya in Rage. »Du hast also keine Zeit dafür, dir Fragen zu stellen? Was ich zu sagen habe, ist egal, solange du deine kleinen Machtspielchen ausleben kannst, stimmt's?«

»Lass gut sein, Vy«, bat Declan und wollte nach ihrer Schulter greifen, doch sie trat einen Schritt zur Seite, als wollte sie Zed umkreisen.

»Entschuldige bitte, dass ich den ganzen Tag mit Q-Lee telefoniere, Deals organisiere und mich in Gefahr bringe, um uns über Wasser zu halten«, säuselte Zed mit spöttischer Miene. Dann zischte sie: »Denkst du wirklich, da bleibt viel Zeit für Philosophie?«

»Geht das nicht Hand in Hand?«

»Nein, tut es nicht«, antwortete Zed sofort, brachte die Spannung zwischen ihnen zum Knistern. Nevya fiel auf, wie Cee sich vorsichtig hinter seiner Freundin versteckte, als würde er sie für sich sprechen lassen.

»Ich mache das schon länger als du, du überhebliches …« Zed brüllte nur für einen Moment, dann nahm sie sich zusammen. »Du weißt eben noch nicht, wann es worauf ankommt. Übernimm meinen Job«, spottete sie, »dann wirst du es schnell lernen.«

»Klingt reizend.« Nevya bespuckte Zed mit Sarkasmus. »Ich denke, das würde ich schaffen. Zumindest würde ich wissen, wofür ich es mache.«

»Arrogantes Großmaul«, knurrte Zed, stieß Nevya von sich und ging rückwärts. »Ich arbeite hart, um uns den Lebensstandard zu ermöglichen, der für dich selbstverständlich ist. Bestimmt stellen deine Eltern sicher, dass der Kühlschrank immer ordentlich gefüllt ist, sodass Prinzessin Vy sich nur zu bedienen braucht. Dann kann sie zurück in ihr Zimmer gehen, sich in ihr warmes Bettchen kuscheln und sich Gedanken darüber machen, was auf dieser Welt alles schiefläuft. Herzlichen Glückwunsch,

Vy. Diesen Luxus kann sich hier nicht jeder leisten, du verwöhnte Göre.«

Nevya biss die Zähne zusammen, bis es wehtat. Fast unmerklich drückte Declan ihre Schulter. Sie suchte seinen Blick, um Zed nicht mehr ansehen zu müssen.

»Können wir uns diese Diskussion für ein anderes Mal aufheben?« Im Vergleich zu Zed und Nevya klang seine Stimme weich.

»Die Bar gegenüber sieht interessant aus«, lenkte Cee gekonnt ab. Lässig zeigte er auf eine grüne Markise, unter der gedämpftes Licht ein Stückchen Zivilisation andeutete. Indem er Zed bei der Hand nahm und sie über die Straße führte, riss er die beiden Streithähne auseinander. Declan allerdings hielt Nevya noch kurz zurück und flüsterte: »Mach das bitte nicht.«

»Was? Zeds Autorität anzweifeln? Ich hab keine Lust zu flüstern.« Nevya war schwindelig und tief in sich spürte sie, wie irrational sie war. Trotzdem zeterte sie ohne Unterlass.

Declan schüttelte flehend den Kopf.

»Wir wollten vorsichtig sein, Nevya.«

»Ich bitte dich«, rief Nevya aus, »es geht um Träume!« Aufgebracht wand sie sich aus seinem Griff. »Wir können Träume kontrollieren. Ich kann es. Und ihr handelt mit ihnen, als wären sie eine Droge. Ich bin nicht naiv, ich weiß nur genau, was ich kann. Ich bin …«

»Es reicht jetzt«, flüsterte Declan und legte seine Hände auf Nevyas Schultern. Im Gegensatz zu Zed schien er nicht im Geringsten wütend auf sie zu sein. Er trug seinen warmen Hundeblick, und nachdem sie einmal tief durchgeatmet hatte, hatte sie sich endlich beruhigt. »Was rede ich da?«, wisperte sie verwirrt. Der alte Mann aus der Bar hatte sie vollkommen durcheinandergebracht.

Declan lächelte verschmitzt und zog sie in seine Arme. »Unsinn – genau wie wir anderen auch.«

Nevya hörte das Lächeln in seinen Worten. Dankbar drückte sie ihre Nase dichter an seine dünne Jacke, während ihre Gedanken noch immer um den Fremden kreisten. Declan streichelte ihre Haare nur flüchtig, bevor er sie aus seiner Umarmung entließ.

»Wie hältst du es aus?«, wollte Nevya wispernd wissen. »Wie kannst du seit Jahren mitspielen?«

»Lass uns ein bisschen spazieren gehen«, bat Declan und versteckte seine Hände in seinen Taschen. Wortlos ging er an Nevya vorbei und schlenderte die Straße entlang, bis Nevya ihm zwangsläufig nachlaufen musste. »Zed und Cee freuen sich sicher über etwas Zeit zu zweit.«

Die Straßen wurden zunehmend breiter. Mächtige Palmen, die an beliebigen Stellen aus dem Boden sprossen, säumten die Fußwege. Nevya sah den gefächerten Palmblättern dabei zu, wie sie vollkommen starr über die trockenen Straßen ragten. Hatte sie in ihrem Leben jemals echte Palmen gesehen? In Träumen zumindest war sie genügend begegnet, sodass sie bei dem Anblick weder Ehrfurcht noch sonst irgendetwas empfand.

»Ich weiß, es klingt bescheuert, aber irgendwie habe ich wohl immer noch Vertrauen in Zed«, gestand Declan und kickte einen Stein vor sich her. Im Augenwinkel sah Nevya, wie Declan die Schultern zuckte.

»Sie hat mir ein Dach über dem Kopf gegeben. Und ein geregeltes Einkommen«, zählte er wie beiläufig auf, als hätte Zed ihn lediglich hinter die Kasse eines Supermarktes gestellt. »Dann hat sie mir gesagt, dass ich zu gutmütig für die große Stadt sei.«

»Das könnte stimmen«, gab Nevya zu und versuchte, belustigt zu schnauben.

»Denkst du, du stehst immer noch in ihrer Schuld?«, fragte sie leise.

»Ich weiß es nicht.« Declans Stimme war ein einziges Seufzen. »Wir waren noch so jung, als wir uns kennengelernt haben, und sie hat von Cee erzählt. Von seinem Bruder. Davon, dass sich sowieso alles ändern würde, wenn Cee erst an der Spitze wäre. Ich dachte wirklich ...« Da fiel Nevya plötzlich ein, wie nahe Declan in diesem Moment seiner Heimat war. Hatte er nicht erwähnt, dass er aus Arizona stammte?

»Ich habe an sie geglaubt«, fuhr Declan fort. »Zumindest habe ich es versucht, bis du aufgetaucht bist.«

Nevya blieb stehen. Noch nie war ihr so sehr bewusst gewesen, dass sie tatsächlich etwas in Gang setzen konnte. Überwältigt stieß sie jegliche Luft aus, die sich in ihren Lungen gesammelt hatte.

»Jetzt gibt es irgendwie keinen Grund mehr«, sagte Declan und kam ebenfalls zum Stehen. Für einen Moment sah er in dieselbe Richtung wie Nevya: Irgendwo auf den Horizont, hinter den Nevya bisher immer verschwinden wollte, sobald sie endlich einen Sonor hatte.

»Wir sollten umkehren, bevor wir uns verlaufen.« Declan trat den Rückweg an. Ein paarmal blinzelte Nevya noch in die Dunkelheit über der fremden Stadt, dann holte sie Declan ein. Nach wenigen Schritten bemerkte sie, dass sie im Gleichschritt gingen.

»Declan«, sagte Nevya, »ich werde dich nicht enttäuschen.«

19

Das Fenster war die ganze Nacht über offen gewesen, weshalb es in Nevyas Zimmer nach kühler Wüstenluft roch. Es war noch dunkel, als Zed energisch gegen ihre Tür hämmerte und Nevya damit unsanft weckte.

Als sie zehn Minuten später in der bescheidenen Lobby ankam, hatte Cee schon ausgecheckt. Declan hatte Toast und Käse vom Frühstücksbuffet mitgenommen und Zed zappelte ungeduldig in dem kleinen Sessel, den sie für sich beansprucht hatte.

»Prinzessin Vy!«, spottete sie, als sie Nevya erblickte.

»Nimm nicht ernst, was ich sage, wenn ich trinke.« Keine Entschuldigung, keine Rechtfertigung.

»Tu ich nicht«, lachte Zed.

Nevya setzte sich zu Declan und Zed auf den Rücksitz, dann startete Cee den Wagen und fuhr in Richtung Anza-Borrego. Kaum waren sie losgefahren, konnten sie beobachten, wie der Wald aus Gebäuden sich lichtete. Mehr und mehr machte er der Wüste Platz. Es faszinierte Nevya, dass sie den Weg in dieser Einöde aus trockenen Sträuchern und beigefarbenem Grund überhaupt finden konnten.

Höher und höher kletterte die Morgensonne, bis sie am Mittag mit voller Kraft auf den Pick-up knallte, der einsam durch die Wüste fuhr. Die Verbindung brütete im Führerhäuschen, bis es nicht mehr auszuhalten war und sie bei einer Rast auf die Ladefläche umzogen.

Der Wind pfiff laut wie ein ganzes Orchester in Nevyas Ohr und sie genoss jeden Moment, in dem er ihr Haar aufwirbelte – und eine Unterhaltung war praktisch unmöglich.

Aber die ganze Zeit über ruhte Zeds Blick auf ihr, als wäre sie kurz davor, etwas zu sagen. Etwas Herablassendes. Ihre Mundwinkel zuckten. Nevya fühlte sich an den Abend zurückerinnert, als sie Zed kennengelernt hatte. Wie misstrauisch sie sie angestiert hatte. Wenn sie sie so wenig ausstehen konnte, wenn Nevya ihr schlicht zu rebellisch war – warum schmiss sie sie nicht einfach aus der Verbindung?

Cee wurde unvermittelt langsamer, bog von der Straße ab und parkte den Wagen mitten im Sand. Mit fragenden Gesichtern sahen sich die übrigen drei an.

»Das sind die exakten Koordinaten«, erklärte Cee und blickte um sich, doch nirgends war etwas zu sehen, das auch nur im Entferntesten an ein Lager voller Sphären erinnerte.

Zed tat einige unbeholfene Schritte und blickte ratlos umher.

»Das kann nicht sein«, sagte sie, nachdem sie ein paar Mal um den Wagen gelaufen war. »Q-Lee sagte, es würde ein Kinderspiel werden, die gestohlenen Sphären zu finden.«

»Was hast du erwartet?«, fragte Cee und sprang aus dem Wagen. »Eine große Lagerhalle mit der Aufschrift *Gratissphären*?«

»Zumindest etwas Ähnliches«, gab Zed nuschelnd zu. »Er sprach von einer deutlichen Kennzeichnung. Das hier ist eine Einöde, kein Kennzeichen. Wir müssen hier falsch sein.«

Auch wenn Declan Zed scheinbar beim Wort nahm und es sich im Pick-up bequem für die Weiterfahrt machte, sagte Nevya ihr Gefühl, dass sie hier richtig waren.

»Das sind die Koordinaten, die Q-Lee mir gegeben hat«, bekräftigte Cee und überreichte Zed ein Stück Papier zur Bestätigung.

Zed studierte es aufmerksam und sah sich erneut um, als könnte sie ihren Standpunkt so berechnen, und ordnete an: »Schaut euch um. Ich rufe Q-Lee an.«

»Weißt du«, sagte Declan leise zu Nevya, »ich wollte Schaufeln mitbringen, aber Zed fand die Idee lächerlich.« Entschuldigend hob er die Hände. »Nicht, dass ich ihren Führungsstil infrage stellen will, aber …« Er stand auf, sprang von der Ladefläche und reichte Nevya eine Hand, um ihr ebenfalls auf den staubigen Wüstengrund zu helfen. »Ich wollte Schaufeln mitbringen.«

»Das sagtest du bereits«, flüsterte Nevya und ergriff Declans Hand. Deutlich konnte sie die Ahnungslosigkeit aller Beteiligten spüren.

Warum hatte Q-Lee sie hier ohne weitere Informationen ausgesetzt?

»Wollen wir uns aufteilen?«, fragte Cee gelangweilt. »Ich schau mir die Felsformation dort hinten an und ihr geht in Richtung Norden.«

Declan machte sich bereits auf den Weg, aber Nevya bliebt wie versteinert stehen und blickte in eine ganz andere Richtung. Sie machte keine Anstalten, ihm zu folgen.

Sie hatte etwas wahrgenommen: ein Flimmern in ihrem Augenwinkel, den Hauch eines Geruchs. Vielleicht war es eine Fata Morgana, denn die ebene Fläche, die ihre Aufmerksamkeit auf sich zog, hatte außer Sand und blassen Dornenbüschen nichts zu bieten. Sie konnte das Gefühl nicht einordnen.

»Habt ihr das gehört?«, fragte sie vorsichtig. Keiner antwortete, stattdessen wurden unwissende Blicke ausgetauscht. Nevya konnte ihre Augen nicht von der öden Wüstenfläche abwenden. Sie lief los. Es war kein bestimmter Strauch, der ihre Neugierde geweckt hatte, kein bestimmtes Sandkorn.

Ihr Blick hing irgendwo in der Luft, und je näher sie diesem Punkt kam, desto mehr hatte sie den Eindruck, dass die Luft dicker wurde. Sie schien sich immer schwerer durch ihre Lunge zu quälen.

Plötzlich klangen ihre Schritte dumpf. Sie war auf eine hölzerne Luke getreten, die der verwehte Wüstensand unter sich begraben hatte. Declan, der ihr nachgerannt war, fiel auf die Knie und wischte den Sand beiseite.

»Wie hast du das gemacht?«, wollte Declan wissen. Seine Stimme war nur ein Flüstern. Unter Ächzen öffnete er die Luke und legte das blaue Flimmern frei.

»Ich habe den Nebel gespürt«, erklärte sie. Declan lachte.

»Du hast wohl ein Näschen dafür.« Er lief los, um Zed und Cee zu holen.

Nevya musste nicht lange auf die anderen warten – und dennoch drohte die Ungeduld sie in den Wahnsinn zu treiben.

»Sie hat ihre Witterung aufgenommen wie ein Kojote«, hörte sie Declan erzählen, als dieser nur noch wenige Schritte von Nevyas Fund entfernt war.

»Starke Leistung«, fand Zed, als sie atemlos ankam, und tätschelte Nevyas Schulter – eine kleine Geste, die für sofortige Entmachtung sorgte.

Nevya folgte Zed hinab in die Dunkelheit. Im Licht von Zeds Taschenlampe erkannte Nevya schnell, dass der Schacht weder sonderlich tief noch weit war und nur von ein paar unscheinbaren Balken gestützt wurde. Am Ende des schmalen Gangs vermutete Nevya die Sphären. Nein, sie konnte sie spüren. Jede einzelne.

Sie war sich sicher.

Deshalb betrieb Q-Lee diesen Aufwand, deshalb schickte er seine Hehler in die Wüste.

Es waren Sonorsphären. Langsam lief Nevya hinter Zed den Gang entlang, und was sie im Lichtkegel der Taschenlampe sah, sog ihr mit einem Mal jegliche Luft aus der Lunge.

Das blaue Flackern schien sie zum Erblinden bringen zu wollen. Ihre Augen schmerzten von der Helligkeit, die aus dem kleinen Raum drang, der hinter dem schmalen Gang wartete. Mittlerweile hatte sich wohlige Gänsehaut auf ihrem Körper ausgebreitet, denn die blaue Luft wärmte sie. Sie musste sich sammeln, bevor sie die Sphären zählen konnte: Ein Dutzend von ihnen lag auf einem Haufen in der Ecke.

Zed drückte ihr eine ihrer unauffälligen Stofftaschen in die Hand, die das helle Licht nicht durchließen. Nevya kniete sich auf den Boden, um die Sphären einzusammeln. Mit zitternden Händen hob sie eine davon auf und drückte sie instinktiv an ihre Stirn. Ein Hitzeschwall brach über sie herein. Sie spürte, wie die Fantasie ihre Gehirnwindungen streichelte, ohne sie wirklich zu erreichen.

Wie gern hätte sie das Glas zerbrochen, um in den Wellen des Nebels unterzugehen wie ein sinkendes Schiff. Sie würde es tun. Schon bald würde sie es tun. Doch plötzlich drehte ihr die Erkenntnis den Magen um. Was sie an ihre Stirn drückte, war der gesamte Nebel eines Menschen. Eines Menschen, der sein Schicksal mit Nevya teilte. Die Vorstellung, dass jemand anderes Sehnsucht nach genau dieser Kugel hatte, stimmte Nevya schuldbewusst.

Zed hatte ihre Tasche bereits mit Sphären gefüllt, während Nevya sich noch immer die Kugel gegen die Stirn drückte.

»Was tust du da?«, wollte Zed wissen. Der scharfe Ton brachte Nevya dazu, die Augen zu öffnen. Schweren Herzens legte sie die Sphäre in die Tasche. Kurz keimte in Nevya die Hoffnung, dass unter den vielen Sphären ihre eigene vergraben sein könnte, aber als sie sah, durch wie viel Sand und Staub sich das Licht der Kugeln kämpfen musste, und sich ausrechnen konnte, wie lange sie schon hier liegen mussten, seufzte sie enttäuscht.

»Wir sind von einem Dutzend Sonorsphären umgeben. Irgendetwas musst du dabei doch empfinden«, erklärte Nevya, während sie aufstand.

»Woher willst du wissen, dass das Sonore sind?«, fragte Zed.

Nevya legte den Kopf schief. Erkannte tatsächlich nur sie, der Neuling unter den Hehlern, worum es sich hier handelte?

»Sehen auch nicht anders aus als Serenen«, fand Zed und steckte eine letzte Sphäre in ihre Tasche.

Erneut blinzelte Nevya in das satte Blau, um zu untersuchen, ob sie sich vielleicht doch irrte, aber nein. Der Nebel fühlte sich dichter an. Er brachte ihr Herz zum Stolpern …

Das waren keine Serenen. Sie waren das, was dieses Gewerbe so makaber machte.

»Wir bringen sie am besten auf direktem Wege zu Q-Lee.«

»Wie bitte?«

Zed fuhr herum und funkelte sie an. Innerlich gab Nevya sich eine Ohrfeige – sie wollte doch mitspielen. Aber wenn Zed die Sonore ohne Umschweife an ihren Boss abgab, drohte Nevyas Plan zu scheitern. Sie musste Zed überzeugen, ihr Vorhaben zu verschieben, und sie hatte dafür nur so lange Zeit, wie der Pick-up von Anza-Borrego nach Great Shell brauchte.

Nevya wurde bewusst, dass sie Zed schon zu lange wortlos anguckte.

»Ach«, sagte Nevya heiser, »nicht so wichtig.«

Während Zed mit Cee die Sphären auf der Ladefläche verstaute, fragte Declan Nevya, was vorgefallen war. Die aufgestaute Sorge in ihrem Inneren konnte sie vor Declan nicht verbergen.

»Sie will die Sphären sofort bei Q-Lee abladen. Du kennst sie länger als ich – gibt es irgendetwas, das sie umstimmen könnte?«

»Ich habe geahnt, dass so etwas passieren könnte. Ich werde mir etwas überlegen.« Declan scharrte mit den Fußspitzen über den trockenen Sand.

Zed und Cee hüpften von der Ladefläche und die Sonore blieben dort in ihren Taschen zurück wie schlafende Kinder. Mit mütterlichen Gefühlen sah Nevya ihnen dabei zu und stellte sich die hilflosen Nebelbänke vor, die in ihren Käfigen herumschwirrten.

»Ist sonst noch etwas?«, fragte Declan und legte seine warmen Hände auf ihre Schultern.

»Diese Träume gehören meinen Leidensgenossen.« Ihre Stimme war mittlerweile nur noch ein Flüstern, weil sie zu nichts anderem in der Lage war. Und damit Zed sie nicht hören konnte. Sie presste die Lippen zusammen. Ohne Declan anzublicken, schob sie seine Hände von ihren Schultern und lief zum Wagen.

Cee hielt sie auf, bevor sie auf die Pritsche klettern konnte.

»Weiß Q-Lee von deiner Fähigkeit?«, wollte er wissen. Er schien seine Faszination nicht zügeln zu können. Nevya empfand diese Reaktion eher als albern und hätte unter anderen Umständen vielleicht gelacht.

»Ich wusste ja selbst nichts davon«, sagte sie ausdruckslos. Mit diesen Worten ließ sie ihn stehen. Sie klammerte sich an der Flanke des Transporters fest und ruderte mit den Beinen, bis sie es auf die Ladefläche geschafft hatte.

»Vielleicht sollten wir ihm nicht davon erzählen«, überlegte Cee laut.

Nevya strich sich eine Haarsträhne aus dem Gesicht und schnaufte kurz angestrengt.

»Du könntest sehr hilfreich sein. Eine Art Spürhund«, schwadronierte Cee weiter.

Wie schmeichelhaft. Sie zwang sich zu einem Lächeln.

»Mehr noch, du könntest …« Cee kratzte seine Bartstoppeln und sah Richtung Himmel. »Du könntest sehr hilfreich sein.« Dabei beließ er es, doch Nevya sah ihm an, dass er weiterhin darüber nachdachte, als er ins Auto stieg und den Motor anließ.

Kurz darauf setzten sich Zed und Declan neben sie. Sehnsüchtig glitt ihr Blick über die Taschen mit den Sphären, deren Energie der Fahrtwind in alle Richtungen blies.

Die Fahrt zog sich deutlich länger als am Morgen und Nevya ertrug den peitschenden Wind allmählich nicht mehr. Als hätte Cee ihre Gedanken gelesen, fuhr er langsamer.

Doch schnell merkte Nevya, dass Cees Handeln nichts mit ihr zu tun hatte. Drei Gestalten blockierten die Straße. Sie trugen lange Ledermäntel und starrten die Verbindung feindselig an.

Zed stand selbstbewusst auf und rief ihnen entgegen: »Können wir weiterhelfen?«

»Runter da«, bellte der Mittlere. Er war der größte der drei und stand einige Schritte vor den anderen. Er schien ihr Anführer zu sein.

Sein Befehlston ließ keine Verhandlung zu, dennoch fragte Zed: »Können wir euch mitnehmen?«

Wenn sie die Augenbrauen hob, das Kinn senkte und lieb blinzelte, war ihr Anblick faszinierend glaubwürdig.

»Runter da, dann passiert euch nichts«, sagte dieses Mal der Linke, ein dicklicher kleiner Mann. Allmählich wurde Nevya nervös. Die Männer sahen abgeschlagen und alt aus, doch etwas Jugendliches in ihren Gesichtern verriet Nevya, dass sie keine zehn Jahre älter als sie sein konnten. Sie versteckte sich ängstlich hinter der Kabine und suchte Declans Blick.

Declan nickte ihr aufmunternd zu, doch auch er schien beunruhigt. Entweder wollten die Männer ihren Wagen stehlen oder sie wussten etwas.

»Wir sind nur auf der Durchreise. Wir haben nichts bei uns, das wertvoll für euch sein könnte«, schaltete sich Cee ein und spielte ebenfalls den Unwissenden.

»Komm schon, Cee«, raunte der Dritte jetzt und zeigte seine Goldzähne. »Du bist doch sonst nicht so scheu.« Alle drei brachen in dreckiges Gelächter aus. Cee riss die Fahrertür auf, während Zed sich von der Pritsche schwang.

Trotz ihrer Hartnäckigkeit schienen sie nicht sonderlich streitsüchtig zu sein. Alles in allem erinnerten sie eher an Roboter.

Declan nagte unruhig an seinen Nägeln. Nevya verstand kaum ein Wort des nun im Flüsterton geführten Gesprächs zwischen Zed, Cee und den drei Unbekannten.

»Wie viele Sphären kannst du unter deiner Jacke verstecken?«, fragte Declan leise. Nevya schluckte. Declans Augenbrauen waren eine gerade Linie. Ein Ausdruck, den Nevya noch nie an ihm gesehen hatte.

Nevya lugte vorsichtig am Führerhäuschen vorbei. Zed und Cee hatten es tatsächlich geschafft, die Fremden in ein Gespräch zu verwickeln, das ruhig verlief.

»Hältst du das für eine gute Idee?«, fragte Nevya. »Wäre es jetzt nicht an der Zeit, uns, wie geplant, ruhig zu verhalten?«

»Wie lange soll ich noch ruhig bleiben?«, Declan Gesichtszüge zuckten. »Bis wir vor Q-Lees Haustür stehen und er uns unsere einzige Chance wegnimmt? Ich war lange genug ruhig. Jetzt ist die perfekte Gelegenheit, die Sphären zu nehmen und zu verschwinden.«

Nevya sah zwischen den Sphären und ihrem Komplizen hin und her. Ihrem Partner. Sie wollte nach den Sphären greifen, aber sie spürte, wie sich lähmende Angst auf ihre Muskeln legte. Wohin sollten sie fliehen? Hier war weit und breit nur Wüste. Es war wahnsinnig.

»Du bist wahnsinnig.«

»Sagt diejenige, die Sonore aufspüren kann.« Seine Stimme zitterte.

Erst jetzt bemerkte Nevya, dass seine Wangen gerötet waren. Ihre Blicke trafen sich nur kurz, dann drückte Declan Nevya einen Kuss auf die Stirn, der ebenso flüchtig wie liebevoll war. Nevya kicherte vor Überraschung darüber, wie natürlich es sich anfühlte. Wie freundschaftlich.

Möglichst unauffällig streckte sie ihren Arm nach den Sphären aus. Adrenalin jagte durch ihre Blutbahn. Es war ein Ding der Unmöglichkeit: Die Sphären waren sperrig und schwer, Nevya und Declan hatten keine Möglichkeit, sich unauffällig zu entfernen, und selbst wenn sie es schafften, bot die Wüstenfläche keine Verstecke. Während sie in ihrem Kopf mehrere Lösungsmöglichkeiten durchdachte, hielt sie ihren Blick auf die Gruppe gerichtet.

Der mittlere der drei Männer, den Nevya als Anführer erkannt hatte, entfernte sich aus dem Kreis. Wie automatisiert streifte Nevya ihre Jacke ab und schmiss sie über die Taschen, während ihr Herz einen Schlag lang aussetzte. Plötzlich packte der Kerl mit den Goldzähnen Zed, die wild zappelte und sich aus seinem Griff zu lösen versuchte.

Cee ging dem Anführer hinterher und versuchte noch immer, vernünftig mit ihm zu reden.

Von etwas Besserem war die Rede, etwas Effektiverem. Davon, dass die drei Fremden doch nur an der Nase herumgeführt worden waren, davon, dass er – Cee – die einzig richtige Lösung hatte. Eventuell, eventuell. Das Wort fiel entschieden zu oft. Nevya wurde übel.

Der Dritte lachte nur müde, ging auf Zed zu und legte eine Hand um ihren Kiefer. Er drückte gefährlich fest zu und brachte Zeds Gesicht auf seine Höhe, um ihr etwas Bedrohliches zuzuflüstern.

Ehe Nevya sich versah, war Declan aufgestanden.

»Bleib hier«, flüsterte sie und griff nach seinem Handgelenk.

Er strauchelte kurz und erwiderte ihren Blick. Die Sanftmut in seinen Zügen war purer Willensstärke gewichen.

»Nein.« Er schnaubte aufgebracht. Als Nevya ihren Griff nicht lockerte, fügte er wütend hinzu: »Wir haben endlich die Chance, etwas zu unternehmen.« Er verlieh jedem Wort eisernen Nachdruck und sprang von der Pritsche. Nevyas Hand griff ins Leere. Sie nahm kaum wahr, wie sie sich in die Ecke drückte und zusammenkauerte, während sie beobachtete, wie der Fremde Declan einfach beiseiteschubste und ihn zu Fall brachte. Er schlug ihn aus seinem Weg wie einen schmalen Zweig. Es kostete ihn keine Anstrengung, die Ladefläche zu erklimmen. Die absolute Ratlosigkeit brachte Nevya dazu, einfach ruckartig aufzustehen und sich schützend vor die Sphären zu stellen, die unter ihrer Jacke und den Taschen begraben waren.

Instinktiv breitete sie ihre Arme aus, als hätte sie ihre Schäfchen hinter ihrem Rücken zusammengepfercht. Stellte sie sich tatsächlich einem Mann in den Weg, der Declan mit einem einzigen Schlag in die Knie gezwungen hatte? Das war vollkommen irrational.

Der Fremde stand ihr mittlerweile gegenüber und sah zunächst hinter Nevya und dann in ihre Augen. Eine auffällige Narbe zog sich durch seine Augenbraue. Die strähnigen Haare vor seinen Augen wirkten wie Gitterstäbe.

Nevya biss die Zähne fest zusammen und versuchte, ruhig zu atmen. Als sie spürte, wie ihr Kopf von etwas Schwerem befreit wurde, und sanft zu vibrieren schien, war sie überzeugt davon, dass der Nebel der Sphären durch sie hindurchsickerte und sie mutiger werden ließ, als es klug war.

Ihr entging nicht, dass der Angreifer sich versteift und seine Augen sich geweitet hatten. Er sah eingeschüchtert aus, geradezu schockiert. Hatte er Angst vor Nevya?

Der Fremde näherte sich nicht, aber Nevya hörte plötzlich ein mechanisches Knacken. Der Fremde hatte eine Waffe.

Panisch blickte sich Nevya nach Declan um. Dieser war wieder aufgestanden. Die Wut hatte sein Gesicht zu einer Fratze verzogen, die einem beinahe Angst machen konnte. Er nahm Anlauf, sprang über einen Reifen auf die Pritsche und riss den Fremden von den Füßen. Er konnte nicht verhindern, dass er ebenfalls mit in die Tiefe auf den sandigen Boden gezerrt wurde.

Ein Schuss zerfetzte die heiße Wüstenluft und sprengte etwas in Nevyas Körper. Sie schrie auf und Hitze breitete sich in Sekundenschnelle in ihr aus.

Die Kugel hatte sie zwar nicht getroffen, doch der Schreck hatte die Verbindung zwischen ihr und den Sphären durchtrennt. Mit wild pochendem Herz schaute Nevya über den Rand der Pritsche. Auf dem Wüstenboden lagen zwei leblose Körper übereinander. Nevya wurde schwindelig. Doch dann stand der Fremde auf und klopfte sich den Staub von der Hose, während Declan …

»Nein!«, hörte Nevya sich selbst schreien, dann gab der Boden unter ihren Füßen endgültig nach. Ihr Kopf stieß gegen etwas Hartes und ihr Bewusstsein trübte sich. Cee hatte den Wagen gestartet, woraufhin sie das Gleichgewicht verloren hatte und auf den Boden der Ladefläche gekracht war. Als sie sich aufsetzte, schien die Welt um sie herum zu rotieren und schwarze Flecken verdunkelten ihr Blickfeld.

Er hatte sich nicht bewegt.

Die Szene rückte immer weiter in die Ferne und sie hoffte inständig, dass ihre getrübte Wahrnehmung ihrem Gehirn einen Streich spielte, denn sie meinte, Zed zu sehen, die sich über Declan beugte, der noch immer reglos am Boden lag. Die drei fremden Männer rannten fluchend dem Wagen hinterher, doch Cee fuhr immer schneller davon. Nevya wollte etwas zu ihm sagen, ihn fragen, was hier vor sich ging. Sie wollte, dass er ihr bestätigte, dass sie sich alles nur einbildete, doch sie tat sich schwer damit, sich daran zu erinnern, wie man Worte formte.

Die dunklen Flecken füllten ihr Blickfeld vollkommen aus, als sie spürte, wie ihr Kopf auf ihrer Jacke landete.

Er hatte sich nicht bewegt.

20

Als Nevya aufwachte, schmerzte ihr Kopf. Wie so oft. Der Boden unter ihr bewegte sich und jede Erschütterung rief ihr mehr und mehr ins Gedächtnis, was geschehen war. Doch ihr Kopf schmerzte zu sehr, als dass sie hätte schreien können.

War er wirklich getroffen worden? Sie hatte kein Blut gesehen. Es musste ihm gut gehen. Es musste einfach! Und doch konnte sie das ungute Gefühl nicht abschütteln. Ihre Schläfen pulsierten unter ihren Gedanken. Wenn sie doch nur nicht so hart auf dem Kopf aufgekommen wäre …

Als der Wagen langsamer wurde, öffnete sie ihre Augen. Sie musste wieder eingeschlafen sein. Die dunklen Schlieren am Rande des Horizonts läuteten bereits die Dämmerung ein.

Cee stieg aus und grummelte, wie er es oft tat. Vielleicht murmelte er Flüche, mit denen er seine Umgebung verhexen wollte. Nevya war egal, wie sehr ihm sein Leben gegen den Strich ging. Endlich hatte der peitschende Fahrtwind nachgelassen. Endlich hatte das Ruckeln ein Ende.

Cees Schritte näherten sich erst nach mehreren Minuten wieder der Pritsche und er rief: »Steig ab und bring die Taschen mit.«

Geschwächt setzte Nevya sich auf und ein beißendes Ziehen fuhr durch ihren Schädel. »Wir müssen Zed und Declan suchen«, sagte sie durch zusammengebissene Zähne.

»Steig ab«, bellte er wie die drei Robotermänner, »dann besprechen wir den Rest. Vergiss die Taschen nicht.«

Ergeben griff Nevya nach den Sphären, drückte sie an sich als wären sie ihre Kinder, und ließ sich von Cee beim Abstieg helfen.

Sie waren auf einem großen Parkplatz, eingerahmt von Zivilisation – vermutlich eine Vorstadt, so trocken wie die Wüste selbst. Die Autos, die hier standen, sahen verwildert aus und ließen diesen Ort wie einen metallischen Friedhof wirken. Ein kleines Häuschen stand an der Einfahrt. Das Licht im Inneren deutete darauf hin, dass es bewohnt war.

»Wir haben die Cis abgehängt, aber wir brauchen zur Sicherheit einen neuen Wagen.« Interessiert begutachtete er den Schlüssel in seiner Hand. Er musste seinen Pick-up gegen eins dieser alten Auto eingetauscht haben.

Nevya konnte seinen Worten kaum folgen, obwohl er sich nicht deutlicher hätte ausdrücken können.

»*Das* waren die Cis?«

Cee legte die Stirn in Falten und fuhr im nächsten Moment grob über Nevyas Stirn. Wieder dieser ziehende Schmerz. Nevya sog scharf die Luft ein. Sie musste eine furchtbare Beule auf der Stirn haben.

»Hat Cave dir das angetan?«, fragte er.

»Wer?« Warum bestand alles, was sie sagten, aus Fragen? Sie schüttelte den Kopf, als ihr einfiel, dass er den Kerl mit der Waffe gemeint haben musste.

Cee reichte ihr eine Pille gegen den Schmerz und eine Flasche Wasser aus Declans Tasche. Ihr Magen zog sich sorgenvoll zusammen. Es musste ihm gut gehen. Sie musste hören, dass es ihm gut ging. Mit abrupten Bewegungen schulterte sie die Taschen mit den Sphären, deren Henkel in ihre Muskeln schnitten, und griff nach der Pille und dem Wasser.

»Ich habe gerade mit Zed telefoniert. Sie sind auf dem Weg ins Krankenhaus.«

Während er sprach, ging er durch die Reihen von alten Autos und schien nach seinem neuen Gefährt zu suchen. Nevya gab sich Mühe, das Wasser in ihrem Mund zu behalten, statt es samt der Tablette vor Cees Füße zu spucken. Schlucken konnte sie nicht. Weder das Wasser noch die Tatsache, dass es tatsächlich geschehen war. Dass es schlimm genug gewesen war, um einen Notruf abzusetzen. Nevya drohte an dem Wasser aus Declans Flasche zu ersticken. Ihre Kehle brannte, als sie endlich schluckte.

»Wie geht es ihm?«, fragte sie mit belegter Stimme und lief Cee hinterher.

»Ich weiß es nicht.«

Nevya meinte, ein Augenrollen gesehen zu haben.

»Der Hubschrauber ist wohl auf dem Weg in das nächstgelegene Krankenhaus in San Diego.« Der Rest schien ihn nicht weiter zu kümmern, im Gegenteil schien es ihm eine Bürde zu sein.

»Und die Polizei ist verständigt? Wir müssen diese Mistkerle schnappen. Was habt ihr überhaupt mit diesen Typen besprochen?«

»Eins nach dem anderen.« Als Cee allmählich laut wurde, erschrak Nevya. Cee war seit dem Abend, als sie ihre erste Sphäre genommen hatte, nie wieder aufbrausend gewesen. Aber auch damals war Zed nicht dabei gewesen. »Lass das unsere Sorge sein.« Nun sprach er betont leise. Er war stehen geblieben und taxierte Nevya mit einem strengen Blick. Wenn es sein musste, konnte er verdammt einschüchternd sein.

»Schon klar – Zed und du, ihr vertraut mir nicht«, begann sie dann und lief Cee hinterher, »aber Declan ist ebenso mein Freund, wie er eurer ist.« Wie vom Blitz getroffen fuhr Cee herum und ergriff ihr Handgelenk. Er packte derartig fest zu, dass Nevya ein heiserer Schrei entfuhr.

»Sobald du hier jemanden als Freund bezeichnest, hast du verloren. Merk dir das.« Schockiert versuchte Nevya, sich aus seinem Griff zu befreien, doch ebenso plötzlich, wie er zugegriffen hatte, löste Cee auch seine Hand von Nevya.

»Merk dir das. Es ist nicht sicher, sich in diesem Gewerbe Freunde zu machen«, wiederholte er dieses Mal flüsternd. Er gab sich keine große Mühe, ruhig zu wirken, deshalb kniff Nevya feindselig ihre Augen zusammen und rieb ihr Handgelenk.

Es mochte ja sein, dass Cee keine Freunde hatte, aber Declan war ihr Freund.

»Ich würde aber gerne erfahren, was hier vor sich geht«, raunte sie. Cee sperrte einen silbernen Ford Focus auf und stieg ein.

»Leg die Taschen auf den Rücksitz. Wir haben einen weiten Weg vor uns.« Nevya konnte nahezu hören, wie er den Satz innerlich beendete. *Lass uns das auf dem Weg ins Krankenhaus besprechen.*

Cee verriet ihr, dass er den Wagen nach der Auseinandersetzung mit den Cis zunächst Richtung Joshua Tree Nationalpark gelenkt hatte und dann über die Interstate 10 nach Osten gefahren war.

Er hielt seine Erklärungen kurz und bündig: Die drei Männer – Cave, Cass und Chlore – nannten sich die Cis und bestahlen Q-Lee regelmäßig. Sie handelten ebenfalls im Auftrag eines Alphatiers, dessen Identität nur wenige von Q-Lees Leute kannten.

»Ich kenne ihn. Mein Bruder selbst auch. Wir kennen ihn viel zu gut. Er macht seine Leute mit Indoktrination hörig. Die Cis denken, der Kerl – Stannon – sei eine Art Gott, der ihnen seine Kräfte übertragen kann, wenn sie tun, was er sagt.« Er schnaubte verächtlich. »Stannon spielt gerne mit den Gedanken anderer. Hat damit angeblich seinen kleinen Bruder umgebracht. Nennt sich selbst der Götze. Fanatischer Müll, sag ich dir.« Je länger er redete, desto schludriger wurde seine Aussprache.

Irgendwie mussten die Cis wohl herausgefunden haben, was Q-Lee und seine Leute vorhatten. Nevya musste an den unheimlichen Alten denken, dem sie tags zuvor in der Kneipe in San Diego begegnet waren. Zed wollte ihr nicht zuhören, Cee wollte ihn als harmlos abstempeln und Declan hatte nur versucht, abzulenken, aber Nevya wusste nun genau, dass der Alte irgendetwas mit den Cis zu tun haben musste.

»Also wolltet ihr mit ihnen verhandeln«, fasste sie zusammen, nachdem Cee das Geheimnis um ihr Gespräch mit den Cis gelüftet hatte.

»Ich wollte es. Zed wollte sie belügen, aber sie haben ihr nicht zugehört«, seufzte er, während er gelangweilt den Verkehr im Blick behielt.

Es war nicht sonderlich viel los auf der Interstate 10, doch Nevya wurde den Eindruck nicht los, dass sie in die falsche Richtung fuhren und immer mehr Gebäude aus dem trockenen Boden sprossen. Sollten sie nicht eigentlich längst außerhalb der Stadt sein?

»Ich habe ihnen oft genug gesagt, dass Stannon sie belügt, aber diese Hohlköpfe sind vollkommen verblendet. Wenn es um den verdammten Nebel geht, drehen die Leute durch. Es scheint ihnen das Wichtigste auf der Welt zu sein.«

Nevya räusperte sich. Damit hatte Cee einen wunden Punkt getroffen.

»Wer kann es ihnen verdenken?«, sagte sie heiser. Für einen Moment spürte sie Cees Blick auf ihrer Schläfe, dann wandte er sich wieder der Straße zu.

»Die Realität kann ziemlich trist sein, deshalb haben wir auch immer mehr Kunden.«

Nur der röhrende Motor war zu hören. Sie hatten die untergehende Sonne im Nacken und fuhren zweifellos nach Osten.

»Du hast eine großartige Gabe, Vy.«

Nevya löste ihren Blick von der Autobahn, doch Cee tat, als wären die Worte nicht gefallen.

Nevya kaute auf ihrer Unterlippe und wandte sich ab. Nachdenklich beobachtete sie den Straßenrand. Cee war ohne Zed anders. Er konnte nette Worte aussprechen, statt nur zu knurren. Gleichzeitig war er aber noch aggressiver.

»Du bist in der Familie der Sphärenhersteller aufgewachsen«, stellte Nevya fest, als wäre es ihr erst jetzt bewusst geworden. »Ist dir nie in den Sinn gekommen, wie …« Sie war nicht gut im Verhandeln. Sie war nicht gut darin, Menschen subtil in eine Richtung zu lenken. »Wie unfair es ist?«

Cee brummte wie der Motor. Erst als Nevya ihn ansah, wurde ihr bewusst, dass es ein Lacher gewesen war.

»Ich war jahrelang auf der anderen Seite.«

Nevya erinnerte sich daran, wie Cee ihr erzählt hatte, dass er ein Feind seines Bruders gewesen war – ein Feind des Gewerbes. Das hatte er zumindest versucht, ihr weiszumachen.

»Was hast du dort gelernt?«

»Dass man sich nicht mit meinem Vater anlegen sollte, weil er das Ruder sonst meinem Bruder überlässt.«

Wieder mischte sich der ratternde Motor ein und unterbrach für kurze Zeit das Gespräch.

»Was noch?«

Sein Kopf blieb, wo er war, aber Nevya sah, dass seine Augen nicht mehr auf die Straße gerichtet waren, sondern auf den Himmel.

Dann wollte er eben nicht reden. Aber er war ein Feind des Gewerbes gewesen, und wenn sie seinem stetigen Murmeln Glauben schenken konnte, dann war er das noch immer. Zumindest innerlich.

Ein Blick über ihre Schultern versicherte Nevya, dass die Sonore ruhig in ihren Taschen schliefen. Am liebsten wollte sie eine Hand ausstrecken und sie alle berühren. Nicht, um den Nebel zu sich zu locken – nur um ihnen zu zeigen, dass sie da war.

»Ich wette, du willst Q-Lee diese Kugeln gar nicht geben.«

Wie immer, wenn der Nebel so nah war, schöpfte sie ihre Kraft daraus. Vielleicht war sie ja doch gut im Verhandeln.

»Damit er sie sammeln und verstecken kann?« Cees Fingerknöchel traten weiß hervor. »Hast recht.« Der grobe Dialekt zwang ihn zum Nuscheln.

Nevya ließ sich seine Worte durch den Kopf gehen.

»Q-Lee ist ein Trophäensammler.«

Hass braute sich in Nevyas Bauch zusammen.

»Er kann es sich nun mal leisten. Die Sonore sind ein Mythos. Keiner fragt nach ihnen – er kann sie lagern, so lange er will.« Cee zog seine Worte verächtlich in die Länge.

Auf Nevyas Schultern prickelte Gänsehaut. Wenn er die Sonore nicht verkaufte, dann bedeutete das, dass ihr eigener Nebel noch nicht in einem anderen Kopf versickert war. Ihr eigener Nebel war irgendwo dort draußen.

»Wo hält er sie versteckt?« Nevya klang heiser. Als Cee erneut den Blick von der Straße löste und sie anstarrte, hatte sie das ungute Gefühl, dass nicht sie mit ihm spielte, sondern er mit ihr.

»Gerüchten zufolge hat unser Großvater einen Mahr ausgetrickst, um das Rezept für die Sphären zu erfahren. Verrückte Geschichte, was?«, lenkte er ab. »Ist wohl ganz besonderes Glas mit einer speziellen Zusammensetzung von Mineralien oder so. Und die locken den Nebel zu sich. Tja.« Nachdenklich knetete er das Lenkrad. »Solange Q-Lee an der Spitze ist, werden wir es nicht erfahren.«

»Cee.« Nevya versuchte, nicht allzu ratlos zu wirken, als sie Luft holte. »Wenn du weißt, wo die Sonore sind, und wenn du etwas wegen deines Bruders unternehmen willst, dann …«

Betrachte mich als deine Verbündete, wollte sie sagen.

Doch Nevya kam nicht dazu, zu entscheiden, wie sie den Satz beenden wollte.

»Wir sind gleich am Flughafen«, sagte Cee.

Nevyas riss ihren Blick von Cee los und untersuchte die Gegend. Straßenschilder verrieten ihr, wo sie waren. Phoenix. Sie waren in Arizona. Irgendwo in diesem Bundesstaat war Declan aufgewachsen.

»Du sagtest, es würde eine lange Fahrt werden.«

»Lange genug, um dir von den Cis zu erzählen.« Cee ruckelte energisch an der Gangschaltung. »Sie kennen deinen Namen nicht. Sie wissen nicht, wo sie dich finden. Getrennt von uns bist du sicherer. Wenn du zurück in Great Shell bist, können wir alle so tun, als wärst du nie da gewesen.« Sie konnte ihm nicht widersprechen, doch in einem Punkt musste sie ihn berichtigen.

»Dieser Cave weiß sehr wohl von meiner Existenz – schließlich habe ich mich zwischen ihn und die Sphären gestellt.«

Cee nickte nur aufmunternd. Zu aufmunternd.

Auf dem viel befahrenen Gelände dauerte es seine Zeit, bis Cee einen Parkplatz gefunden hatte. Er griff ins Handschuhfach, als Nevya bereits ausgestiegen war, und zog einen Hausschlüssel hervor.

»Hier«, sagte er und warf ihr den Schlüssel zu, den Nevya mit einer Hand auffing. »Wir treffen uns im Loft. Nimm dir so viele Sphären, wie du brauchst.«

»Wie viele brauche ich deiner Meinung nach denn?«, fragte Nevya.

»Du bist diejenige mit dem Gespür für Nebel. Du wirst es wissen.« Seine Lippen wurden schmal, als er die Mundwinkel zu einem freudlosen Lächeln verzog. »Über die Sache mit Q-Lees Sonoren sprechen wir noch mal.«

Zähneknirschend knetete sie den Schlüssel in der Hand. Es war ihr Gespür für den Nebel, das Cees Interesse an ihr geweckt hatte. Nun sah er etwas in ihr, das ihm zugutekam, und obwohl sie interessiert war – obwohl sie und Declan auf genau diese Gelegenheit gewartet hatten –, war sie besorgt. Cee wollte etwas von ihr – sie wollte etwas von ihm. Auf jeden anderen hätte es wie ein faires Geschäft gewirkt, aber Nevya fühlte sich wie ein Verhandlungsgegenstand. Eine Schachfigur. Und das war das Letzte, das sie sein wollte.

»Halt mich einfach auf dem Laufenden, was Declan betrifft.«

21

Der Flug zurück nach Great Shell war unerträglich. Wann immer Nevya drohte einzuschlafen, wurde sie umgehend von einem dieser schneidenden Worte geweckt.

Wir haben endlich die Chance, etwas zu unternehmen, hörte sie Declan sagen.

Sobald du hier jemanden als Freund bezeichnest, hast du verloren, flüsterte Cee.

Wenn sie Cee half, würde sie dann endlich ihre Sonore in die Finger kriegen? Einen Freund an der Spitze des Traumhandels zu sehen, war keine schlechte Idee – Cee war kein Freund.

Declan jedoch? Declan war ihr Freund.

Das Flugzeug durchbrach die schwarze Wolkendecke, sodass die Sicht auf die hell erleuchtete Stadt freigelegt wurde. Nevya meinte, die magische Atmosphäre von Great Shell zu spüren. Sie brachte sie dazu, eine der Ersten zu sein, die aufstand und sich durch den engen Gang Richtung Freiheit drückte. Ihr Handy zog sie wie automatisiert aus der Tasche und mit zwei Handgriffen war der Flugmodus aufgehoben.

Sekunden später vibrierte es in ihrer Hand. Zwölf Anrufe in Abwesenheit. Ihr Herzschlag beschleunigte sich dramatisch, als sie sah, dass es Zed war, die versucht hatte, sie zu erreichen. Unruhig wählte sie Zeds Nummer. Sie erschrak, als das Handy in ihrer Hand klingelte. Zed rief ein dreizehntes Mal an. Unruhig hielt Nevya den Hörer an ihr Ohr. Tausend Fragen schwirrten durch ihren Kopf und es alarmierte sie, dass Zed sie dreizehn Mal angerufen hatte. Dass sie sich dazu herabließ, ihr hinterherzurennen. Dass sie vergessen haben musste, wie lange man unterwegs war, wenn man den gesamten Kontinent überflog.

»Zed? Wie geht es Declan?«

Nevya hörte ein Rascheln, ein Hüsteln und eine dünne Stimme.

»Vy?« Wieder erklang ein Rascheln. »Wir fahren jetzt los. Cee hat dir einen Schlüssel zum Loft gegeben. Warte dort auf uns. Es gibt viel zu besprechen. Morgen werden wir da sein. Ich weiß noch nicht, wann.«

Zed klang verändert. Sie ging nicht auf Nevyas Frage ein und klang zerstreut – eine zerstreute Zed war keine gewöhnliche Zed. Dennoch purzelte ein Stein von Nevyas Herz, als sie hörte, dass sie auf dem Heimweg waren und Declan stabil genug sein musste, um aus dem Krankenhaus entlassen zu werden.

»Lass mich mit Declan sprechen«, seufzte Nevya, als die ganze Anspannung wie heiße Luft entwich.

»Scheiße.« Der Hörer rauschte vom Wind. »Verdammte Scheiße.«

Zed klang nicht wie sie selbst.

In diesem Moment blieb Nevya irgendwo vor dem Gate zwischen den Ledersitzen stehen. Hinter ihr traten Menschen aus der Schleuse, über ihr wies ein leuchtendes Schild den Weg Richtung Ausgang. Sie wartete. Zeds Drucksen machte sie wütend. Wütend, weil sie ihr etwas zu sagen versuchte, das absolut unmöglich war. Etwas, das absolut inakzeptabel war.

»Vy.« Zed hatte ihre Stimme wiedergefunden. »Declan hat es nicht geschafft.«

Ein dumpfer Schlag zerfetzte Nevyas Magen und die Hitze breitete sich in ihrem Körper aus. Die Druckwelle schien ihren Kopf zu sprengen und dann war sie taub. Jedes ihrer Glieder war taub und schien nicht mehr zu ihr zu gehören. Sie sackte zusammen und kam auf einem der Ledersitze auf. Ihr Handy hatte sie fallen gelassen.

Zeds Worte schienen nur noch ein fernes Pfeifen zu sein.

Mit Fingern, die nicht ihr gehörten, griff sie nach ihrem Handy. Mit einer Stimme, die nicht ihr gehörte, knurrte sie in den Hörer: »Du verdammte Lügnerin.« Die Worte klangen so fern.

Stille.

Das ertrug Nevya nicht länger. Wutentbrannt legte sie auf. Das konnte nicht Zeds Ernst sein. Es musste ein sehr misslungener, makabrer Scherz sein. Eben noch hatte Declan sie geküsst.

Man konnte nicht in einem Moment so erfüllt vom Leben sein, um es im nächsten Moment vollkommen hinter sich zu lassen. Voll und ganz. Für immer. Das Leben konnte doch nicht so zerbrechlich sein. Nevya raufte verzweifelt die Haare. Sie wollte zurück nach Kalifornien und sich davon überzeugen, dass er lebte, denn das tat er. Alles andere war zu absurd.

Irgendwie schaffte sie es, aufzustehen und dem Strom der Menschen zu folgen. Im Moment war das kleine Symbol, das an jeder Ecke aufleuchtete und ihr den Weg zur U-Bahn wies, ihr einziger Trost. Danach war es der Waggon, der ihren Kopf stützte und sie mit seiner Vibration in den Schlaf wiegen wollte. Aber als sie dann vor dem Loft stand, hörte sie, wie die Sphären hinter der Tür nach ihr schrien.

Ihr wurde schlecht. Sie wollte nicht hier sein. Sie schaltete alle Lichter ein, um ein bisschen Leben zu simulieren, und dann stand sie einfach herum. Verwirrt, wütend, ungläubig. Ihre Hand umfasste noch immer ihr Handy, das vom Schweiß ihrer Hände feucht war. Ihre Finger wählten eine Nummer und das regelmäßig erklingende Freizeichen stimmte sie hoffnungsvoll. Dann sprang die Mailbox an. Sie legte auf und versuchte es erneut. Wieder das dankbare Freizeichen, wieder die Mailbox. Ein weiterer Versuch. Freizeichen. Mailbox.

»Das ist nicht witzig!«, schrie sie urplötzlich. Ihr Handy warf sie an die Wand, wo es in seine Einzelteile zerbrach.

Sie blickte auf den Haufen Elektromüll, der durch das Zimmer verteilt war, und schrie erneut: »Das ist nicht witzig!« Und je öfter sie es aussprach, desto mehr zerriss es sie von innen. Tränen brannten unter ihren Lidern und befeuchteten ihre Wimpern, als sie bemerkte, wie schwer sie atmete.

Beruhigen. Sie musste sich beruhigen und rieb ihre Hände.

Ich schlafe, ich schlafe, ich schlafe.

Nichts änderte sich, bis auf die Panik, die aufkeimte. Es war kein Traum. Es war kein Traum. Hastig stolperte sie durch die rostige Tür zu den Sphären und zu allem Überfluss prangten die Namen an den meterhohen Regalen. Ein großes Z, ein großes C, ein flüchtig gekritzeltes V und declan. Sein Regal war schmal, doch es reichte vom Boden bis zur Decke und in ihm lagerten mehrere Dutzend Sphären. Der Anblick war grauenvoll. Da standen sie mit ihrem erwartungsvollen Flackern, warteten auf den, für den sie bestimmt waren, und ahnten nicht, dass er nicht zurückkehren würde.

»Das ist nicht witzig«, fauchte sie, als sie die Sphäre aus dem Regal schob, die genau vor ihrer Nase stand. Sie achtete nicht auf das Klirren, auf das Aufwirbeln des Nebels, der sich vor ihrer Nase kräuselte, während sie flach schnaufte. Ihr Blick hing auf dem kleinen d, weil es mit ihr zu kommunizieren schien.

»Schreib mich groß, wenn ich etwas erreicht habe«, murmelte es und Nevya fühlte den heißen Messerstich, den dieser Satz verursachte. Er musste leben – er musste doch sehen, wie sein Traum wahr wurde. Er musste doch sehen, wie sein Name großgeschrieben aussah.

Wutentbrannt schlug sie eine weitere Sphäre aus dem Regal,

immer begleitet von dem Mantra, das sie immer wieder wiederholte, bis es seine Bedeutung verloren hatte. Sie streckte den Arm aus, umfasste fünf Sphären und schickte sie auf den Boden. So machte sie weiter.

Klirr.

Klirr.

Klirr.

Dann musste sie aufhören, da der Nebel sie vollkommen eingehüllt und ihre Sicht getrübt hatte. Sie hustete unkontrolliert und spürte, dass sie fiel, doch sie kam nicht auf dem Boden auf. Das Gefühl ging vom Nebel aus, der sich in ihrem Kopf vermischte und sie auf einen Höllentrip schickte.

Immerhin waren diese erbärmlichen Kugeln und dieses erbärmliche kleine d aus ihrem Blickfeld verschwunden. Torkelnd schaffte sie es aus dem Lager. Sie fiel, landete auf dem Sofa und schlief ein.

Nevyas Traumtagebuch
10.11.

Ich stand vor einem würfelförmigen Gebäude, dessen Fassade sich aufblähte und zusammenzog, als würde es atmen.
»Wollen wir hineingehen?«, fragte ich dich.
Du sahst mich entgeistert an. Deine Lider zogen sich weit zurück, sodass das Weiß in deinen Augen wie Scheinwerfer blendete. Ich erschauderte.
Dann sagtest du: »Diesen Weg musst du allein gehen.« Und deine Lippen sprühten Funken, die dein flammenrotes Hemd auffing. Es brannte, doch es war dir egal. Du warst wie versteinert, bis die Flammen deine braunen Locken erreichten. Dann legtest du den Kopf in den Nacken, um wie ein sterbender Falke zu kreischen.

Ich hielt die Ohren zu und versuchte, deinen Schrei mit meinem eigenen zu übertönen. Ich schloss die Augen, doch meine Lider waren transparent und meine Glieder gelähmt. Ich wollte dich zu Boden werfen, mich mit dir auf dem Asphalt wälzen, damit der Tau, der auf den Gräsern lag, die Flammen erstickte, aber mein Körper war taub. So musste ich zusehen, wie die Flammen sich in dein Fleisch brannten, wie deine Glieder schwarz und stumpf wurden.
Du knietest dich hin. Dein Schrei war nur noch ein Gurgeln und dann sacktest du endgültig zusammen und zerbrachst zu einem Haufen Asche.
Mein Schrei wurde zu einem Wimmern und ich fiel auf die Knie. Ich strich mit meiner Hand über deine verbrannten Überreste, doch ich fühlte keine Asche unter meinen Fingern. Ich streichelte über weiche Federn, sie kitzelten meine Fingerspitzen und trösteten mich. Mein Wimmern verstummte, denn ich erkannte, was du bist. Ein Phönix, der aus der Asche aufsteigen wird.
Declan.
Aus den Fenstern des Turms drang blaues Licht und ein Bass dröhnte wie ein Herzschlag. Etwas war im Gange dort drinnen, jemand führte etwas im Schilde und ich hatte die Aufgabe, herauszufinden, was es war.
Ich ging durch die Tür und sah eine neblige Fabrikhalle, in der sich unscharfe Gestalten die Zeit vertrieben. Trapezkünstler hingen an der Decke und in der Mitte des Raums hatten sie ein Podest aufgebaut, das wie eine Torte geschichtet war. Ich hielt es für selbstverständlich, es zu erklimmen und den Blick über den Raum gleiten zu lassen. Die Gestalten trugen zur Hälfte Kostüme, zur anderen Hälfte bestanden sie aus ihren Kostümen.
Masken verschmolzen mit ihren Gesichtern, Haut färbte sich wie ihre Kleider. Ich erspähte Wölfe, die halbe Pelzmäntel trugen, Indianer, denen gefiederte Flügel wuchsen. Sie alle richteten ihre Blicke nach und nach auf mich. Ich war die Einzige, die nur schlichte

Kleidung trug, und ich war taub. Der Bass dröhnte nicht wie ein Herzschlag, der Bass war mein Herzschlag, ansonsten konnte ich nichts hören.

Dann sah ich mich selbst in der Menge. Ich tanzte mit Declan, der mich wild umherwirbelte. Bald schon flüsterte er etwas in das Ohr meiner Doppelgängerin. Er gestikulierte Richtung Bar und verschwand. Nevya – die betrunkene Nevya, die am Fuße des Podests umherwankte – drehte sich nur gedankenverloren im Takt. Ein Mann trat an sie heran, umfasste ihren Körper von hinten und sie drehte sich entzückt zu ihm um. Auch er flüsterte ihr etwas zu. Sie öffnete den Mund, ihre Schultern senkten sich. Die Augenbrauen hoch erhoben, glotzte sie ihn nur an, schüttelte vehement den Kopf und machte sich von ihm los. Sie stolperte Richtung Ausgang und ließ mich verwirrt auf meinem Podest zurück.

Es war eine Erinnerung, die sich soeben wie ein Film vor mir abgespielt hatte.

Eine Erinnerung an die Nacht von Halloween.

Und Ben Collins hatte mir irgendetwas zugeflüstert.

»Da ist der Leuchtkäfer«, heulte ein Gast durch die Stille. Noch immer auf dem Podest stehend drehte ich mich um. Der Wolf hatte geheult.

»Seht sie euch an, Firefly ist da«, sprach einer der Trapezkünstler im Flug. Wie Fledermäuse hingen sie von der Decke, lauerten mir auf. Beschämt wollte ich durch die Menge nach draußen, doch sie verdichtete sich.

»Wo willst du denn hin, Firefly? Du bist doch gerade erst gekommen«, raunte eine schwarze Katze.

»Genau, Firefly. Lass uns doch erst noch etwas Spaß haben«, ergänzte ein Reptil mit schwarzen Augen.

»Hört auf, mich so zu nennen«, nuschelte ich und drückte mich durch den engen Raum zwischen den Tieren, die nur ihre Arme hoben und mich zurück in die Mitte der Halle drängten. Langsam

kamen sie näher, bis sie mich umzingelt hatten. Jeder einzelne Gast starrte mich an.

»Keiner nennt dich so«, beteuerte eine Dame mit den Beinen eines Flamingos, während sie gleichzeitig zur Musik tanzte. »Keiner ist hinter dir her.«

Ich drehte mich im Kreis, Hunderte Augenpaare schienen auf mir zu hängen. Sie wollten mich erdrücken. Sie hatten ihre Hände überall. Ihre Hände, ihre Hufe, ihre Federn. Ihre Fühler.

Ich würgte.

Wo war Nikolai?

Ruhig.

Ich schlafe.

Ich bin die Göttin der Traumbilder.

Es beruhigte mich nicht. Immer wieder schlich sich ein anderer Gedanke dazwischen.

Ich bin von Mahren umgeben.

Ich hechelte und sackte auf die Knie. Die Tiere der Nacht lachten mich aus.

Und dann flimmerte Hoffnung durch die Menge.

Nikolai. Er war hier. Er war das Licht am Ende des Tunnels, dem ich nacheilte, und er manövrierte mich durch die knurrenden Traumbilder, die ihre lechzenden Gliedmaßen nach mir ausstreckten, bis ich wie an Halloween durch die Tür in die eisige Luft stolperte.

Allein. Nikolai war verschwunden.

Aber dort in der Dunkelheit stand eine Silhouette.

»Niko …«

Er trat aus der Dunkelheit, zeigte sein Gesicht. Als Traumbild trat Ben Collins wie eine Spinne auf. Dürr und stachelig, mit lauernden Augen.

Ich wagte, das ungute Gefühl zu ignorieren, und nutzte die Gelegenheit, um zumindest einen Teil meines Unterbewusstseins zu erreichen.

»Was hast du mir zugeflüstert?«
Die Spinne zog an ihrer glühenden Zigarette und warf sie achtlos zu Boden.
»Was hast du mir in der Nacht von Halloween zugeflüstert?«
Durch die Nase stieß Ben Collins den Rauch aus. Mittlerweile stand er so nahe, dass ich ihn einatmen musste. Ich hustete.
Mit seinen blassen Fingern nahm er meinen Kopf in seine Hände und flüsterte in mein Ohr: »Finde die Chroniken. Finde dein Schicksal.«
Er streichelte die Haut meines Arms mit seinen Nägeln und für einen kurzen Moment fühlte ich mich wohl.
»Finde mich«, flüsterte er weiter.
Doch dann zog er etwas aus seinem Mantel hervor und im selben Moment, in dem ich erkannte, dass es ein Messer war, rammte er die Klinge in meinen Unterarm. Ich krächzte unter dem pulsierenden Brennen. Er zog das Messer aus meinem Fleisch und stach erneut zu. Das Blut befleckte seine Brust und formte Worte.
Dieselben Worte, die Ben in meinen Arm ritzte. Doch ich konnte nicht lesen. Ich schrie. Schrie, dass ich aufwachen wollte.

22

Doch das Pulsieren war nicht vergessen, als Nevya aufwachte.

Konnten Mahre die Menschen auch außerhalb ihrer Träume verfolgen?

Als sie sich zögerlich aufrichtete, war sie zwar allein im Loft, aber ihr Unterarm blutete tatsächlich. Realität vermischte sich mit Traumgespinsten. Sie war wach, das Blut war echt – und unter ihren Fingernägeln fand sie die blutroten Beweise.

In ihrem unruhigen Schlaf hatte sie ihren Unterarm genau an der Stelle blutig gekratzt, an der der Mahr seine Worte eingeritzt hatte.

Die Wunde war klebrig und brannte. Nevya stand auf, nur um zu straucheln und von blauen Silhouetten heimgesucht zu werden. Beinahe hatte sie vergessen, wie viel Nebel sie abbekommen hatte. Er wirkte erblindend. Orientierungslos wankte sie durch den weiten Raum und hoffte, irgendwie zur Küchenzeile zu gelangen. Nach ein paar Schritten löste sich ihre Blindheit auf und sie erkannte, dass sich in der Küche zahlreiche Gäste befanden.

Nevya duckte sich erschrocken. Warum standen all diese Menschen plötzlich hier? Realität und Traum mussten sich vermischt haben. Sie ignorierte die Gestalten und wankte bis zum Waschbecken. Das kalte Wasser kühlte ihre Handgelenke. Nachdem sie den Hahn wieder abgestellt hatte, quoll kein Blut mehr aus der Wunde und so konnte sie die Kratzer begutachten.

Wenn ihre Wahrnehmung sie nicht täuschte, waren sie zu einem Muster angeordnet. Hatte sie sich nur zufällig solch gleichmäßige Kerben in die Haut geritzt oder hatte es irgendeine Bedeutung? Sie versuchte, Buchstaben in ihren Wunden zu lesen, doch es schien nur ein einfaches Gittermuster zu sein.

Allmählich drehte sich der ganze Raum und mit ihm die tanzenden Halluzinationen, die irgendwo zwischen Realität und Traum hingen und laut sangen.

»Könntet ihr bitte still sein?«, brüllte Nevya, öffnete eine Schublade und nahm einen Löffel heraus.

Er flog quer durch den Raum und traf keinen der Menschen, als würde er einfach durch sie hindurchfallen. Sie warf noch mehr Besteck nach ihnen und immer flog es in einer geraden Linie, ohne irgendwen zu treffen. Die Tür sprang auf. Vermutlich nur ein weiteres Fragment ihrer Vorstellungskraft, also warf sie weiterhin mit Besteck um sich, um sich zu beweisen, dass die Gäste echt waren und dass sie selbst echt war.

»Vy! Verdammt!« Eines der Traumbilder schien ihren Namen zu kennen. Wie erfrischend. Eine weitere Silhouette, die durch die offene Tür kam, verschwand in der Sphärenkammer, fluchte irgendetwas und kam wieder zurück. Dann sprach sie zu dem Traumbild, das ihren Namen kannte.

»Sie hat eine Überdosis.« Das Wort kam Nevya bekannt vor. Mittlerweile hatte sie damit begonnen, die beiden neuen Gestalten zu bewerfen, doch das Besteck prallte an ihnen ab und sie machten komische Geräusche.

Wasser schwappte in Nevyas Gesicht und sie schrie auf. Die feuchte Ohrfeige weckte sie und all die erdachten nebligen Silhouetten verschwanden, bis auf Zed und Cee.

»Erinnerst du dich an die Fabrik«, begann Nevya zu erzählen, »in der wir an Halloween waren?«

Verwirrt sah Zed sie an. Ihre Augen waren dunkel umrandet, hingen schwer in ihrem Gesicht und alles an ihr wirkte verschoben. Sie sah aus, als hätte sie ihre Zähne fletschen wollen und auf halbem Wege aufgegeben. Falten zerfurchten ihre Stirn und zogen ihre Brauen zusammen. Nevya konnte den Ausdruck nicht deuten. Sie konnte nicht erahnen, was in Zed vor sich ging – das konnte sie nie.

In San Diego hatte Nevya nur einen spärlichen Einblick in Zeds Inneres erhalten und in die Mühe, mit der sie sich und ihre Komplizen über Wasser hielt. Dann hatte Zed sie als verwöhnte Göre beschimpft.

Und nun standen sie einander stumm gegenüber, während Cee sich mit bedrückter Miene abseitshielt.

Und Nevya? Sie versuchte zu begreifen, was Declans Abwesenheit bedeutete, was sie bedeuten würde, und musste sich eingestehen, dass sie die Situation nicht einordnen konnte.

Seit sie von dem Phönix geträumt hatte, war alles verschwommen, verzerrt. Benebelt. Nevya erinnerte sich noch genau an das Elend, das sie gefühlt hatte, als sie von Declans Tod erfahren hatte, und nun – nun fühlte sie gar nichts. Die Serenen hatten alles überdeckt. Es war besser so.

»Wie ich sehe, hast du dich bereits um seinen Nachlass gekümmert.« Zed wedelte mit ihrer Hand vor Nevyas Gesicht herum.

Unbeteiligt zuckte Nevya die Schultern. Sie hätte aufgewühlt sein sollen, sie hätte wütend sein sollen, sie hätte weinen sollen, doch ihre Unbekümmertheit war aufrichtig und die innere Stimme, die ihr ins Gedächtnis rufen wollte, wie falsch ihr Verhalten war, war viel zu leise, um sie zu erreichen.

»Wir sollten keine Zeit verlieren.« Ruckartig wandte Zed sich ab und ließ ihre Taschen auf den Boden fallen. Dann eilte sie durch das Loft, riss Schränke auf, verstaute Gegenstände, schob

Gegenstände umher. Nevya wollte schreien, denn jedes Geräusch hallte in ihrem nebligen Kopf nach und klang wie Fingernägel auf einer Schiefertafel.

»Wir müssen die Kugeln zu Q-Lee bringen und dann müssen wir …«

Nevya wandte sich zu Cee um.

»Ihr habt ihm die Sonore noch nicht gebracht?«

Cees Blick war finster, während er den Kopf schüttelte. Mit erhobener Augenbraue sah sie ihm dabei zu. Es war ihr nicht möglich, ihre Komplizen zu analysieren. Ihr Kopf war ein einziges Durcheinander.

»Und jetzt wollt ihr so tun, als wäre er nie da gewesen?«, entfuhr es Nevya. Sie hielt sich den Mund zu, aber die Worte waren bereits gefallen.

Cee reagierte überhaupt nicht. Doch Zed ließ irgendein Glas fallen und fluchte. Sie raufte sich die Haare mit verzerrtem Gesicht. Zerstreut drehte sie sich im Kreis – es war unerträglich mitanzusehen. Mit beiden Armen stützte sie sich auf der Rückenlehne eines Ohrensessels ab und drehte Nevya den Rücken zu. Nevya konnte beobachten, wie sich ihr Oberkörper auf und ab bewegte, während sie schnaufte.

Noch nie hatte Zeds Kopf so tief gehangen. Noch nie hatten ihre Haare wie ein Vorhang vor ihrem Gesicht gewirkt.

»Was willst du von mir?« Entgegen aller Erwartungen war Zeds Stimme ruhig – vielleicht eine Terz tiefer als sonst, weil sie so darauf bedacht war, die Fassung zu bewahren?

Zed ließ die Schultern kreisen, bis sie wieder aufrecht stand. Nevya vermutete, dass Zed ihre Mimik zunächst unter Kontrolle bringen wollte, bevor sie ihren Komplizen begegnen konnte. Und tatsächlich waren ihre kantigen Züge vereist, als sie sich umdrehte.

»Soll ich ein Abschiedslied anstimmen? Soll ich davon singen, wie er der Erste war, dem ich in dieser verdammten Stadt begegnet bin? Der Erste, dem ich vertrauen konnte? Verflucht.« Zed brüllte und schlug den Ohrensessel mit der flachen Hand.

»Das hat jetzt keine Bedeutung mehr«, keuchte sie. »Ich habe einen Auftrag und ich führe ihn aus. Wir …« Sie knetete ihre Nasenwurzel und murmelte in ihre Handfläche. »*Wir* führen ihn aus.«

»Du kommst also gar nicht aus Great Shell?« Nevya wusste nicht, warum sie ausgerechnet die unwichtigste aller Fragen stellte.

»Ich bin in Bervride aufgewachsen – südlich von Great Shell.« Zed ließ von ihrer Nasenwurzel ab.

Nevya hob den Kopf, während sie versuchte, die Information zu speichern.

»Alles nicht mehr wichtig«, fügte Zed schließlich noch tonlos hinzu. Aber auch wenn der Nebel Nevyas Bewusstsein lähmte, sah sie doch deutlich, wie sehr Zed litt. Behutsam hob Nevya ihre Hand und machte einen langsamen Schritt nach vorne, als wollte sie ein buckelndes Pferd beruhigen.

»Bist du sicher?«

»Es gibt so viel zu tun.« Zed wurde wieder unruhiger.

»Zed, gib es zu.«

»Ich muss bei der Polizei aussagen, sie müssen Cave finden. Es muss eine … es muss eine Beerdigung geben.« Sie schnaubte nervös.

»Zed, er war dein Freund.«

»Wenn wir nicht umgehend …«

»Erzähl mir von ihm.«

»Sei still!« Zed krallte sich in die Lehne des Ohrensessels und riss ihn um. Mit lautem Poltern landete er auf dem Parkett. Weder Nevya noch Cee regten sich. Nichts war zu hören, bis auf den singenden Rausch in Nevyas Ohr. Noch immer war ihre rechte Hand ausgestreckt und verharrte in der Luft. Nevya brauchte zwei Schritte, um Zed zu erreichen und die Hand auf ihre Schulter zu legen. Sie brauchte jegliche Kraft, die sie besaß, um Zed in eine Umarmung zu ziehen. Zed war zu einer Salzsäule erstarrt und machte keine Anstalten, die Umarmung zu erwidern – doch sie wehrte sich nicht. Kurz verstärkte Nevya den Druck, dann ließ sie los.

Zeds Augen glänzten von ihren Tränen. Ihr Kinn zuckte, während sie sich Mühe gab, Nevyas Blick auszuweichen. Zed holte Luft, wandte sich wortlos ab und hob den Sessel wieder auf, dann ließ sie sich darauf nieder. Sie sah älter aus als Anfang zwanzig. Sie sah aus, als hätte sie schon genug durchgemacht, um ein ganzes Leben zu füllen.

»Als ich ihn kennengelernt habe, war ich ganz neu in der Stadt.«

Nevya folgte dem Drang, sich ihr zu Füßen zu setzen, um aufmerksam zuzuhören.

»Gerade sechzehn, gerade vor meinem Vater geflüchtet. Außer etwas Geld hatte ich nichts bei mir.«

Wie von einem Geistesblitz getroffen stand Zed auf und kramte in der Küche nach einer Flasche klaren Alkohols. Sie nippte daran und knurrte, dann setzte sie sich wieder.

»Declan saß auf der Straße und bettelte, also schmiss ich ihm ein paar Münzen hin und ging weiter. Und dann verspielte ich mein ganzes Geld im nächsten Casino. Ich hatte keine Unterkunft, keinen Job, kein Geld. Geld war das Erste, das ich in Great Shell verlor. Kurz darauf meine Naivität.«

Zed reichte Nevya die Flasche, doch ihr war ganz und gar nicht nach Alkohol zumute.

»Verrückt, wie ich war, bin ich zurückgerannt und hab meine Münzen aus Declans Schale genommen. Er wollte wissen, was das solle.«

Zed entfuhr ein freudloses Schnauben. »Es ging hin und her. Er hatte kein Geld, ich hatte kein Geld. Die Münzen gehörten mir, sie gehörten ihm. Und dann fing ich an zu weinen und er hat mich einfach in den Arm genommen und gesagt, ich solle die paar Cents behalten und in etwas Sinnvolles investieren. Tja.«

Nevya und Cee schwiegen. Declans Abwesenheit war so deutlich und so endgültig, dass es ihr die Nackenhaare aufstellte.

»Und?«, sagte Nevya.

Zed sah sie skeptisch an – so kalt, wie sie es von Zed gewohnt war.

»Was hast du mit dem Geld gemacht?«, wollte Nevya wissen.

»Mit den paar Münzen ließ sich nicht viel anfangen. Ich hab sie in die alte Jukebox geschmissen, die früher im Spectrum stand. Joe gefiel der Song, deshalb hat er mich angequatscht. Von da an hab ich im Spectrum gearbeitet – bis Cee kam.«

Nevya sah dem Hünen zu, der noch immer keine Anstalten machte, sich zu setzen oder irgendeine Gefühlsregung preiszugeben. Immer wieder verlagerte er sein Gewicht von einem Bein auf das andere.

»Ich hab ihn von der Straße geholt, als ich genug Geld hatte.« Zed schien zu sich selbst zu sprechen. Eine glänzende Tränenwand baute sich in ihren Augen auf. Konzentriert knabberte sie auf ihrer Unterlippe.

»Bitte«, sagte Nevya nach kurzer Stille zu Cee, »leg das Lied auf.«

Cee blickte zu Zed, die abwehrend den Kopf schüttelte.

»Komm schon«, sagte Nevya und gab sich Mühe, aufmunternd zu klingen. »Ich kenne das Lied nicht. Ich möchte mir die Geschichte besser vorstellen können.« Zed kaute zwar unsicher auf ihrer Unterlippe, gab Cee allerdings mit einem Kopfnicken die Erlaubnis. Ein unerwarteter Bossa-nova-Rhythmus erfüllte die Lautsprecher. Für eine Weile hörten sie Jim Morrisons Gesang aufmerksam zu.

»Q-Lee wartet«, sagte Cee trocken. »Wir sollten die Sphären so schnell wie möglich bei ihm abladen.«

»Den Teufel werde ich tun.«

Zeds ungewohnte Ausdrucksweise brachte Nevya zum Schlottern. Eben noch saß Zed zusammengesunken auf ihrem Sessel, doch nun war die Raubkatze erwacht. Elegant richtete sie sich auf.

»Du hast die Kugeln verloren«, bestimmte Zed. »So ein Ärger.«

Nevya meinte, ein stolzes Lächeln über Cees Gesicht huschen zu sehen. Mit einem Kopfnicken versprach er Zed, mitzuspielen.

»Erinnerst du dich an unser altes Sphärenversteck im Spectrum?«

»Die Bodendielen hinter der Theke.«

Mit einer halben Verbeugung machte Cee sich an die Arbeit und ließ Zed und Nevya allein. Im Schneidersitz saß Nevya ihrem Boss noch immer zu Füßen, während diese sich zurücklehnte und die schlanken Beine übereinanderschlug. Allmählich verklangen Cees Schritte.

»Ich lasse nicht zu, dass er umsonst gestorben ist«, murmelte Zed leise.

Während sie der Musik lauschten, kam Nevya eine Idee. Vielleicht sollten sie Declans Namen auf seinem Grabstein großschreiben.

23

Der Weg zur Schule gestaltete sich holpriger als früher.

Er erinnerte Nevya an vergangene Zeiten, in denen sie so versunken in ihre Tagträume gewesen war, dass sie ihre Schritte kaum wahrgenommen hatte.

Doch an diesem Tag war sie so konzentriert wie nur möglich und dennoch trommelten blaue Silhouetten in ihren Augenwinkeln, als würde sie von einer Parade begleitet, die stets versuchte, ihre Aufmerksamkeit auf sich zu ziehen. Nevya durfte sich nicht gehen lassen, sonst würde sie am Ende noch vor ein fahrendes Auto laufen.

Welchen Sinn hatte es, an diesem Tag zur Schule zu gehen, wenn alle vernünftigen Gedanken von einem Strudel aus Nebel verschlungen wurden? Welchen Sinn hatte überhaupt irgendetwas? Minutenlang hörte sie nicht auf, sich diese Fragen zu stellen. Und setzte ihren Weg letztlich dennoch fort.

Mister Olson hatte den Saal mit den schweren Vorhängen abgedunkelt. Über den Beamer, in dessen Strahl der Staub tanzte, zeigte er irgendeinen Film. Als Nevya eintrat und das Licht des Flurs auf ihre Mitschüler fiel, bewegten sich deren Köpfe in ihre Richtung. Einzig Ryan sah nicht auf – er schien auf seinen Unterarmen eingedöst zu sein.

Mister Olson sah Nevya streng an, unterbrach den Lehrfilm aber nicht, um sie zu tadeln. Sie bewegte nur die Lippen, um sich zu entschuldigen, und setzte sich neben Ryan.

Ruckartig fuhr er aus dem Schlaf und blinzelte sie müde an. Als er sie erkannte, lächelte er. Zwischen den Düften des Nebels nahm Nevya einen Hauch seines Parfums wahr.

»Was hast du ihnen erzählt, wo ich in den letzten Tagen war?«, fragte Nevya neugierig.

Ryan rieb sich den Sand aus den Augen wie ein müdes Kätzchen und gähnte.

»Dass ich selbst ganz besorgt bin und mit deinen Eltern reden werde.«

»Großartig«, entfuhr es Nevya, woraufhin Mister Olson grummelte, »jetzt denkt er, dass etwas mit mir nicht stimmt.«

Amüsiert stützte sie ihren Ellbogen auf den Tisch und legte den Kopf in ihre Handfläche.

»Quatsch.« Ryan streckte sich und machte ächzende Geräusche. »Das ist dem doch egal. Außerdem war es ein Scherz. Ich habe ihnen gesagt, dass du krank bist.«

Für eine Weile sahen Nevya und Ryan den Bildern auf der Wand zu. Nevya verstand nicht, worum es in dem Film ging. Sie sah nur verzerrte Gesichter – Zed und Declan und Ben Collins. Manchmal sah sie Cee mit seinen grimmigen Zügen. Auch nachdem sie sich kräftig die Augen gerieben hatte, waren die Hirngespinste nicht vertrieben. Und der Trommler, der ständig aus ihrem Blickfeld huschte, wenn sie sich nach ihm umdrehte, und unentwegt auf ihr Trommelfell einprügelte, ließ sich ebenfalls nicht verscheuchen.

»Waren deine Eltern dabei? Bei deinem Ausflug?«, wollte Ryan wissen und klang im Vergleich zu Nevyas lebhaften Traumbildern seltsam monoton.

»Warum fragst du?«

»Weil sie nicht da waren, als ich mit ihnen sprechen wollte.«

Angst schlich sich in Nevyas Herz und wurde vom Nebel aufgefressen, bevor sie sich in Nevya ausbreiten konnte. Schon einmal, kurz nachdem ihr Traumlosigkeit diagnostiziert worden war, war er ungefragt bei ihr zu Hause aufgetaucht. Nevya hatte nicht vergessen, wie sehr die Vorstellung, ihn hereinzulassen, sie eingeschüchtert hatte.

»Dann war das, was du zu Mister Olson gesagt hast, kein Scherz?«

Ryan sah sie nun direkt an. Und obwohl Nevya nur vier Tage lang weg gewesen war, fiel ihr nun auf, dass sie das schmutzige Grün seiner Augen vermisst hatte.

»Ist es falsch, sich Sorgen zu machen?«

Das überforderte Nevya. Es war nicht falsch. Er machte nichts falsch. Unwillkürlich flüchtete sie vor ihren eigenen Gedanken und Gefühlen. Wo war der blaue Trommler? Auf der Leinwand sah sie Ben, der sie anwies, die Chroniken zu finden. Nevya wollte ihm zurufen, dass die Chroniken neben ihr saßen und sich Sorgen um sie machten, und sie öffnete den Mund, doch im letzten Moment erinnerte sie sich daran, dass sie sich in der Realität befand, und wenn sie durchs Klassenzimmer schrie, würde sie erst recht als Pflegefall gelten. Ryan hatte bemerkt, dass sie etwas sagen wollte, also nutzte sie die Luft, die sie bereits in ihre Lunge gesogen hatte. »Meine Eltern sind selten zu Hause, sie arbeiten viel. Selbst wenn du sie angetroffen hättest, hätten sie dir nicht weiterhelfen können. Wir reden nicht viel miteinander.«

»Okay.«

Nevya war Ryan dankbar, dass er nicht weiter nachfragte. Sie hätte keine Antworten gehabt, denn sie wusste nicht, warum ihre Eltern so waren. Nevya lebte in ihrer Traumwelt und ihre Eltern lebten für die Arbeit. So war es schon immer gewesen.

Das Bild von Ben Collins wurde immer deutlicher, sein Gesicht bewegte sich aus der Wand heraus. Es schwoll an, nahm an Masse zu, bis es direkt vor ihren Augen zu schweben schien. Nevya wurde kalt, denn er wiederholte die Worte so lange, bis sie sie einfach nach außen tragen musste, in der Hoffnung, die Halluzinationen loszuwerden.

»Du hast mir nicht alles über *Die Chroniken der Alben* erzählt.«

Wie gebannt schaute Ryan dem Film zu, als wäre ihm plötzlich eingefallen, dass er wahres Interesse daran hegte.

»Das würde eine ganze Weile dauern – das Buch ist ziemlich dick.«

Selbst umgeben von Nebel konnte sie sehen, dass er sich nur unbeteiligt stellte. Zu oft zuckten seine Pupillen in ihre Richtung.

»Gib mir eine Zusammenfassung.«

»Hale. Manzano.« Mister Olson stoppte den Film. »Wollt ihr im Büro des Rektors darüber reden?«

Ihre Mitschüler drehten sich zu ihnen um.

Mister Olson drohte gern mit dem Rektor. In ihrer gesamten Zeit auf der Highschool hatte Nevya es noch kein einziges Mal erlebt, dass er seine Drohung wahr machte.

»Sorry«, raunte Ryan mit schludriger Aussprache. Die Menge sah wieder nach vorne. »Zusammenfassung«, flüsterte Ryan spöttisch, »du machst es dir gerne leicht, was?«

Nevya hasste es, wenn er Schlüsse zog – wenn er sie analysierte. Sie schnaubte.

»Versuch es doch wenigstens.«

Um das Nebelrauschen zu übertönen, musste sie laut sprechen.

»Okay, das reicht.« Dieses Mal stoppte Mister Olson den Film nicht. »Was auch immer spannender sein sollte als Fermentation, diskutiert draußen darüber.« Mit einer genervten Geste bat er Nevya und Ryan, sich aus dem Klassenzimmer zu entfernen. Ryan ließ sich das nicht zwei Mal sagen.

Als er an Mister Olson vorbeiging, sagte er lässig: »Ich wollte Miss Hale nur auf den neuesten Stand bringen.« Statt sich seiner Lüge zu schämen, grinste er fröhlich und verließ das Klassenzimmer. Nevya legte eine Hand vor den Mund, um ihr Grinsen zu kaschieren. Dieser leise Hauch, mit dem er ihren Nachnamen aussprach, bereitete ihr Freude.

Gut gelaunt schlug Ryan einen Spaziergang durch den Wissenschaftsflügel vor, ohne zu bemerken, wie wackelig Nevya auf den Beinen war. Aber wenn sie dicht bei ihm blieb, dann war es, als hievte sein Körper ihren Geist aus den Nebeln, damit sie Luft holen konnte. Er schien aus purer Wärme zu bestehen – Nevya spürte sie deutlich auf ihrer Schulter.

»Was willst du wissen?«, fragte er und begutachtete die Abbildungen der Meeressaurier an den Wänden. Die ganze Highschool orientierte sich an der Meeresmotivik. Vom Maskottchen bis zur Dekoration.

»Es gäbe da die Mondkindtheorie, den Beifuß, die vielen Märchen, die Gesandten …«

Nevya horchte auf.

»Die Gesandten?«

Als hätte er gewusst, welches Schlagwort ihre Aufmerksamkeit auf sich ziehen würde, grinste er.

»Leute, die sich dafür verantwortlich fühlen, das Erbe der Alben zu beschützen.«

Sanft spreizte Ryan seinen Ellbogen von seiner Seite ab.

»Oh.« Nevya dachte nicht nach, als sie sich unterhakte und sich aus den Fluten des Nebels rettete. Beruhigt und mit klarer Stimme fragte sie: »Leute wie du?«

Er beugte sich zu ihr vor. »Und du.«

Wie von einer Harpune getroffen sah sie zu Boden.

Beschützen? Von wegen. Sie und ihre Komplizen verpackten das Erbe in Sphären und verkauften es.

Finde deine Bestimmung, hatte Ben Collins ihr an Halloween zugeflüstert. Er musste dieses Erbe meinen – er musste sie als

Gesandte betrachten. In Nevyas nebligem Kopf verknüpften sich Gedanken. Hatte er nicht gesagt, sie könnten gemeinsam Gutes tun?

Aber nun hatte sie Zed auf ihrer Seite – es würde in die richtige Richtung gehen, dank Declan. Ein Stich fuhr durch Nevyas Brust. In ihrem Hals breitete sich ein Kratzen aus. Schnell ließ sie Ryans Arm los und ging ein paar Schritte rückwärts, schüttelte den Kopf und scherte sich nicht darum, was Ryan davon hielt.

Nein. Jetzt nicht. Jetzt konnte sie sich nicht mit diesem Gefühl auseinandersetzen. Sie würde alles tun, um den blauen Trommler aus dem Nebel wieder anzulocken. Tatsächlich stimmte er schon bald einen neuen Takt an.

Ryan hatte die Arme verschränkt und sah ihr aufmerksam dabei zu, wie sie sich schüttelte, als hätte der kalte Novemberwind sie erfasst – er schien mehr belustigt als besorgt zu sein.

»Meinst du, Mister Olson lässt uns wieder rein?«, fragte er, als wäre nichts geschehen, und lehnte sich mit verschränkten Armen an die Wand des Flurs.

»Willst du denn wieder rein?« Nevya genoss den Wirbelsturm des Nebels, der ihre Gefühle überdeckt hatte.

»Unbedingt.« Ryans Kopf wippte leicht, während er Nevyas Bewegungen verfolgte. Er stieß sich mit einem Ruck von der Wand ab und schlang seine Arme um ihre Taille. »Fermentation ist meine heimliche Leidenschaft.«

Erschrocken hielt Nevya inne und spürte dem Gefühl seiner Finger nach. In einer geschmeidigen Bewegung fuhren ihre Handflächen über seine Brust bis zu seinen Schultern und ihre Lippen trafen auf seine.

Ryan löste sich und lächelte mild.

»Ist dir das nicht zu öffentlich?«

»Doch«, gab Nevya atemlos zu. »Lass uns verschwinden.«

24

»Erzähl mir etwas.«

»Was?«

Kaum hatten sie die letzte Stufe vor dem Schulgebäude hinter sich gelassen, rutschten die Worte aus Nevyas Mund. Sie verlor sich langsam wieder im Strudel aus Nebel und lauernder Trauer und wusste sich nur an Ryans Stimme festzuhalten.

»Erzähl mir …«

»Von den Alben?«

Nevya hakte sich wieder bei Ryan unter. »Dieses Mal nicht«, hauchte sie müde, während sie den Weg zu Ryans Keller antraten, der am Footballfeld vorbeiführte. Nevya fiel nur eine Frage ein. Die, die sie sich schon in der Bibliothek gestellt hatte: Welche Albträume quälten Ryan? »Erzähl mir irgendetwas.«

Auf dem Footballfeld tummelten sich zahlreiche Schüler, sodass sämtliche Aufsichtspersonen die beiden Flüchtenden neben turnenden Cheerleadern und rennenden Spielern übersehen mussten.

Ryan ließ sie los und ging plötzlich an ihr vorbei. Es sah ihm nicht ähnlich, nicht auf ihre Bitte einzugehen.

Nevya folgte Ryans Blick. Über das Footballfeld tanzte seine Ex-Freundin und zog seine ganze Aufmerksamkeit auf sich. Auch Nevya war wie gebannt von den geschmeidigen Bewegungen der Blondine. In anmutiger Gleichförmigkeit tanzte Lauren neben ihr – der letzte Mensch, den Nevya ihre Freundin genannt hatte. Unwillkürlich drückte sie sich dichter an Ryan und er wandte sich wieder ihr zu.

»Vorhin, als ich meinte, dass deine Eltern nicht zu Hause waren …« Er zögerte und hielt die Stimme gesenkt. »Na ja, ich wollte dir damit nicht zu nahe treten.«

Sie liefen ein paar Schritte, bis sie hinter einer dichten Hecke aus Immergrün standen, die die beiden vom Schulgelände abschottete. Er nahm Nevyas Hand.

»Die Zeit in Prawnhill hat mich verändert«, gab er zu. »Und die Albträume haben mich zerstört. Ich hatte niemanden mehr, als ich meine Freunde dort zurückgelassen habe. Allison hat mich ins Leben zurückgeholt und ich …«

»Du dachtest, du könntest dasselbe für mich tun?« Nevya konnte nicht einschätzen, ob sie anklagend oder emotionslos klang, die Worte flossen einfach aus ihr heraus. »Es geht mir gut«, behauptete Nevya und spürte ein Ziepen in ihrer Brust.

Ryan blinzelte ratlos. Der Griff seiner warmen Finger wurde leichter.

»Entschuldige.« Er ließ sie los und setzte seinen Weg fort.

Nevya blieb noch einen Moment stehen und spürte den kalten Novemberwind, der sie ohne den Schild, den Ryans Körper darstellte, auszukühlen drohte. Überwältigt von der plötzlichen Kälte, trippelte sie Ryan hinterher, folgte dem subtilen Duft seines Parfums, der sich im Wind verflüchtigte.

Wie schwer es Nevya doch fiel, ihre Balance zu halten. Nicht zu weit zu gehen und sich dennoch gehen zu lassen. Nevya konnte im Strudel des Nebels einzig ihrem Instinkt folgen. Also folgte sie Ryan, denn er tat ihr gut. Er zog sie mit seinen Geschichten aus dem Dunkel. Er half ihr – wie zuvor nur Nikolai.

»Was war der schlimmste Albtraum, den du je hattest?«

Ryan blieb stehen. Er hatte wie so oft die Hände in seinen Hosentaschen vergraben. Entsetzen lag in seinen Augen und auf seinen Lippen, die leicht geöffnet waren, als er sich langsam zu Nevya umdrehte.

»Ich habe«, begann er und wagte einen sachten Schritt nach hinten, als wollte er Nevya ausweichen. Er machte auf dem Absatz kehrt und bog an einer Abzweigung in den Weg ein, der sie zur U-Bahn-Haltestelle führte. Nevya war zu weit gegangen. Das war nicht zu übersehen, denn Ryan ging weitaus schneller als zuvor.

»Letzte Nacht habe ich von Allison geträumt.« Er klang plötzlich so fröhlich. »Der Mahr hat mich zusehen lassen, wie sie mich wieder und wieder betrügt.«

Allison war so ein aufgewecktes Mädchen, trug andauernd ein Lächeln auf den Lippen. Die Vorstellung, dass sie jemanden wie Ryan derart hintergangen hatte, war absurd.

»Wow«, brachte Nevya nur hervor und steuerte auf das große Schild zu, das sie zur U-Bahn lotste. »Was hast du gemacht?«

»Dasselbe wie immer.« Er klang müde. Das Letzte, was er sagte, bevor sie in die Bahn hüpften, war: »Ich bin aufgewacht.«

Während der Fahrt hing Nevya ihren Gedanken nach. Sie war ebenfalls aufgewacht. Als Nikolai getötet worden war, als Nikolai sie getötet hatte, als Nikolai sie erneut getötet hatte. Immerzu wachte sie auf – aus Träumen, aus Albträumen. Aber sie wollte nicht aufwachen. Sie wollte bei Nikolai bleiben und um ihre Träume kämpfen.

Das Ruckeln der Bahn ließ ihren Nebel umherschwappen. Während sie immer wieder hinein in die Traumwelt fiel und wieder hinausrollte, ging ihr Blick durchs Abteil – auf der Suche nach Nikolai. Doch sie fand nur Ryan neben sich und klammerte sich wieder an seinen Arm.

»Das ist mein Leben, weißt du?«, fuhr er unvermittelt fort, seine Stimme war ein Flüstern. »Prawnhill war ein Albtraum, aus dem ich aufgewacht bin. Meine Beziehung zu Allison wurde zu einem Albtraum, aus dem ich aufgewacht bin. Ich hatte viele Albträume und alle ließen sich nur auf diese eine Art lösen.«

Zwei Haltestellen – dann war der Tombaugh-Garten, neben dem Ryan wohnte, erreicht. Gemeinsam stiegen sie hinab in seinen Keller, begrüßten Ringo mit zartem Tätscheln und Ryan drückte einen Knopf auf einer Fernbedienung, um Musik abzuspielen. Heute war es nicht Hendrix, sondern George Harrison, der ein Lied über die Sonne sang.

Als Nevya sich auf das Sofa fallen ließ, seufzte sie, als hätte sie einen langen Arbeitstag hinter sich. Ryan sah ihr grinsend zu. Er schien ganz genau zu wissen, wie sein Keller auf sie wirkte. Die Musik, die aus allen Richtungen blies. Das Schnurren der Katze. Die Wärme. Diese wohlige Wärme.

»Was ist, wenn ich nicht aus meinen Albträumen aufwachen will?«, hauchte Nevya, »wenn ich kämpfen möchte?«

Ryan schnappte seinen Kater und hielt ihn Nevya vor die Nase. Ein ersticktes Maunzen drang aus seiner Kehle. Lächelnd schloss Nevya Ringo in ihre Arme.

»Würdest du gegen einen Löwen kämpfen?«, fragte Ryan.

Nevya beäugte die schwarzen Pfoten mit den versteckten Krallen.

»Wenn ich Krallen hätte …«, überlegte sie laut.

Ryan lachte, übertönte die vollen Gitarrenklänge. Seine Haare wippten, während er sich ihr kopfschüttelnd näherte. Als er sich setzte, hüpfte Ringo sogleich aus Nevyas Armen auf seinen Schoß.

»Manchmal bist du …« Er sah seinen Kater an, während er laut überlegte.

»Manchmal bin ich *was?*«, unterbrach Nevya ihn. Wenn ihr eins gegen Strich ging, dann, wenn man ihr vorhielt, wer sie war, als wüsste sie es selbst nicht. »Was sind *Mädchen wie ich* deiner Meinung nach manchmal?«

Ryan behielt sein Grinsen bei und neigte sich zu ihr. Nevya schreckte nicht mehr zurück, fuhr stattdessen mit den Fingern in sein Haar, woraufhin er den Kopf leicht schief legte. Sie spürte seinen Atem auf ihrer Nase und schloss die Augen. Sein Kuss war ebenso weich wie die Musik. Er löste sich mit einem Seufzen und sagte: »Ein bisschen zu verträumt.«

Gespielt beleidigt rollte sie die Augen. Konnte sie zu verträumt sein? Es war schwer, aus Träumen aufzuwachen und der Realität zu begegnen. Besonders für Nevya, schließlich herrschte sie über ihre Träume – es war ihre Aufgabe, die Kontrolle zu bewahren. Sie wollte es ihm zeigen.

Ringo zappelte und löste sich aus Ryans Griff. Feixend richtete Nevya sich auf. Während Ryan bequem zusammengesackt auf seiner Couch saß, überragte sie ihn nun anmutig.

»Weißt du, Manzano, vielleicht kannst du von mir auch etwas lernen.«

Er riss die Augen auf, sein Grinsen wurde breiter, schob sich bis hinter seine Eckzähne.

Nevya legte die Hände auf seine Brust, während sie sich auf seinen Schoß schob.

Schnaufend befahl sie: »Fahr die Krallen aus und kämpf um deine Träume.«

Etwas blitzte in seinen Augen wie Lichtreflexe auf. Als hätte sich ein Schalter umgelegt. Dann zog er sie nahe zu sich und sie verlor sich wie so oft in seinem warmen Kuss.

Nevyas Traumtagebuch
12.11.

Für andere Menschen ist es normal, keine Kontrolle zu haben. Aber wie kann es sein, dass es ihnen nicht einmal bewusst ist, wenn sie träumen? Dass sie den Traum für die Realität halten, bis sie aus dem Schlaf hochschrecken? Das ist zutiefst beängstigend. Und doch ist es mir heute Nacht zum ersten Mal passiert.
Ich unterhielt mich mit Ryan. Irgendwie hatten wir uns stumm darauf geeinigt, die Nacht zusammen zu verbringen. Zumindest ging ich einfach nicht nach Hause und er bat mich auch nicht darum.
Ryan schoss Fotos. Mit einer Polaroidkamera, deren Blitz das ganze Zimmer erleuchtete. Er fotografierte Ringo, seine Instrumente und selbst die Decke.
»Ist es nicht lustig«, sagte er dann, »wie verzerrt die Realität auf Fotos aussieht?«
Er lachte und lachte, obwohl die Fotos nur sein Zimmer zeigten. Ich sah sie mir genau an, aber außer Möbeln und einer Katze konnte ich nichts erkennen. Zumindest verstand ich nicht, was Ryan an ihnen so lustig fand.
Bevor er ein Foto von mir schoss, fragte er mich um Erlaubnis und ich drapierte mich entsprechend. Ich achtete sogar darauf, dass meine Segelohren hinter meinen Haaren versteckt waren. Der Blitz blendete mich.
Ryan wedelte mit dem Foto, bis es entwickelt war, dann drückte er es mir in die Hand. Ich erschrak.
Auf meinem Körper steckte der Kopf einer Schlange.
»Sehe ich wirklich so aus?«, fragte ich schockiert und gab Ryan das Bild zurück. Er nahm es unter die Lupe. Auch er sah überrascht aus, dann lachte er abermals.
»Die Kamera hat dich wirklich gut getroffen.«
»Versuch es noch mal«, verlangte ich beleidigt.

Ryan schoss ein weiteres Foto. Der Blitz blendete wieder. Und plötzlich war ich umgeben von Dunkelheit. Ryan war fort, Ringo war fort, der Keller war fort. Instinktiv wusste ich, dass ich feststeckte. Dass ich im Polaroid gefangen war. Dann hörte ich Ryans Stimme: »Es ist zu deinem Besten, Nevya. Ich will dich nur vor dir selbst beschützen.«

Ich schrie. Flehte, er möge mich freilassen.

Aber etwas zerriss den Albtraum und nun war es das Licht der Sonne, das mich blendete – und als ich ihre Wärme auf meiner Haut spürte, wurde mir klar, dass ich träumte. Dass ich nicht in einem Foto feststeckte, sondern mich in meiner Pagode befand, deren Einrichtung mit Staub überzogen war.

Nikolai stand in der Tür zum Balkon, hustete und wirbelte den Staub umher, der daraufhin im Licht tanzte. In dem Licht, das er selbst ausstrahlte und mit dem er den Mahr verscheucht haben musste. Begeistert beobachtete ich, wie hell er im Dunkel der Pagode strahlte.

Ich hatte keine Kontrolle mehr über ihn. Und trotzdem hatte er mich gerettet. Ich hechtete zu ihm, griff seinen Nacken, drückte meine Stirn an seine, wie ich sie an die Sphären gedrückt hatte. Ich ließ seine Energie auf mich wirken. Ich konnte ihn nicht mehr erreichen und doch war ich ihm so nahe wie noch nie. Ein merkwürdiges Gefühl, als wäre er gar nicht ich, als wäre er fremd, als hätte er tatsächlich eine eigene Persönlichkeit.

Vielleicht wirkt er so, weil ich mir selbst so fremd bin.

Ich senkte meinen Kopf etwas und er küsste meine Stirn, umschlang meine Schultern und bettete meinen Kopf auf seinen.

Ich spürte seine Wärme auf meiner Haut und es war nicht genug, also drückte ich meine Lippen auf seine.

Ich nutzte meine Hände, spürte sogar seinen Herzschlag mit meinen Fingerspitzen. Irgendwo unter dem weichen Stoff seines schwarzen Hemdes pulsierte es aufgeregt.

Er löste sich von meinen Lippen und blickte mich sehnsüchtig an. Seine sonst so braune Iris war blass geworden, grau wie das Watt.
»Wach auf, Nevya.«
»Wieso jetzt?«, fragte ich. »Die Pagode gehört wieder uns.«
»Ich kann nicht länger bleiben. Du kannst nicht länger bleiben. Du könntest deinen Verstand verlieren.« Seine Stimme bröckelte ebenso wie er, also hielt ich ihn fest, versuchte, ihn zusammenzuhalten, während er wie Sand durch meine Finger rann.
Ich will nicht aufwachen, ich will nicht aufwachen. *Angestrengt kniff ich meine Augen zusammen und murmelte immer wieder die gleichen Worte.*
Doch es war zwecklos. Nikolai zerfiel zu Staub und riss mich mit, bis ich meine geschlossenen Augenlider spürte – und aufwachte.

* * *

Nevyas Hand brannte, als sie den Eintrag beendete. Kaum hatte sie ihren Stift beiseitegelegt, vibrierte ihr Handy. Ein Anruf von Zed. Leise schlich Nevya in Ryans Badezimmer, um ihn nicht zu wecken. Cee und sie luden Nevya zum Abendessen auf den Mackinaw Boulevard ein. Es war noch über eine Woche hin. Eine Zwangspause, verordnet von Zed, während der sie sich dem Trauern widmen sollte. Eine mickrige Woche.

Müdigkeit und Nebel kämpften einen erbitterten Kampf in ihrem Kopf. Sie ging wieder in Ryans Zimmer. Er schlief tief und fest. Den ganzen Tag hatten sie miteinander verbracht. Den ganzen Tag und die ganze Nacht.

Es war nichts geschehen – sie konnte es nicht geschehen lassen. Sie konnte ihn nicht so nahe an sich heranlassen wie Nikolai, das war unmöglich. Unter dem Einfluss des Nebels war einiges möglich, aber diese Grenze wagte sie nicht zu überschreiten. Der Nebelsturm wischte das Gespräch mit Zed beinahe beiseite, also öffnete sie ihr Traumtagebuch erneut, um es festzuhalten:

Restaurant Dionysos
Mackinaw Boulevard
Mittwoch, 19 Uhr
Besprechung Traumgeschäft

Nevya las die letzten beiden Worte mehrfach. Wie konnte dieses grausame Gewerbe mit Träumen in ihrer Handschrift, schwarz auf weiß, so harmlos wirken? Lag es an ihr? War sie schon so abgestumpft? Müde setzte sie eine Nachricht an sich selbst darunter: *Du musst weitermachen. Für Declan.*

25

»Wir sind uns doch einig, dass es Zeit wird, Q-Lee loszuwerden.«

Cee sprach für alle, denn Nevya und Zed brachten nicht viele Worte über die Lippen.

Nevya war zu zerstreut von ihren Albträumen. Sie hatte täglich darauf gewartet, dass ihr der Nebel ausging. Doch bereits am dritten Tag hatte sie akzeptiert, dass sie für immer in dieser Spirale aus Rausch und Albtraum hängen würde. Danach war die Woche wie ein Film an ihr vorbeigezogen. Sie hatte funktioniert – nach außen hin. Aber es war, als würde sie sich nur dabei zusehen, wie sie sich normal zu benehmen versuchte. Die Nächte waren erfüllt von Angst, Ohnmacht und der gelegentlichen Rettung durch Nikolai. Und doch war es leichter, in dieser Trance zu leben, als sich ohne den Nebel Declans Tod zu stellen. Wenn sie gewusst hätte, wie machtlos sie sich fühlen würde, wenn sie wieder träumen durfte, dann …

Was dann? Was hätte sie anders gemacht? Nevya schob den Gedanken wieder und wieder beiseite, als sie fast zwei Wochen später mit Zed und Cee auf dem Mackinaw Boulevard war und noch immer im Nebel umherirrte. Stattdessen konzentrierte sie sich auf Lappalien. Etwa dass sie dringend mal wieder ihre Haare färben musste. Dass sie ihr Traumtagebuch bei Ryan vergessen hatte.

Cee hatte Nevya bereits erzählt, dass er Q-Lee gegenüber

behauptet hatte, die Sphären wieder an die Cis verloren zu haben.

Der Kellner brachte ihre überteuerten Speisen. Jedes Restaurant auf dem Mackinaw Boulevard war teuer. Warum Cee sie ausgerechnet hierher eingeladen hatte, wusste sie nicht. Sie konnte nicht einmal die Karte lesen, selbst wenn sie nicht berauscht gewesen wäre, denn sie sprach kein Griechisch.

Nevya fühlte sich zynisch und sie gefiel sich selbst nicht, also hielt sie den Mund, bevor sie die anderen damit bespuckte und sich noch mehr ärgerte. Hörbar seufzte sie. Die Stimmung war bedrückt, einzig Cee schien unbekümmert.

»Immerhin haben wir ein Druckmittel«, erklärte Cee weiter. »Zwölf Sonore.«

»Und jetzt?« Zed stocherte lustlos in ihrem Essen. »Willst du sie zum Tausch anbieten? Seine Position gegen seine eigenen Sonore?«

»Nein.« Cee lachte. »Aber wir können ganz schön Eindruck machen. Schau, was unsere Vy gefunden hat. Das sagen wir zu ihm. Schau, was sie aufgespürt hat, was sie noch alles aufspüren könnte.«

Nevya horchte auf.

»Also weißt du gar nicht, wo Q-Lee seine Sonore lagert?«, fragte sie.

»Nein, aber du könntest es herausfinden.« Er fuhr sich entzückt durch den Bartansatz und lehnte sich zurück. »Wir sprechen hier von unendlichen Nebeln. Wenn zwölf Sonore ein Druckmittel sind, dann ist sein Lager ein Streithammer.«

Nevya konzentrierte sich, unbeteiligt zu wirken. Unendliche Nebel. Und ihr eigener Sonor war unter ihnen.

»Wenn du all das hast – Q-Lees Sonore, Q-Lees Posten, die Anleitung, wie man die Sphären herstellt – was hast du dann damit vor?« Zed bemühte sich wohl, interessiert zu klingen. Die

Interessen eines toten Freundes schwangen in ihrer Stimme mit. Sie klang sanfter – ähnlich sanft, wie Declan geklungen hatte.

Cee seufzte träumerisch. »Das Richtige«, hauchte er dann ungewohnt besonnen.

»Leichter gesagt als getan«, nuschelte Zed, woraufhin Nevya ihr beipflichtete. Zed lächelte kurz, aber selbst das breiteste Lächeln spiegelte sich nicht in ihren Augen wider.

»Mehr Helfer könnten auch nicht schaden«, überlegte Cee weiter, »ich dachte da an die Cis.« Zeds Gabel knallte auf ihren Teller. Sie hätte ihn vermutlich angebrüllt, wäre sie nicht so ausgelaugt gewesen.

»Declans Mörder? Du willst dich mit Declans Mörder gutstellen?«

Cee war erstaunlich unbeteiligt.

Nevya spürte, wie der Nebel wirbelte, wenn er den Namen Declan hörte. Je mehr sie träumte, desto seichter wurde das Nebelmeer. Allmählich konnte sie den Grund erahnen und dort wartete Schmerz. Dort wartete Declans Tod. Unruhig rutschte Nevya auf ihrem Sitz hin und her.

»Sie sind leicht zu manipulieren und skrupellos. Das könnte hilfreich sein.«

Zeds Augen funkelten düster. »Es gibt genug solcher Brutalos in Prawnhill, such dir welche aus. Nicht die Cis. Nicht, wenn du weiterhin ein Teil der Verbindung bleiben willst.«

Er kaute auf einem Zahnstocher und hob die Brauen.

»Dafür muss ich kein Teil der Verbindung sein, Zed. Zum ersten Mal habe ich eine Möglichkeit, Q-Lee unabhängig von dir einzuschüchtern.«

Aufgewühlt entschuldigte Nevya sich und wankte Richtung Ausgang.

Die Abendluft war eisig und der Himmel düster, Farben leuchteten mystisch an den Wänden, wurden von der feuchten

Straße reflektiert. Vor dem Restaurant standen trotz der Novemberkälte noch Tische und Stühle für die Gäste. Nevya setzte sich, streckte beide Arme aus und stützte sich hechelnd an der Rückenlehne des Stuhls ab. Sie brauchte dringend eine Sphäre. Sie war nicht bereit für die Flut an Emotionen, die auf sie niederbrechen würde, wenn der Rausch verklungen war.

Tief ließ sie die Luft in ihre Lunge strömen, bis sich ihr Bauch aufblähte. Zischend und langsam entließ sie sie wieder, bis ihr Herz wieder ruhiger schlug. Dann drehte sie sich um und schaute in vertraute Augen. Sie schrie auf.

Seine Handschuhe dämpften ihren Schrei, sein rüder Umgang mit ihr erstickte ihn ganz, als er sie am Kragen packte und sie hinter das Restaurant zog, wo er sie zwischen den Mülltonnen an die Wand drängte.

Nevya japste nach Luft, atmete den Mief des Leders seiner Handschuhe ein und würgte. Als er ein Messer aus seiner Hosentasche zog, um es an ihre Kehle zu drücken, kniff sie ihre Augen ängstlich zusammen.

»Wenn du auch nur einen Mucks machst, schlitze ich dich auf«, drohte Cave. Nevya atmete stoßweise, spürte die scharfe Klinge an ihrem Hals.

»Du wirst mir jetzt schön zuhören und dann gefälligst tun, was ich dir sage. Sonst wird es dir wie deinem kleinen Freund ergehen, verstehst du das?« Er knurrte wie ein Höllenhund.

Nevya öffnete die Augen, statt zu nicken. Er ließ das Messer fast unmerklich sinken, doch seine Hand drückte Nevya noch immer fest gegen die Mauer.

»Wir beiden setzen uns jetzt in meinen Wagen, du lotst mich zu unseren Sonoren, übergibst sie mir und dann vergisst du am besten, dass wir einander je begegnet sind. Ist das angekommen?«

»Ich weiß nicht, wo die Sphären sind«, behauptete sie, obwohl sie die Bodendielen des Spectrums bildlich vor sich sah.

»Willst du mich verarschen?«, raunte er. »Denkst du, ich falle auf deine Lügen herein? Glaubst du, ich habe nicht gesehen, wie du dich vor diese Mistkugeln gestellt hast?«

Nevya versuchte, sich aus seinem Griff zu lösen, doch er war viel stärker als sie.

»Deine Augen, Vy. Weißt du, wie sie in dem Moment ausgesehen haben?« Ihr wurde schlecht, als er ihren Spitznamen sagte. Es haftete so viel Hass daran und allein die Tatsache, dass er ihn kannte, machte ihr eine Scheißangst. Woher kannte er ihn? Was wusste er sonst noch alles?

»Lass mich gehen. Ich weiß wirklich nicht, wo sie sind.«

»Fängst du jetzt an zu flehen?« Mit einer ruckartigen Bewegung schlug er ihren Kopf gegen die Mauer, sodass ihr schwindelig wurde.

Er lehnte sich nach vorn und flüsterte in ihr Ohr: »Deine Augen haben ausgesehen wie zwei kleine Sphären. Ich wollte mich glatt hineinstürzen. Du weißt genau, wo diese Kugeln sind. Du weißt genau, wie du sie finden kannst, stimmt's?«

Er wollte sie mitnehmen – und sie konnte nichts dagegen tun.

»Bist du wahnsinnig?«, hörte sie jemanden rufen.

Mit einem Mal fiel jeglicher Druck von ihr ab und sie sackte zu Boden. All ihre Glieder zitterten und ihr Herz schlug mit derartiger Geschwindigkeit, dass sie Angst hatte, es würde jede Sekunde aus ihrer Brust springen.

»Lass sie in Ruhe, du verdammter Nichtsnutz, hab ich mich denn nicht klar genug ausgedrückt?«

Nevya wagte, die Augen zu öffnen. Er hatte von ihr abgelassen. Sie saß auf dem Boden zwischen den Mülltonnen und lehnte sich gegen die Mauer.

Als eine Gestalt in den Spalt zwischen den Mülltonnen trat, vergaß Nevya augenblicklich zu atmen.

Ben Collins stand vor ihr, gestikulierte wild, versetzte Cave mehrere Schläge, woraufhin dieser seine Stimme erhob und ihn übel beleidigte. Doch Ben schien unbeeindruckt. Er befahl ihm zu verschwinden, und der Autorität seiner Stimme nach zu urteilen, war er tatsächlich sein Anführer. Er war Stannon. Der Götze, der seine Lakaien manipulierte.

Noch immer konnte Nevya keinen Muskel rühren. Cave sah zu ihr hinab, zeigte auf sie, schien sie zu verspotten und sagte: »Das ist noch nicht vorbei.«

»Doch, das ist es. Verschwinde«, erwiderte Ben – Stannon – und tatsächlich verschwand Cave. Stannon sah ihm kurz hinterher, dann wandte er sich an Nevya. Er streckte eine Hand aus, um ihr aufzuhelfen.

»Diese verdammten Hohlbirnen. Tut mir leid, kleiner Käfer, selbst die gründlichste Gehirnwäsche kann chronische Dummheit nicht abtöten. Ich hatte ihm unmissverständlich klargemacht, dass er dich in Ruhe lassen soll.«

Seine Worte versetzten sie in Rage. Nachdem er ihr aufgeholfen hatte, schubste sie ihn, prügelte auf seinen Brustkorb ein und schrie: »Du verdammter Mistkerl. Deine Leute haben meinen Freund umgebracht!«

»Das war nie meine Absicht.« Er gab sich nicht viel Mühe, sich zu wehren. »Ich tue mein Bestes, diese Tiere zu zähmen, aber sie sind zu hohl.«

»Ich glaube dir kein Wort!«

»Ich erwarte nicht, dass du mir glaubst, aber er wird seine gerechte Strafe noch erhalten.« Dass er so ruhig sprach, machte sie noch wütender. Als er sie berührte, zuckte sie zusammen, beendete ihren Wutanfall ängstlich, obwohl er nur sanft die Hände auf ihre Schultern legte. Es ekelte sie an, wie hörig sie ihm war.

»Hast du denn wenigstens meine Nachricht bekommen?«

Eine Nachricht?

»Zeig mir deinen Arm«, befahl er.

Sofort schüttelte sie den Kopf. Das konnte nicht sein, das durfte nicht sein. Er rollte genervt die Augen und ergriff mit einer Hand ihr Handgelenk, mit der anderen schob er die Ärmel ihres Mantels zurück.

»Da ist sie ja«, stellte er belustigt fest, fuhr über ihre Wunde, die sich mittlerweile zu unauffälligen roten Striemen gewandelt hatte, und las das Gittermuster: »Erinnerst du dich an die Fabrik?«

Dann ließ er ihren Ärmel wieder fallen, setzte ein zufriedenes Grinsen auf und entließ sie aus seiner Berührung. Nevya streichelte ihren Ärmel, als wäre er ein verängstigter Welpe.

»Du kannst meine Träume beeinflussen«, wisperte sie angewidert. Wie ein Mahr hatte er sie gequält und verletzt und das nur, um ihr eine Nachricht zu übermitteln. Wie ein Mahr war er in ihre Träume eingestiegen.

»Überraschung«, spottete er und grinste amüsiert. Stannon war ein ekelerregender Mensch, wenn er denn überhaupt ein Mensch war. Seine Häme raubte ihr den letzten Funken Verstand.

»Lass sie gehen.«

Stannon und Nevya wirbelten herum. Um die Ecke kam ein bekanntes Gesicht, dessen Miene seltsam steif war.

»Oh, Ryan!«, säuselte Stannon erfreut. »Ich bin zutiefst schockiert, dass du Vy nichts von meinen Fähigkeiten erzählt hast. Ich bin kein bescheidener Mensch, du darfst die Leute gerne über mein Können in Kenntnis setzen.«

Ryan raunte: »Ich weiß nicht, was du mit ihr vorhast, aber ich rate dir, es bleiben zu lassen.«

»Was tust du hier?« Nevya klang hysterisch.

Ryan sah sie nicht an, als er ihr Traumtagebuch aus seiner Lederjacke zog und sagte: »Du solltest dein Notizbuch nicht offen rumliegen lassen.« Er überreichte es ihr und ihr letzter Eintrag prangte fast schon hämisch vor ihrem Gesicht.

Besprechung Traumgeschäft

Nevyas Wangen brannten. Sie schämte sich. Nicht nur, weil sie ein Traumhändler war, sondern weil Ryan diesen Teil von ihr nun kannte.

Stannon hob friedlich die Hände. »Ich habe nichts vor. Ich zwinge niemanden zu irgendwas, das solltest du wissen.«

»Und trotzdem tun sie immer, was du sagst.«

»Ja, das ist mir unerklärlich.« Er rieb seine Hände und warf blasiert den Kopf in den Nacken. »Hast du ihr nicht von den Mahren erzählt?« Anklagend zeigte Stannon auf Nevya, die nun rückwärts zu Ryan stolperte.

»Ich erzähle ihr keine Lügen.«

Nein, Ryan erzählte ihr keine Lügen, er tat Schlimmeres. Er verschwieg bedeutsame Informationen wie die Tatsache, dass Stannons Fähigkeiten denen eines Mahrs glichen. Vorsichtig sah Nevya zu ihm auf. Kein Wunder sah er doch aus wie ein Albtraum.

»Das ist nicht fair«, klagte Stannon dramatisch. »Leugnest du immer noch, wie dreist die Alben bestohlen wurden?«

»Sie haben sich geopfert.« Ryan zischte durch geschlossene Zähne.

»Sie wurden bestohlen«, entgegnete Stannon singend. Er schien die Situation zu genießen. »Die Mahre selbst haben es mir zugeflüstert.«

Ryan sprang auf ihn zu und fletschte die Zähne. Stannons Haltung blieb entspannt. Kunstvoll streckte er einen Arm aus, und obwohl er Ryans Brust kaum berührte, heulte dieser auf.

Vor Schreck legte Nevya die Hände vor den Mund. Ryan wand sich, als ob Elektrizität durch seinen Körper zuckte. Er wollte zurückweichen, doch Stannon griff sein Handgelenk und zwang ihn in die Knie. Seine freie Hand nutzte Ryan, um seine Haare auszuschütteln, als würden Insekten darin nisten. Er zitterte, knurrte gequält und flehte, Stannon möge aufhören. Nevya konnte sich nicht rühren, ihre Knie wurden weich.

»Sieh dich an, dich kleines Häufchen Elend.« Mittlerweile war Stannon nicht mehr halb so spielerisch gelaunt. »Du willst mir also weismachen, dass die Menschen eine kraftvolle Macht wie die Nebel verdient hätten, wenn nicht einmal du ihr standhalten kannst, du *Gesandter*?« Er zischte das letzte Wort nur. Mit einem Ruck stieß er Ryan von sich.

Ryan kniete keuchend auf dem kalten Asphalt und kniff die Augen zu. Die Hand, die Stannon umklammert hatte, legte er ängstlich auf sein Herz.

Stannon sah ihm zu und verkündete: »Ich will dir nicht mehr wehtun, Ryan. Aber ich kann nicht zulassen, dass du zwischen mir und meinem Ziel stehst. Auch wenn sie deine Freundin ist.«

Mit verwirrten Mienen erschienen Zed und Cee in der Gasse, sahen abwechselnd auf Ryan, der auf dem Boden kauerte, und auf Stannon, der über ihm thronte.

Stannon begrüßte sie freundlich und rief Cee zu: »Dein Bruder lässt grüßen. Er sagt, deinen Plan kannst du dir sonst wohin stecken.«

Cee funkelte Stannon feindselig an. »Ihr steckt also wirklich unter einer Decke – Q-Lee und du.«

»Und du führst tatsächlich etwas im Schilde.« Stannon und Cee schienen sich besser zu kennen, als Nevya erwartet hatte.

»Was willst du von mir«, wollte Stannon wissen. »Willst du deine alten Freunde zurückhaben? Nimm sie dir – ich hab ein paar neue Ideen.« Er schielte zu Nevya, die sich vor Verwirrung immer tiefer duckte. Weder verstand sie, was zwischen Cee und Stannon geschehen war, noch verstand sie, was sie selbst damit zu tun hatte. Gar nichts verstand sie.

Langsam trat sie an Ryan heran, nahm seine Hand und half ihm auf. Keiner von beiden sagte etwas.

Das war der Grund, warum Nevya sich ihm nicht öffnete und warum sie der Sache zwischen ihnen keinen Namen geben konnte. Sie hatte nicht das Recht, ihn in ihre Angelegenheiten zu zerren. Als sie ihm vorgeschlagen hatte zu kämpfen, hatte sie nicht erwartet, dass er für *sie* kämpfen würde – sie hätte es ihm ausgeredet. Sein müder Blick trieb ihr die Tränen in die Augen, also legte sie ihre Hand auf seine – jene, die auf seinem Herz lag. Er hätte nicht kommen sollen.

»Würde mich jemand einweihen?«, bat Zed unterdessen.

Cee ignorierte seine Freundin und kläffte Stannon an: »Du kannst Vy leider nicht haben – sie hilft mir.«

»Du wolltest sagen, sie hilft *uns*«, mischte sich Zed ein.

»Sie hilft keinem von euch, verstanden?«, keuchte Ryan.

Nevya wurde allmählich schwindelig. Nun stand sie im Fokus. Sie musste aus dem Rampenlicht, bevor die Scheinwerfer sie verbrannten.

Stannon lachte ungehalten. »Ich bitte dich, Cee. Es wird Zeit, dass dir jemand den Wind aus den Segeln nimmt. Ich kann das gerne übernehmen.«

Cee antwortete nicht.

Stannon betrachtete seine Fingernägel, als er begann: »Hey, Zed, fragst du dich nicht auch, was Cee früher so gemacht hat? Er hat ziemlich viel mit seinen Kollegen aus der Autowerkstatt unternommen, hab ich recht? Das hat seiner Familie bestimmt gar nicht gefallen.« Er ließ seine Hand sinken und taxierte Cee. »Mir schon. Es war mir eine Ehre, dich als meinen Verbündeten – meinen Räuber – zu wissen. Zu dumm, dass du die Cis verlassen hast, bevor die Jungs und ich …« Er suchte nach den richtigen Worten: » … uns näherstanden.«

Nevya verzog das Gesicht, Ekel kitzelte ihren Nacken. Aus einfachen Sphärenräubern hatte Stannon Untertanen geschaffen. Und Cee war ein Teil davon gewesen. Sie hielt Ryans Arm, den er um ihre Schulter gelegt hatte, etwas fester umschlungen.

Zed lachte abschätzig und doch sah Nevya deutlich, dass sie zitterte.

»Wen interessiert schon die Vergangenheit?«

»Ach, dann weißt du, dass es ein Sonor war, mit dem er sich bei seiner Familie eingeschmeichelt hat? *Dein* Sonor?«

Zed stotterte: »Ich glaube, du verwechselst …«

»Dann weißt du«, unterbrach Stannon sie, »dass er dich um den Finger wickeln und mit deiner Hilfe die Verbindung gründen konnte, weil er wusste, dass du keine Träume hast, weil er wusste, dass du ein paar Sphären gut gebrauchen konntest? Und trotzdem bist du sein Boss. Scheinbar ist seine Familie nicht sonderlich nachsichtig.«

Cee sprang auf Stannon zu und prügelte auf ihn ein. »Wer hat dir das gesagt?«, brüllte Cee.

Stannon bleib ruhig, schien zu schnurren. »Keiner«, wisperte er. Trotz der Schläge, die er kassierte, konnte er grinsen. Er schien den Schmerz nicht zu spüren, er schien sogar Spaß daran zu haben. Nevya verstand. Cees Träume hatten es Stannon verraten.

Zeds Hände lagen über ihrem Mund, ihre Wangen glühten feuerrot. Kurz begegneten sich ihre Blicke. Dass sie ein Schicksal teilten, dass ihr Kopf ebenso traumleer war, hatte Nevya nicht geahnt. Als Zed wegrannte, sah sie ihr hinterher.

»Geh«, sagte Nevya zu Ryan und deutete auf die Hintertür.

Sie klang nicht versöhnlich, sie klang nicht wütend. Im Moment wollte sie nur, dass er ging.

Kein Wort hatte er über Stannons Fähigkeiten verloren, stattdessen hatte er einfach zugelassen, dass Stannon sich in Nevyas Träume schlich und sie beeinflusste. Weil er noch immer nicht wusste, ob sie Freunde oder Feinde waren?

Für einen Moment sah er sie unschlüssig an und holte Luft, als wollte er etwas erwidern. Doch letzten Endes stolperte er widerwillig davon.

Was Cee und Stannon sich noch zu sagen hatten, war Nevya herzlich egal. Sie lief Zed hinterher.

Ihre Träume mit den Mahren zu teilen war bereits kaum zu ertragen, aber dass ein Mensch wie Stannon sich in ihren Träumen herumtrieb, ekelte sie an. Ihr Mantra klang mittlerweile lachhaft. *Nachts bin ich allein.* Sie war nie für sich gewesen, Träume waren ein offenes Buch. Träume waren gestohlener Nebel, umgefüllt und wiederverwendet. Wie würde die Menschheit reagieren, wenn sie herausfand, wie wenig von ihren Träumen ihr gehörte?

Zed blieb abrupt stehen, drehte sich um neunzig Grad und stapfte in den Getränkemarkt zu ihrer Rechten, woraufhin Nevya ihr folgte.

Beim Alkoholregal fand sie sie wieder. Unschlüssig sah Nevya ihr zu, wie ihre scharfen Gesichtszüge bebten, wie düster ihre Augen den richtigen Rum aussuchten.

»Zed«, begann sie sanft und legte eine Hand auf ihre Schulter. Zeds Kiefermuskeln wurden hart wie Stahl. »Ich hatte keine Ahnung.«

»Von Cee? Ich auch nicht«, entgegnete Zed.

»Ich meinte eigentlich deine …«

»Ja, ich weiß.« Sie drehte sich zu ihr um und erwiderte ihren Blick ausdruckslos. »Endlich war ich aus Bervride raus, endlich war ich meinen versoffenen Vater los und konnte meine Träume von der großen Stadt verwirklichen – und dann nimmt sie mir alles, was mir geblieben war. Meine Träume. Als Cee aufgetaucht ist, war ich bescheuert genug, wieder an etwas zu glauben. Daran, dass es besser werden könnte.«

Nevya sagte nichts.

»Ich kann ihm nicht verzeihen, Vy. Niemals.«

Plötzlich machte ein Satz, den er in Phoenix gesagt hatte, viel mehr Sinn: Cee sah niemanden als Freund, nicht einmal seine Freundin. Hier vor dem Alkoholregal stand der lebendige Beweis dafür, dass Nevya Ryan nie zu nah kommen durfte. Ihre Brust fühlte sich eng an. Sphären brachten ihr Albträume, Ryan brachte ihr Sorgen, Declan war tot, die Verbindung zerbrach. Ihre Hoffnung auf Träume und Trost lichtete sich wie der Nebel. Sie brauchte ihren Sonor und dafür brauchte sie Cee.

Sollte sie Zed bitten zu versuchen, Cee zu verzeihen? Immerhin wollte er Q-Lee stürzen und dieser Plan war jetzt noch wichtiger, seit sie wusste, dass dieser gemeinsame Sache mit Stannon machte. Stannon hatte Sphärenräuber unter seiner Kontrolle und Nevya konnte Sonore aufspüren. Es machte Sinn, dass er sie deshalb rekrutieren wollte.

»Vielleicht solltest du dir Cees Version der Dinge wenigstens anhören«, schlug sie vor. Zed hatte eine Wahl getroffen und riss eine Flasche aus dem Regal. Damit marschierte sie zur Kasse. Sie legte ihren gefälschten Ausweis vor, auf dem sie fünfundzwanzig war.

Sie musste ihn schon länger haben, denn mittlerweile war sie längst einundzwanzig.

»Cee.« Zed schnaubte abfällig. »Sein Name war Chandler.«

Das stellte sie einfach so in den Raum, bevor sie bezahlte. Es war ihr also ernst. Sie betrieb nicht umsonst einen derartigen Aufwand, alle Namen der Verbindung geheim zu halten. Wenn sie ihn einfach verriet, dann war er für sie ebenso tot wie Declan.

Nevya folgte ihr ins Loft. Sie teilten die Flasche miteinander und sprachen. Darüber, wie verrückt es war, dass Ben Collins dieser Stannon war, vor dem sie sich fürchteten. Der, den die Cis als ihren Gott sahen. Wie wenig Sinn es machte, dass er mit Q-Lee unter einer Decke steckte. Wie wenig Sinn überhaupt irgendetwas machte. Worüber sie nicht sprachen, war, was Ryan geschehen war. Stannon hatte ihn nur berührt. War er so etwas wie ein menschlicher Mahr? Steckte Stannon hinter all den Albträumen, die sie in letzter Zeit hatten?

Sie war zwar schon mit Nebel versorgt, doch sie öffnete sich eine weitere Sphäre. Betrunken und benebelt schlief sie neben Zed ein.

26

Nevyas Traumtagebuch
24.11.

Es schneite. Es stürmte. Und ich stand inmitten des Sturms und watete durch knöcheltiefen Schnee. Wind pfiff in meinen Ohren, Flocken befeuchteten meine nackten Schultern. Ich schlotterte und gab mir Mühe, mich zu wärmen, doch es gelang mir nicht.
An einer einzigen Stelle spickten grüne Halme durch die weiße Decke. Ich konzentrierte mich auf das Gras. Ich stellte mir die Fensterbank meiner Pagode vor, auf der die kleine blaue Blume wuchs, und befahl der Lichtung, eine solche Blüte sprießen zu lassen.
Nichts geschah.
Keine Kontrolle.
Keine Macht.
Nichts.
Ich rappelte mich auf und ging weiter. Ich würde nicht mehr aufwachen, egal was Nikolai sagte.
Der Schrei eines Vogels ertönte nicht weit über mir, doch ich konnte das Tier durch die dichte Wolkendecke nicht erkennen.
Aber zwischen den Schneeverwehungen und der Wand aus Schneeflocken sah ich plötzlich eine menschliche Silhouette. Ich blinzelte, kniff die Augen zusammen, doch da war sie schon wieder verschwunden. Ich blinzelte ein weiteres Mal und sie tauchte wieder

auf, stand direkt vor mir. Ich wich zurück. Die Gestalt trug eine Schnabelmaske.
Genau wie die Pestdoktoren, die mir den Schlangenbiss ins Fleisch gezwungen hatten. Ich taumelte rückwärts. Da nahm die Gestalt die Maske ab.
Ich keuchte erleichtert. Nikolai.
»Sehr lustig.« Zur Strafe schubste ich ihn mit meinen kalten Fingern von mir. Er lachte, wischte sich mit der flachen Hand die Schneeflocken aus dem Gesicht. »Ich dachte, du wärst ein Mahr«, rief ich über den pfeifenden Wind.
»Was hat es zu bedeuten, wenn du mich für einen Mahr hältst?«
»Dass ich sie überall sehe.« Eine kalte Böe ließ mich schlottern. »Dass sie mich vollkommen meiner Kontrolle beraubt haben.«
Nikolai nickte.
»Ich verstehe nicht, wieso«, gab er zu. Er verschränkte die Arme auf dem Rücken und schlenderte durch den Schneesturm wie durch ein Museum. »Du verstehst nicht, wieso. Und es macht dich noch schwächer.« Mittlerweile stand er mit dem Rücken zu mir und musste den Kopf drehen, um mir den Stolz auf seinem Gesicht zu zeigen, als er erklärte: »Du bist ein luzider Mensch, Nevya. Warum sollten die Mahre dich quälen?«
Besorgt zuckte ich die Schultern und er machte es mir nach, bevor er weitersprach: »Es macht keinen Sinn. Und deshalb will ich dir helfen, deine Kontrolle wiederzufinden.«
»Dann ist dir also egal, was sie mit mir anstellen können? Ich dachte, sie könnten mich töten?«
»Das mit der Sonne hat neulich so gut funktioniert«, erinnerte sich Nikolai. Seine Stimme klang wie ein Hauch, als empfand er Ehrfurcht vor seinen eigenen Fähigkeiten, schließlich hatte er einen Albtraum durchschnitten und einen Mahr vertrieben. »Weißt du auch, wieso?« Ich war selbst überrascht, wie schnell ich auf die Antwort kam.

»Ryan«, fiel mir ein, »ich war bei Ryan, als ich von der Sonne geträumt habe. Er hat mein Herz gewärmt.«

Nikolai strahlte. »Wenn wir dein Herz warm halten, kann uns nichts geschehen«, schlussfolgerte er fröhlich. Sanft lächelnd wartete er auf meine Reaktion. Ich aber ließ mir den letzten Traum durch den Kopf gehen. Das Verlangen, das Nikolai in mir geweckt hatte, als er mich als Sonne vor dem Albtraum gerettet hatte. Die Tatsache, dass es Ryan geschuldet war. Das gefiel mir ganz und gar nicht. Als ich in Nikolais Augen sah, erinnerten sie mich an Ryans algengrüne Augen.

»Dass diese Sprichwörter auch immer einen wahren Kern haben müssen«, klagte ich.

»Es sind deine *Träume, also musst* du *dich selbst retten. Das Problem ist nur«, erklärte Nikolai, »dass du den Mahren glaubst. Du spielst ihr Spiel mit. Wenn sie dir vorgaukeln, dass es eine Schlange gibt, dann wirst du eine Schlange sehen. Du darfst ihnen nicht glauben.«*

»Etwas glauben zu wollen«, belehrte ich ihn, »und tatsächlich an etwas zu glauben, sind leider zwei grundverschiedene Dinge. Ich wäre gerne davon überzeugt, dass ich alles unter Kontrolle habe, aber …« Ich atmete auf. »Das bin ich leider nicht mehr.«

Ich sah meinem Unterbewusstsein beim Denken zu. Vorsichtig griff er dann nach meiner Hand und zeigte mir meinen eigenen Arm.

»Lies das«, befahl er.

»Wie ist das möglich?«, hauchte ich. Die Kratzer, die Stannon in meine Haut geritzt hatte, waren kein Gittermuster mehr. Sie formten einen Satz.

Erinnerst du dich an die Fabrik?

»Lass dir nicht einreden, dass du keine Kontrolle hast«, schlussfolgerte Nikolai. »Sieh doch, wie fließend du die Sprache der Träumer beherrschst.«

Ich musste lächeln. Nikolai hatte recht – ich war luzid. Schon mein ganzes Leben lang. Ich hatte die Macht, meine Träume zu formen. Nicht, weil ich daran glauben wollte, sondern weil ich es tat. Nacht für Nacht. Also tat ich einen tiefen Atemzug und schloss die Augen.

»Wenn ich die Augen wieder öffne«, sprach ich und senkte die Stimme, um wie die Herrscherin zu klingen, die ich war, »dann ist der Himmel blau.«

Vorsichtig hob ich die Lider.

Mein Herz wurde leicht, als ich die Wärme der Sonne auf meiner Haut spürte. Ich lachte. Glockenhell erklang auch Nikolais Lachen.

»Wir haben es geschafft«, sagte Nikolai tonlos und nahm mich in die Arme.

Und nun konnte ich den Vogel, dessen Ruf ich schon zu Beginn des Traums über den Wolken gehört hatte, sehen. Nikolai reagierte sofort und ließ mich los, stellte sich stattdessen schützend vor mich. Erst dann erkannte ich, wovor er mich schützen wollte. Am Himmel flog kein Vogel – sondern ein Drache.

»Du bekommst sie nicht«, schrie Nikolai dem Drachen entgegen. »Nicht sie auch noch.«

Das rote Reptil ging in den Sturzflug und spie Feuer. Ich wollte Nikolai packen und ihn zur Seite reißen – doch er rührte sich keinen Millimeter. Also sprang ich im letzten Moment zur Seite und rollte mich ab. Die heißen Flammen erreichten meine Haut nicht, doch ich spürte ihre sengende Hitze, während ich über die Eisfläche schlitterte.

Sofort richtete ich mich auf. Nikolai brannte lichterloh.

»Nicht schon wieder«, kreischte ich. Ich würde ihn nicht noch einmal sterben lassen. Ein Gedanke malte einen Regenschauer in die Luft, der das Feuer löschte. Meine Macht. Sie war zurück. Ungelenk rannte ich auf Nikolai zu. Ich warf mich auf die Knie und nahm sein Gesicht in beide Hände. Er sah so schwach aus.

»Wenn du stirbst«, knurrte ich, »dann bringe ich dich um.«

Ein röchelndes Lachen drang aus seiner Kehle.

»Keine Angst.« Er hustete und schüttelte den Kopf. »Ich werde nicht sterben. Ich … Ich werde aufwachen.«

Ich reagierte nicht. Ich verstand nicht.

»Sieh mich an.« Es gelang ihm, eine Hand zu heben und meine Wange damit zu streicheln. »Wir sind sicher, wenn wir einfach aufwachen.«

»Wir«, spottete ich und wehrte seine Hand mit einem Kopfschütteln ab. »Wann haben wir aufgehört, eine Person zu sein?«

Er holte tief Luft und ich sah, dass er zitterte. »Ich kann dir genau sagen, wann wir aufgehört haben, eine Person zu sein: Als ich Nikolais Platz eingenommen habe.«

Ich musterte ihn, meine Augenbrauen hoben sich langsam, bis er fortfuhr: »Du weißt wirklich nicht, wer ich bin, obwohl du sofort bemerkt hast, dass du keine Macht mehr über Nikolai hattest? Sieh genauer hin.«

Er kam meinem Gesicht bedrohlich nahe. Als unsere Blicke sich trafen, erkannte ich das vertraute Algengrün.

Langsam schüttelte ich den Kopf, während sein Gesicht sich verschob. Seine Maske tropfte von seinen Wangen, während er entschuldigend lächelte. Entgeistert beobachtete ich das Schauspiel.

»Ryan«, hauchte ich.

Bevor ich verstand, was vor sich ging, bat er mit seiner eigenen sanften Stimme, die mich sonst wärmte: »Wach auf, Nevya.«

»Hiergeblieben!« Mein Ruf stoppte den Regen, dessen Tropfen mitten in der Luft stehen blieben. Mein Befehl stoppte die Zeit.

Nikolai, Ryan, der Mahr – was immer er war –, er drehte den Kopf vorsichtig und schien jeden Regentropfen einzeln mit Faszination zu betrachten.

»Solange die Zeit stillsteht, wirst du am Leben bleiben müssen«, beschwor ich. Die Logik des Traums unterlag nun wieder meinem Befehl.

Seine Aufmerksamkeit galt wieder mir. Noch immer waren seine Augen geweitet, noch immer rasselte sein Atem.

»Wer oder was bist du?«, fragte ich.

»Du musst aufwachen«, brachte er nur hervor. Ich hörte die Hektik zwischen seinen kurzen Atemzügen.

»Der Nachtmahr ist fort.« Meine Stimme ließ keine Zweifel zu. Ich hatte die Macht über den Traum wieder und ich bestimmte, dass der Albtraum vorüber war.

»Es war kein Mahr.« Er keuchte.

»Wie ist das möglich? Sie sind immer in meinen Träumen. Sie haben mich bis jetzt immer angegriffen.«

»Nicht, wenn ich hier bin.« Trotz seiner Qualen gelang ihm ein Lächeln. »Wenn ich dein Herz …«

»Wer«, unterbrach ich und zischte die Worte langsam, »oder was bist du?«

Ich hatte nicht nur die Zeit angehalten, ich ließ auch seine Verbrennungen heilen.

»Die Mahre haben Nikolai unterdrückt. Ich habe ihn ersetzt«, seufzte er und richtete sich auf.

Behauptete dieses Traumbild tatsächlich, es sei Ryan und habe dieselben Fähigkeiten wie Stannon? Mehr noch, er wollte mir weismachen, dass Stannon und er meine Träume nicht nur beeinflussen konnten.

»Du hast in meinen Träumen herumgeschnüffelt.« Wie konnte er mir so was antun? »Ausgerechnet du müsstest doch wissen, dass ich …«

Ich stockte.

»Meine erste Sphäre«, hauchte ich, als die Erinnerung mich wie ein Blitz traf. »Du standst auf dem Meer und hast mich beobachtet. Mich und Nikolai.«

Er hatte alles mitverfolgt. Und war danach in Nikolais Haut geschlüpft. Von da an hatte er mich getötet, aus der Menschenmen-

ge gelockt und belehrt. Er hatte mich geküsst. Er hatte mich aufgeweckt. In Nikolais Gestalt.
Ich konnte ihn nicht ansehen.
Ich fühlte mich bloßgestellt. Er hatte meine tiefsten Gedanken gesehen.
»Ist es falsch, sich Sorgen zu machen?«, fragte er sanft.
Meine Brust wurde eng. Ein Donnern erschütterte die Traumwelt. Durch den Schleier aus stillstehenden Regentropfen stapfte ich davon. Und Ryan lief mit hinterher.
»Ich wollte nur dafür sorgen, dass du aufwachst.« Er kam näher, bis ich seinen Atem in meinem Nacken spürte. »Damit du nicht gegen sie kämpfst. Damit sie dich nicht verletzen können, wie sie mich verletzt haben.«
»Darum habe ich nie gebeten«, brachte ich zwischen geschlossenen Zähnen hervor.
»Doch, das hast du.« Durch den feuchten Stoff spürte ich seine Finger an meiner Taille, seine Lippen auf meinem Nacken. Er murmelte nur. »Aber du lässt mich nicht nahe genug heran – zumindest nicht in der Realität. Ich verstehe das«, sagte er. »Aber im Traum ist alles etwas leichter.«
Im Traum.
Wenn er in meinem Traum war, war er dann auch in meinem Kopf? Ich wollte würgen, so bedrängt fühlte ich mich. Egal wo er hinblickte, sah er meinen Traum. Egal wo er hinblickte, sah er mich. Ich wollte schreien, ihn von mir stoßen, mich verstecken. Und weil ich die Göttin dieser Welt war, antwortete sie auf meine Bitte. Ein Windstoß pustete ihn von mir. Angestrengt hielt er sich auf den Beinen.
»Wenn du so ein Profi darin bist, Mahre abzuwehren«, spottete ich, »woher kam dann der Drache?«
Er hatte die Hände gehoben und rutschte auf dem Eis rückwärts. »Der Drache ist kein Nachtmahr«, sagte er. »Es ist Stannon.«

In diesem Moment hörte ich den Flügelschlag. Der Drache kam zurück. Ryan war in meinem Kopf, Stannon war in meinem Kopf. Mit gesenktem Blick knurrte ich: »Raus.«

Ryan trat einen Schritt näher.

»Nevya, hör nicht auf ihn. Als er mich damals rekrutieren wollte …«

»Raus«, bellte ich erneut, »raus aus meinem Traum!«

Das Feuer brach vom Himmel, während eine weitere meiner Böen Ryan aus dem Weg blies. Zurück blieb nur Feuer und schmelzendes Eis. Doch noch bevor ich selbst Feuer fangen konnte, schmolz der Boden unter meinen Füßen und ich stürzte in eine eiskalte und stürmische See.

Und dort hing ich fest. Kein Nikolai, der mich retten konnte. Kein Ryan, der in Nikolais Haut fahren und mir helfen konnte. Nur ich selbst. Noch bevor ich meine Konzentration wiederfinden konnte, legte sich der Sturm und ich trieb ruhig auf dem Wasser. Am wolkenlosen Himmel sah ich eine wirbelnde Galaxie. Plötzlich spürte ich Sand unter meinen Füßen und stieg aus dem Wasser. Wenn es stimmte, was Ryan gesagt hatte, steckte Stannon hinter allem. Ryan hatte mir verboten, Stannon zu vertrauen, also beschloss ich, mir anzuhören, was er zu sagen hatte.

Am Strand standen zwei Bäume, die nur vom Licht der Galaxie erhellt wurden. Der eine Baum trug Nadeln und blutrote Früchte. Es musste eine Eibe sein: Der Stamm war gewunden, verwoben. Auch der andere Baum war eine Eibe, doch er trug weder Nadeln noch Früchte. Er war tot.

Eine körperlose Stimme fragte mich, welchen Baum ich mir genauer anschauen wollte, welche Geschichte ich lieber hören wollte. Ohne zu zögern, ging ich auf die tote Eibe zu – und stand plötzlich im Shellpark. Die Great Shell leuchtete heller denn je und um sie herum war nur wildes Gras, so weit das Auge reichte. Ich sah zwei Gestalten. Vor einem Häuptling kniete ein kleines, fast mensch-

liches Wesen. Es trug eine Krone aus Beifuß und das Gesicht war nicht von dieser Welt. Seine Haut war dunkel, das wallende Haar indigoblau. Ein stämmiges kleines Wesen. Es erhob sich und öffnete die Augen, die an kleine blaue Perlen erinnerten, tief wie das Universum.

»Dann will ich mich opfern, und Ihr sollt als Erster den Nebel empfangen. Bringt mir Eure engsten Vertrauten, damit auch sie einen Teil davon erhalten. Schickt sie hinaus in die Welt und vermehrt Euch. Mögen alle Freuden der Alben Euer sein, wenn Ihr uns gehen lasst.«

Das Wesen kniete erneut nieder und der Mann rief fünf seiner Freunde heran. In einem Halbkreis standen sie um Mal achaun und dann hob der Häuptling seinen Axt und ließ ihn auf Mal achauns Schädel niederschmettern. Blauer Nebel trat aus, versteckte den grausamen Anblick des gespaltenen Schädels, bis er in den Köpfen der ersten Träumer verschwand.

Ich wollte schreien, da verschwamm das Bild und ich sah in der Nähe eines Flussbettes, wie Menschen auf Pferden Wesen zusammentrieben, die Mal achaun ähnlich sahen. Verängstigt hielten sie sich in den Armen, doch sie waren zu schmächtig, um sich zu wehren. Die Menschen sammelten sie ein und ritten mit ihnen davon. Manche wurden von Pfeilen niedergestreckt und ich lief auf einen Alb zu, dessen Bein von einem Pfeil durchbohrt worden war. Er schleppte sich zum Fluss, wollte mit der Strömung entkommen und blickte mich panisch an. Ich streichelte sein blaues Haar.

»Es wird alles gut. Es ist nur dein Bein, das verletzt ist.« Aber er schüttelte den Kopf. Hufgetrappel näherte sich. Ein Mensch stieg vom Pferd, schwang eine Streitaxt und brach den Schädel des Wesens entzwei. Sein Nebel strömte heraus und der Mensch atmete ihn zufrieden ein. Er stieg wieder auf sein Pferd und ritt davon.

Erneut änderte sich das Bild. Ich befand mich in einem dunklen Gang. Die Wände waren aus Erde. Menschen hatten blutige Ta-

schen bei sich und liefen durch den Tunnel und ich folgte ihnen, bis wir zu einer breiten, endlosen Wendeltreppe gelangten. Hier leerten die Männer ihre Taschen.
Die Schädel der Alben landeten auf den Stufen und rollten die Spiralform hinab in die Tiefe. Nebel stieg aus der Dunkelheit empor, erschrockene tote Gesichter blickten mich an und ich erschauderte. Es war wie ein Hunderte Meter tiefes Lager. Als wollten die Menschen den Nebel dort horten, weil sie in ihrer Gier so viel gesammelt hatten, dass sie im Überfluss lebten.
Das wollte Stannon mir also zeigen – das einzig wahre Opfer der Mal achaun, *wie es seiner Meinung nach abgelaufen war und wie die überlebenden Alben zu rachsüchtigen Mahren geworden waren. Und diese Gedanken wollte er nun mir einpflanzen.*
Jedoch ließ ich mich nicht so einfach überzeugen. Was ich sah, waren nur Traumbilder. Und es gab noch eine andere Version, an die Ryan und die Society glaubten: die Geschichte der vielen mutigen Alben, die sich für ihre Freiheit geopfert hatten.
Über mir hing ein Sternstrudel, und als ich in sein Auge blickte, kam er auf mich zu und nahm mich mit. Ich stand wieder vor den beiden Bäumen und wählte den anderen, den lebendigen Baum. Wieder sah ich die kniende Mal achaun, doch dieses Mal sagte sie noch mehr: »Über die Nebel werden wir verbunden sein. Unter euch wird es weise Träumer geben, die unser Wissen weitergeben werden. Unter euch wird es Ireer geben. Traumwanderer, die durch die Nebel in andere Köpfe reisen können. Sie werden unser Erbe als unsere Gesandten in die Welt hinaustragen.«
Ireer. *Das war es, was Stannon und Ryan konnten. Sie konnten durch Träume wandern und in andere Köpfe gelangen.*
Tage vergingen innerhalb von Sekunden. Im Zeitraffer spielten sie sich vor mir ab, während ich vor der Great Shell stand. Noch immer befand ich mich im Traum der lebendigen Eibe. Ich sah, wie die Menschen Mal achaun für ihr Opfer verehrten. Ich sah, wie

auch andere Alben ihrem Vorbild folgten – freiwillig. Dann verlangsamte sich die Zeit wieder. Kurze Szenen zuckten vor meinem inneren Auge auf wie Dias. In allen Teilen der Welt sah ich Alben, die sich opferten, und dankbare Menschen. Kinder wurden geboren, deren Aufgabe es war, den Alben zu danken und das Erbe zu ehren. Die Gesandten, die Ireer, die Traumwanderer. Bei Mal achauns Opfer – ich wollte ein solches Kind sein.

27

Kaum hatte Nevya ihr Traumtagebuch wieder in ihre Tasche gesteckt, richtete Zed sich neben ihr auf.

»Geht es dir gut?«, fragte diese. Nevya war nicht nach Hause gegangen, sondern auf der Matratze im Loft eingeschlafen. Sie hatte Zed nicht alleine lassen wollen.

»Vy, du zitterst.« Der Rum hatte einen beißenden Geruch in Zeds Mund hinterlassen, den sie mit jedem Wort in Nevyas Gesicht blies.

»Verdammt noch mal«, schimpfte Nevya, während sie sich ihre Augen rieb, bis bunte Muster vor ihren geschlossenen Lidern tanzten. »Ich hab genug von diesen Geheimnissen.«

Wie gerne hätte sie die Wahrheit einfach vor Zed auf den Boden erbrochen.

»Tut mir leid«, hauchte Zed erschüttert. Sie biss sich auf die Unterlippe und nahm Abstand.

»'tschuldigung«, sagte Nevya sofort. »Es liegt nicht an dir. Ich …« Wankend stand sie auf und griff ihre Jacke, während sie zur Tür ging. »Ich muss dringend etwas klären«, stotterte sie.

Zed konnte nur schnaubend hinterherlaufen, um sie in letzter Sekunde abzufangen.

»Aber du kommst wieder, richtig?«

»Ja, ja.« Nevyas Reißverschluss hatte sich verkeilt und hielt sie davon ab, loszustürmen. Zed streckte die Hand aus, um zu helfen, doch Nevya schob sie zur Seite.

»Ich komme schon zurecht, Zed«, sagte sie. Zed kaute verlegen auf ihrer Unterlippe, bevor sie flüsternd stotterte: »Das ist nicht mein Name.«

Nevyas Reißverschluss löste sich im selben Moment wie ihre Anspannung. Fassungslos starrte sie Zed an, deren Blick auf die kalten Fliesen gerichtet war.

»Nein, sprich ihn nicht aus. Bist du wahnsinnig?«

»Keine Geheimnisse mehr. Das hast du selbst gesagt, Vy.«

Zed war gebrochen. Was sollte Nevya tun?

»Was machen wir mit den Sonoren?«, versuchte Nevya Zed abzulenken. Ihre Stimme klang merkwürdig gefasst, obwohl sie noch immer die gespaltenen Köpfe der Alben vor ihrem inneren Auge sah. Wie diese die Wendeltreppe hinabrollten. Und da entwirrte sich urplötzlich ein zuvor verknoteter Gedanke und brachte Nevya zum Aufatmen.

»Gib mir einen Tag Zeit, ich denke mir etwas aus«, entgegnete Zed und zog die Tür zu.

Dann erst fiel Nevya auf, dass sie ihre Tasche vergessen hatte. So zerstreut war sie also, dass sie Tasche und Traumtagebuch zuerst bei Ryan und nun bei Zed vergaß.

Im Moment allerdings kümmerte sie sich nicht darum. Es gab wesentlich Wichtigeres. Wenn es tatsächlich Stannon war, der ihr die Eiben gezeigt hatte, dann hatte er ihr auch verraten, wo Q-Lees Sonore waren.

Die ersten Träumer hatten die Köpfe der Alben unter der Erde gelagert. Wo in der Stadt konnte es eine gigantische unterirdische Wendeltreppe geben? An einem Ort, an dem selbst die unwissendsten Bürger Great Shells ein Geheimnis vermuteten. Q-Lee lagerte seine Sonore unter der Great Shell. Der Stein hatte solch eine Anziehungskraft auf Nevya ausgeübt, weil er tatsächlich hohl war und Tausende Sonore, Millionen von Träumen beherbergte.

In der Schule angekommen, musste Nevya nicht lange nach Ryan suchen. Er stand alleine an seinem Spind. Sie ging direkt auf ihn zu und streckte eine Hand aus, packte seinen Oberarm und drehte ihn zu sich um.

»Hey«, sagte er lächelnd.

»Die gute Laune kannst du dir sparen«, flüsterte Nevya.

»Was?« Als hätte sie ihn angespuckt, schüttelte Ryan den Kopf.

»Du schuldest mir eine Entschuldigung.« Nevya verschränkte die Arme vor der Brust.

»Ach ja?«, entgegnete er mit flatternden Lidern. »Ich meine mich zu erinnern, dass du diejenige bist, die mich gestern weggeschickt hat.«

Nevya sog scharf die Luft ein.

»Ich habe es satt, Nevya.« Mit beiden Händen umfasste er ihr Gesicht. »Was sind wir?«

Alles in Nevya spannte sich an, bereitete sich auf eine Flucht vor. Die Frage klang zu real.

Wir haben keinen Namen, wollte Nevya entgegnen.

»Willst du das wirklich hier und jetzt klären?«, fragte Nevya wütend. »Zuerst schleichst du dich in meine Träume, missbrauchst mein Vertrauen, und jetzt das?« Nevya spürte, wie sich ein Kloß in ihrem Hals bildete. Sie konnte und wollte keinem Menschen so nahe sein, wie Ryan es gerne hätte. Hatte Declans Tod ihr nicht bereits deutlich gezeigt, dass sie nicht mit so tief greifenden Gefühlen zurechtkam?

Nevyas Gedanken überschlugen sich. Zitternd gestand sie: »Ich kann das nicht.«

»Was kannst du nicht? Mir eine Antwort geben?« Nevyas Schweigen beantwortete seine Fragen.

»Dann beenden wir die Sache wohl«, schlussfolgerte er.

»Es gibt keine Sache, die wir beenden könnten. Es gab nie eine.«

»Wow«, rief er aus. »Mein Fehler. Habe es mir wohl nur eingebildet.«

»Hast du überhaupt nichts zu letzter Nacht zu sagen?«, fragte sie verunsichert. Dann räusperte sie sich, in der Hoffnung, wieder selbstbewusster zu klingen. »Du hast doch hoffentlich verstanden, dass du dich aus meinen Träumen fernhalten sollst, oder?«

Verletzt kniff Ryan die Augen zusammen. »Weißt du, Nevya, vielleicht solltest du dir Hilfe suchen. Du scheinst an einer Art Verfolgungswahn zu leiden.«

»Wie bitte?«

»Hast du mal darüber nachgedacht, wie verrückt du klingst?«

Natürlich hatte sie das nicht, die Frage stellte sich überhaupt nicht. Stannon hatte ihr bewiesen, dass es möglich war, fremde Träume zu besuchen, als er ihr die Botschaft in den Arm geschnitten hatte. Das Tattoo hatte ihr bewiesen, dass er und Ryan etwas gemeinsam hatten, und wenn es nicht das Traumwandern war, was war es dann?

Nevya kam ins Straucheln. Warum leugnete Ryan, was er getan hatte, wenn sie die Wahrheit doch kannte? Oder hatte ihr Gehirn sich tatsächlich alles nur zusammengereimt, weil es so gut zusammenpasste?

»Na schön«, hauchte er so müde, wie Nevya sich fühlte. »Halte dein Herz warm.«

Bisher hatte Nevya es vermieden, ihm in die Augen zu sehen, doch sie wollte einen letzten Blick auf das beruhigende Algengrün werfen. Leider blieb ihr dieser Anblick verwehrt, denn Ryan hatte sich längst abgewandt und war hinter der nächsten Ecke verschwunden.

Nevya blieb allein zurück. Sie fühlte sich besiegt. Als hätte sie einen Kampf gegen sich selbst verloren.

28

In der Nacht lag Nevya wach. Sie hatte in letzter Zeit so viel geschlafen, dass sich einfach keine Müdigkeit einstellen wollte.

Der Nebel war blass. Sie spürte deutlich, dass nicht viel von ihm übrig war, also schwang sie sich aus den Federn und verließ die Wohnung.

Durchgefroren kam sie am Loft an. Nun musste sie nur noch unbemerkt hineinschleichen und ein paar Sphären mitnehmen, doch hinter der Tür bewegte sich etwas. Nevya erschrak und setzte soeben zur Flucht an, als die Tür knarzend aufschwang.

Die Kälte war vergessen. Alles war vergessen, als sie in Declans Augen sah. Sie streckte die Arme aus und drückte ihn an sich.

»Wie ist das möglich?«, schluchzte sie. All die Tränen, die sie in den letzten Tagen zurückgehalten hatte, brachen auf einmal aus ihren Augen. Als Declan die Umarmung erwiderte, drückte sie noch fester.

»Ich dachte, du bist tot«, schluchzte Nevya. Er versuchte, ihr Weinen mit beruhigenden Lauten zu stillen. Es fühlte sich an, als stünden sie stundenlang so da. Nevya wollte tausend Fragen stellen, aber keine, die ihr einfiel, schien wichtig genug, um den Moment zu unterbrechen.

Und dann spürte sie den Sog, der ihr so bekannt war. Das Nichts fraß die Umgebung und ließ nur Leere zurück. Dröhnende Leere. Der Nebel war fort.

Erschrocken fuhr Nevya aus dem Schlaf. Sie fühlte sich schwer. All die Gefühle, die sie zu überdecken versucht hatte, drückten gleichzeitig auf ihre Schultern. Unter dem Gewicht bekam sie keine Luft. Sie musste raus aus diesem stickigen Zimmer.

Zed hatte um einen Tag Zeit gebeten, also verabredete Nevya sich mit ihr, sobald sie auf der Straße angekommen war und die frische Nachtluft eingesogen hatte. Wie sie erwartet hatte, hing Zed im Spectrum herum, das um diese Uhrzeit bereits geschlossen hatte.

Dort angekommen, entdeckte Nevya sie am Tresen, wo sie sich mit Joe unterhielt.

»Rede mit ihr«, flüsterte Joe einfühlsam und schien nicht zu merken, dass Nevya ihn gehört hatte.

»Wir haben viel zu besprechen, Zed«, befand Nevya.

Zed tat sich schwer, aufzustehen. Sie torkelte auf Nevya zu, legte beide Hände auf ihre Schultern, um sich selbst abzustützen, und ließ Nevya an ihrem Alkoholatem teilhaben.

»Lass mich dir etwas zeigen«, lallte Zed, woraufhin Joe den Putzlappen in die Spüle warf und hinter der Bar verschwand. Zed ging voraus und ließ sich auf die Knie nieder. Sie grub ihre Fingerkuppen zwischen die Bodendielen und hob sie aus dem Boden.

Nevya schaute in eine Grube, die bis zum Rand mit den zwölf Sonoren gefüllt war. Das Indigo der Kugeln blendete. Am liebsten hätte Nevya sich kopfüber in das Glas gestürzt. Aber in den gestohlenen Kugeln war nicht der Nebel, den die Alben ihr geschenkt hatten. Es war nicht ihr Erbe.

Nevya wägte die Möglichkeiten ab. Obwohl sie die Antwort kannte, fragte sie: »Wirst du Cee eine zweite Chance geben?«

»Chandler hat meine Träume gestohlen.« Nun fiel auch Zeds Blick mit Sehnsucht auf die Kugeln. »Würdest du demjenigen verzeihen, der deine Träume gestohlen hat?«

Zum ersten Mal seit einer Ewigkeit dachte Nevya wieder an den Tag, an dem es geschehen sein musste. An dem ihre Träume gestohlen wurden.

Es war der letzte warme Tag des Jahres gewesen. Sie war im Shellpark eingeschlafen und traumlos aufgewacht. Nevya setzte sich an den Rand des Traumnestes, um den Sphären nahe zu sein. Um ihnen zu zeigen, dass sie da war. Sie hielt ihre Hand über die Öffnung und spürte die flimmernde Energie, die sie in der Wüste angelockt hatte. Wie sollte sie Q-Lees Sammlung und ihre eigenen Träume ohne Cees Hilfe finden? Hatten ihre Träume recht – hatte er die Sonore tatsächlich unter der Great Shell versteckt?

»Q-Lee und Stannon machen gemeinsame Sache«, erinnerte Nevya Zed. »Wir brauchen einen Verbündeten an der Spitze. Wir brauchen Cee.«

»Du hast keine Ahnung vom Traumhandel, Vy. Es ist vorbei. Wir werden uns nicht an die Spitze kämpfen. Fürs Erste haben wir zwölf Sonore.«

Als Zed die Dielen wie eine Luke schloss, blieb das Blau zwar dahinter zurück – nicht aber das Gefühl. Die unbändige Anziehungskraft.

»Ich habe einen Abnehmer für den ersten Sonor«, verkündete Zed.

Beim Anblick der flackernden Sonore kamen Nevya Zweifel. Es hatte nur weniger Serenen bedurft, um ihre zerstörerische Überdosis auszulösen. Was würde ein Sonor wohl anrichten können?

»Du hast noch nie einen Sonor verkauft, oder?«, fragte Nevya.

Zed stellte sich auf die Dielen. Sie knarzten, aber das taten alle Dielen im Spectrum.

»Ich werde kein Geld dafür verlangen.«

Zed tippte Nevyas Schulter an, damit sie aufstand, und

kämpfte sich wankend zu einer Sitznische, fernab ihres alten Stammplatzes. Mit gesenktem Kopf folgte Nevya ihr.

Sie brauchte Nebel, und zwar schnell. Dieses Gefühl der Leere war ohne Declan und ohne Ryan so giftig, dass es sich tief in ihre Eingeweide fraß. Nevya konnte nicht essen. Sie konnte nicht klar denken. Aber die Nebel der Serenen gaben ihr keinen echten Trost.

»Hast du Albträume von den Sphären?«, wollte Nevya wissen.

Zed legte vielsagend die Stirn in Falten. Die dunklen Ränder um ihre Augen und die zerkauten Lippen sprachen für sich. Kurz dachte Nevya darüber nach, ihre Hand nach Zed auszustrecken – und tat es nicht.

»Warte mit dem Sonor, bis ich herausgefunden habe, wo sie herkommen – die Albträume.«

Denn wenn der Rausch Nevya eines beigebracht hatte, dann, dass sie mit derartigen Nebelmassen vorsichtig sein mussten. Eine Weile saßen sie stumm nebeneinander, dann erhob Nevya sich langsam und trat den Heimweg an.

»Vy«, begann Zed und sprang auf. »Du weißt, dass ich befehle und nicht freundlich bitte.« Ihre Stimme zitterte und mittlerweile schien nicht nur der Alkohol ihre Augen trüb zu färben. »Also …« Sie räusperte sich verlegen. »Versprich mir, dass du zurückkommen wirst.«

Nevya erstarrte. Noch nie hatte jemand sie um so etwas gebeten.

»Warum«, begann sie und schluckte schwer. »Warum sollte ich nicht wiederkommen?«

Jetzt ließ Zed sich wieder auf die Polster der Nische fallen.

»Was machen wir mit dem Abnehmer für den Sonor?«, lenkte Zed das Gespräch wieder in eine unverfänglichere Richtung. »Können wir das Mädchen nicht wenigstens mit einer Serene abspeisen?«

Zed las Nevyas Gedanken.

»Okay«, lenkte sie ein, als sie Nevyas verdutzten Blick registrierte, »ich sage dem Cheerleader, dass wir den Deal verschieben. Wenn das bedeutet, dass wir jetzt essen gehen, bin ich dabei.«

Nevya stutzte. Sie kannte ein paar Cheerleader.

»Wie lautet der Name deines Kunden?«, hakte sie nach, obwohl sie Angst vor Zeds Antwort hatte.

»Lauren. Lauren Page. Kennst du sie?«

»Sie war meine beste Freundin«, erklärte Nevya trocken.

»Nun ja.« Zed ging um den Tisch herum und blieb vor Nevya stehen. »Sie teilt ein Schicksal mit uns. Der einzige Unterschied zwischen uns und ihr ist, dass sie nicht weiß, wer sie bestohlen hat.«

Nevya verengte verwirrt die Augen zu Schlitzen und beteuerte kopfschüttelnd: »Ich weiß auch nicht, wer mich bestohlen hat.«

Angespannt holte Zed Luft. »Ich war es.«

Nevya erstarrte. »Du …«, hauchte sie, mehr fiel ihr beim besten Willen nicht ein. Sie sah, wie Zed zitterte, wie schwer es ihr fiel, Worte zu formen.

»Was glaubst du«, wisperte sie, »warum ich dich ins Traumgeschäft zerren wollte? Ich brauche keine billigen Arbeiter.«

Sie lief zur Theke, schmiss sich darüber und zog einen Rucksack hinter der Bar hervor. Es war Nevyas Tasche, die sie tags zuvor vergessen hatte – und sie war schwerer geworden. Nevya fühlte die Sphäre, als Zed ihr den Rucksack in die Hand drückte.

»Du hast dein Notizbuch vergessen. Lies den Eintrag auf der letzten Seite.«

Ihre Unterlippe begann zu zittern und doch klang Zeds Stimme so elegant und rauchig wie eh und je. »Versprich mir, dass du zurückkommst.«

»Du hast in mein Traumtagebuch geschrieben?«, fragte Nevya. »Warum bildet sich jeder ein, in meine Privatsphäre eindringen zu dürfen?« Nevya klammerte sich fester an ihren Rucksack. Sie musste hier raus. Das durfte nicht wahr sein. Alles, was je ihr gehört hatte, wurde missbraucht und gestohlen.

»Lies meinen Eintrag«, bat Zed, als Nevya die schwere Holztür aufdrückte.

»Nein.«

Hinter ihr fiel die Tür ins Schloss. Nevya stand einfach nur da, mit halb geschultertem Rucksack, und fror. Und schnaufte.

Fieberhaft überlegte sie. Sie hatte keinen Grund, zurückzukehren. Cee war fort, Zed hatte sie belogen, die Sonore gehörten nicht ihr. Und Declan war fort. Eine Windböe pfiff in Nevyas Ohr und sie erschauderte.

Keuchend machte sie sich auf den Weg. Sie war niemandem irgendetwas schuldig. Weder Lauren noch Zed.

Nein, ich werde nicht zurückkommen.

Sie eilte ohne ein Ziel durch Brigestia, ohne sich nur ein einziges Mal umzusehen.

In einem Innenhof blieb Nevya stehen und schluchzte. Ihre Brust drohte zu zerreißen, weil sie so schnell gelaufen war, weil sie in dieser kalten Realität so allein war. Sie legte ihre Handfläche auf den kühlen Stoff über ihrer Brust und spürte, wie sie sich bei jedem ihrer hektischen Atemzüge hob und senkte. Dann kramte sie mit zitternden Fingern in ihrem Rucksack nach der Sphäre.

Ihr Herz tat einen Satz, als die blauen Nebelschwaden ihr zuwinkten. Sie musste diesem Tag entfliehen, sie musste sich in die Fluten des Nebels stürzen. Ihr entfuhr ein klagender, krächzender Laut, als sie die Glaskugel an der Hauswand zertrümmerte.

29

Nevyas Traumtagebuch
27.11.

Ich war umgeben von dicht stehenden Bäumen und lief durch knietiefen Nebel, die Zweige knackten ohrenbetäubend, wenn ich sie zertrat. Als ich eine Lichtung erreichte, begegnete ich mir selbst. Mein Spiegelbild hatte ein eingefallenes Gesicht, erschöpfte Sorgenfalten auf der Stirn und Ringe unter den Augen. Plötzlich sah ich, dass mein Spiegelbild eine Hand ausstreckte und mich ohrfeigte.

Ich strauchelte, fiel auf die kantigen Zweige, die meine Haut zerkratzten. Verblüfft legte ich meine Hand auf die Wange und sah zu meinem Spiegelbild und dessen finsterer Miene.

»Du bist ein Nachtmahr, nichts weiter«, rief ich ihm entgegen. »Du bist der Alb, der mich jede Nacht quält.«

Mein düsteres Ebenbild grinste und richtete sich stolz über mir auf. »Nicht ganz, Nevya. Siehst du nicht, wer ich bin?« Nun fiel der Mahr auf die Knie, drückte meine Schultern zu Boden und kam meinem Gesicht bedrohlich nahe. »Siehst du es? Ich bin du. Und du bist ich.«

»Versuch gar nicht erst, mich zu verwirren«, japste ich unter dem Gewicht meines Spiegelbilds. Es schmollte mitleidig und lockerte seinen Griff, setzte sich auf meine Schenkel, sodass ich meinen Oberkörper aufrichten konnte.

»Weißt du denn nicht, wo wir sind?«, fragte der Mahr und ich betrachtete die Lichtung genauer. Dann erinnerte ich mich: Ich war vielleicht sechs oder sieben Jahre alt. Meine Mutter kniete vor mir und zeigte auf etwas am Rande der Lichtung. »Schau!«, rief sie aus. Ich sah nur ein paar braune Farbkleckse, die im Gebüsch verschwanden, doch meine Mutter bestätigte mir, dass ich soeben einen Hasen in freier Wildbahn gesehen hatte.

Meine Brust wurde eng. Als Kind war mir diese Erinnerung unheimlich wichtig und nun war sie jahrelang in meinem Hinterkopf verschwunden gewesen und ausgerechnet ein Mahr hatte sie wieder zum Vorschein gebracht. Eine Art Heimweh lähmte mich für einige Sekunden.

»Was ist dir lieber: dir einzugestehen, dass du dich in deinen eigenen Träumen quälst, weil du dich schuldig fühlst, oder die Vorstellung, dass ein Mahr derart intime Momente aus deiner Vergangenheit einsehen und an die Oberfläche bringen kann?«

Ich schüttelte zwar den Kopf, aber insgeheim gelang es dem Mahr, dass ich mich fragte: War ich es etwa die ganze Zeit selbst gewesen und keiner hatte je Zugang zu meinen Gedanken gehabt?

Mein Spiegelbild verzog die Lippen zu einem grotesken Grinsen. Ich versuchte, mich zu befreien und meine Knie in die Höhe zu hieven, jedoch erfolglos.

»Nicht so schnell«, raunte es und drückte mich wieder zu Boden.

»Was«, knurrte ich. »Was haben meine Träume an sich, das euch anlockt? Warum quält ihr mich?«

»Welch interessante Frage«, freute mein Ebenbild sich. »Wieso verleugnest du, dass du dich selbst quälst? Bist du so unsicher, dass alles, was schlecht ist, von außen kommen muss? Magst du es, wenn ich dir zeige, wie gut ich dich kenne? Oder hasst du es ebenso sehr wie den Kontrollverlust, den du dir Nacht für Nacht vorgaukelst?«

»Hör auf damit, es hat keine Wirkung«, behauptete ich.

»Bring dich doch selbst dazu, aufzuhören. Du weißt, wie es geht. Du weißt, dass du es kannst. Das einzige Problem ist dein Glaube an niedliche Fabelwesen. Welch clevere kleine Ausrede du dir da geschustert hast, um dein eigenes Versagen zu verleugnen.«
Ich konnte nicht abstreiten, dass alles, was mein Spiegelbild mir erzählte, verflucht viel Sinn ergab.
Der Blick meines Ebenbilds war mittlerweile beinahe liebevoll, als es weitersprach: »Vielleicht solltest du dich erst einmal selbst kennenlernen, bevor du versuchst, die Alben zu verstehen.«
Ich spürte den Druck seiner Lippen auf den meinen, der meinen entgeisterten Schrei erstickte. Mit aller Kraft versuchte ich, mein Ebenbild von mir zu stoßen.
Als es sich von meinen Lippen löste, glaubte ich, es habe all meine Kräfte aus meinem Körper gesaugt.
»Es ist deine Aufgabe, weise zu sein. Dabei hilft dir kein fremder Nebel«, hörte ich mein Spiegelbild sagen.
Erschöpft nickte ich, denn meine Lippen konnte keine Worte mehr formen.
»Weißt du auch, warum?«, fragte mein Spiegelbild. Ich war so unendlich müde. Der Wald und das Wesen verschwammen. Wenn ich im Traum starb, würde ich aufwachen. Was würde geschehen, wenn ich im Traum vor Erschöpfung einschlief? Ich wollte die Antwort erst gar nicht erfahren.
»Ich bin die Göttin der Traumbilder.« Mit letzter Kraft erinnerte ich mich an mein Mantra. »Ich erschaffe sie. Ich töte sie. Nachts bin ich allein. Alles, was ich sehe, bin ich. Alles, was ich erschaffe, besteht aus mir.« Die Worte kamen mittlerweile aus zwei Mündern. »Mein Unterbewusstsein gehört mir. Was immer misslingt, ist selbstverschuldet.«
Als ich den Satz beendete, traf mich die Erkenntnis wie ein Paukenschlag.
»Ich bin die Göttin der Traumbilder. Ich erschaffe sie. Ich töte sie.«

Aus dem Nebel, der dicht über dem Waldboden waberte, formte ich eine Glasscherbe. Dann stach ich zu. In meine Brust, meinen Hals, meinen Bauch.

Mein Spiegelbild löste sich von mir und sah mich verstört an, bis es seinen eigenen Körper betrachtete, auf dem sich meine Wunden spiegelten, und versuchte, etwas zu sagen, doch ich hörte nur ein ersticktes Gurgeln und stach weiter zu.

Das Adrenalin in meinen Adern versetzte mich in Rage. Ich war entschlossen, zum ersten Mal in meinem Leben einen Nachtmahr zu töten. Das verdammte Ding hatte es fast geschafft, dass ich mich verloren hätte.

Ich schmiss die Scherbe ins Nichts, zog meine Knie unter mein Kinn. Zu meinen Füßen lag ein Mahr, eine blutverschmierte, groteske Puppe mit leerem Gesichtsausdruck.

Ich musste aufwachen.

* * *

Mit schmerzendem Kopf lag Nevya auf dem Boden vor ihrem Bett. Kalter Schweiß klebte an ihrer Hand, als sie damit ihre Stirn abtastete. Sie fühlte die Beule bereits. Da saß sie nun, zitterte, kauerte in der Ecke. Sie griff nach ihrem Traumtagebuch und schrieb alles auf, woran sie sich erinnern konnte.

Es *musste* ein Mahr gewesen sein. Ein Mahr, der ihr dermaßen Angst einjagen wollte, dass sie nie wieder eine Sphäre öffnen würde.

Nachdenklich kaute sie auf ihre Lippen. Mittlerweile zitterte sie nicht mehr vor Angst, sondern vor Kälte, als der Schweiß auf ihrer Haut abkühlte. Jetzt kannte sie auch den Grund für die heftigen Angriffe.

Es ist deine Aufgabe, weise zu sein. Dabei hilft dir kein fremder Nebel, hatte ihr Spiegelbild gesagt.

Die Mahre hatten ihre Art, ihr zu sagen, dass sie keinen fremden Nebel in ihrem Kopf tragen durfte.

Es lag nicht an ihrer Unsicherheit oder an ihrem schlechten Gewissen. Die Serenen hatten den Mahren den Weg geebnet. Die geklauten Träume.

Sie zwang sich zum Aufstehen, schlüpfte in ihre Schuhe, riss ihre Jacke und ihren Rucksack vom Haken und verließ wortlos die Wohnung. Wenn eine Serene sie beinahe umbringen konnte, war jeder Sonor, der nicht der eigene war, ein sicheres Todesurteil. Zed durfte sie auf keinen Fall in Umlauf bringen.

30

Nevyas Traumtagebuch
Zeds Eintrag

Wenn du schläfst, siehst du aus wie ein Püppchen.

Das wollte ich dir schon immer sagen.

Seit dem Tag, an dem ich dich friedlich schlafend im Shellpark gefunden habe.

Du lagst einfach da – unbekümmert und ruhig, und ich war unendlich neidisch.

Ich für meinen Teil, ich wollte die Belohnung. Die Bequemlichkeit. Ich gehorchte, hinterfragte nur für Geld. Oder ich schwieg für Geld. Du weißt, was alles geschehen musste, um das zu ändern. Aber du weißt auch, dass ich endlich bereit bin, das Richtige zu tun.

Ich hoffe, dass du es weißt.

Nur wenige tummelten sich auf der vertrockneten Wiese vor der Great Shell, weshalb ich mich einfach neben dich setzen konnte. Deine Augenbewegungen faszinierten mich. Sie wirkten so überlegt, als wüsstest du genau, was du tust, während du schliefst.

Ein letztes Mal sah ich mich um, atmete tief durch, damit mein rasendes Herz nicht explodierte, und zog die gläsernen Hälften der Sphäre aus meiner Tasche.

Ich hielt sie einfach an deine Stirn, und was dann geschah,

schockierte mich. Ich war es gewohnt, dass der Nebel sanft austrat, aber aus deinem Kopf stieß mir ein gewaltiger Schwall entgegen. Die Schale erzitterte und fiel aus meiner Hand. Im letzten Moment konnte ich die andere Hälfte daraufpressen. Mein Herz klopfte wie wild, meine Hände zitterten vor Aufregung. Der Schreck saß tief und so dachte ich erst nach mehreren Sekunden daran, dass ich verdammt noch mal abhauen musste. Unruhig drehte ich mich nun in alle Richtungen um, aber scheinbar hatte uns keiner beobachtet.
Und du schliefst wie ein Püppchen. Ahnungslos.

* * *

Nevya saß in einer Unterführung vor dem Soladesplatz stumm an der Wand und las. Sie war nicht sicher, ob Zed den Eintrag mit einem Kompliment oder einem Scherz begonnen hatte, aber sie konnte nicht aufhören, den Satz zu lesen:

Wenn du schläfst, siehst du aus wie ein Püppchen.

Sie überflog den Eintrag mehrfach und blieb bei keinem anderen Satz hängen.

Dann las sie die erste Seite ihres Traumtagebuchs und jede einzelne, die ihr folgte, aufmerksam und selbstkritisch durch. Sie zwang sich zurück zu Zeds Eintrag, riss ihn aus dem Ringbuch und stopfte ihn in ihre Tasche, dann erklomm sie die Treppen in Richtung der Great Shell.

Die Stadt sah es nicht gerne, wenn die Obdachlosen so nahe an der größten Touristenaktion ihre Mülltonnen in Brand setzten, besonders nicht tagsüber, aber Nevya kam das gerade gelegen. Wortlos reihte sie sich in den Kreis ein.

»Braucht ihr noch Zündstoff?«, fragte sie in die Runde und hob ihr Traumtagebuch hoch. Ohne auf eine Antwort zu warten, schmiss sie es in die Flammen und ging davon.

Auf ihrem Weg durch den Park hielt sie den Blick auf die Great Shell gerichtet. Zwielicht beherrschte die Luft der brigestianischen Straßen. Früher waren sie Nevya wie ein Labyrinth vorgekommen. Ihre eigene Heimat war ein Mysterium gewesen. Nun kannte sie neue Wege und ein neues Gefühl der Zugehörigkeit. Zum Mythos der Stadt. Zu den Nebeln.

Sie würde Zed nicht vergeben. Und sie würde nicht zulassen, dass die Mahre Lauren quälten, nur weil Zed plötzlich ihre innere Güte entdeckt hatte und Lauren einen Sonor schenken wollte.

Zed reagierte nicht auf ihre Anrufe. Normalerweise hätte sie sie im Loft gesucht, aber es erschien ihr viel wahrscheinlicher, dass Zed sich im Spectrum herumtrieb – dem Auffangbecken der Verzweifelten.

Ungewöhnliche Stille empfing Nevya, als sie die Bar betrat. Die Lichter waren aus und der frühe Morgen schaffte es nicht, den Raum zu erhellen. Nevya ging ein paar Schritte auf dem knarzenden Boden. Wie laut das Holz doch war.

»Hallo?«

Keine Antwort. Warum hatte Joe nicht abgeschlossen?

Ein Druck baute sich in Nevyas Brust auf und drückte auf ihr Herz. Sie ging zur Theke.

Wo die losen Dielen gelegen hatten, klaffte ein Loch. Es leuchtete nicht.

»Scheiße.«

»Das kannst du laut sagen.«

Nevya hielt sich die Hände vor den Mund, um nicht zu schreien, und fuhr herum. An der Tür lehnte Stannon.

»Du hast sie gestohlen«, fauchte Nevya und kam sich dumm vor. Warum sollte der Dieb zurückkehren? Stannon zog die Tür hinter sich zu.

»Als ich kam, waren sie schon weg«, behauptete Stannon.

»Was hast du mit Joe angestellt?«, ängstlich hielt sie sich an der Theke fest. Zu deutlich erinnerte sie sich an Ryan, den Stannon mit einer einzigen Berührung in die Knie gezwungen hatte.

»Joe hat heute entschieden, früher zu schließen und die Tür offen zu lassen. Schreckliche Albträume hat er, der Gute.«

Nevya weitete die Augen, und obwohl sie wusste, dass er Menschen durch Albträume manipulieren konnte, blieb ihr die Luft weg, als er so belanglos darüber redete.

»Du Mistkerl.«

Mit verschränkten Armen öffnete Stannon die Tür und trat ins spärliche Tageslicht, das das Spectrum grau färbte. Er sah hinter sich, als wollte er ihr zeigen, dass er sie nicht als Geisel hielt – dass er nicht ihretwegen hier war.

»Wo ist Zed?«

»Das weiß ich nicht.«

»Lügner.«

Stannon zeigte beide Eckzähne und lachte müde.

»Nenn mich Stannon«, bat er und schlenderte näher. »Oder Ben Collins. Oder den Götzen. Oder einen Mistkerl. Wage es nicht, mich als Lügner zu bezeichnen.« Ruckartig griff er ihr Handgelenk und Ekel durchfuhr sie. Seine Berührung löste die gleiche Beklemmung, die gleichen Ängste aus, die sie nur zu gut von ihren Albträumen kannte. Zwischen zusammengepressten Zähnen krächzte Nevya. Jeder Muskel krampfte, als ihr die Luft wegblieb. Dann ließ Stannon los und Nevya nahm torkelnd Abstand.

Es war schwer vorstellbar, dass er tatsächlich ein Traumwanderer war und kein Mahr.

»Zed interessiert mich nicht«, erklärte er. »Ich bin der Sonore wegen hier, aber daraus wird wohl nichts.« Er sah in Richtung des klaffenden Lochs. »Aber wo du schon einmal hier bist, kleiner Käfer.« Er hob einen Finger und zeigte auf Nevyas Arm. »Die Nachricht war nicht als Schmuck gedacht.«

Sie rieb sich den Arm.

»Q-Lee wartet in Prawnhill auf dich«, sprach er weiter.

Nevya hob abwehrend die Schultern. »Warum?«

»Finde es heraus«, sagte Stannon. »Und lass dir nicht allzu viel Zeit damit«, mit diesen Worten verließ er das Spectrum.

Nevya grauste es vor der Vorstellung, was in Prawnhill auf sie wartete.

Vom Spectrum aus war das Loft bequem zu Fuß zu erreichen, aber Nevya wurde das Gefühl nicht los, dass sie sich beeilen musste. Also rannte sie.

»Zed«, brüllte sie, sobald sie durch die Tür stürmte, doch im Loft war es noch ruhiger als im Spectrum.

Nevya zog es in das Lager. Declans Teil des Regals war leer, jemand hatte seinen Namen entfernt. Neben den schimmernden Serenen lag Declans Regal in vollkommener Dunkelheit. Nevya holte tief Luft und stieß sie unter Tränen wieder aus. Sie musste sich an Declans Regal abstützen, als ihre Knie weich wurden, und weinte, bis keine Tränen mehr übrig waren.

Sie wollte die Erinnerung an ihn zusammen mit diesen albtraumhaften Gefühlen, die Stannon ihr eben vermittelt hatte, am liebsten im Nebel ertränken, doch damit war Schluss. So lange, bis sie einen Weg zu ihrem eigenen Nebel gefunden hatte.

Als ihr Blick auf Zeds gefülltes Regal fiel, kam ihr eine Idee. Sie griff mit beiden Händen nach einer Kugel, rieb das kalte Glas und ließ sie in ihren Rucksack rollen.

Am letzten Wochenende im November veranstaltete die Conch Highschool ihren alljährlichen Wintertanz.

31

Nevya vergrub die Hände in den Bauchtaschen ihres Pullovers und ging um das Schulgebäude herum in Richtung Sporthalle.

Der ganze Parkplatz war gefüllt mit den klapprigen Gebrauchtwagen ihrer Mitschüler. In Gruppen standen diese zusammen, tranken Alkohol, den sie in Plastikflaschen umgefüllt hatten, und rauchten Zigaretten, die sie selbst gedreht hatten.

Als Nevya auch Lauren und Allison mit ein paar anderen Cheerleadern auf dem Parkplatz entdeckte, blieb sie abseits. Zed war nirgends zu sehen.

Ryans blonde Ex-Freundin Allison erspähte Nevya. Mit dem Blick auf Nevya beugte Allison sich zu Lauren und flüsterte etwas in ihr Ohr. Beide kicherten, während Laurens Korkenzieherlocken umherwippten.

Früher hatten sie gemeinsam gelacht, dann hatten sie sich irgendwie auseinandergelebt und Nevya war in ihrer Traumwelt verschwunden. Etwas, das sie jetzt nicht mehr tun konnte. Ebenso wenig wie Lauren.

Das Lachen des Grüppchens verging, als Nevya sich näherte und genau vor Lauren stehen blieb.

»Können wir uns kurz unterhalten?«

Lauren verzog zunächst das Gesicht, doch dann schien ihr ein Licht aufzugehen. Sie entschuldigte sich bei ihren Freunden und ging mit Nevya durch den Haupteingang. Lauren folgte ihr stumm, als Nevya mit den Händen in den Taschen um das liebevoll hergerichtete Buffet herumging und geradewegs auf die Tür neben der Tribüne zusteuerte, die zu den Schulfluren führte. Der Wintertanz war in vollem Gange, Schüler tanzten in süßen Kleidern und schicken Anzügen.

Die Flure waren bis auf wenige Ausnahmen menschenleer, und je weiter sie sich von der Sporthalle entfernten, desto einsamer wurden die kahlen Gänge. Auf einem breiten Treppenabsatz unter dem Banner, das *GO SEA DEVILS* schrie, blieben sie stehen.

»Ich mach es kurz«, versprach Nevya und drehte sich um. »Du kennst meine Kollegin Zed.«

Nevya blickte in Laurens erschrockenen Augen.

»Dann bist du wirklich eine …«

»Wir haben seit vier Jahren nicht gesprochen«, unterbrach Nevya sie ungeduldig. »Wundert es dich wirklich, dass du nichts mehr über mich weißt?«

Lauren war sichtlich nervös, spielte mit der rosa Schärpe ihres Kleids.

»Vier Jahre«, wiederholte sie. »Ist es wirklich schon so lange her, dass ich aufgehört habe zu träumen?«

Wie Lauren so dastand, kam Nevya auf den Gedanken, dass der Nebel der Grund war, warum sie sich auseinandergelebt hatten. Lauren hatte sich von der Traumlosigkeit abgelenkt, während Nevya in ihre Traumwelt verschwunden war. Nun hatten sie mehr gemeinsam, als Nevya geahnt hatte.

»Zed hat dir einen Sonor angeboten«, fuhr Nevya fort. »Sollte sie hier aufkreuzen und ihn dir anbieten, dann lehne ihn ab.« Sie sprach leise. Vorsichtig zog sie die Serene aus der Tasche.

»Das hier ist nur eine Serene. Du wirst nicht lange davon träumen können, aber es ist das Einzige, was ich dir anbieten kann.«

Laurens Augen weiteten sich. Mit zitternden Fingern wollte sie nach der Sphäre greifen, doch Nevya zog sie dicht an sich. Sie wägte ab, ob es Sinn machte, Lauren von den Mahren zu erzählen, doch sie würde ihr ohnehin nicht glauben. »Aber sei vorsichtig. In letzter Zeit lösen sie nur Albträume aus.«

Nevya klemmte die Kugel unter ihren Arm und schnipste mehrfach vor Laurens Nase, die der Wirbelsturm der Serene in Trance versetzt hatte.

Lauren nickte. Tränen standen in ihren Augen.

»Danke«, wisperte sie.

Noch bevor Nevya Lauren die Sphäre überreichen konnte, riss ihr jemand die Kugel aus der Hand. Fluchend sah Nevya einer Gruppe von Neuntklässlern hinterher, die lachend und klatschend in die Sporthalle liefen. Grölend kamen sie neben der Tribüne zum Stehen.

Aufgebracht holte Nevya sie ein und stieß einen der Grünschnäbel mit dem Ellbogen zur Seite. »Gebt mir das Ding zurück.«

»Nö, bist du blöd?« Die Banalität dieser Worte reizte sie gehörig.

»Jetzt hör mir mal zu, du Idiot«, keifte sie und packte ihn am Kragen.

»Wenn dich ein Lehrer sieht …«, mahnte Lauren, die in diesem Moment neben Nevya zum Stehen gekommen war.

»Das geht mir am Arsch vorbei«, versicherte Nevya. »Ich hab auf dieser Schule nicht sonderlich viel zu verlieren, verstehst du das, Knirps? Also entweder gibst du mir jetzt die Kugel oder du besorgst dir eine neue Nase, du hast die Wahl.« Mit einem Ruck schubste sie den Typen von sich, woraufhin er angestrengt hustete.

Nevya sah ihm an, dass sie ihm Angst eingejagt hatte. Sie stutzte. Normalerweise war sie nicht so aufbrausend.

»Fang sie dir doch«, rief der Junge und holte aus.

Nevyas Herz setzte einen Schlag aus, als die Kugel plötzlich über ihren Kopf flog.

Die Gruppe aus Siebtklässlern drehte sich wie vom Blitz getroffen um und rannte aus der Halle davon, während die Sphäre an der Holzverkleidung der Tribüne zerschellte.

Lauren stand neben ihr und streckte die Hand nach dem Nebel aus, doch Nevya trat einen entscheidenden Schritt nach vorne. Es zog sie zum Nebel. Noch bevor sie zur Besinnung kommen konnte, kroch bereits kratzender Nebel durch Nevyas Atemgänge. Nevya überkam das gewohnte Husten, als der Nebel in ihren Kopf fuhr. Vom Schwindel erwischt, rutschte sie auf den Boden. Was hatte sie nur getan? Die Mahre würden sie zerreißen.

Die haselnussfarbenen Augen, die sie feindselig anblickten, und die Lippen, die die Worte »du verdammtes Miststück« formten, erkannte sie nur durch einen Nebelschleier.

Dann spürte sie einen warmen Schmerz um ihr Handgelenk. Als sie benommen den Kopf drehte, sah sie Ryan, der ihr Handgelenk festhielt und sie auf die Beine zog. Die Wärme, die von seiner Hand ausging, schien kleine Blitze durch ihren Körper zu senden und ihr Herz kam vollkommen aus dem Rhythmus.

»Wieso bringst du dich nur immer wieder in Schwierigkeiten?«, klagte er mit rauer Stimme. Hinter ihm sah Nevya, wie Lauren das Weite suchte. Sie wollte ihr hinterher und sich entschuldigen, da trat Mister Olson an sie heran.

»Nevya Hale«, brummte er, »bist du für diese Sauerei verantwortlich?«

»Ich kann das erklären«, mischte Ryan sich ein.

»Ich habe ein Glas fallen lassen«, unterbrach Nevya ihn und sah sich die vielen Scherben an. »Zwei Gläser«, warf sie hinterher.

Mister Olson hatte die Arme streng verschränkt und knurrte: »Mister Manzano hat mich in den letzten Wochen vehement darum gebeten, nachsichtig mit dir zu sein. Aber dass du hier auftauchst und so einen Aufstand veranstaltest ...« Er dachte sicher, dass sie betrunken war, und deutete auf die Scherben zu ihren Füßen.

»Ich wische es auf«, lallte Nevya und kratzte sich am Kopf. Mister Olsons Mund war eine angespannte Linie, als er ihr einen Besen reichte. Er schimpfte und drängte sie, wieder zur Schule zu kommen, und Nevya nickte nur unterwürfig. Sie dachte nicht an den Unterricht, sie dachte an Ryan, der sie bei ihren Lehrern verteidigt hatte und Mister Olson nun versprach, ein Auge auf sie zu haben. Der Lehrer musste alle Hände voll zu tun haben, also ließ er schon bald von ihr ab. Ryan sah ihr zu, als sie demütig die Scherben zusammenkehrte.

»Du hast da ein Stück übersehen«, scherzte er.

»Ich habe nie darum gebeten, dass du dich für mich einsetzt«, murmelte sie und spürte, wie ihre Wangen brannten.

»Du wolltest doch wissen, was mein schlimmster Albtraum war. Weißt du, ich hatte eine gute Freundin in Prawnhill, die total abgestürzt ist.« Er holte tief Luft, als müsste er erst seinen ganzen Mut sammeln, bevor er weitersprechen konnte. »Ich träume noch heute oft von ihr. Für sie konnte ich nichts tun, also dachte ich, ich könnte wenigstens dir helfen.«

Nevya hielt kurz inne und stützte sich auf den Besenstiel. Er hatte schon einmal von einer verlorenen Freundin gesprochen.

Sein weißes Hemd war hochgekrempelt, die schwarze Krawatte gelockert. Zwar hatte er die Arme verschränkt, doch ein mildes Lächeln stahl sich auf seine vollen Lippen.

»Deine Haare«, sagte er und zeigte auf Nevyas Wellen. Sie zurrte eine Strähne vor ihr Gesicht und betrachtete sie.

»Was ist damit?«

»Das Rot ist so blass geworden.« Er klang amüsiert.

Nevya schnaubte nervös und strich die Strähne hinter ihr Ohr. In letzter Zeit hatte sie sich nicht allzu oft im Spiegel betrachtet. Sie musste furchtbar aussehen.

»Ich bin es nicht mehr gewohnt, für jemanden da zu sein«, gab Ryan heiser zu.

Nevya bat ihn, zur Seite zu gehen, damit sie die Scherben unter seinen Füßen zusammenfegen konnte.

Er schob seine Hände in die Hosentaschen. »Ich hab wirklich versucht, die Sache zwischen uns langsam anzugehen.« Nun glitt sein Blick über die zerbrochene Sphäre und er lachte bedrückt. »Es hat nicht funktioniert.«

Nevya biss die Zähne zusammen und kehrte die Scherben auf die Schaufel. Beschämt ging sie zum Mülleimer, wo sie die Schaufel entleerte.

»Ich hab versucht, mein Herz zu wärmen«, brachte sie leise hervor. »Es hat nicht funktioniert.«

Mit den eleganten Klamotten sahen seine kaffeebraunen Haare noch chaotischer aus. Er kaute verlegen auf seiner Unterlippe. Das Grün seiner Augen schien zu flimmern.

»Dann sollte es wohl nicht sein«, fand er.

Wie zwei Fremde standen sie sich gegenüber. Nein, es sollte nicht sein. Nevya zog es nicht mehr zu Ryan, es zog sie zu ihren Träumen. Es zog sie unter die Great Shell. Der Nebel schwappte durch ihren Kopf und bereitete ihr Übelkeit. Sie konnte Ryan nicht länger ansehen und tat, als wollte sie die letzten Scherben aufwischen, obwohl sie längst im Mülleimer lagen.

»Ryan«, wisperte sie und hielt in ihrer Bewegung inne. »Meine Träume wurden gestohlen.« Sie schnaufte und kniff die Augen zu. »Das ist der Grund für … für alles. Nicht weil jemand gestorben ist.«

Ryan gefror. Er rieb sich fassungslos die Augen, suchte nach den richtigen Worten. »Das erklärt alles.« Nach einer kurzen Pause sprach er weiter: »Und ich bin ein Ireer.«

»Das erklärt alles«, antwortete Nevya.

Ein kurzes Lachen verband die beiden und Nevya konnte wieder leichter atmen.

»Weißt du, Allison ist auch eine Ireer. Sie hat mich Quentin vorgestellt. Dem Leiter der Indigo Society. Es würde dir dort gefallen.« Er trat nur einen kleinen Schritt näher, ließ Nevya noch genügend Raum.

»Ich hoffe, du weißt, wie besonders du bist.«

Nevya schnaubte und dachte an ihren Spürsinn und das mütterliche Gefühl, das die Nebel in ihr auslösten. Sie dachte an ihre Traumbilder und Nikolai. Ja, in ihrer Traumwelt war sie eine Göttin. Aber machte sie das tatsächlich zu jemand Besonderem?

»Hat es einen Namen?«, fragte Nevya.

»Luzide«, sagte Ryan mit funkelnden Augen.

»Klingt schön«, fand Nevya und fühlte, wie das Wort in ihrem Inneren nachhallte. Sie fühlte die Wärme. »Klingt wie Musik.«

Ryan strahlte sie an. »Apropos Musik, ich muss jetzt auf die Bühne. Bleibst du?«

Bei dem Gedanken an Lauren und Mister Olson wurde Nevya übel.

»Nein.«

»Bleibst du im … Traumgeschäft?«, fragte Ryan.

»Nein.«

Ryan schien zufrieden. »Danke.«

Irritiert kniff Nevya die Augen zusammen. »Wofür?«

»Ist nur nett, mich mal um etwas anderes zu kümmern als um meine eigenen Sorgen.« Er zuckte die Schultern, schüttelte nervös den Kopf. »Na ja, nicht direkt *nett.* Aber du weißt, was ich meine. Ist schön zu wissen, dass ich durch einen Albtraum schneiden kann.«

Nevya spürte ein Brennen in ihrem Hals, als sie an die Sonne dachte, die ihren Albtraum vertrieben hatte, und räusperte sich. »Tut mir leid, dass ich dich durch die Hölle geführt habe.«

Ryan feixte. »Ich weiß jetzt, dass ich wieder herauskomme. Du warst es doch, die mir geraten hat zu kämpfen.«

Daraufhin sprintete er Richtung Bühne, wo er in der Dunkelheit verschwand. Nevya sah ihm hinterher, während die Musik aus den Lautsprechern abgeschaltet wurde. Als die Lichtkegel der Scheinwerfer auf die Bühne fielen, fiel Nevya auf, dass nicht die Schulkapelle spielte, sondern nur fünf ihrer Mitglieder. Ryan stand am Mikrofon und hielt es nervös fest, bevor er anfing zu singen. Sie hätte ihm ewig zusehen können, aber schon bald machte sie sich daran, den Saal zu verlassen.

Allmählich verstand Nevya, warum sie früher so ungern unter Menschen gewesen war. Die Menschenmassen vertrugen sich nicht mit dem Nebel, führten zu einer Reizüberflutung. Sie hielt den Kopf gesenkt, während sie leise »Entschuldigung« murmelte, wenn sie mit jemandem zusammenstieß.

Lauren war verschwunden und hasste sie, wie sie es seit Jahren tat. Sie konnte es ihr nicht verdenken. Vielleicht war es ja gut so, vermutlich hätte sie nur einen sinnlosen Albtraum abbekommen. Als Nevya spürte, wie der Nebel sich durch ihre Gehirnwindungen quetschte und sich ihr Herzschlag beschleunigte, wusste sie, dass sie wach bleiben musste, bis der Nebel verblasst war.

Stannon hatte ohnehin gesagt, dass Q-Lee sie in Prawnhill sehen wollte. Und von Q-Lee würde sie den Weg in das Lager erfahren.

Den Weg unter die Great Shell.

32

Die U-Bahn kam in Prawnhill zum Stehen und viele der Fahrgäste, besonders die berauschten, schienen dasselbe Ziel wie Nevya zu haben: das mystisch beleuchtete Fabrikgebäude direkt neben den Schienen. Das Graffiti über den höchsten Fenstern kurz unter dem Dach musste neu sein. In feuchten schwarzen Lettern stand dort:

DIE GANZE WELT

Nicht nur die Novembernacht, sondern auch ihre Naivität blies Nevya eisig ins Gesicht. Sie ließ sich einfach von Stannon zu Q-Lee locken wie ein einfältiges kleines Mädchen. Die Fabrikhalle stand offen, kein Türsteher sortierte die Menschen, Geld verlangte auch niemand. Im Inneren der ganzen Welt fiel ihr auf, wie schwindelerregend hoch die Decke über dem rostigen Eisen war, das das verästelte Gebälk bildete.

Wo keine Neonlichter blitzten, hingen psychedelische Gemälde. Das war gemeint, wenn die Leute vom Great Sheller Nachtleben sprachen. Laute Bässe, beißende Lichter und berauschte Gemüter.

Aus einem Nebenraum drang blaues Licht, es schien sie zu sich zu ziehen. Schwarzlichtlampen hingen an der Decke, deren Licht der schmucklose Raum vollkommen in Indigo tauchte. Die Gäste saßen entweder auf Barhockern oder auf Sitzsäcken, nur wenige hatten eine Couchgarnitur belegt. Als sich ein Gast neben ihr durch die Tür quetschen musste und genervt »Aus dem Weg, Firefly« zischte, war sie sich sicher, am richtigen Ort zu sein. Nevya trat hilflos an die Bar heran, wartete geduldig, bis das Mädchen hinterm Tresen ihrem auffordernden Blick nachkam, und teilte dann mit: »Ich bin auf der Suche nach Stannon.«

Das Mädchen zeigte hinter Nevya. Als diese sich umdrehte, sah sie ihn. Seine Körperhaltung drückte sinnliche Arroganz aus. Betont langsam lief er durch die Menge, bis er haarscharf an Nevya vorbeiging, als wäre sie gar nicht da, um sich auf ein Sofa am Rande des Raums zu setzen. Von dort aus starrte er Nevya auffordernd an. Widerwillig kam sie ihm nach.

»Nun«, begann sie, »du hast es geschafft. Ich bin hier.«

Er hob überrascht die Augenbrauen, nickte gelassen und merkte an: »Du hast deine Gründe, hier zu sein, also zier dich nicht, sie zu nennen.«

Nevya sah ihn nicht an, spielte nervös mit ihren Fingern. »Ich habe im Moment keinen Grund, nicht hier zu sein.«

»Oh, die hast du zur Genüge«, erkannte er. »Du kleiner, wohlbehaltener Käfer aus dem Viertel der Lichter hast mehr als genug Gründe, niemals in Prawnhill aufzutauchen. Eltern warnen ihre Kinder, Freunde warnen ihre Liebsten. Ryan hat dich gewarnt, nicht wahr?«

Unwillkürlich hielt sie den Atem an. Nun hatte sie sich wohl für eine Seite entschieden – gegen Ryan.

»Das hat er«, fuhr Stannon fort, als Nevya nicht antwortete. »Und du hörst nicht auf ihn, weil du auf niemanden hörst. Das gefällt mir, aber leider tust du es aus den falschen Gründen. Du tust es aus purer Selbstverliebtheit.«

Nevya rümpfte die Nase. »Du scheinst ja zu wissen, wovon du redest.«

»Komm schon.« Er schnurrte wie ein Kätzchen. »Bis zu einem gewissen Grad seid ihr nun mal vorhersehbar.«

»Wir?«

»Sei so gut und beantworte mir ein paar Fragen. Weißt du noch, als ich dir geraten habe, dich über die Alben zu informieren? Hast du das getan?«

Stannon hatte ihre Zwischenfrage gar nicht gehört, er schien zu fasziniert von seinen eigenen Worten.

»Es ist nicht gerade einfach, eine hilfreiche Lektüre zum Thema zu finden.«

»Glaubst du an sie?« Zuhören schien nicht eine seiner Stärken zu sein.

»Kommt darauf an, welche Version du meinst.« Niemals würde sie sich dazu herablassen, an das einzig wahre Opfer zu glauben, wenn es Leute wie Stannon waren, die überzeugt davon waren.

Stannon zeigte sich zufrieden. »Ich möchte dir gewiss nichts einreden.«

»Was willst du dann von mir?«

»Was willst du von mir?«, entgegnete er feixend.

»Antworten«, sagte Nevya umgehend, erwiderte sein Lächeln aber nicht. Stannon machte eine ausschweifende Bewegung: »Schieß los.«

Nevya hielt nicht mehr viel von solchen Machtspielchen. Sie hielt nichts mehr von Zurückhaltung.

»Wie komme ich an die Sonore heran?«, fragte sie daher unverblümt. Stannons eisblaue Augen blitzten gefährlich auf, als er grinste.

»Sonst noch etwas?«

Nevya seufzte. »Warum quälen die Mahre *mich*?« Sie klang schwächer, als sie wollte.

»Kleiner, unwissender Käfer«, miaute Stannon. »Du bist eine Luzide, die Trägerin eines uralten Erbes.«

Sein theatralisches Seufzen bewies Nevya, dass er genau wusste, wie er sie hellhörig machen konnte.

»Was soll das heißen?« Ihr Herz flatterte.

»Zuerst meine Fragen«, forderte Stannon sie auf. »Was war das Opfer der Mal achaun?«

»Sie gab den Menschen die Träume, um der Sklaverei zu entfliehen.«

Stannon führte ihre Erklärung fort: »Ihre Träume reichten nur für eine Handvoll Menschen. Und du bist ein Nachkomme dieser *ersten Träumer*. Ein Klarträumer.«

Grinsend wartete Stannon auf Nevyas Reaktion, doch sie kam nicht. Er nutzte die Gelegenheit und näherte sich ihrem Gesicht. Unwillkürlich hielt Nevya die Luft an. Er flüsterte: »Verstehst du nicht, kleiner Käfer? Ich bin ein wandernder Träumer – ein Ireer.« Er tätschelte seine Brust. »Und du, meine Liebe, bist eine weise Träumerin – eine Luzide.« Sein Ton war schmierig. Schmeichelnd. Er hob einen Finger und berührte sacht ihre Wange, als wäre sie eins seiner Kunstobjekte aus der Galerie. Nevya entzog sich seiner Hand, doch das Kribbeln, das seine Berührung aussandte, blieb an ihr haften. Er ließ sich nicht beirren: »Der Großteil dieser Welt gehört nicht zu uns. Der Großteil hat die Alben brutal abgeschlachtet und den Nebel gestohlen. Die Gewalt veränderte den Nebel, deshalb träumen sie nicht so lebhaft wie wir.«

»In deiner Version«, ergänzte Nevya und ließ keinerlei Gefühlsregung zu.

»In meiner Version«, gab er zu. Er schlug entspannt die Beine übereinander, fuhr sich durch sein schwarzes Haar. »Die meisten Menschen werden immer daran glauben, dass alle Opfer freiwillig gewesen sind. So oder so bist du eine Luzide. In Ryans Version nennen sie die Klarträumer *die Gesandten.* Dort sind es nicht die ersten Träumer, die klar träumen können, sondern von den Alben auserwählte.« Als er Ryans Namen auf diese herablassende Art aussprach, lehnte er sich hochnäsig zurück. »So oder so bist du ein Teil einer Blutlinie, die von den Alben berufen ist – wie ich. Und deswegen kannst du mir helfen.«

»Wie?«, fragte Nevya skeptisch.

»Du hast mehr Feingefühl für die Nebel als ich«, erklärte Stannon, breitete seine Arme auf der Lehne aus. »Du hast lebhaftere Träume. Du hast mehr Kontrolle über deine Träume – dafür kannst du nicht durch fremde Träume wandern wie wir Ireer. Zusammen könnten wir aber so viel Gutes tun. Firefly, deine Träume sind so luzid wie das Leben.«

»Luzider noch als das«, korrigierte Nevya und gab sich Mühe, nicht geschmeichelt zu klingen. »Was hast du vor?«

»Lass uns umhergehen.« Er sprang elegant auf und drehte sich um, als Nevya nicht folgte. Händereibend fragte er: »Hat dir der Traum gefallen? Hat dir meine Interpretation von Mal achaun gefallen?«

»Vorzüglich«, antwortete sie zähneknirschend.

Es freute Stannon und er nahm blasiert die Schultern zurück. »Ich habe mehr Antworten für dich. Und ich habe ein Anliegen.« Er bleckte die Zähne. »Du wirst wohl oder übel etwas Zeit mit mir verbringen müssen, wenn du mehr wissen möchtest.«

»Ich weiß nicht, ob ich jemandem folgen sollte, dessen Berührungen giftig sind. Nicht nur für mir – auch für Ryan.«

Stannon brauchte nur das Haar, das vor seine Augen fiel, aus seinem Gesicht zu kämen, damit er wieder diese überhebliche Eleganz ausstrahlte.

»Du kennst die Bewohner Prawnhills nicht.« Seine Stimme vibrierte tief.

Auch sie stand auf. »Ganz genau«, hauchte sie beim Vorbeigehen.

Gemeinsam verließen sie die ganze Welt und spazierten durch die Straßen Prawnhills. Stannon kannte fast jeden Menschen, der ihnen entgegenkam. Viele waren Traumwanderer.

Prawnhill offenbarte sich als Sammelsurium an Klarträumern, allesamt huldigten sie dem einzig wahren Opfer der Mal achaun.

Die Trübträumer, die nur auf der Suche nach einem Ausweg aus dem Alltag waren, widerten Stannon an. Sie brächten die Gegend in Verruf. Die Allgemeinheit sähe Prawnhill als Drogensumpf. Ein Luzider jedoch lief ihnen nicht über den Weg.

Stannons Erzählungen schwappten bei jedem Schritt aus seinem Mund wie ein unermüdlicher Brunnen.

Die Bezeichnung Firefly habe sich im Laufe der letzten Jahre etabliert. Klarträumer erkannten einander intuitiv. Niemand könne es richtig erklären, aber alle Klarträumer – Ireer wie Luzide – seien sich einig: Gleichgesinnte stächen aus der Menge hervor. Wie Leuchtkäfer sprängen sie einem ins Auge, selbst wenn sie in einer Menschenmenge untergingen. Von Prawnhill aus habe sich der Spitzname allerdings nicht allzu weit verbreitet.

Sie gingen um eine Ecke, entfernten sich von den U-Bahn-Schienen und damit von den belebteren Hauptstraßen. Die Gebäude türmten sich hier eng aneinander und mit jedem Schritt schienen die Graffitis obszöner zu werden.

Und als es zu schneien begann, kamen die beiden in einem Wohngebiet voller identischer Reihenhäuser zum Stehen. Bunte Lichter flackerten hinter den Fenstern eines Hauses, Menschen sprangen aus dem Backsteinhaus und johlten.

»Da wären wir«, verkündete Stannon feierlich, »Q-Lees Party.«

Nevya schluckte. Nie hatte sie sich die Frage gestellt, was Q-Lee wohl von ihr hielt. Sie war in derselben Verbindung wie sein verhasster Bruder, aber sie war auch mit seinem Verbündeten Stannon unterwegs. Als sie in der Kälte zitterte, wurde ihr bewusst: Sie hatte keine Ahnung, auf welcher Seite sie stehen wollte. Ob sie überhaupt auf einer Seite stehen wollte. Fakt war, sie brauchte ihren Sonor – ihre Träume. Und als sie in die blendenden Fenster des Reihenhauses blickte, fühlte sie sich der Antwort so nahe wie nie.

Also folgte sie Stannon. Schon am Eingang wurden sie von einem klein gewachsenen Mann mit langem braunem Haar beobachtet, der selbst auf der zweiten Treppenstufe neben der Eingangstür noch längst nicht auf Augenhöhe mit Stannon war.

»Hey«, rief er Stannon hinterher. »Wen hast du da bei dir?«, fragte er und trat Stannon direkt gegenüber. Mit dem eingefallenen Gesicht und der schwachen Statur sah er kränklich aus.

»Das ist Vy, sie ist eine Luzide.« Stannon schaffte es, dass jeder Satz unbedeutend und abwertend klang, es sei denn, er sprach über sich selbst. Das Interesse des kleinen Mannes hatte er allerdings dennoch geweckt.

»Was du nicht sagst«, raunte er und inspizierte Nevya mit seinen tiefblauen Augen. Sein forschender Blick machte sie stutzig. Selbst seine Stimme klang schwach. Hauchend. Als würde er jede Sekunde zusammenbrechen. Wenn Q-Lee einen so unscheinbaren Türsteher wählte, konnte nichts Wertvolles hinter seiner Tür warten.

»Dann hör mal zu, Vy. Q-Lee hat nur eine Regel und die möchte ich nicht wiederholen. Die Gartenlaube ist tabu. Verstanden?«

»Ich denke schon.« Sein Blick passte nicht im Geringsten zu seinen Worten. Die eindringliche Betonung und das auffordernde Grinsen verlangten förmlich, dass sie die Regeln brach.

Im Wohnzimmer hatten sich ein paar gruselige Gestalten sowohl auf der Couch als auch auf dem Boden verteilt. Sie saßen in einem Kreis und sprachen aufgebracht miteinander.

Wieder klang Stannon desinteressiert, als er Nevya der Gruppe aus etwa zehn Männern als Traumhändlerin vorstellte. Wie sie von Stannon erfuhr, war jeder einzelne von ihnen ein

Wanderer und sie wusste nicht, ob es an ihren weltoffenen Gesichtern oder ihren gleichmäßig abgetragenen Klamotten lag, aber sie bildeten eine Einheit und man sah ihnen ihre Fähigkeiten an.

»Ich muss wohl gestehen«, begann Stannon und setzte sich. »Es ist mir ein Rätsel, warum die Mahre dich attackieren. Aber diese Männer«, er machte eine ausschweifende Bewegung, »können fast alle Fragen beantworten.«

Ein korpulenter Mann mit wucherndem Bart fragte Nevya: »Hast du sie provoziert?« Es zu bejahen wäre die richtige Antwort gewesen, doch sie stammelte nur.

»Provoziere sie niemals«, sagte ein Dürrer mit gigantischen Zähnen und hob den Finger. Sie hatte Sorge, dass die Männer direkt hinter ihre Stirn blicken konnten.

»Du bist also Traumhändlerin?«, begann ein Dritter, der faszinierend schnell sprach, »ich verstehe, dass das den Mahren nicht gefällt. Sollten Luzide nicht eigentlich weise sein? Du solltest es besser wissen, als mit geklautem Nebel Geld zu verdienen.«

»Meine Komplizen haben auch Albträume«, antwortete Nevya.

»Dann gefällt es ihnen nicht, dass ihr Sphären nehmt«, überlegte der dicke Mann.

»Es juckt die Mahre doch sonst nicht, wenn jemand Sphären nimmt.« Ein Vierter hatte eine schludrige Aussprache. »Ich nehme andauernd Sphären – geht denen am Arsch vorbei.«

»Dann wird's 'ne Mischung sein.« Der Erste hatte keine Lust mehr auf das Gespräch und zündete sich und Stannon eine Zigarette an. »Aus Provokation. Und weil sie im Gewerbe mitmischt«, nuschelte er.

»Das wird's sein, das wird's sein«, pflichtete der Rest ihm bei.

Nevya stimmten die Antworten nicht zufrieden, also wandte sie sich an Stannon, der genüsslich rauchte, und fragte leise:

»Ich weiß nicht, was das soll. Wenn du meine Hilfe willst, brauche ich mehr Informationen.«

»Der Abend hat erst begonnen«, säuselte Stannon und stieß Rauch aus. »Eine Frage nach der anderen.«

Nevya wollte wutentbrannt davonstürmen, doch was Stannon in den Raum warf, ließ ihr den Atem stocken: »Hey«, rief er über den Lärm hinweg, »erinnert sich noch jemand an Ryan Manzano?«

Nur wenige schienen sich zu erinnern.

»Hat sich nicht lange gehalten«, sagte der mit der schlampigen Ausdrucksweise. »Hat mit den Trüben sympathisiert, oder?«

»Albträume konnte er auch nicht ab«, erinnerte sich der Dicke. »War immer ganz ängstlich.«

Nevya wurde bang.

»Hatte er nicht ein Mädchen hier in Prawnhill? Eine von dem Drogenpack?«, mischte sich Stannon nun ein.

Es ging ein Raunen durch die Menge.

»Ja, daran erinnere ich mich. Diese trüben Affen denken, sie gehören nach Prawnhill, weil sie der Realität entfliehen wollen. Aber sie verstehen den Geist dieser Gassen nicht«, knurrte der schnelle Redner.

»Ryan hatte Mitleid«, flüsterte Stannon Nevya zu, doch das hatte der Dürre nicht überhört.

»Tja, dann kann man den Mahren nicht verdenken, dass sie ihn verschreckt haben.«

Allesamt lachten sie schmutzig und Nevya spürte, wie die Wut in ihrem Brustkorb kochte.

So kam sie nicht weiter. Sie musste mit Q-Lee sprechen und ihm versprechen, dass sie nichts mit Cee zu tun hatte. Sie musste ihm irgendwie klarmachen, dass sie nur ihre eigenen Träume zurückhaben wollte. Bestimmt versteckte er sich in der Laube, die sie nicht betreten sollte. Sie entschuldigte sich nicht, als sie durch die Glastür in den Garten stürmte.

Stannon rief von drinnen: »Geh nur, du verrückter Käfer.«

Gereizt blickte sie über die Schulter und zischte: »Sag das nicht.«

Er kam ihr nach und schloss die Tür hinter sich. »Du bist verrückt.« Gelassen zuckte er die Schultern.

Nevya drehte sich um, stapfte auf ihn zu und packte ihn am Kragen, obwohl sie dafür auf Zehenspitzen stehen musste. Stannon nahm zwar ergeben die Hände hoch, grinste aber angetan.

»Wenn du das noch einmal sagst …« Sie wusste selbst nicht, wie sie den Satz beenden sollte.

Stannon senkte theatralisch das Kinn, als er wiederholte: »Du. Bist. Verrückt.«

Empört blähte sie die Nüstern auf, boxte unbeholfen auf seine Brust und holte erneut aus, doch Stannon brauchte nur ein paar gekonnte Griffe und schon stand sie bewegungsunfähig mit dem Rücken zu ihm und spürte seinen Atem auf ihrem Hals. Sie erschauderte.

»Dich zu necken macht mir ebenso viel Spaß wie dir, aber sobald du es ernst meinst, muss ich dich enttäuschen«, raunte er in ihr linkes Ohr. Unwillkürlich schloss sie die Augen und lehnte ihren Hinterkopf an seine Brust.

»Ich habe schon Albträume abgewehrt, die wesentlich gefährlicher waren als du«, flüsterte er. »Wenn du mir also Angst machen möchtest, gib dir etwas mehr Mühe, dann haben wir beide etwas davon.« Nevya zappelte, doch Stannon hielt sie fest umschlungen. Einerseits kochte ihr Blut vor Furcht fast über, andererseits wollte sie am liebsten im berauschenden Bass seiner Stimme untergehen und der Zwiespalt machte sie wahnsinnig.

»Ich will nur Q-Lee sprechen«, gluckste sie hilflos.

Stannon entließ sie aus dem Schwitzkasten. Sie tat ein paar schwankende Schritte und sah ihn feindselig an. Er sah in die Ferne, dann ließ er sie zwinkernd allein. Nevya entfuhr ein überwältigtes Stöhnen, als die Tür wieder zufiel. Sie musste sich sammeln, bevor sie das Gartenhäuschen betreten konnte.

Enttäuscht stellte sie fest, dass es menschenleer war. Stattdessen fand sie einen alten Schreibtisch aus Massivholz und Regale mit verschieden geformten Flakons vor. Sie schloss die Tür und setzte sich auf den einzigen Hocker. Wo sonst mochte sich Q-Lee verstecken?

Vor ihr stand ein rechteckiges Fläschchen mit einer dunklen Flüssigkeit, die wie der Sternenhimmel glitzerte. Begeistert hob sie es an und schwenkte es. Langsam drehte sich das Funkeln durch die zähflüssige Masse. Sie stellte die Flasche zurück und sah sich weiter um, während sie allmählich verstand, warum dieser Ort tabu war: Er war eine Art Drogenlabor. War das der Ort, an dem Q-Lee seine Sphären herstellte oder zumindest mit Techniken experimentierte, um sie zu verbessern?

Während sie überlegte, durchforstete sie den Papierkram auf dem Holztisch, der zum Großteil aus chemischen Formeln bestand, und zog anschließend die quietschenden Schubladen des Schreibtisches auf. Scharf sog sie die Luft ein, als sie einen beigefarbenen Einband mit geometrischen Ornamenten entdeckte. Ungläubig strich sie über die goldenen Buchstaben, um sich zu versichern, dass es echt war: *Die Chroniken der Alben.*

Manche der spiralförmigen Ornamente auf dem Einband sahen dem Tattoo ähnlich, das Ryans Handgelenk zierte. Als sie die ersten Seiten aufschlug, fand sie noch mehr dieser in sich verschlungenen Linien vor. Nevya ahnte, dass es sich mit diesen Spiralen ähnlich verhielt wie mit dem Gittermuster auf ihrem Arm, dass sie sie nur im Traum lesen konnte. Was sie wohl bedeuteten?

Vom Hinterhof klangen Stimmen und Schritte herüber. Schnell öffnete sie ihre Jacke, schob das Buch darunter und hielt es unter ihrem rechten Arm. Im selben Moment brach die Tür auf.

»Wir müssen hier weg«, bellte Stannon. Nevya sprang auf und lief ihm hinterher. Sie folgte Stannon wortlos durchs Haus und auf die Straße.

Nevya konnte nur die Augen verdrehen, als sie den Grund für seine Flucht erfuhr. Er hatte eine Sphäre geklaut und freute sich auf den Albtraum, den sie bringen würde.

Nachdem sie wieder auf einer der Hauptstraßen waren, knackte er die Tür zu einem Hochhaus und erklärte, dass er die Sphäre hier verstecken wolle.

»Außerdem hat das höchste Stockwerk eine wunderbare Aussicht.«

Er zwang sie, die Treppe des Wolkenkratzers zu nehmen, und schon nach wenigen Stockwerken hechelte sie atemlos. Nur der Gedanke an ihre Träume ließ sie weitermachen.

Eine Wohnung im Stockwerk unter der Decke stand leer. Stannon stieß unachtsam die Tür auf, ging ans Fenster und winkte Nevya zu sich heran. Er hatte nicht zu viel versprochen: Die ganze Stadt war mit Lichtern gesprenkelt und erinnerte Nevya an die Galaxie aus ihren Träumen.

Sie standen eine Weile am Fenster, während Nevya zur Ruhe kam. *Hier*, dachte sie und sog die Luft ein, *hier bin ich zu Hause.*

»Wunderschön, nicht?«, sagte Stannon und klang zum ersten Mal wie ein Mensch, wie der junge Mann, der er war.

»Von Brigestia aus wäre es schöner«, fand Nevya. »Dummerweise werde ich hier festgehalten.« Kurz löste sie ihren Blick von der leuchtenden Stadt, um Stannon zu inspizieren. Sein Gesicht verriet nichts. Ein süffisantes Lächeln war noch immer in seine Züge gemeißelt.

»Du hast doch schon Helfer für deine Raubzüge, Stannon.«

»Die Cis?« Er zischte den Namen. »Sie sind nur Söldner. Du aber, du hast Macht über die Nebel, du kannst sie spüren. Ich habe so viele Ideen …« Seine Stimme klang sanfter, als seine arrogante Erscheinung vermuten ließ. Zum ersten Mal glaubte Nevya, dass es ihm wirklich naheging.

»Und als Ryan dir nicht mehr helfen wollte, hast du ihn gequält.«

»Der gute Herr hat sich selbst gequält. Ich habe nichts von ihm verlangt, das er nicht wollte.« Sein Blick schweifte demütig über die Stadt. »Die Albtraumsphären sind nicht für jedermann. Ich genieße sie. Ich genieße, was die Mahre mir erzählen. Sie alle wurden bestohlen. Alle Alben. Aber das konnte Ryan mir nicht glauben. Es gibt keinen Unterschied zwischen Alb und Mahr, alle Alben sind Mahre, alle Alben wurden bestohlen.«

»Außer Mal achaun«, ergänzte Nevya.

»Ganz recht.« Er lächelte halb. »Q-Lee besitzt nicht nur die Fähigkeit, Träume zu sammeln, er hat auch Zugang zur Great Shell.« Stannon seufzte ehrfürchtig.

Nevya horchte auf. »Warum unterstützt du ihn? Das klingt gar nicht nach etwas, was ein Klarträumer befürworten würde.«

»Ich unterstütze nicht ihn, sondern die Mahre.« Er klang verletzt. »Sie wurden vor langer Zeit bestohlen – also stehle ich zurück.«

»Du willst den Menschen absichtlich die Träume wegnehmen?« Langsam löste Nevya ihre verschränkten Arme. »Du willst ihnen das antun, was mir angetan wurde?«

»Nein. Nur den Trüben.« Stannon bewegte sich nicht, obwohl er längst bemerkt haben musste, dass Nevya rückwärtsging.

»Es ist falsch. Klarträumer oder nicht.«

Sie ballte ihre Hände zu Fäusten. Wenn es das war, wofür er Nevyas Hilfe brauchte, stand sie nicht hinter ihm.

»Du hast Q-Lees Sonore gestohlen«, erinnerte Nevya sich. »Du hast sie gestohlen und in der Wüste versteckt.«

Stannon drehte sich um und breitete die Arme auf dem Sims aus. Elegant stützte er sich darauf ab, hob eine Augenbraue und wirkte wie eine Katze, die gelassen ihrer Beute zuguckte. Nevyas Knie begannen zu zittern.

»Die zwölf Sonore sollten ein Experiment werden. Ich wollte herausfinden, ob es möglich ist, die Nebel zurück zu den Mahren zu schicken. Das hat Q-Lee nicht gefallen, also hat er euch nach Kalifornien geschickt. Blöd, dass ihr die Sonore genommen habt.« Stannon löste den Blick vom Horizont. »Und du? Wieso treibst du dich überhaupt im Traumgeschäft herum?«

»Meine Träume wurden mir gestohlen«, gab Nevya mit gesenktem Kopf zu.

»Beim Opfer der Mal achaun. Diese verfluchten Trübträumer. Bestehlen eine Erbin. Zwingen sie in den Handel. Versorgen sie mit gestohlenen Träumen.« Er baute sich bedrohlich vor ihr auf. »Stell dir vor, du wärst ein Mahr, kleiner Käfer. Stell dir vor, du wärst ein Mahr und würdest mit ansehen, was mit deinem Erbe angestellt wird. Stell dir vor, diese Erbin würde dich auch noch provozieren.«

Nevya spürte, dass ihr unwohl wurde. Sie spürte, wie ein eiskaltes Gefühl durch ihre Nase kroch und sich den Weg durch ihren Körper suchte.

»Ich habe nicht darum gebeten«, versicherte Nevya und wich vor ihm zurück, »ich hatte ja keine Ahnung, dass so viel dahintersteckt. Ich …«

»Spar dir deine Erklärungen«, bellte er. »Ich wette, die Mahre haben dir unmissverständlich klargemacht, dass du von den fremden Nebeln ablassen sollst.«

»Haben sie. Mehrfach.« Nevya gab sich Mühe, ihn zu beruhigen, doch sie wusste nicht, warum er es als notwendig empfand, sie so sehr einzuschüchtern. Was war in ihn gefahren? »Ich verstehe es jetzt. Ich höre damit auf. Bitte …«

»Hör auf zu flehen.«

Nevya hob ergeben beide Hände, als er ihre Schulter berührte, und keuchte, als das albtraumhafte Gefühl zurück war.

»Es ist eiskalt hier drinnen und ich spüre nichts davon«, erklärte er, während Nevyas Kehle sich verengte. »Ich habe unzählige Feinde und es ist mir gleichgültig. Deshalb sind Albträume meine Passion, weil sie abhärten. Weil sie die Furcht töten, sobald man sie als das annimmt, was sie sind: eine Substanz.« Nevya spürte seinen Atem in ihrem Gesicht.

»Die Mahre können dich nur quälen, weil sie von einer Substanz Gebrauch machen, die unabhängig vom Nebel ist. Albengeist.«

»Wie machst du das?«, fragte Nevya mit zittriger Stimme. Das Kitzeln der Angst strömte durch seine Berührung auf sie ein.

»Wenn ich Albträume habe, wenn der Albengeist auf mich einwirkt, dann absorbiere ich ihn. Dann kann ich ihn selbst wie die Mahre benutzen. Und jetzt – in diesem Moment – wirkt diese Substanz durch meine Poren auf dich ein.« Mittlerweile war seine Stimme nur noch eine einzige Vibration, die das Zittern aus ihrem Körper kitzelte, als wäre sie ein eisiger Windhauch.

»Wenn du meinem Beispiel folgst, wenn du den Geist akzeptierst und absorbierst, verschwindet die Angst. Denn nur so bekämpft man Mahre. Nicht, indem man sie angreift oder bettelt. Versuche es.«

Was Stannon von ihr verlangte, war unmöglich. Die Angst lähmte sie. Vertrauen sollte sie ihm? Womit hatte er sich das verdient? Mit seinem überzogenen Getue, seinem kolossalen Ego?

Gelogen hatte er jedoch nie. Er war Stannon, Ben Collins, der Götze. Er war kein Lügner. Nevya schloss sie die Augen, während Stannon sie nicht nur mit einer Hand festhielt. Sein gesamter Körper strahlte dieses Grauen aus.

Sie bemühte sich, ruhig zu atmen.

Ich habe Angst.

Aber in diesem Raum ist nichts, vor dem ich mich fürchten muss.

Ich spüre nur den Albengeist.

Ich nehme ihn an.

Ich bin die Göttin des Albengeistes.

Und ich nehme ihn an.

Plötzlich fuhr ein stechender Schmerz durch jedes ihrer Glieder wie heiße Nadeln und löste sich umgehend wieder auf. Ihr Körper schien zu vibrieren und der Schwindel erinnerte stark an das Gefühl, wenn Nebel in ihren Kopf stieg. Sie seufzte zufrieden, als die Angst abklang. Dann öffnete sie die Augen und sah Stannons zufriedenes Grinsen. Es war vorbei. Der mörderische Nebel war gezähmt.

Mit der Furcht war auch die Skepsis verschwunden. Zurück blieb nur die Brücke, die die Alben zwischen ihnen gespannt hatten. Müde legte sie den Kopf schief und blinzelte ihm entgegen. Sie fand ihn schon immer auf faszinierende Art attraktiv, weil sie ihn als den Klarträumer erkannte, der er war, als den Verbündeten, den die Alben aus ihm gemacht hatten. Nichts an ihm war mehr einschüchternd.

Statt vor ihm zu entkommen, lehnte sie sich gegen ihn, an das Kunstleder, das seine Brust bedeckte. Stannon nahm seine Hand von ihrem Handgelenk und schmiegte sie stattdessen um ihren Rücken, bis sie eng umschlungen dastanden.

Die Kälte war ausgesperrt. Nevya öffnete genussvoll die Lippen, ließ Stannon mit einem Seufzen wissen, wie warm sie ihn fand. Sie schloss die Augen, küsste ihn, als hätten sie beide die ganze Zeit darauf gewartet.

33

Nevya riss die Augen auf und stieß ihn von sich.

Was hatte sie sich nur dabei gedacht? War sie wirklich so gierig nach dem Nebel, dass sie sich dem Erstbesten mit klarem Nebel an den Hals warf? Nevya griff nach dem gestohlenen Buch und hastete zu Tür. Ja, sie war süchtig nach dem Nebel. Sie hatte ein Gespür für den Nebel, deshalb war sie die Einzige gewesen, die die Sonore in der Wüste vor San Diego hatte aufspüren können. Sie war eine Luzide.

Stannon hatte gewusst, welchen Reiz er mit seinem Nebel auf sie hatte, und das hatte er ausgenutzt. Nevya ekelte sich mehr vor sich selbst als vor ihm. Er wollte sie für sich und sie hatte sich einfach fallen lassen.

»Gehst du schon, Liebes?«

Nevya presste die Zähne fest aufeinander, richtete sich auf, streckte die Nase in die Höhe und drehte sich zu ihm um.

Da stand er, dieses spinnenartige Wesen mit dem Kopf voller Albengeist und der Vorliebe für Albträume. Seine Leidenschaft für Träume war ebenso aufrichtig wie ihre, aber er bewegte sich damit in eine andere Richtung.

»Du hast mir in meinem Traum zwei Bäume gezeigt«, erinnerte Nevya ihn. »Warum? Warum nicht nur den, der deine Ansicht vertritt?«

Stannon drehte sich wieder zum Fenster um, durch das die Lichtverschmutzung brach. Es war November und er trug nur leichte Kleidung, weil der Albengeist ihn wärmte. Nevya betrachtete die Spiralen auf seinem Körper. Sie waren den Ornamenten der Chroniken ähnlich, aber es war, als hätte er sie persönlich modifiziert und ihnen weitere Schweife hinzugefügt.

»Weil du wählen sollst«, antwortete er.

»Ich soll dich wählen.«

Er reagierte nicht. Gerne unterstrich er jedes seiner Worte mit selbstgefälligen Gesten, aber nun blieb sein Ausdruck ernst.

»Du hast ihren Blick nicht gesehen«, murmelte Nevya mehr zu sich selbst. »Als Lauren in den Nebel der Sphäre geschaut hat. Du kannst dir die Sehnsucht nicht vorstellen. Die Leere.« Langsam schüttelte Nevya den Kopf. »Du weißt doch gar nicht, was du tust.«

»Rede dir das ruhig ein.«

»Du willst, dass ich wähle?« Endlich griff Nevya nach dem Türknauf. »Ich wähle die lebendige Eibe.«

Eilig huschte sie hinaus und war bereit, ihn hinter sich zu lassen und diese Nacht zu vergessen, doch sie ahnte, dass er das nicht zulassen würde.

Sie drehte sich ein letztes Mal um, um die Tür hinter sich zuzuziehen.

Stannon hatte sein Grinsen wiedergefunden. »Falsch«, flötete er bloß.

Die Tür krachte ins Schloss und zügig machte sie sich auf den Weg zur U-Bahn-Station.

Die tote und die lebendige Eibe.

Das einzig wahre Opfer und die multiplen Opfer.

Die ersten Träumer und die Gesandten.

Die Rache der Mahre und die Vergebung der Alben.

Nicht einmal Zed gegenüber, die doch ihre Träume gestohlen hatte, empfand sie Rachegelüste. Sie war die Verzweiflung und den Kampf leid. Es machte keinen Unterschied, ob es sich um Trübträumer oder Klarträumer handelte, wie Declan wollte sie jedem Traumlosen helfen. Wie Ryan wollte sie die Trübträumer gegen die Schikanen der Prawnhiller Klarträumer verteidigen. Ihr war nicht nach Rache. Sie empfand Dankbarkeit. Dankbarkeit für das Opfer der Alben.

Sie blickte auf die *Chroniken der Alben*, die auf ihrem Schoß lagen. Sie übersprang die ersten Seiten mit den nichtssagenden Ornamenten und blätterte das erste Kapitel durch – und hielt erschrocken inne. Jemand hatte sämtliche Seiten hinter dem ersten Kapitel ausgehöhlt, um ein kleineres Notizbuch darin zu verstecken. Doch noch bevor sie herausfinden konnte, ob sie tatsächlich Q-Lees Notizbuch gestohlen hatte, verließ sie die U-Bahn, denn sie musste dringend jemanden sprechen.

* * *

»Entschuldige, dass ich dich erst so spät besuchen komme.«

Nevyas Zähne klapperten. Stundenlang war sie umhergelaufen. Durch ganz Brigestia. Sie hatte sich fest vorgenommen, ohne Umwege zu ihm zu gehen, stattdessen war sie gelaufen und gelaufen und hatte darauf gewartet, dass der Nebel aus Laurens Serene versiegte. Aber die Nacht war noch nicht vorbei. Dann endlich hatten ihre Beine sie zu ihm geführt.

Declan Howell.

»Ich hatte irgendwie …«, fuhr Nevya fort. Der kalte Wind schien ihre Worte zu dämpfen. Zitternd atmete sie durch. »Ich hatte mich irgendwie in meinen Träumen verlaufen.« Das Datum auf dem grauen Naturstein brachte sie zum Rechnen. Dreiundzwanzig. Sie presste beide Lippen zusammen, doch das hielt ihre Tränen nicht zurück. Dann zog sie den Ärmel über die Hand und tupfte ihre Wangen trocken. Sie griff in ihre Tasche. Die Tankstelle auf dem Weg hierher war noch geöffnet gewesen, über das Friedhofstor hatte sie allerdings klettern müssen.

»Ich habe keine Blumen«, erzählte sie. »Aber ich weiß, dass du Walnüsse mochtest, also …«

Sie riss die Tüte auf, nahm eine Handvoll Nüsse und warf sie vor den Grabstein.

Ihr Schluchzen übertönte den Wind. »Ich würde so gerne behaupten, dass ich dich rächen werde, aber ich bin ihm begegnet und habe nichts getan. Ich war mit seinem Boss unterwegs und habe nichts getan. Keine der Blumen ist von mir, ich habe lediglich versucht, dich zu vergessen.« Sie warf noch ein paar Nüsse auf das Gras, schniefte, drehte sich um und verließ den Friedhof. Durch das Labyrinth der Hochhäuser schlängelte sie sich bis zum Spectrum.

»Ist Zed da?«, rief sie Joe zu, als sie eintrat.

Sie ging umgehend zu ihm an die Bar, zog den Barhocker heran und nahm ihren Rucksack auf den Schoß.

»Bedaure. Ich weiß nicht, wo sie ist. Kann ich dir etwas bringen?«, fragte er Nevya dann.

»Mir ist nicht nach Alkohol«, gestand sie seufzend und kramte nach ihrem Handy. »Alkohol ist genauso unehrlich wie alle anderen auch«, sinnierte sie.

Sie wählte Zeds Nummer, doch sie ging nicht ran. Sie hätte wissen müssen, dass Zed ihren eigenen Weg gehen würde, nachdem sie sie einfach hatte sitzen lassen. Aber etwas an diesem plötzlichen Fehlen machte sie nervös. Nachdenklich zog Nevya das tiefschwarze Notizbuch aus ihrer Tasche. Irgendwo zwischen dem ledrigen Einband steckten vielleicht endlich die Antworten, die sie schon so lange sucht.

34

Spiralen und Traumgalaxien

Jede Nacht geschieht etwas, das die trüben Träumer nie verstehen werden. Einzig die Klarträumer kennen es: ein gewaltiger Sternenhimmel, der sich zu einer Spirale, einer Galaxie, formt. Dieses Phänomen beobachte nicht nur ich. Es zieht sich durch sämtliche Altersgruppen, unabhängig von ihrem Geschlecht. Die Traumgalaxien existieren. Seit einigen Wochen untersuche ich sie Nacht für Nacht.

Es wird wohl noch seine Zeit dauern, bis ich es ohne Zweifel weiß, aber schon jetzt bin ich mir ziemlich sicher, dass ich immer dieselbe Galaxie aus verschiedenen Blickpunkten sehe. Die elliptischen Arme der Spirale kommen mir jede Nacht aufs Neue bekannt vor. Manchmal sehe ich nur einen einzigen breiten Streifen, der sich quer über den Nachthimmel zieht wie die Milchstraße und manchmal schwebt sie flach wie ein Teller am Horizont.

Das brachte mich auf eine Idee: Die Galaxien sind nicht nur Traumbilder, sondern existierende Sternensysteme in unserem Universum. Ich vermute, dass es sich beim Albennebel um kosmischen Nebel handelt, wie er im Weltall zu finden ist. Wenn wir unser Bewusstsein mit dem Traumnebel vermischen, entsteht so eine Verbindung mit den kosmischen Nebeln.

Im Grunde würde uns das nicht nur alle zu Wanderern machen, es würde uns auch alle zu Astronauten machen. Damit wird die Frage, ob wir jemals mit Lichtgeschwindigkeit reisen und fremde Planeten besiedeln werden, obsolet. Wir haben das All bereits erobert – jede Nacht aufs Neue.

Da ich immer dieselbe Galaxie besuche, ist meine Theorie, dass jedem Träumer der Welt eine eigene Galaxie zugeteilt ist, in dessen Nebeln wir toben können. Somit wären Träumer Millionen von Lichtjahren voneinander entfernt, selbst wenn sie schlafend direkt nebeneinanderliegen.

Das macht das Träumen zu einer entzückend einsamen Sache – wenn die Ireer nicht wären, die von Galaxie zu Galaxie springen können. Und die Mahre, die sich wie Parasiten durch die kosmischen Nebel fressen.

Dass Spiralen einen großen symbolischen Wert für die Alben haben und nicht nur unter Klarträumern als Symbol der Träume gelten, beweist schließlich schon die Great Shell, das Monument der Alben.

Weder ist sie eine Muschel noch ein Schneckenhaus. All die maritimen Namen Great Shells sind niedlich, aber nicht im Entferntesten akkurat. Alle gehen sie von dem Irrglauben aus, dass die Great Shell die Schale eines Meerestiers darstellt, dabei zeigt sie lediglich den Traumnebel, der sich gen Himmel windet.

* * *

Auch wenn Nevya nur einen Bruchteil von dem, was sie im Notizbuch las, verstand, raubte es ihr doch den Atem. Diese handschriftlichen Gedanken lasen sich nicht wie das Notizbuch eines Traumräubers, sondern eher wie das Traumtagebuch eines Menschen, der Nevya auf gewisse Art ähnlich war.

Begeistert blätterte Nevya um, las konzentriert weiter. Ein Abschnitt mit dem Titel *Das Monument der Alben* klang vielversprechend, doch bevor sie sich dem Text widmen konnte, fiel ihr ein Zettel auf den Schoß, der zwischen den Seiten gelegen haben musste.

Interessiert entfaltete sie ihn. Auch wenn es sich um dieselbe Handschrift handelte, musste es der Autor sehr eilig gehabt haben, als er diesen Zettel geschrieben hatte.

Stannon hat mich nicht nur angesehen, er hat mich durch seine Augen gezwängt, mich zappelnd in sich aufgenommen und er hat geschrien: »Es ist die Wahrheit und du weißt es ganz genau!« Ich erinnere mich zwar nicht an meine Antwort, aber ich fühlte mich, als hätte er in mein Innerstes gegriffen und darin gewühlt, bis mir schlecht wurde. Ich habe mich genötigt gefühlt, alles, was er mir zuflüsterte, zu bejahen – aber ich konnte nicht.
Weil ich nicht daran glaubte? Nein, weil ich so große Angst vor den Konsequenzen seiner Version der Geschichte hatte, dass ich mich abzuwenden versuchte. Stannon ist ein furchterregender Mensch und er hat sein volles Potenzial noch lange nicht ausgeschöpft.
Was, wenn er recht hat?
Was, wenn es nur ein einziges freiwilliges Opfer gegeben hat?
Mögen die Alben mir beistehen.

Nevya atmete auf. Seit sie seinen Namen gelesen hatte, hatte sie die Luft angehalten. Ein zweites Mal las sie die hastigen Worte durch, in der Hoffnung, etwas zu entdecken, was hilfreich sein konnte.

Die ganze Zeit war sie mehr oder minder davon ausgegangen, dass Q-Lee eine Art geldgieriges Monster war. Sollte dieses Notizbuch und der Zettel tatsächlich von ihm stammen, dann war er ein gläubiger Klarträumer, der von Stannon manipuliert wurde.

Ein Klarträumer.

Kein Wunder, dass er gierig nach Sonoren war, kein Wunder, dass er die Nebel sammelte und versteckte. Er musste ein Luzider sein.

Sie legte ihren Kopf auf die Tischplatte. Es machte keinen Unterschied. All diese Intrigen und Machtspielchen, all die Traumdiebe und Götzen – sie konnte niemandem vertrauen. Sie brauchte niemandem zu vertrauen. Sie brauchte keinen Verbündeten an der Spitze. Sie würde ihre Träume suchen, die Sphäre brechen und sich nicht nur vor Cee, Stannon und Q-Lee verstecken, sondern vor dem Rest der Welt. Sie brauchte keine anderen Menschen.

Tief atmete sie durch. So einfach war es nicht und sie wusste es ganz genau. Die letzten Wochen hatten es ihr bewiesen. Wieso konnte Lauren so lange ohne Träume leben, ohne vor Einsamkeit verrückt zu werden? Vielleicht war sie nie einsam gewesen. Wieso konnte Ryan seine Albträume ertragen und überwinden? Wegen Allison, der Indigo Society oder weil er sein Leben mit Wärme füllte?

Warum hatte Nevya Ryan von sich gestoßen? Warum fürchtete sie sich so sehr davor, um Declan zu trauern? Weil dort draußen mehr war als das, was sie in ihren Träumen erlebte? Sosehr ihr Verstand sich nach ihren Träumen sehnte, ihr Herz verlangte nach etwas anderem.

Nach mehr.

35

Mittlerweile hatte Nevya ein gutes Gespür für die Dichte des Nebels in ihrem Kopf. Im Moment dachte er noch gar nicht daran, sich zu lichten, und es trieb Nevya Tränen in die Augen, während sie auf ihrer Suche nach einem Eingang um die Great Shell herumschlich.

Seufzend ließ sie ihren Blick über das Steinmonument gleiten, folgte jeder Kerbe der Spirale mit ihren Augen vom Boden bis zur Spitze und wieder zurück. Wie sollte sie jemals herausfinden, wie sie hineingelangte? Aus Q-Lees Texten über die Mondkindtheorie wurde sie ebenso wenig schlau wie aus Begriffen wie dem Kolorit der Ireer. Wenn im Notizbuch ein Hinweis über den Eingang zur Great Shell versteckt war, so ging er in Q-Lees Fachchinesisch unter.

Allmählich sammelte sich das Gold der Morgendämmerung hinter den Great Sheller Wolkenkratzern am Horizont. Nevya blinzelte genervt, als die Helligkeit sie blendete, und schirmte sie mit dem Notizbuch ab.

Umblättern gestaltete sich somit zwar umständlicher, aber als sie eine Zeichnung in der Mitte ihrer Lektüre fand, lächelte sie über ihre Entdeckung.

Q-Lee hatte eine Grafik gezeichnet, um irgendwelche Verkaufsentwicklungen festzuhalten, und wenn man die holprige Linie an die Dächer der Häuser hinter dem Stadtpark hielt, wie Nevya es im Moment tat, schien sie sich mit der Skyline zu vereinen. Die Grafik verband die Umgebung, die rechts und links neben dem Notizbuch vor ihrer Nase hervorblitzte.

Nevya zog die verschandelten *Chroniken der Alben* hervor. Auf den ersten Seiten, die Q-Lee nicht bearbeitet hatte, waren die geheimnisvollen Ornamente abgebildet. Nevya hielt das ausgehöhlte Buch vor ihr Gesicht, positionierte es präzise und sah, dass die Linien der Ornamente mit den Kerben und Mustern der Great Shell übereinstimmten.

Euphorie wich Enttäuschung, als Nevya sich eingestand, dass sie dennoch nichts verstand. Frustriert blätterte sie vor und zurück, bis ihr auffiel, dass die Muster der folgenden Seiten dort begannen, wo die der vorherigen aufgehört hatten. Erneut hielt sie das Buch vor die Great Shell, dann blätterte sie um und ging zu der Stelle, an der sie meinte, das Ende der vorherigen Seite zu sehen.

Das wiederholte sie so lange, bis sie auf der letzten Seite mit den Ornamenten angekommen war, in deren Mitte eine riesige Spirale wie eine Zielscheibe prangte, die von gitterförmigen Runen umgeben war. Mittlerweile hatte Nevya die Great Shell beinahe komplett umrundet und sah Richtung Süden. Dummerweise stimmten die Muster der Great Shell nun aber nicht mit dem Ornament auf der letzten Seite überein. Wie es aussah, musste sie an der richtigen Stelle stehen, damit die Karte passte. Aber wo war diese Stelle? Aufgeregt fuhr sie mit dem Finger über die eingekerbte Spirale, als ihr Blick auf einen von Stannons Kratzern auf ihrem Unterarm fiel, der zwar verheilt war, aber eine Narbe hinterlassen hatte.

In ihrem Traum hatte sie seine Runen plötzlich verstanden, im wachen Zustand waren sie weiterhin das undurchsichtige Gittermuster geblieben. Von einem ähnlichen Muster war auch die letzte Spirale in den Chroniken umgeben. Würde sie einschlafen und das Buch mitnehmen, würde sie es verstehen können – nur war es unmöglich, einen realen Gegenstand mit in ihre Träume zu ziehen.

Aber vielleicht gab es einen Zustand zwischen Wachsein und Schlaf – zumindest für eine Luzide?

Sie holte tief Luft, atmete konzentriert aus. Sie schloss die Augen und legte den Kopf in den Nacken. Dann nahm sie die Hände zusammen, rieb sie aneinander, bis sie Wärme erzeugten und diese durch ihren Körper schickten. Langsam öffnete sie ihre Augen. Sie schlief nicht. Aber sie sah die Welt durch den Traumnebel. Über den Himmel flimmerten geometrische Formen, leuchteten wie die Neonlichter der Great Sheller Clubs. Sie beobachtete die Spitze der Great Shell, wie sie ihre Farbe wechselte und außerirdisch glitzerte. Als ihr Blick wieder auf das Buch fiel, sah die Seite verändert aus. Die Spirale drehte sich hypnotisierend, schien zu pulsieren, zu atmen. Um sie herum schwammen Buchstaben, die sich vor Nevyas Augen allmählich zu Worten zusammensetzten. Sie las die Worte interessiert, nahm sie gierig in sich auf.

Antworten. Plötzlich waren sie überall, pulsierten durch ihre Gehirnwindungen. Sie würde die Karte aus den Chroniken im richtigen Winkel an die Great Shell legen, die Ornamente auf die richtige Weise verketten und ohne Q-Lees Hilfe unter die Great Shell gelangen.

Sie brauchte niemanden. Nur ihre luziden Instinkte.

36

Hier war er also, der Eingang zur Great Shell. All die Jahre hatte er sich hier versteckt. Kein Häuschen in ganz Great Shell war unauffälliger als die einstöckige Hütte im Süden Brigestias mit dem winzigen Vorgarten.

Die Ornamente in den Chroniken hatten Nevya verraten, wie sie das Rätsel lösen konnte und dass sie an dem Ort, auf den die Spirale gezeigt hatte, jemanden antreffen würde, der sie erkennen würde: eine Pförtnerin.

Sie zog ihre Kapuze vom Kopf und schüttelte ihr Haar aus. In ihrer Tasche befanden sich nur die Chroniken und Q-Lees Notizbuch. Sie nahm all ihren Mut zusammen, klopfte an die Tür des kleinen Einfamilienhauses, bis ihre Fingerknöchel schmerzten, schob die Hände zurück in ihre Jackentasche und wartete mit brodelnder Nervosität.

Die Tür knarzte und aus der Dunkelheit hinter dem schmalen Türspalt blickten ihr zwei kleine, ängstliche Augen entgegen.

»Oh, eine Luzide«, hauchte die alte Dame erfreut und trat zurück ins dunkle Haus, woraufhin Nevya ihr folgte.

»Wer schickt dich? Lewis? Quentin? Ezlyn? Die Society?« Erwartungsvoll blieb sie kurz hinter der Tür stehen.

»Ähm«, begann Nevya, dann versuchte sie, ihre Aufregung hinunterzuschlucken. Die Society? Was hatte es zu bedeuten, dass sowohl die Society als auch Q-Lee Zugang zur Great Shell hatten?

»Q-Lee schickt mich«, behauptete Nevya.

»Lewis«, berichtigte die alte Dame Nevya und kniff skeptisch die Augen zusammen. Ihr graues Haar war ordentlich zu einem Dutt gebunden, in dem geblümten Kleid sah sie aus wie jedermanns Großmutter, doch auch sie hatte den durchdringenden Blick der Wanderer und Nevya lächelte, als ihr bewusst wurde, dass sie gelernt hatte, die Ireer zu erkennen.

»Genau, Lewis«, versicherte sie fröhlich.

»Ich denke nicht, dass du hierhergehörst. Wie hast du mich überhaupt gefunden, Kind?«

Nevya schwang ihren Rucksack vor die Brust und zog das Buch hervor. Die Augen der alten Dame weiteten sich, als sie die *Chroniken der Alben* vor ihr auf den antik anmutende Beistelltisch legte, der neben der Tür stand.

Die Dame öffnete den Buchdeckel, blätterte durch die ersten paar Seiten, bis sie Q-Lees Notizbuch entdeckte. Sie erstarrte kurz, nahm es dann heraus und schlug eine beliebige Seite auf.

Erschrocken sah sie zwischen dem Buch und Nevya hin und her, dann befand sie: »Nun, das wird er dir nicht ohne Grund überlassen haben.« Bestürzt legte sie eine Hand auf die Brust.

»Der Eingang ist im Keller. Hier, nimm das.« Sie drückte ihr eine große Taschenlampe in die Hand, dann deutete sie mit einer ausladenden Geste auf die Treppe direkt neben der Haustür, die in den Keller führte.

Nevya lächelte dankbar und stieg die Treppe hinab. Hinter ihr wartete die Dame noch einige Sekunden, dann ging sie rückwärts zurück ins Haus, wo Nevya einen Fernseher zu hören geglaubt hatte.

Nevya zog an einer Schnur, um den weiten Raum mit einer kleinen Glühbirne zu erhellen. In der Mitte des Raumes angekommen, sah sie sich um. Der Keller war vollkommen leer, es gab nur eine einzige alte Tür. Sie schaltete die Taschenlampe ein und ging hindurch. Die hügeligen Wände des bogenförmigen Tunnels warfen geisterhafte Schatten. Der Tunnel wurde von hölzernen Balken unterstützt, die gefährlich baufällig wirkten. Nevya beruhigte jedoch das Wissen, dass mehrere Menschen hier ein und aus zu gehen schienen. Was suchte die Indigo Society unter der Great Shell? Von Ryan wusste sie lediglich, dass sie ihre Gabe feierten und den Alben für ihre Opfer dankten. Nevya gab einen frustrierten Seufzer von sich, der durch die Gänge hallte wie ein Gespenst. Fröstelnd sah sie hinter sich, fühlte sich beobachtet. Etwas Gesellschaft wäre nett gewesen.

Nach einigen Metern erkannte sie, dass der Weg sich gabelte. Abwechselnd schielte sie in beide Tunnel. Beide Gänge waren gleich kahl und unheilvoll. Wenn sie sich verlief, war sie in diesem unterirdischen Labyrinth verloren.

Wie zuvor am frühen Morgen atmete Nevya tief durch. Sie ahnte, dass solch meditative Atemzüge bei vielen Entscheidungen, die sie als Luzide in Zukunft treffen würde, helfen würden.

Tatsächlich spürte sie einen Windhauch aus dem linken Tunnel. Nun wusste sie zwar, wo sie langgehen würde, aber sie durfte sich nicht verlaufen. Sie musste die Gabelung irgendwie markieren, falls noch mehr davon auf sie warteten.

Alles, was sie hatte, war das Notizbuch, also riss sie eine leere Seite heraus und befestigte sie auf dem Boden an der linken Wand, indem sie ein paar Steinchen als Gewichte darauflegte. Wenn sie zurückkam, würde sie sehen können, welcher Wand sie würde folgen müssen.

Nevya lief weiter und begann, leise zu summen. Hier unten war es zu still und zu gespenstisch. Die Melodie von Ryans Lied, das er am Wintertanz gesungen hatte, spielte immer noch in ihrem Kopf, doch sie kannte den Text nicht. Also sang sie das Lied der Alben, vermischte es mit Ryans Melodie, bis ihr etwas wohler zumute war.

Es gab noch mehrere Abzweigungen. Und jedes Mal vertraute sie auf den schwachen Wind und markierte ihren Weg mit Papier, bis ihr die leeren Seiten ausgingen und sie auch einige von Q-Lees Notizen aus dem Notizbuch riss. Wo die anderen Gänge wohl hinführten?

Allmählich wurde der Wind intensiver, ein neues Gefühl haftete ihm an. Eine Art der Frische, die Nevya nur aus Träumen kannte. Sie kam der Sache näher.

Aber in ihrem Nacken saß noch immer diese unbestimmte Befürchtung. Sie drehte sich um. Hinter ihr war meilenweit nur Dunkelheit, vor ihr war meilenweit nur Dunkelheit. Aber irgendwo am Ende dieses Tunnels mussten ihre Sonore sein.

Sie ließ die Furcht hinter sich, als sie nach vorn preschte, und mit jedem Schritt wurde der Drang intensiver, noch schneller zu laufen, denn die Luft flimmerte bereits vor nebliger Energie.

Doch dann endete der Tunnel. Eine Sackgasse. Besorgt inspizierte Nevya die Wand und entdeckte ein rundes Loch im Boden, durch das ein ausgewachsener Mann gerade so durchpasste.

Nevyas Atmung wurde schwer, als sie hineinleuchtete. Es waren keine Sonore zu sehen. Die bogenartigen Wände des Weges, den sie bereits zurückgelegt hatte, schienen sich hier schmaler fortzusetzen. Musste sie tatsächlich in einen noch schmaleren Schacht in diesem verdammten unterirdischen Labyrinth steigen, um ins sagenumwobene Innere der Great Shell zu gelangen? Immerhin sah sie den Boden, der bereits zwei Meter unter der Öffnung auf sie wartete.

Sie ließ ihre Füße durch die Öffnung baumeln und schob den Rest ihres Körpers hinterher und ließ sich die letzten Zentimeter fallen. Dann ging sie einige Schritte, bis sie fensterartige Einbuchtungen an den Wänden entdeckte. Nevya entfuhr ein gellender Schrei, dessen Echo sogleich durch die Gänge wanderte. In jeder einzelnen der Senken lag ein Totenschädel.

Stannon hatte ihr Bilder von rollenden Köpfen geschickt, doch sie hatte nicht erwartet, tatsächlich Schädel zu finden. Sie war davon ausgegangen, dass Stannon ihr nur ein Rätsel geschickt hatte. Und diese Schädel sahen doch äußerst menschlich aus.

Sie beleuchtete jeden einzelnen der Schädel und spürte den eiskalten Schauer, der über ihren Rücken fuhr. Das hier musste erst der äußerste Rand des Schneckenhauses sein. Auf welche Abscheulichkeiten würde sie wohl noch stoßen?

Auf wackeligen Beinen setzte sie ihren Weg fort. Der mit Schädeln gespickte Gang war nicht sehr groß, wenige Meter weiter stand sie bereits auf dem Absatz einer Wendeltreppe. Je tiefer sie die Stufen hinabstieg, desto frischer roch die Luft. Nevya hielt sich an dem schlichten Handlauf aus Stein, vielleicht Kalkstein, fest, während sie langsam die schmalen Treppenstufen hinabstieg.

Ein paar Stufen unterhalb wartete ein Gang, der tiefblau leuchtete. Sie schaltete die Taschenlampe aus, denn der Nebel war hell genug. Auch in den Wänden dieses Gangs befanden sich Einbuchtungen, doch darin lagen Sonore, deren blaues Licht Nevya blendete.

Obwohl sie fasziniert die Luft einsog, schien sie ihr gleichzeitig auszugehen. Sie keuchte, stützte eine Hand am kalten Stein ab, als sich alles um sie herum zu drehen schien.

Auf wackeligen Beinen trat sie an eine der Furchen heran und nahm die erstbeste Sphäre heraus. Als sie den Sonor gegen ihre Stirn drückte, kamen ihre Glieder zur Ruhe, ihre Gier schien gestillt. Das war er. Das war ihr Sonor. Das musste er sein.

Schwer atmend nahm sie das Glas von ihrer Stirn, obwohl es sie anzog wie ein Magnet. Sie legte die Sphäre auf den Boden und nahm die nächste, nur um zu erkennen, dass sich dasselbe Gefühl der Zufriedenheit einstellte.

Nachdem sie es fünf Mal wiederholt hatte, gestand sie sich ein: Jeder Sonor übte dieselbe Anziehungskraft auf sie aus. So ihren eigenen Nebel zu finden, war unmöglich.

Sie seufzte kraftlos. Sie konnte nur erahnen, wie viele Sonore in der Great Shell versteckt wurden. Aber vielleicht würde sie ihre Sphäre tatsächlich auf den ersten Blick erkennen, weil sie noch heftiger nach ihr rufen würde, und sie musste einfach nur weitersuchen?

»Deine Lebensphilosophie ist immer wieder erstaunlich.«

Nevya schrie auf und fuhr herum. Eine Silhouette näherte sich ihr.

»Cee.«

»Von nichts hast du eine Ahnung und trotzdem stürzt du dich in alles hinein«, spottete er.

Unwillkürlich ballte Nevya die Hände zu Fäusten. »Du bist mir gefolgt?«, knurrte sie, als sie die Papierstücke in seiner Hand sah, mit denen Nevya den Weg markiert hatte. Er blätterte sie durch, als wären sie wertvoll wie Geldscheine.

»Diese Notizen«, begann Cee, als hätte er sie nicht gehört, »sind wirklich beeindruckend.« Er schien zu erwarten, dass Nevya darauf einging, doch sie blieb stumm. »Darf ich wissen, woher du sie hast?«

In der Stille der Kammer klang Nevyas Atem wie ein Keuchen.

»Wie bist du an der alten Frau vorbeigekommen?«, wollte Nevya wissen und verzog das Gesicht.

»Die alte Frau? Du weißt noch nicht einmal, wer sie ist? Du bist ohne jeglichen Plan hierhergekommen? Bestimmt verstehst du nichts von dem, was in diesem Notizbuch steht. Vielleicht solltest du es mir überlassen.«

Nevya verschränkte trotzig die Arme vor der Brust, doch vor Aufregung fiel ihr keine Entgegnung ein.

»Er hat dir sein Notizbuch überlassen. Seinen größten Schatz. Du bist auf seiner Seite.«

»Das verstehst du falsch. Ich habe es gestohlen.«

Cee bellte: »Wenn du mir wirklich weismachen willst, dass Lewis zugelassen hat, dass ausgerechnet eine Luzide sein Notizbuch stiehlt, bist du noch dümmer, als ich dachte.«

»Wie bitte?«

Dieser Mistkerl wusste, dass sie eine Luzide war. Die ganze Zeit hatte er es vor ihnen verheimlicht. Ängstlich stolperte sie rückwärts. Es gab keinen Ausgang aus dieser Kammer, kein Loch in der Wand. Sie sah nach oben, während Cee auf sie zukam, die Hände zu Fäusten geballt. Sie musste irgendwie an ihm vorbeikommen.

Ohne nachzudenken, riss sie einen Sonor aus der Wand, bewarf Cee damit und rannte, um sich an ihm vorbeizudrücken. Er fing ihn mit einer Hand, nutzte die andere, um nach ihrer Jacke zu greifen und sie zurück in die Kammer zu zerren. Ergeben hob sie die Hände.

»Ich suche nur meine Träume, nichts weiter«, versuchte sie Cee zu beruhigen. »Bitte schön – du hast den Weg in Q-Lees Lager gefunden, jetzt lass mich in Frieden. Wir haben beide, was wir wollten.«

»Ich bin noch nicht fertig mit dir.« Böse funkelte er sie an. Von Cee war nicht mehr viel übrig, vor ihr standen fremde Augen mit einem fremden Namen. Chandler.

»Was wollt ihr denn alle von mir?«, jammerte Nevya. »Warum sucht ihr euch nicht einen anderen Luziden? Ich verstehe von euren Machtspielchen nicht viel.«

Nun legte Chandler den Kopf schief. »Du hast wirklich keine Ahnung«, säuselte er. »Warum sollten Stannon und Q-Lee eine Luzide wollen, die wirklich weise ist? Wenn man dich so einfach herumschubsen und für seine Zwecke benutzen kann.«

Nevya rümpfte die Nase und kniff feindselig die Augen zusammen. »Ihr könnt mich nicht zwingen.«

»Was glaubst du, wer mehr Macht hat«, fragte Chandler amüsiert. »Du, Q-Lee oder jemand, der noch mehr Nebel in seinem Kopf hat?« Er schaute auf die leuchtende Kugel in seiner Hand und legte sie zurück zu den anderen.

»Was hast du vor?«, fauchte Nevya.

»Ich sagte doch, dass es an der Zeit ist, Q-Lee zu stürzen. Es braucht jemanden, der noch luzider ist als er. Und mit so vielen Sonoren kann ich es werden.«

Nevya schüttelte den Kopf, um all die Informationen zu verarbeiten. Niemals würden die Sonore ihn zu einem Luziden machen. Sie würden ihm den sicheren Tod bringen.

»So funktioniert das nicht, Chandler. Die Alben haben …«

»Hör mir auf mit diesen Märchen«, brüllte er aus voller Kehle, bis sein Echo ihr durch Mark und Bein fuhr. »Wie ich sehe, hat Lewis dich schon zu sehr beeinflusst. Eine Schande.«

Mit einer schnellen Bewegung griff er in seine Jacke und zog eine Waffe heraus.

»Nein«, schrie sie und hielt schützend die Hände vor sich, ihr rasendes Herz drohte aus ihrer Brust zu springen. Er würde schießen, sie würde sterben.

Jetzt.

Hier.

»Was in aller Welt …«

Nevya blinzelte, als sie seine Stimme hörte, doch sie konnte nichts sehen.

»Wie machst du das?«, rief er besorgt. Das Licht der Sonore war erloschen. Einfach so, als hätte jemand das Licht ausgeknipst. Doch noch bevor sie fliehen konnte, packte er sie und schlug auf sie ein. Immer wieder prügelte er auf ihre Schläfe, ihr Kinn ein. Die Luft wich aus ihrer Lunge, bevor sie zu Boden ging. Resigniert wartete sie auf weitere Schläge, doch nichts geschah.

Dann spürte sie es. Statisches Rauschen, elektrisches Summen, dessen Ursprung zweifelsohne die Sonore waren. Sie war es, die ihnen vor Schreck das Licht genommen hatte. Tief holte sie Luft, um sich zu beruhigen. Mit ihrem Atemzug gab Nevya den Kugeln das Licht zurück.

Chandler ließ sich davon bannen, ignorierte Nevya, die vor ihm auf dem Boden noch bei vollem Bewusstsein war.

Wie in Trance griff sie nach dem erstbesten Sonor und warf ihn hinter Chandler auf den Boden. Der Nebel stieg unter Husten in seinen Kopf. Langsam brachte Nevya so viel Abstand wie möglich zwischen sich und Chandler. Noch bevor sich der Nebel der Sonore komplett in Chandlers Kopf verkrochen hatte, warf sie die nächste Sphäre vor seine Füße, die klirrend zerbrach. Noch eine. Und noch eine. Nevya warf, bis sie keine Kraft mehr hatte.

Kaum hatte sich der Nebel gelichtet, schrie Chandler sich die Kehle heiser, er schlug wie wild um sich, um eine unsichtbare Bedrohung zu treffen. Dann – wie von Geisterhand – hielt er inne und drehte sich zu Nevya um. Sein Atmen ging stoßweise: »Du Hexe, du Monster, du …« Er konnte den Satz nicht beenden.

»Nachtmahr?«, half sie ihm, weil sie wusste, nach welchem Wort er suchte. Er wimmerte, flehte. Nun war er es, der schützend die Hände vor sich hielt und rückwärts stolperte, bis er sich plötzlich umdrehte und rannte.

Wenig später hörte Nevya einen dumpfen Schlag, auf den Chandlers schriller Schrei folgte. Als sein Schrei sich entfernte, als sie einen zweiten Schlag hörte, der von peitschendem Wasser begleitet wurde, wusste sie, was geschehen sein musste.

Bewegungsunfähig stand sie in der Kammer, schlotterte.

Nein, war ihr einzige Gedanke. *Nein.*

Sie wusste nicht, wie viel Zeit vergangen war, seit Chandlers Schrei verklungen war, aber sie wusste, dass sie hier verschwinden musste. Und zwar schnell.

Sie rannte aus der Kammer, schaltete ihre Taschenlampe ein und lief die Treppen hinauf.

Oben angekommen, rannte sie durch den Gang direkt auf das Loch zu, durch das sie gekommen war. Es kostete sie all ihre Kraft, um sich hochzuziehen. Doch sie gönnte sich keine Pause, rannte durch das staubige Tunnelsystem. Schnell merkte sie, dass sie auch ohne die Zettel, die ihr eigentlich den Weg markieren sollten, stets die richtige Richtung einschlug.

Ihre Venen waren gefüllt mit berauschendem Adrenalin, bis sie endlich hechelnd vor der Tür zum Keller der alten Dame stand. Ungeduldig riss sie die Tür auf und im gleichen Moment griff jemand mit behandschuhten Händen nach ihr. Ihr Rucksack rutschte von der Schulter und die fremden Hände griffen nach ihm, zerrten ihn von ihrem Arm. »Ich habe doch gesagt, dass es noch nicht vorbei ist«, raunte Cave mir seiner unverwechselbaren hyänenartigen Stimme in ihr Ohr. Dann griff er nach ihrem Hals drückte zu. Nevya schlug um sich, doch Caves Griff war zu fest. Sie bekam keine Luft mehr und verlor das Bewusstsein.

37

»... das Mädchen. Der Götze mischt sich nicht mehr ein. Was auch immer ...«

Caves Stimme weckte Nevya. Noch immer benommen, versuchte sie herauszufinden, wo sie war. Mit auf ihrem Rücken zusammengebundenen Händen lag sie in einem Kofferraum.

Cave schien zu telefonieren, zumindest hörte Nevya nur seine Stimme: »Was soll das heißen, Cee kommt nicht?«

Nevya unterdrückte ein Wimmern.

»Okay, okay. Mach doch, was du willst. Der Käfer hier hat's doch auch hineingeschafft. Ja, ja, das ist was anderes, ich weiß. Mir auch egal. Nein, tu der Alten nichts. Kein unnötiges Blutvergießen. Bevor sie jemandem Bescheid geben kann, sind wir längst über alle Berge.« Cave lachte.

Nevyas Atem ging stoßweise, ihr Zittern war nur mit eiserner Willenskraft zu unterdrücken.

Sie war doch nur ein kleines, unbedeutendes Zahnrad. Was wollten sie bloß mit ihr anstellen?

Der Wagen kam zum Stillstand. Eine Autotür wurde geöffnet, geschlossen. Schritte waren auf dem Asphalt zu hören, dann wurde der Kofferraum geöffnet und der eiskalte Novemberwind schlug in Nevyas Gesicht, sodass sie merklich zusammenzuckte.

»Aufstehen«, befahl Cave, doch ihre Glieder waren taub. Cave schnaubte, griff unter ihre Arme und hob sie auf seine

Schultern. Es war tiefste Nacht, sie konnte nicht lange bewusstlos gewesen sein.

Ich muss rennen! Aber ihre Glieder blieben schlaff.

Ein müdes Zappeln überkam sie erst, als sie die Gegend erkannte. Hier hatte Q-Lees Feier stattgefunden.

Kein Wort kam aus Caves Mund, als sie so unbeholfen strampelte, einzig sein Griff um ihre Schenkel verstärkte sich. Auf dem Treppenabsatz angekommen, warf er sie von seiner Schulter, stellte sie auf ihre wackeligen Beine.

»Es ist eng dort drinnen. Du wirst laufen.« Er umschloss ihr Kinn kurz mit einer Hand – die Handschuhe hatte er abgelegt. Nevya konnte nicht flüchten, konnte ihm kaum zuhören. Die Kopfschmerzen, die Schwäche, Chandlers Prügel.

»Lass mich gehen«, hauchte sie wenig überzeugend, woraufhin Cave amüsiert gurrte und sie vor sich durch die Haustür und in Richtung Keller schubste. Doch was hinter ihm im Wohnzimmer lag, konnte selbst seine massige Statur nicht verbergen.

Nevya hielt inne, ein Stechen fuhr durch ihren Magen und drehte ihn um, während Cave ihr die Sicht nun doch versperrte und sie anbellte, sie solle in die Gänge kommen.

Rückwärts stolperte Nevya die Treppen hinab und nuschelte: »Q-Lees Komplize. Du hast ihn umgebracht.«

Der Mann im Wohnzimmer, der auf dem Sofa lag, war unverkennbar jener klein gewachsene Türsteher, der ihr bei Q-Lees Party vom Gartenschuppen abgeraten hatte. Wenn ihre trüben Sinne ihr keine Streiche spielten, hatte sie auf seinem Arm ähnliche Male gesehen, die auch Nevya noch immer trug.

»Da mussten wir nicht mehr nachhelfen«, lachte Cave. »Den hat seine Krankheit dahingerafft. Eine Tragödie«, seufzte er dann gleichgültig.

Tatsächlich hatte Q-Lees Türsteher schwach gewirkt, als sie ihn zuletzt gesehen hatte. So konnten die Cis also ungehindert in sein Haus einbrechen. Hatten sie Q-Lee ebenfalls gefangen genommen?

Unten angekommen, stürzte Nevya durch die Tür zu einem betongrauen Zimmer, in dessen Mitte ein einfacher Holztisch spärlich beleuchtet wurde. Ein dunkles Tuch war darauf ausgebreitet und zwei Stühle standen auf beiden Seiten des Tisches. Jemand wimmerte unkontrolliert in der Ecke, hielt mit seinen Armen seine Beine umschlungen und schaukelte vor und zurück.

»Zed!« Mit einem Mal verblasste ihre Schwäche. »Was hast du ihr angetan?«

»Das wirst du gleich sehen«, versprach Cave düster. Er führte sie zu einem der Stühle, während Nevya unaufhörlich nach Zed rief, doch diese schien sie gar nicht bemerkt zu haben.

Gewaltsam brachte Cave Nevya dazu, sich zu setzen, und nahm ihr gegenüber Platz. Er deutete auf Zed und sprach: »Sie hat uns bereits die zwölf Sonore gebracht. Du wirst uns sagen, wie es funktioniert.«

»Wie was funktioniert?«, erwiderte sie.

Cave trommelte mit den Fingern auf dem Tisch, musterte sie skeptisch und sagte dann: »Vielleicht sollte ich dich erst mit den Spielregeln vertraut machen.« Mit einer Hand hob er das Tuch, das mehrere Einmachgläser unter sich verborgen hatte. Im spärlichen Licht flimmerten anthrazitfarbene Funken wie stachelige Geister darin umher.

»Albengeist«, verkündete Cave. »Stannon hat ihn aus seinen Träumen mitgebracht. Das Graphitpulver macht ihn sichtbar.« Er tätschelte das Glas. »Der Albengeist macht die Sphären … wertvoller. Deshalb suchen manche Traumdiebe Schlafende, die Albträume haben. Aber das Zeug kann auch ganz schön wehtun.«

Nevya zog scharf die Luft ein. So entstanden also die Albtraumsphären, die Stannon so liebte.

»Also«, begann Cave erwartungsvoll, verschränkte die Arme auf dem Tisch und lehnte sich ihr entgegen. »Cee hat uns erzählt, dass du uns mächtiger machen kannst als Stannon. Und es hat mit den Sonoren zu tun.«

»Das kann ich nicht«, versicherte sie. »Und ihr könnt mich damit nicht verletzen.« Mit dem Kopf zeigte sie auf die Einmachgläser. Cave lehnte sich enttäuscht zurück und verengte die Augen zu Schlitzen. In dem Moment brach die Tür auf und einer seiner Komplizen trat ein. Er trug die beiden Stofftaschen, die die Verbindung in Anza-Borrego gefüllt hatte.

»Gut, dass du hier bist, Chlore«, fand Cave, ließ Nevya dabei nicht aus den Augen. »Hilf mir mal mit der hier.«

Chlore legte die Taschen in die Ecke, bedankte sich hämisch, als er Zed passierte, und zog zwei Gummihandschuhe aus der Hosentasche, bevor er sie überstreifte und eins der Einmachgläser vom Tisch nahm. Vorsichtig drehte er es auf, richtete die Öffnung auf Nevyas Nacken und nahm den Deckel ab.

Nevya konnte den angsterfüllten Schrei nicht zurückhalten. Ekel sprudelte durch ihre Venen, sie wand sich, bis ihre Wange auf der Tischfläche lag. Der Geist breitete sich aus, schien ihr Inneres zu verätzen und sie zwang sich, klar zu denken. Sie zwang sich, sich an Stannon und seine Worte zu erinnern.

Akzeptanz. Sie durfte sich nicht wehren, sie musste sie akzeptieren.

Erleichtert seufzte sie, als sich der Geist mit einem Feuerwerk aus Ekel auflöste.

»Was zum«, hörte sie Chlore stottern und richtete sich wieder auf.

Cave kniff die Augen zusammen: »Cee hat bereits gesagt, dass du anders bist. Aber ewig wirst du dem nicht standhalten. Hast du gehört? Wir können so weitermachen oder du könntest reden.«

»Ich weiß wirklich nicht, was ihr hören wollt.« Über ihre Schulter griff Chlore nach einem weiteren Glas, wiederholte den Vorgang und dieses Mal war der Ekel tatsächlich stärker.

Sie hielt die Luft an, als sich ihr gesamter Körper verkrampfte, und entließ ein triumphales Brüllen, als der Geist versiegte.

»Keiner hier kann euch zu Göttern machen, weder Cee noch Stannon und ich erst recht nicht.« Nevya schnaufte erschöpft.

»Du behauptest also, dass sie alle gelogen haben?«

Ermattet schüttelte Nevya den Kopf, begegnete seinem Blick mit Resignation.

Chlore hatte schon ein weiteres Glas zur Hand und hielt es bereit, doch noch hörten die beiden ihr mit skeptischen Mienen zu.

»Es muss frustrierend sein«, hauchte Nevya. »In Prawnhill kann jeder sein, was er sein möchte. Und ihr wolltet mit den Klarträumern feiern und seid auf Stannon hereingefallen. Und dann seid ihr auf Chandler hereingefallen, aber glaubt mir.« Ihr Blick war aufrichtig und warm. »Das bedeutet nicht, dass sie besser sind als ihr.«

Ein Blickwechsel zwischen Cave und Chlore stimmte sie hoffnungsvoll, also redete sie prompt weiter: »Tut mir leid, dass ich eure Träume zerstöre.« Sie schnaubte trostlos. »Ich weiß, wie das ist.«

»Du lügst«, bellte Cave und befahl Chlore, das Glas zu öffnen.

»Nein«, hauchte Nevya, bevor der Geist über sie hereinbrach. Ihre Haut brannte, als die elektrisierende Substanz durch ihren Körper fuhr, und sie zuckte wie unter Strom.

»Darf es noch mehr Geist sein oder verrätst du uns jetzt, wie es funktioniert?«, fragte Cave lächelnd.

Nevya erwiderte sein Lächeln müde. Der Albengeist sickerte durch ihren Körper.

»Ihr müsst nur den Nebel der Sonore einatmen.« Erschöpft blickte sie in Richtung der Sonore, die Chlore in der Ecke verstaut hatte. Hatte sie das gerade eben tatsächlich gesagt? Hatte die Angst sie so kaltblütig werden lassen?

»Das ist alles?« Interessiert folgte Cave ihrem Blick und betrachtete die Stofftaschen.

In diesem Moment trat der dritte Cis ins Zimmer. Unter seinen Armen hielt er eine mit Sonoren gefüllte Netztasche.

»Kein unnötiges Blutvergießen«, murmelte er abfällig und stierte mit einer erhobenen Augenbraue in Caves Richtung. »Weißt du, wie widerspenstig das Weib war? Ich konnte nicht länger auf Cee warten.«

Cave ließ sich von den neuen Sphären ablenken. Seine Verwirrung schien zu wachsen, je mehr Sonore sich im Raum ansammelten.

»Was hast du mit ihr angestellt, Cass?«, wollte er wissen. Er klang kühl.

»Gar nichts. Ich wollte mir nur ein bisschen Bares abgreifen, wo ich schon mal dort war. Die Alte hat gemeckert, als ich zwischen die Couchkissen gegriffen hab. Aber schau mal, was ich darunter gefunden habe.« Fröhlich tätschelte er die Sonore. An manchen klebten Papierfetzen und Nevya erkannte, dass etwas auf den Zetteln stand. Doch noch bevor ihre Augen fokussieren konnten, erhob Cave sich und entriss Cass eine augenscheinlich beliebige Sphäre. Er drehte sie vor seinem Gesicht, betrachtete sie argwöhnisch und rief Chlore zu, er solle Nevya losbinden.

Nevya glaubte nicht daran, dass er sie tatsächlich freilassen wollte. Doch Chlore kam seinem Befehl sogleich nach, hielt Nevya jedoch weiterhin an ihren Schultern fest. Dann entdeckte Cave den Zettel, der an der Sphäre haftete.

»Zarka Faraj«, las er desinteressiert vor. »Na dann, vielen Dank, liebe Zarka.«

Nevyas Lächeln wurde breiter, als er die Kugel losließ. Das Klirren einer Sonorsphäre klang verheißungsvoller und weniger melodiös als das der Serenen. Es war ein dunkler Wohlklang, vollgefüllt mit der Fantasie eines gesamten Kopfes. Der Nebel entsprang dem Glas beleidigt, legte sich als dicker Nebelteppich über den Boden und kroch dann langsam über Caves Körper. Als die ersten Nebelschwaden seinen Kopf erreichten, lächelte er so selig, wie Nevya es nie bei ihm für möglich gehalten hatte.

Im Bruchteil einer Sekunde versiegte sein Lächeln allerdings. Unverständnis tanzte über seine Mimik.

»Was ist los mit ihm?«, hörte sie Chlore flüstern.

Nevya legte ihre Stirn in Falten und blickte hinter sich, spielte ihm vor, vollkommen entsetzt zu sein, und wisperte: »Er stirbt.«

Chlore erschrak für den Bruchteil einer Sekunde und löste seine Hände von ihren Schultern, woraufhin Nevya ruckartig nach vorne hechtete.

Sie rutschte über den Tisch, stieß dabei gegen sämtliche verbliebenen Einmachgläser und hörte, wie sie auf dem Boden zersprangen. Auf der anderen Seite richtete sie sich auf.

Unschlüssig flimmerten die mit Graphit besetzten Dornen über den Boden, dann fanden sie Nevya. Tausend Stromstöße durchzuckten sie, Ekel packte sie am Kragen und schüttelte sie durch, ihr Blick flackerte und sie hieß jeden Blitz willkommen, schmiegte sich an den Ekel, ließ sich vom Rhythmus des Flackerns gefangen nehmen. Der Albengeist verzog sich in die tiefsten Winkel ihres Körpers. Er konnte ihr nichts mehr anhaben.

Die Cis hatten weniger Glück. Natürlich hatte Stannon ihnen nie beigebracht, wie man mit dem Geist umging. Nevya drehte sich um die eigene Achse, um jedem der Cis bei seinem Elend zuzusehen.

Sie schrien wie Kleinkinder, schüttelten ihre Haare aus, schlugen gegen die Wände, Chlore und Cass hasteten aufeinander zu und verprügelten sich gegenseitig. Einzig Zed blieb scheinbar verschont.

Zum Glück, denn im Moment konnte sie sich nicht um Zed kümmern. Nevya packte Cave am Kragen, augenblicklich ging er in die Knie. Als Stannon sie belehrt hatte, hatte er seinen Albengeist auf sie wirken lassen, hatte ihn durch seine Poren ausströmen lassen. Nun suchte Nevya tief in sich nach der ekelhaften Substanz, die sich in ihr verkrochen hatte – und ließ ihren Albengeist auf Cave los. Nevya fletschte die Zähne, als Blut aus seiner Nase rann. Sein Blick wurde kraftlos, ausdruckslos und mit einem Mal sackte er restlos zusammen.

Überwältigt ließ Nevya von ihm ab und blickte in Caves ausdrucksloses Gesicht. Was hatte sie getan? Hinter ihr klirrte ein weiterer Sonor. Erschrocken hielt sie die Luft an.

Cass und Chlore waren so tief in ihrer trunkenen Trance versunken, dass sie alles um sich herum zerschlugen. Doch Nevya musste sich jetzt um Zed kümmern.

Sie kniete sich zu ihr auf den Boden und nahm ihr Gesicht in beide Hände, doch Zed blickte an ihr vorbei ins Nichts und murmelte unverständlich.

»Zed, hörst du mich?«

Keine Reaktion.

»Zed, du musst aufstehen.«

Keine Reaktion.

Nevya grub ihre Arme unter Zeds Achseln und richtete sie auf. Sie legte Zeds Arm um ihre Schulter und befahl ihr sanft, aber dennoch keuchend, Richtung Tür zu gehen. Langsam leistete Zed Folge und setzte einen Fuß vor den anderen.

Cass schubste Chlore in Richtung des Tischs, den er mit sich zu Boden zerrte. Das Poltern, als der Tisch zur Seite kippte und beide Körper auf dem Boden in den Scherben landeten, verschreckte Zed zurück in ihre Trance und Nevya hatte Mühe, sie auf den Beinen zu halten.

Unter angestrengtem Knurren stieß Nevya die Tür auf, sah ein letztes Mal hinter sich und trug sich und Zed über die Schwelle. Dann schlug sie die Tür wieder zu, führte Zed zur Treppe und ließ sie auf dessen Absatz nieder.

Nevya brauchte eine Verschnaufpause. Dieses Mal war sie wirklich der Nachtmahr gewesen, der einen Menschen umgebracht hatte, zumindest hatte sie ihn mit dem Sonor ausgetrickst und den Albengeist mutwillig auf ihn gehetzt. Die Kombination hatte ihn umgebracht. Sie hatte ihn umgebracht und Cass und Chlore würden sich wahrscheinlich gegenseitig umbringen.

Wieso hatte sie das getan? Sie hätte einen anderen Ausweg gefunden, oder?

Neben ihr schnaufte Zed. Sie hatte die Augen geschlossen, manchmal wimmerte sie. Nachdem Nevya sie eine Weile beobachtet hatte, blickte sie zur Tür.

Die Geräusche dahinter ließen nicht darauf schließen, dass Cass und Chlore ihren Frieden gefunden hatten. Immer wieder hörte sie, wie Glas zersplitterte. Der Schlitz unter der Tür färbte sich allmählich blau.

»Zed, zum letzten Mal, wir müssen verschwinden.«

»Meine Schuld«, jammerte Zed. Endlich klang sie einigermaßen verständlich. »Declan ist tot und es ist meine Schuld.«

Nevya seufzte verzweifelt, streichelte über Zeds Haar und legte ihre Stirn an ihre.

Immerzu wiederholte sie, dass es ihre Schuld gewesen war. Mühevoll versuchte Nevya, sie zu beruhigen, sie zum Gehen zu drängen.

»Meine Schuld. Vy hat keine Träume und es ist meine Schuld.«

Nevya schnaufte, als Zed sich noch immer nicht rührte.

»Ich verzeihe dir, Zed.«

Zeds Pupillen schienen endlich stillzustehen. »Und Declans Traum wird mit uns weiterleben«, warf Nevya hinterher. Ihre Worte schienen Zed zu erreichen. Endlich richtete sie sich auf, während Nevya ihr dabei half. Kraftlos lehnten sie sich gegeneinander. Nevya warf erneut einen Blick zur Tür. Der Nebel kam immer näher.

»Wir müssen nach oben.« Sie sprach direkt in Zeds Ohr und diese setzte sich in Bewegung.

Es dauerte länger als erwartet, bis sie das Erdgeschoss erreicht hatten, und Nevya spürte den Nebel in ihrem Nacken. Erschrocken zerrte sie Zed in das Wohnzimmer. Sie ließ Zed auf den Boden sacken, schloss die Tür und nahm ein paar Kissen von der Couch, um den Spalt unter der Tür abzudichten.

Dabei gab sie sich Mühe, die Leiche nicht anzusehen, aber etwas zog ihre Aufmerksamkeit wie magisch an. Die Runen auf seinem Arm waren frisch und sie konnte sie nicht lesen.

Mit einem Mal erkannte sie in dem toten Gesicht eine Ähnlichkeit. Die breite Nase, die dunkelblonden Haare – er sah aus wie Chandler, nur dünner und blasser.

»Q-Lee«, hauchte Nevya und sackte zusammen. »Q-Lee ist tot.«

Nevyas Gedanken rasten. Chandler war tot, Lewis war tot – wer war jetzt noch übrig? Wer würde den Traumhandel anführen? Gab es andere Familienmitglieder? Nevya hielt den Atem an. Stannon. Würde Stannon sich jetzt an die Spitze kämpfen?

Eine weitere Erkenntnis raubte ihr den Atem. Lewis war ihre einzige Chance, sich mit einem Luziden zu unterhalten. Sie wäre einfach auf die Knie gefallen und hätte um ihren Sonor gebettelt und dann hätte er sie in der Hand gehabt. Aber er war tot. Es war niemand mehr übrig.

Sie riss sich los, als sie die unverkennbare Energie der Sonore in ihrem Nacken spürte, und sah sich ihr Werk unter der Tür genauer an. Es würde den Nebel nicht lange zurückhalten und sie bezweifelte, dass ihre Kraft ausreichte, um Zed aus der Tür zu tragen. Immerhin konnten sie vom Wohnzimmer aus in den Garten gelangen.

Erneut streichelte sie über ihr Haar, säuselte ihren Spitznamen, flehte sie an, sie möge zu sich kommen.

»Du musst den Geist akzeptieren, dann geht er in deinem Körper unter. Gib die Spannung auf und er verschwindet.« Nevya sah ihr an, dass sie es versuchte, doch es gelang ihr nicht. Für einen Trübträumer schien diese Aufgabe wesentlich komplizierter zu sein.

»Versuch es weiter, ich kann es nicht für dich tun.« Ihre eigenen Worte brachten sie auf eine Idee.

Zwischen Daumen und Zeigefinger klemmte Nevya Zeds Kinn. Ihre Muskeln waren erschlafft und ihr Mund öffnete sich ergeben. Nevya legte den Kopf schief, schmiegte ihre Lippen an Zeds und spürte, wie der Geist in ihren Atemzügen mitschwang.

Sie schloss die Augen, konzentrierte sich und tat das Gegenteil dessen, was sie mit Cave gemacht hatte. Wenn es möglich war, Geist zu absorbieren und weiterzugeben, wenn Stannon es geschafft hatte, die Substanz aus seinen Träumen zu ziehen und in Einmachgläser zu verpacken, dann musste es auch möglich sein, ihn abzusaugen.

Sie duldete jeden Schwall, der aus Zeds Mund schwappte, ließ sich davon entkräften und flehte ihn an, sich ihr zu nähern – und wie Schleim floss er durch ihre Atemwege.

Es geschah langsam, tröpfchenweise, erforderte Nevyas volle Konzentration.

»Vy, was tust du da?« Zed löste sich ruckartig von ihr.

Nevya wollte ihr beim Aufstehen helfen, doch Zed schien plötzlich keine Probleme mehr damit zu haben. Sie selbst allerdings hatte Schwierigkeiten, sich aufzurichten. In ihrem Augenwinkel flimmerte es blau.

»In den Garten. Sofort«, ächzte sie kraftlos und schwankte zur Seite. Zed fing sie auf und keuchte. Mit Nevya im Arm sprintete sie in Richtung der Glastüren. Doch als Zed die Leiche entdeckte, blieb sie schockiert stehen.

»Dafür ist jetzt keine Zeit. Wenn der Nebel uns einholt, sind wir geliefert«, rief Nevya über ihre Schultern und stützte sich an der Wand ab.

»Moment«, hörte sie Zed sagen, woraufhin sie an den Couchtisch herantrat.

»Komm zurück«, zischte Nevya und beobachtete, wie Zed ein Glas anhob und einen Brief einsteckte, der darunter lag. Umgehend drehte sich wieder um und stürmte aus dem Zimmer und lief mit Nevya gemeinsam in den Garten. Sie ließen die Reihenhäuser hinter sich und bogen ab, als sie das U-Bahn-Symbol in einer Seitenstraße erkannten. Nach einer Weile stellte Nevya fest, dass sie zu schnell gerannt war. Ihre Kraft neigte sich dem Ende.

»Was …«, hauchte sie, bevor sie in die U-Bahn-Station liefen, und wollte beim Anblick der Stufen weinen, so unüberwindbar wirkten sie in ihrer Erschöpfung. »Was hast du mitgenommen?«

Zed biss sich auf die Lippe und antwortete: »Auf dem Brief stand dein Name.«

38

Vy,

ich hoffe, diese Nachricht erreicht dich schnellstmöglich.

Meine Tage auf dieser Welt sind gezählt, ich werde gehen. Ich kann in meinen Gliedern spüren, wie mir die Zeit ausgeht. Deshalb wollte ich sicherstellen, dass ich dir mein letztes Geheimnis noch vor meinem Tod verrate.

Jahre sind vergangen, seit mein Vater entschied, meinen Bruder Chandler – deinen Kollegen Cee – zu übergehen, um mich stattdessen als seinen Nachfolger auszuwählen. Nun wollte es der Zufall, dass nun auch du meinem Kommando unterstandst.

Zed nannte dich Vy, als sie mich darum bat, ihr zu erlauben, dich zu beschäftigen. Etwas später sprach mein Bekannter Stannon – dein Kunde Ben Collins – ebenfalls von einem Mädchen namens Vy. Einer Luziden.

»Du hast einen Leuchtkäfer in deinen eigenen Reihen«, hat er gesagt. Er hat gespottet, sprach davon, dich von seiner Ideologie überzeugen, dich für sein Ziel zu verwenden, und ich möchte dich bitten, ihm nicht zu glauben.

Hin und wieder wird es dich Anstrengung kosten, ihm nicht zu verfallen, aber du kennst die Magie der Nebel und du weißt, dass jeder Mensch dieses köstliche Vergnügen verdient hat. Jeder Mensch, nicht nur wir Klarträumer. Daran musst du dich stets erinnern.

Ich bat ihn, dich zu mir zu bringen. Ich habe ihm einen Albtraum dafür versprochen und zu meiner Überraschung ist er meiner Bitte nach-

gekommen. Wie ich erwartet hatte, war mein sorgsam präpariertes Buch am nächsten Tag verschwunden.
Drei Eigenschaften zeichnen einen Luziden aus.

1. Wir sind die weisen Träumer, deshalb arbeite an deiner Weisheit.
2. Wir sind die Traumdepots, gib daher acht auf dich selbst.
3. Wir sind die Klarträumer, also musst du träumen.

Nun gibt es da ein paar Probleme: Du hast keine Träume. Und von Menschen dieser Stadt wirst du keine Weisheit erhalten. Sie hüten ihre Geheimnisse gerne.
Mein Notizbuch – das wird dir Weisheit geben.
Auf den ersten Seiten der Chroniken findest du außerdem eine Anleitung, die dich unter die Great Shell führt.
Die Pförtnerin am Eingang der Great Shell – Josephine – wird dir deine Träume zurückgeben können. Ich habe sie umgehend zu ihr bringen lassen, als ich erfahren habe, wessen Träume Zed da mitgenommen hatte.
Unter der Great Shell findest du alle Sonorsphären, die ich finden konnte, plus jene, deren Nebel ich selbst stehlen musste, um den Schein zu wahren. Meine Familie sollte nicht denken, dass ich gegen sie arbeitete.
Ich muss dir noch etwas erklären: Ich weiß im Vorhinein nicht, welche Sphäre ein Sonor werden wird und welche eine Serene. Es ist Zufall, wenn ich einen Sonor bekomme. Was soll ich dann damit tun? Ich kann ihn nicht wieder dem Träumer zurückgeben, was würde meine Familie denken? Also habe ich sie unter der Great Shell versteckt.
Stannon möchte die Nebel dort ebenfalls vereint sehen, weil er glaubt, sie den Alben auf diesem Weg zurückgeben zu können. Wir haben eine Vereinbarung. Er lässt mich weitestgehend in Ruhe, seit ich angefangen habe, die Katakomben der Great Shell auf sein Drängen hin als Lager zu missbrauchen. Er jedoch kennt den Weg unter die Great Shell nicht.

Nutze diese Vereinbarung, wenn er versuchen sollte, dich unter Druck zu setzten.
Sprich außerdem mit Quentin, dem Vorsitzenden der Indigo Society. Ich rate dir nicht ausdrücklich, seinem Verein beizutreten, aber es könnte dir dort gefallen. Auch mit ihm habe ich eine Vereinbarung. Hör dir an, was er zu sagen hat, und entscheide dann.
Warum erzähle ich dir all das?
Weil es ohne mich weitergehen muss. Ich mag mir nicht ausmalen, was geschieht, wenn meine Familie das Steuer wieder übernimmt. Vater wird Chandler einspannen und das kann ich nicht zulassen. Jahrelang war nicht ein einziger Sonor im Umlauf und jetzt, da eine Luzide bestohlen wurde, werden sie tödlich sein.
Niemals hätte ich zugelassen, dass einer meiner Hehler im Shellpark nach Schlafenden sucht und ihnen Nebel entnimmt, wenn ich gewusst hätte, dass eine Luzide unter ihnen ist, und wenn ich gewusst hätte, dass eine Sonorsphäre daraus entstehen würde.
Nun zu deiner Aufgabe. Meine letzten Jahre habe ich damit zugebracht herauszufinden, wie ich den Handel stoppen könnte. Doch es gibt so viele, die mich einfach umgebracht hätten, wenn ich ihnen die Sphären verwehrt hätte.
Meine letzten Tage galten also dem Versuch, den Handel von den Alben absegnen zu lassen. Dein Verlust hat sie erzürnt und mein Kopf war voll von Nachtmahren, die mir etwas zu sagen hatten: Es ist okay, fremden Nebel im Kopf zu tragen, solange er ein Geschenk ist. Freiwillig gegeben wie die Opfer der Alben.
Mehrzahl.
Es gibt kein einzig wahres Opfer der Mal achaun.
Auch gebe ich dir das Rezept für die Herstellung der Sphären, die Zusammensetzung der Metalloxide, die den Nebel aus den Köpfen saugt. Nur so kann ich dir den letzten Rest meines Vermächtnisses überlassen. Du bist eine Luzide, Vy. Du wirst wissen, was das Richtige ist. Nicht Chandler, nicht mein Vater, nur ein weiser Träumer kann das Erbe

der Alben verstehen. Es ist eine Bürde, für die ich mich entschuldigen möchte. Ich weiß mir schlicht nicht anders zu helfen – denn noch nie bin ich einem anderen luziden Träumer begegnet.
Es soll sich aber nichts daran ändern, dass das Rezept ausschließlich mündlich überliefert wird. Versuche, es auswendig zu lernen. Es ist viel, aber du schaffst es. Verankere es in deinem Unterbewusstsein, sobald Josephine dir deine Träume gegeben hat, und dann verbrenne diesen Brief.
Ich trage das Rezept auf meinem Arm, nachdem ein Nachtmahr mich heimgesucht und mein Innerstes nach außen gekehrt hat. Sollte dir dasselbe geschehen, sollte ein Nachtmahr in deinen Erinnerungen wühlen, sieh es als Zeichen, dass du ihn verärgert hast. Jedenfalls möchte ich, dass du dafür sorgst, dass kein Luzider meinen Arm sieht. Luzide können diese Schrift entziffern, im Gegensatz zu den Ireern. Sie sind im Umgang mit Nebel nicht talentiert genug.
Hiermit, liebe Vy, möchte ich mich dafür bedanken, dass du die Last von meinen Schultern nimmst. Was auch immer du aus meinen Erkenntnissen machst, vergiss nicht, dass Träume sich wie ein Lauffeuer verbreiten. Und halte dein Herz warm, es hält die Nachtmahre fern.

- Bleioxid, PbO
- Kaliumoxid, K_2O
-

* * *

Zed war auf Nevyas Schulter eingeschlafen. Sie selbst war zu aufgewühlt und hatte unterdessen den Brief gelesen. Mehrfach. Und er hatte sie zu Tränen gerührt. Mehrfach.

Antworten. Antworten und sanfte Ratschläge eines Menschen, der ihr Verbündeter gewesen war. Und gestorben war, bevor sie ihn kennenlernen konnte.

Lewis hatte ihre Träume bei der Pförtnerin gelagert. Sie waren also unter den Sonoren, die Cass gestohlen hatte und die soeben von ihm und Chlore in ihrer Trance zerstört wurden. Sie waren fort.

Sowohl die Anleitung, die sie zu der Pförtnerin führte, als auch Lewis' Notizbuch waren in ihrem Rucksack, den Cave ihr abgenommen hatte und von dem sie nicht wusste, wo er sich befand.

Außerdem hörte der Brief einfach auf. Er hatte gesagt, das Rezept sei umfangreich, doch aufgezählt hatte er nur zwei Bestandteile. Keine Mengenangabe, keinen Herstellungsprozess. War er etwa gestorben, bevor er es hatte beenden können? Sie hatte es auf seinem Arm gelesen, doch ohne Nebel konnte sie die Schriftzeichen nicht entziffern und ihr Nebel war verloren. Für immer.

Selbst wenn sein Plan reibungslos funktioniert hätte, blieb ein letztes Problem. Nevya war der Verantwortung nicht gewachsen. Er wollte, dass die Alben den Handel billigten, nachdem eine Luzide bestohlen worden war. Aber die einzige Information, die er hatte, war, dass es erlaubt war, den Nebel einvernehmlich zu teilen. Was sollte sie damit anfangen?

Sein Vorhaben lastete schwerer auf ihrer Schulter als Zeds müder Schädel.

»Vy?«, fragte Zed und wartete, bis Nevya mit bedrücktem »Hm?« antwortete.

»Wie lautete der Name?«

»Wovon sprichst du?«

»Welchen …« Sie räusperte sich. »Welchen Namen hat er genannt, bevor er die Sphäre zerbrochen hat? Ich glaube, ich habe ihn gehört.«

»Ähm«, begann Nevya und faltete den Brief zusammen. »Cynthia oder Senka …«, versuchte sie sich zu erinnern.

»Zarka«, verbesserte Zed sie. »Zarka Faraj.« Ihr Kopf wurde schwerer. Selbst Nevya sah von ihrer Position aus die Verzweiflung, mit der Zed die Augen schloss.

»Das ist mein Name«, wisperte sie.

Es verschlug Nevya die Sprache.

Doch Nevya hätte nichts tun können, selbst wenn sie gewusst hätte, dass die Sphäre Zarka gehörte. Dennoch flüsterte sie eine leise Entschuldigung, denn auch sie hatte eben erfahren, dass ihr Sonor für immer vernichtet war, und ihr Mitleid galt ihnen beiden, es verband sie.

Zarka hob eine Augenbraue, gab sich Mühe, gleichgültig zu klingen, als sie feststellte: »Es hat sich nichts geändert. Ich habe vorher auch nicht gewusst, dass es noch Hoffnung gibt, also musst du dich auch nicht bei mir entschuldigen. Aber mir, mir tut es leid.«

»Ach, halt die Klappe«, erwiderte Nevya und rümpfte die Nase.

Auch Zarka schnaubte. Kraftlos, aber ebenso aufrichtig. Es spielte keine Rolle mehr. Alles, was geschehen war, hatte weder in Zarkas noch in Nevyas Händen gelegen.

»Was haben die uns da verabreicht, Vy?«

Mit den Fingerspitzen des Arms, den Nevya um Zarkas Schulter geschlungen hatte, streichelte sie ihren Oberarm.

»Nevya, mein Name ist Nevya«, war alles, was sie sagte.

Sie hätte ihr vom Albengeist erzählen können, sie hätte sie über die Mahre aufklären können, doch sie blieb stumm.

Für den Rest der Fahrt blieb sie stumm.

Es gab nur einen Menschen, der ihr jetzt hätte Trost spenden können, der Zarka Antworten geben und Nevya Zuflucht schenken konnte. Sie hatte sich gegen ihn gewehrt, ihn ignoriert, ihn abgewiesen, aber in dieser einsamen Lage war er wie ein Ast über dem reißenden Fluss, in dem sie und Zarka trieben.

Sie würde sich an ihn klammern und sich aus der Strömung retten.

39

»Ihr wollt mir sagen, dass diese Nachtmahre wütend sind, weil ich Nevyas Nebel genommen habe? Und deshalb lösen die Serenen in letzter Zeit fast ausschließlich Albträume aus? Deshalb hat Cave diesen Sonor nicht überlebt? Und die Angstzustände gestern … Das war ein Stoff, den die Nachtmahre verwenden?«

Aus Zarkas Mund klang ihr Name so fremd, dass sie davon erwachte.

»Ihr verarscht mich doch.« Das klang schon eher nach ihr. »Was ist so besonders an ihr?«

Eine fremde Stimme meldete sich. »Die Alben haben eine kleine Besonderheit in ihre Blutlinie gelegt. Sie hat von Natur aus sehr lebhafte Träume und das macht sie zu einer Luziden.«

Die männliche Stimme, die eben gesprochen hatte, klang alt. Sie sprach mit dieser ruhigen, vibrierenden Stimme, die Nevya von Stannon gewohnt war und die ihr hin und wieder bei Ryan aufgefallen war. Wer immer er war, auch er war ein Ireer.

Noch öffnete Nevya die Augen nicht, hörte nur aufmerksam zu, wie Zarka behutsam belehrt wurde.

»Und du glaubst auch daran?« Ihre Stimme klang nicht halb so erschöpft, wie Nevya sich fühlte.

»Ja, als Klarträumer fällt es einem leicht, daran zu glauben.« Ryans Stimme erklang direkt neben ihrem Kopf.

»Klarträumer. Du bist auch so ein Luzider?« Verständlicherweise klang sie skeptisch.

»Ein Ireer«, verbesserte Ryan sie. »Meine Fähigkeit ist etwas … unheimlicher. Ich kann in die Träume anderer Menschen gelangen.«

»Was?«, rief Zarka aus und sprang auf, stieß dabei etwas zu Boden. Nevya konnte sich nicht länger schlafend stellen und schlug die Augen auf.

»Ihr erwartet, dass ich das glaube?«, sprach Zarka weiter.

»Es stimmt, Zarka«, hauchte Nevya. Sie klang heiser. Ihr Kopf ruhte auf Ryans Schoß, ihre Hand war mit seiner verwoben. Sie drehte sich auf den Rücken, sah ihm in die Augen und fühlte sich unwohl in dieser Position, also richtete sie sich auf, egal wie abgeschlagen sie war. »Und er ist nicht der Einzige. Stannon ist einer und Q-Lee war ein Luzider – genau wie ich.«

Zarka schüttelte den Kopf, während Nevya das Gesicht zu der fremden Stimme suchte, die sie eben noch gehört hatte. Ein schmächtiger Mann im braunen Kaschmirpullover mit faltigem Gesicht und ergrautem Haar.

Er hatte ihr aufmerksam zugehört, wandte sich dann an Ryan: »Hast du nicht gesagt, das Mädchen weiß nichts über die Luziden? Und jetzt sitzt sie hier und redet vom Götzen und Q-Lee, als wäre es selbstverständlich?«

Durch Nase und Mund holte Ryan Luft, verkniff sich eine Antwort und sah beschämt zur Seite. »Ich wusste selbst nicht, wie viel sie weiß, Quentin«, sagte Ryan.

Hastig drehte Nevya sich nach ihm um. Quentin. Lewis hatte sie gebeten, mit ihm zu sprechen. Er lehnte sich nach vorne und hob ihren Rucksack vom Boden auf. Und er zog ihr Buch heraus – das Buch, das Lewis ihr vererbt hatte.

»Unsere Pförtnerin Josephine wurde von einem Mädchen mit diesem Buch um Einlass gebeten. Kurz darauf erschienen diese Brutalos, die unter Stannons Fuchtel stehen. Einer von ihnen ist ihr nach. Das Mädchen nahmen sie mit, als es zurück aus den Katakomben kam, der Mann ist nicht wieder aufgetaucht.« Er legte das Buch vor ihr auf den Tisch und lehnte sich wieder zurück. »Ich weiß nicht, was vorgefallen ist. Ich verstehe es nicht. Seit Josephine diese Sonore von Q-Lee erhalten hat, scheint allerhand Unruhe ausgebrochen zu sein. Am nächsten Morgen ruft mich zu allem Überfluss noch Ryan an und berichtet mir dasselbe und dass das Mädchen, das Josephine unter die Great Shell gelassen hat, sich bei ihm ausschläft. Deine Freundin hat uns verraten, dass diese Männer sowohl sie als auch dich gequält haben. Wir hatten gehofft, du könntest uns mehr verraten als sie.«

Mit einer Kopfbewegung zeigte er auf Zarka. Seine Stimme, seine Ausdrucksweise, seine ruhige Art machten ihn auf dieselbe Art sympathisch wie Ryan.

»Sie heißt Zarka«, berichtigte Nevya ihn, griff in ihre Bauchtasche und übergab Lewis' Brief an Quentin. Er sah sie fragend an, bevor seine knochigen Finger danach griffen und den Zettel entfalteten. Die Stille, nachdem er seine Brille zurechtgerückt hatte und anfing, jede Zeile aufmerksam zu lesen, gab Nevya die ersehnte Ruhe, um ihre Gedanken zu ordnen.

Zwischen ihr und Ryan hing eine Schweigsamkeit, deren Gründe Nevya noch nicht benennen konnte. Sie war dankbar, weil er ihr gestern Nacht geholfen hatte, und beschämt, weil sie die ganze Nacht auf seinem Schoß geschlafen hatte, nachdem sie zuvor so oft vor ihm geflüchtet war.

Und er? Er wusste, dass seine Anwesenheit sie beruhigte, weil sein Nebel als Ireer so klar und schmackhaft auf sie wirkte. Und dann hatte er sich einfach in ihre Träume gestohlen und sich erst auf ausdrücklichen Wunsch ferngehalten.

Dennoch war Nevya zu ihm gekommen – dennoch.

Sie war zusammengebrochen, nachdem sie angekommen waren, und er hatte sie beruhigt, indem er seinen Kater auf ihren Schoß gelegt hatte.

»Ein warmes Herz hält Nachtmahre fern«, hatte er ihr erzählt. Und dann war er die ganze Nacht bei ihr geblieben.

Nach einer Weile atmete Quentin laut aus. Er rieb sich das Kinn, faltete den Brief und legte ihn auf das Buch. Mit einer pathetischen Geste zeigte er darauf und blinzelte Nevya entgegen.

»Dein Erbe«, sprach er. Nevya spürte, wie sich ihre Schultern vor Ehrfurcht hoben. Hatte er verstanden, dass Lewis ihr keine Wahl gelassen hatte? Neben ihr hielt Ryan die Luft an.

»Was?«, hauchte er und griff nach dem Zettel. Wie viel wusste er über das Gewerbe? Zarka verfolgte das Schauspiel verwirrt.

»Du? Warum solltest du den Handel anführen?«, rief Ryan aus. »Es ist nicht offiziell. Q-Lees Familie würde das nicht zulassen.«

»Wenn sie das Rezept und die Sonore hat, ist es offiziell genug«, erklärte Quentin und rieb sich die Hände, wie Nevya es manchmal tat. »Weißt du«, begann er dann, »Q-Lee hatte eine Vereinbarung mit uns. Er bat uns, die Mitglieder der Indigo Society, ihm zu gewähren, die Sonore an einem sicheren Ort zu lagern, und versprach uns, keinen davon zu verkaufen. Die Great Shell ist das perfekte Versteck. Ihre Nutzung wird von uns geregelt und überwacht.«

»Mit Stannon hatte er eine ähnliche Abmachung«, sagte Nevya. Auch ihm hatte Lewis versprochen, die Sonore unter der Great Shell zu lagern, damit Stannon nicht weiterhin versuchte, ihn vom einzig wahren Opfer zu überzeugen.

»Dieser Götze soll nur kommen«, spottete er und ließ das Thema sogleich wieder fallen. »Von nun an ist deine erste Aufgabe, Q-Lees Vereinbarung zu wahren. Er hat dich ausgewählt, weil er wusste, eine Luzide würde mit uns kooperieren.«

Nevya sackte in sich zusammen.

»Ich kann das nicht.« Sie sprach ihre Worte wie ein Versprechen aus. »Das Rezept ist nicht vollständig und sein Vorhaben, den Traumhandel durch die Alben abzusegnen, ist vollkommen hirnrissig. Nebel kann nur geteilt werden, wenn es einvernehmlich geschieht, aber so funktioniert das Geschäft nicht.«

»Er sagte, er trüge das Rezept auf seinem Arm.« Quentin schien den zweiten Teil ihrer Rede überhören zu wollen.

Eigentlich wollte Nevya schreien, dass sie nicht dorthin zurückgehen würde, stattdessen wisperte sie nur atemlos: »Oh nein.«

Dennoch ließ sie sich zusammen mit Ryan und Zarka von Quentin in seinen Wagen verfrachten und nach Prawnhill fahren. Er war der Erste, der aus dem Wagen stieg. Bisher hatte Nevya Zarka für autoritär gehalten, doch Quentins Geschäftigkeit übertraf die Hehlerin bei Weitem.

Ryan folgte ihm. Die ganze Fahrt über ruhte sein Blick auf Nevya. Keiner der beiden hatte etwas gesagt.

Zarka atmete stoßweise. Für sie gab es ohnehin keinen Grund, auszusteigen, also versicherte Nevya ihr, dass sie warten könne, dass Quentin sie ins Loft fahren würde, sobald alles erledigt sei.

»Ich gehe nicht zurück ins Loft«, behauptete Zarka. »Zu viele Gespenster. Bringt mich lieber zu Joe.«

Zu viele Gespenster. Nevya schluckte.

»Zarka«, begann sie, »Chandler hat mich verfolgt.« Bei der Erwähnung seines Namens blähte Zarka die Nüstern auf. »Er war derjenige, der bei mir war, als ich unter die Great Shell gegangen bin. Er war derjenige, der nicht wieder aufgetaucht ist.«

Zarkas Unterlippe erzitterte, ihr Blick ging starr geradeaus.

»Sag es nicht«, bat sie und räusperte sich tapfer, bevor sie fortfuhr: »Es ist mir egal.«

»Ist es nicht.« Um Nevya zu entgehen, sprang Zarka aus dem Wagen und ging einige Schritte. Eilig holte Nevya sie ein und hielt sie am Oberarm fest.

»Du weißt, dass du mir nichts vormachen musst. Er hat niemanden je als Freund betrachtet, aber du schon.«

»Woher willst du das wissen?«, knurrte sie und warf die schwarzen Haare vor ihre Augen.

Erstaunt sah Nevya zu, wie sie noch immer versuchte, die Fassung zu bewahren, wenn jeder andere zusammengebrochen wäre.

»Welchen Sinn hat es jetzt noch, die Emotionslose zu spielen? Declan hast du von der Straße geholt, mich hast du aus der Traumlosigkeit geholt. Du bist nicht so kalt, wie du dich gibst.«

Zarkas Hände ballten sich zu Fäusten, ihr Gesicht war der Straße zugewandt. Als Nevya zusah, wie Zarka still verarbeitete, was geschehen war, meinte sie, das Mädchen zu sehen, das traumlos nach Great Shell gekommen war und einem Obdachlosen seine Münzen geklaut hatte. Sie biss sich auf die Unterlippe und wandte sich ab. Tränen standen in ihren Augen und sie verstand nicht genau, warum. Grummelnd bat Zarka Nevya, sie allein zu lassen.

Quentin und Ryan warteten an der Haustür auf Nevya.

»Wie gelangen wir hinein?«, wollte Quentin wissen.

Nevya ging geradewegs an ihnen vorbei. »Hintereingang«, nuschelte sie und zog ihre Kapuze über den Kopf.

Sie fragte sich, was mit dem Nebel geschehen war. Wenn er keinen menschlichen Wirt fand, diffundierte er dann ins Nichts? Flog er zurück zu den kosmischen Nebeln? Flog er zurück zu den Alben?

Vor der Glastür blieb sie stehen. Da lag er.

Ryan hatte sie eingeholt, legte kurz eine Hand auf ihren Rücken.

»Wieso muss ich dabei sein?«, flüsterte sie, sodass Quentin sie nicht hören konnte, welcher soeben um die Ecke spazierte, als wäre es ein gewöhnlicher Arbeitstag. »Er weiß, dass ich keinen Nebel habe und die Schrift nicht lesen kann.«

»Du willst es nicht einmal versuchen?«, fragte Ryan. »Hör mal, die übrigen Klarträumer aus der Society würden nicht unterstützen, was wir hier tun. Sie verabscheuen den Handel und jede einzelne Serene. Das tun wir alle.« Letzteres flüsterte er nur. »Außer Quentin würde uns niemand helfen.«

Quentin hatte offensichtlich jedes Wort mitangehört. »Vielleicht könnte meine Tochter Ezlyn uns helfen. Sie ist in Europa, aber wenn ich ihr Bilder schicke, könnte sie die Runen sicherlich lesen.«

»Ihr werdet keine Fotos schießen. Lewis hat es ausdrücklich verboten, andere Luzide einzuweihen«, befahl Nevya.

Quentin trippelte ungeduldig, verschränkte die Arme vor der Brust und fragte nüchtern: »Was schlägst du sonst vor?«

Und Nevya fiel nichts ein. Was ihr in den Sinn kam, waren stattdessen all die Fehler, die sie gemacht hatte, wenn sie die Verantwortung für etwas übernahm. Mürrisch zuckte sie mit den Schultern und gab klein bei: »Von mir aus, aber ich will mir das nicht ansehen.«

Während Quentin die Fotos schoss, drehte sie sich weg. Sie hatte keine Wahl, es gab keine andere Möglichkeit, das Rezept zu erfahren, außer von Lewis' Familie selbst. Und diese würde Nevya als Erbin nicht anerkennen.

Sie schluckte bitter. Wenn sie einfach ignorierte, was Lewis ihr aufgetragen hatte, würde Lewis' Familie einen anderen Nachfolger finden und alles würde so weitergehen wie zuvor. Quentin würde die Polizei rufen, die als Motiv für was immer hier geschehen war, wohl irgendeinen Disput unter rivalisierenden Gangs wählen würde.

Menschen, die Sonore kauften, würden daran sterben und Lewis' Familie würde irgendeine Lösung dafür finden. Solange es Käufer gab, würde es auch Sphären geben.

Stannon würde nicht an die Sonore gelangen, sie würden der Indigo Society gehören und deren Mitglieder würden sie wahrscheinlich einfach verstauben lassen wie die Gebeine der Katakomben. Etwas an dieser Vorstellung störte Nevya ganz gewaltig.

Was war mit ihren Leidensgenossen? Wenn sie sich Serenen leisten konnten, wurden sie von den Mahren gequält, bis eine Lösung gefunden und der Handel durch die Alben abgesegnet war. Jene, die sich keine Serenen leisten konnten, waren auf vielerlei Art verloren.

Eine Idee formte sich in Nevyas Kopf. Eine Idee, die die Last des Erbes von ihrer Schulter nehmen würde.

Grübelnd ging sie an Ryan und Quentin vorbei in den Keller. Schuld zog sie in diese Richtung und schnitt ihr die Luft ab. Drei Körper sollten auf dem Boden liegen, vor sich sah Nevya weder Leichen noch Sonore. Nur Scherben waren über den gesamten Fußboden verteilt.

Scherben.

Nevya hatte in den letzten Wochen entschieden zu viele davon gesehen.

Das hier hatte sie zu verantworten. Millionen toter Träume. Aber wo waren die Cis? Sie legte die Ärmel vors Gesicht, fing ihre Tränen auf und ließ sich vom Selbsthass geißeln.

»Du bist zurück.«

Nevya fuhr herum. Cave. Er lebte. Jegliche Luft verließ ihre Lunge und sie wollte auf ihn zugehen, doch er stolperte rückwärts. Seine Pupillen waren riesige schwarze Löcher, er lehnte seltsam verrenkt am Türrahmen, aber er lächelte selig. Er musste sich in einem anderen Kellerraum versteckt haben.

Er lachte. Er lachte so laut, dass Ryan und Quentin es unmöglich überhören konnten, und dann rannte er davon. Sogleich ging Nevya ihm nach, noch bevor er fröhlich »Komm mit« rief.

Als er durch das Haus lief, folgten ihm auch Quentin und Ryan nach draußen, wo nicht nur Zarka, sondern auch Cass und Chlore bereits auf sie warteten. Die Sonore hatten die Cis übel zugerichtet, die Mahre hatten sie zweifelsohne geplagt, denn ihre Arme waren blutig unter der zerrissenen Kleidung. Aber sie lachten, sie jubelten. Dann verneigten sie sich vor Nevya. Sie schluckte und blickte über ihre Schulter in fragende Gesichter.

»Sie haben uns alles erzählt«, verriet Cave atemlos, den Blick demütig auf den Boden gerichtet. »Die Mahre«, flüsterte er dann und sah zu ihr auf. Sein Blick ging an ihr vorbei ins Nichts, seine Augen waren blutunterlaufen.

»Lass uns gehen«, sagte Quentin hinter ihr ruhig. »Wir haben die Bilder für Ezlyn. Jetzt fehlt nur noch ihre Übersetzung.«

Ich will sie nicht, dachte Nevya. *Ich will nicht die Erbin sein.*

Gleichzeitig wusste sie, dass sie Lewis' Wunsch nachkommen musste, weil sie die letzte Antwort hatte. Aber sie war nicht bereit, schließlich hatte ihr eigener Albengeist Menschen so furchtbar zugerichtet.

»Sie sagten«, wisperte Cave mit zitternder Stimme, »dass du das hier haben sollst.«

Ihr Herz setzte aus.

Bald wirst du zu Hause sein. Die Worte hallten durch ihren Kopf. Sie klangen wie Nikolai.

Cave hatte den Blick gesenkt und hielt Nevya die Sphäre hin. Sie umschloss sie wie ein Kind und schmiegte sie an ihre Stirn.

Die alte Nevya hätte vor Euphorie geweint. Doch sie blinzelte nur ehrfürchtig in das satteste Indigo, das sie je sehen würde.

Es war die Nähe zu ihrem Zuhause, die sie urplötzlich verwirrte. Sie wollte nicht mehr in die Nebel verschwinden, denn jetzt, wo sie Dinge wie Konsequenz und Verantwortung kannte, wirkte ihre Traumwelt nicht mehr grenzenlos, denn sie endete, bevor sie die Auswirkungen der Traumbilder kennenlernen konnte. Fantasie und Wirklichkeit ergänzten sich und funktionierten nicht ohneeinander – und Nevya hatte bisher auf die Realität verzichtet.

Die ganze Zeit hatte sie sich in ihren Träumen verkrochen, nicht am Leben teilgenommen. Das Resultat waren die Furcht vor tief greifenden Gefühlen, stets deutete sie die Menschen und ihre Motive falsch, sie deutete Vertrauen falsch.

Nevya hatte ihr eigenes Glück nicht gesehen. Eine Familie, ein Dach über dem Kopf, genügend zu essen im Kühlschrank und letztlich sogar Freunde, die ihr beistanden oder es zumindest versucht hatten. Nevya war sich immer sicher gewesen, dass sie über allem stünde. Wie dumm sie doch war.

Eine Luzide zu sein bedeutete, auf sich selbst achtzugeben, fürsorglich gegenüber sich und vor allem gegenüber den Nebeln zu sein.

Umsichtig zu sein.

Luzid zu sein.

Das war sie nie gewesen, im Gegenteil.

Doch in diesem Moment, in dem sie die Sphäre an ihren Kopf presste, wurde ihr klar, dass ihre zuvor aufkeimende Idee die richtige war: Sie musste das Rezept für die Sphären öffentlich machen.

Die Menschen mussten wissen, dass Träume einvernehmlich geteilt werden konnten. Dann würden sie Teile ihres Nebels spenden können wie ihr Blut. Traumlose würden regelmäßige Spenden erhalten, Lewis' Familie würde ihre Macht einbüßen, Nevya wiederum ihre Verantwortung.

Erleichtert atmete Nevya auf und fühlte sich, als ob sie zum ersten Mal seit Monaten saubere Luft kostete.

»Sind sie es? Sind es deine Träume?« Ryans Stimme schnitt durch den Nebel und holte Nevya aus ihren Gedanken. Nevya wollte ihre Finger in das Glas bohren. Indigofarbene Welten wirbelten darin umher, glitzerten hoffnungsvoll, warteten auf einen Kopf, der ihrer würdig war.

Es bestand kein Zweifel, dass es ihre Träume waren. Also antwortete sie: »Nein.«

Langsam erhob sie sich und summte eine Melodie, hoffte bei den Alben, dass sie sie richtig in Erinnerung hatte. Zarkas Augen weiteten sich.

»Das ist es, was ich höre, wenn ich sie an meine Stirn halte«, log Nevya.

»Aber …« Zarka wandte sich Quentin und Ryan zu. »Das ist mein Lied.«

Das Lied, das sie in der Jukebox gewählt hatte, nachdem Declan die paar Münzen zurückgegeben hatte.

»Das kann nicht sein. Cave hat meine Sphäre zertrümmert«, sprach sie weiter.

Nichts, was Nevya in ihrem Leben je getan hatte, war ihr so schwer gefallen wie die Handbewegung, die sie soeben vollzog. Nichts war so schwer, wie seine eigenen Träume in andere Hände zu legen.

»Er muss sie vertauscht haben.«

Zarka nahm die Kugel an sich und ohne ein weiteres Wort ging Nevya an ihr vorbei und setzte sich auf die Treppe vor dem Reihenhaus.

Ryan eilte zu Hilfe. »Es tut mir so leid.« Endlich sagte er es, endlich schloss er sie in seine Arme. »Mein Angebot steht noch – wenn du möchtest.« Er entließ sie aus seiner Umarmung, hielt den Arm um ihre Schulter geschlungen. Wie er sie ansah – dieses warme Grün seiner Augen, der Duft seines Parfums. Womit hatte Nevya das verdient? »Wenn du möchtest, bin ich da.«

Sein Satz verlor sich in Nevyas Seufzen. Nähe war noch immer so ein fremdes Wort. Sie wich seinem Blick aus, als sie sagte: »Ryan, ich habe Angst. Du kannst dir nicht vorstellen, wie viel Angst ich habe. Nicht vor den Mahren oder vor den Albträumen. Keiner hat mir beigebracht, wie man lebt – meine Eltern nicht und meine Träume auch nicht. Und jetzt macht mir alles eine Heidenangst. Und vor dir hab ich am meisten Angst.« Mehr zu sich selbst flüsterte sie: »Ich habe mein eigenes Leben nicht unter Kontrolle – wie soll ich *uns* unter Kontrolle bekommen?«

»Mach dir keine Sorgen«, hauchte Ryan, strich über die vielen warmen Stoffschichten, die sie auf ihrer Haut trug, und dennoch kitzelten sie seine Finger.

»Die Luziden sind für ihre Realitätsferne bekannt.«

Nevya biss sich auf die Unterlippe. Vor ihr drehte Zarka die Kugel, betrachtete sie von allen Seiten, während Quentin versuchte, mit den Cis zu sprechen, doch sie hörten nicht auf ihn und knieten noch immer mit dem Blick zum Asphalt auf der Straße. Von den blutrünstigen Peinigern war nichts mehr übrig – gewissermaßen hatte Nevya die Cis getötet.

»Wusstest du«, flüsterte Ryan, »dass ich noch nie von dir geträumt habe?«

Irritiert sah Nevya ihn an. Wenn das ein Kompliment sein sollte, verfehlte es sein Ziel. Ryan aber lächelte selig. Fröhlich hielt er Nevya fest und erklärte: »Von allen möglichen Leuten habe ich Albträume – selbst von Menschen, die weit in der Vergangenheit liegen.« Er sprach wohl von seiner Freundin, die er in Prawnhill gehabt hatte – von der Freundin, die er an den Abgrund verloren hatte. »Aber du bist nie als böses Bild in meinen

Träumen, im Gegenteil. Wenn ich dich im Traum besuche, besuche ich *dich.* Wenn ich dich im Traum besuche, durchschneide ich deine Albträume.«

Nevya erinnerte sich an den Traum, den Nikolai so plötzlich in eine andere Richtung gelenkt hatte. Sie hatte sich in ihre Pagode retten können und dann war sie Nikolai plötzlich so unglaublich nahe gekommen. Ein warmes Gefühl breitete sich in ihrem Bauch aus, löste eine Gänsehaut aus. In Ryans Augen sah sie diese Nacht, diese erstaunliche Nähe. Sie sah die verspielte Begeisterung, die Heiterkeit, weil es ihm gelungen war, einen Albtraum zu beenden, nachdem er so lange unter ihnen hatte leiden müssen.

»Willst du mich noch einmal fragen, ob wir Freunde oder Feinde sind?«

»Was würdest du antworten?«

Mit einem milden Lächeln auf den Lippen zuckte sie mit den Schultern und blinzelte ihn nur an. Solange sie Ryan hatte, konnte sie ohne ihren Nebel glücklich sein. Sie lehnte sich gegen ihn, verschwand in seinen Armen, wie sie zuvor in den Nebeln verschwunden war.

Währenddessen wies Quentin Zarka an, die Sphäre sofort zu öffnen, bevor sie die Polizei riefen. Nicht einen Gedanken verschwendete Nevya daran, ob sie diesem Anblick standhalten konnte.

Was geschehen wird, geschieht einvernehmlich, wiederholte sie immer wieder in ihren Gedanken.

»Das hast du nicht verdient, du solltest wegschauen«, fand Ryan.

»Aber sie hat es verdient.«

Irritiert suchte Ryan ihren Blick. Nevya nickte nur.

»Es sind deine Träume«, flüsterte er und war dabei nicht leise genug.

»Was?« Zarka schrie, doch es war zu spät. Der Sonor zerschellte auf dem Boden. Innerhalb von Sekunden wurde Zarka vom Nebel umhüllt. Nevya hielt den Atem an, als sie ihrem Nebel zusah, der durch die Luft wirbelte, dann war er auch schon in Zarkas Kopf verschwunden. Diese hatte dem Nebel nicht standgehalten. Sie lag auf der Straße und röchelte überwältigt.

Nevya drückte sich an Ryans Seite und freute sich über Zarkas dunkle Augen, die plötzlich so wach und voller Leben waren.

»Wieso – wieso hast du das getan?«, fragte Zarka und war den Tränen nah. »Ich bin schuld. Der ganze Mist ist meine Schuld. Wieso tust du das?«

Nevya lächelte.

Epilog

Lewis,

heute beginnt endlich der Frühling – an meinem Geburtstag.

Ryan hat mich aufgeweckt, um mir zu gratulieren. Für ein paar Stunden waren es nur er und ich und seine Geschichten. Ich zeichnete die Spirale auf seinem Handgelenk mit meinen Fingerspitzen nach, während er mir erzählte, was sie bedeutete: Die Spirale stellt den Nebel dar. Und der Schweif, der sich an sie schmiegt, symbolisiert den Träumer. Den Ireer, der sich in den Nebel mischt.

Ich fragte ihn, ob es ein solches Symbol auch für die Luziden gebe. Daraufhin zog er ein goldenes Armkettchen aus seiner Tasche. Verschlossen wurde es durch eine doppelte Spirale. Wie zwei Schweife, die sich zu einer Galaxie verbanden. Wortlos hielt ich ihm meine Hand hin und er legte es mir an, lächelte dabei so stolz, wie er eben lächelte, wenn er mir etwas beibrachte.

In den letzten Wochen und Monaten habe ich so viel gelernt. Jeden Tag lese ich deine Aufzeichnungen. Ich lasse deine Weisheit auf mich einwirken und lausche nur passiv Quentins Ideen.

Meiner Bitte, das Rezept öffentlich zugänglich zu machen, wollte er nicht nachkommen. Er sagte, man müsse es trotz allem vertraulich behandeln, und sobald seine Tochter Ezlyn deine Kratzer übersetzt hatte, überlegten wir, wo sich das Rezept als hilfreich erweisen würde. Wir entschieden uns für die medizinische Forschung und übergaben es den National Institutes of Health. Sie werden die Sphären zur Erforschung der Traumnebel verwenden und sie werden die Traumlosigkeit der Bestoh-

lenen heilen. Nun können die Träume sich tatsächlich wie ein Lauffeuer verbreiten.

Zarka zeichnet viel. Ihr Zimmer in Joes Wohnung ist nicht allzu geräumig, dennoch ist es bemerkenswert, dass sie es innerhalb weniger Wochen geschafft hat, die gesamten Wände mit ihren Zeichnungen zu tapezieren. Seit sie keinen Platz mehr an den Wänden hat, tätowiert sie.

Sie wollte mir nichts zum Geburtstag schenken, mich stattdessen aus der Stadt entführen, und Ryan erzählte von einem Hügel außerhalb von Great Shell, von dem er wusste, dass er mir gefallen würde.

Wir mieteten einen Wagen. Und während der Fahrt verriet ich ihm, wie sehr ich sein Parfum mochte. Er schnaubte durch Mund und Nase gleichzeitig, bevor er irritiert in meine Richtung schielte und abstritt, Parfum zu tragen.

»Dann ist es eben dein Nebel«, gab ich zu, bevor ich errötete. Es ist schwer, sich zu öffnen, aber es hilft.

Für ein Picknick war es noch zu kalt, doch das war uns egal. Mir ist außer meiner Aufgabe so einiges egal. Schule, Eltern und sämtliche anderen Verantwortungen leiden noch unter meinem luziden Egoismus, aber auch das wird sich legen, und bis dahin verbringe ich die meiste Zeit bei Zarka und bei Ryan und verdiene mein Taschengeld im Spectrum, meinem kleinen Auffangbecken. Ryan breitete die Picknickdecke aus und schnappte sich ein Bier aus dem Sixpack, den er daneben positioniert hatte, während Zarka mich bat, ihr kurz zu folgen. Sie ging um den Wagen herum und hob ein Tuch auf dem Rücksitz an, unter dem sie ihr Geschenk versteckt hatte.

Meine Augen weiteten sich. Ich schluckte und schaute zwischen ihr und ihrem Geschenk hin und her.

»Ich dachte, du wolltest mir nichts schenken?«

»Tu ich auch nicht.« Sie schmunzelte. »Das habe ich entdeckt, als wir Q-Lees Schuppen geplündert haben. Letzte Nacht legte ich sie neben mein Bett, und als ich heute Morgen aufwachte, war sie verschlossen.«

Quentin war der Meinung gewesen, alles aus dem Schuppen würde fortan mir gehören, also brachten wir die verwirrenden Aufzeichnungen und die Fläschchen allesamt zu Joe, der uns kurzerhand für verrückt erklärte und weiterhin seine Gläser putzte. Wir werden einen Lagerraum mieten müssen, so viel Krempel hast du uns hinterlassen.

»Und wo das herkommt, gibt es noch mehr. Über hundert leere Kristallglasschalen, wenn ich richtig gezählt habe. Das müsste für die nächsten paar Monate reichen, findest du nicht?«

Meine Augen füllten sich mit Tränen und mein Kopfschütteln konnte sie nicht umstimmen.

Ihre Stimme klang dankbar, fast schon ehrfürchtig, sodass sie beinahe nur flüsterte: »Wir wissen immer noch nicht, warum du es getan hast, aber vielleicht ist das ein Trost, bis die Spenden eingeführt werden? Wer weiß, vielleicht lassen die sogar zu, dass man sich seinen Spender aussuchen kann.« Sie zwinkerte spielerisch und ließ die Kugel in meine Hände rollen.

»Du verdienst es, zu träumen, Nevya. Happy birthday«, säuselte sie dann, bevor sie sich zu Ryan gesellte. Er sah über seine Schulter und lächelte mir aufmunternd entgegen. Auch er wird mit seinem Nebel für mich da sein. Es klingt falsch, das zu sagen, denn was ich in ihm sehe, ist nicht nur sein Nebel. Ich weiß nicht, was es ist, aber ich habe alle Zeit der Welt, es herauszufinden.

Manchmal sehe ich ihn an und frage mich, was Ryan und Stannon je zusammengeführt hat. Ich frage mich, wohin Stannon verschwunden ist und warum er die Cis einfach hat weiterziehen lassen. Er hielt sich für einen Gott. Ich kann mir nicht vorstellen, dass er so einfach aufgibt, aber ich bin auch froh, mich nicht mit ihm auseinandersetzen zu müssen. Und den Gedanken, dass er irgendwann wieder auftauchen wird, verdränge ich liebend gerne.

Der Nebel wirbelte voll Vorfreude durch die Kugel. Ihr Klirren kam einem Lobgesang gleich. Als ich sie auf einem kleinen Felsen zerschmetterte, überfiel der Nebel mich wie eine Flutwelle. Er stieg in meine Nase, meine Ohren, legte sich um meine Augäpfel und dann atmete ich tief ein.

Ich sank auf die Knie und jubelte, denn ich fühlte mich, als würde mein Herz bei dem Versuch, den Nebel willkommen zu heißen, zerspringen.

Dann blinzelte ich. Hinter den Hügeln erhob sich eine hölzerne Pagode, auf deren Dach sich ein brennender Phönix niedergelassen hatte. Überwältigt legte ich die Hände auf meinen Mund, als ich die Galaxie sah, die sich im Himmel drehte, und lachte auf.

Am Fuße des Hügels tummelten sich alle Fantasiegestalten, die ich mir je ausgemalt hatte, und Nikolai schwang ein Schwert, ohne auch nur einen seiner Rivalen zu treffen. Ich taumelte zur Picknickdecke und Ryan fing mich auf, bevor ich fallen konnte. Mein Herz raste.

Um mich zu beruhigen, rieb ich die Hände aneinander und stabilisierte somit meinen Körper, meine Traumwelt und mein Leben.

Dann sprach ich mit holpriger Stimme: »Ich bin wach.«

Danksagung

Früher habe ich die Danksagungen der Bücher gelesen und mich gefragt, wo diese ganzen Leute herkommen, wenn doch nur eine Person für den Inhalt verantwortlich ist. Heute weiß ich, dass Schreiben keineswegs eine einsame Tätigkeit ist. Im Gegenteil, ich sitze hier und grüble darüber, wo ich mit dem Dankesagen anfangen soll.

Danke an die Jury des #dtvnewcomer-Wettbewerbs, die meiner Geschichte eine Chance gegeben hat: Jenny-Mai Nuyen, Yvonne Ludwig, Julia Kniep, Elisabeth Leuthardt und allen voran Stefanie Broller. Danke für deine ersten Lektoratstipps. Vielen Dank auch an Susanne Stark und die Gastfreundschaft von dtv.

Danke an meine Lektorin Christine Albach, die mir während meines ersten Lektorats mit Rat und Tat zur Seite gestanden hat. Ich durfte von dir mehr lernen, als mich die sieben Jahre, die ich selbst über meiner Geschichte gebrütet habe, gelehrt haben. Danke dafür!

Und danke, Sam. Ich weiß nicht, wo diese Geschichte ohne dich und deinen grenzenlosen Enthusiasmus wäre. Ob sie überhaupt wäre. Ob sie mir so real erscheinen würde, wie sie es mittlerweile tut. Jedenfalls gehört die Geschichte ebenso sehr dir, wie sie mir gehört. Und wenn nicht die ganze Geschichte, dann doch zumindest Stannon.

Danke an Jaana, Sarah und Mira. Ohne eure aufrichtige

(manchmal zu aufrichtige) Kritik würde ich immer noch über den ersten Entwurf schimpfen oder an der Überarbeitung hängen. Ich hoffe, dass unsere gemeinsame Leidenschaft euch ebenso motiviert und inspiriert wie mich.

Dann gäbe es da noch Katha, die von Anfang an von Nevyas Geschichte überzeugt war. Ich danke dir dafür.

Danke an meine Familie. Eure Unterstützung ist grenzenlos und schenkt mir Kraft wie sonst nichts. Dafür werde ich immer dankbar sein.

Vielen Dank auch an das Team von Sweek.de, das gemeinsam mit dtv den Wettbewerb ausgerichtet hat.

Zu guter Letzt möchte ich allen danken, die damals auf Sweek.de auf das Herzsymbol geklickt und meine Geschichte somit sichtbar gemacht haben, sodass die wunderbare Jury des Wettbewerbs auf sie aufmerksam werden konnte.

Vielen Dank!